中阿典籍互译出版工程
مشروع تبادل الترجمة والنشر بين الصين والدول العربية

我爱过

أنا عشقت

[埃及] 穆罕默德·曼西·甘迪勒 著
盖伟江 穆 荣 译

五洲传播出版社

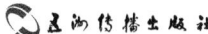

图书在版编目（CIP）数据

我爱过 /（埃及）穆罕默德·曼西·甘迪勒著；盖伟江，
穆荣译. -- 北京：五洲传播出版社，2019.1
ISBN 978-7-5085-4093-1

Ⅰ.①我… Ⅱ.①穆… ②盖… ③穆… Ⅲ.①长篇小说
-埃及-现代 Ⅳ.① I411.45

中国版本图书馆 CIP 数据核字 (2019) 第 004539 号

出 版 人：荆孝敏
责任编辑：杨 雪
装帧设计：高 伟
内文设计：田亚慧

我爱过

作　　者：	穆罕默德·曼西·甘迪勒（埃及）
译　　者：	盖伟江 穆 荣
出版发行：	五洲传播出版社
地　　址：	北京市海淀区北三环中路31号生产力大楼B座6层
邮　　编：	100088
网　　址：	www.cicc.org.cn www.thatsbooks.com
电　　话：	010-82005927，010-82007837
印　　刷：	北京画中画印刷有限公司印刷
开　　本：	710×1000　1/16
印　　张：	21.75
字　　数：	320千字
印　　次：	2019年1月第1版第1次印刷
书　　号：	ISBN 978-7-5085-4093-1
定　　价：	58.00元

译者序

穆罕默德·曼西·甘迪勒，埃及当代著名小说家，1949年出生于埃及北部城市马哈拉·库伯来（阿拉伯语意为"最大的村落"）。马哈拉·库伯来是埃及纺织工业中心，有中东地区最大的棉纺厂，吸纳大量劳动力，是埃及支柱工业产业。作者笔下的城市空气中总是飘着棉絮，工厂也多是纺织厂，作品中无处不见作者家乡的影像。

甘迪勒1975年从距离家乡约三十公里的曼苏拉大学医学院毕业，之后下基层去埃及南方偏远地区当了一年多的乡村医生，从而得以近距离观察了解埃及农村。作者笔下一日三醉、愤世嫉俗的法医阿姆西尔，也在农村工作过一年时间。

作者在学生时期就痴迷小说创作并屡屡获奖，他最终放弃了医学专业而专心文学创作。评论家认为甘迪勒颇为细致地剖析了在战争和巨大的社会分化分裂面前彷徨无助的阿拉伯人性，这颇有些类似中国现代文学作家鲁迅先生的作品。

《我爱过》是作者的代表作，堪称埃及现代社会生活的一幅宏大画卷。作品的语言平实，情节曲折，有诸多亮点值得关注：

一、悲惨无助的底层人民的真实生活。

以主人公哈桑、瓦尔黛、女售货员吉卡拉、小丑阿祖兹、博物馆保安穆阿提等为代表的底层人民生活悲惨,虽然他们不幸的表现千差万别,但不幸是他们共同的标签。

哈桑的父亲是一名勤恳老实而热情正义的产业工人,为了维护工人的权益奔走呼告号,最后被军警打死并被贴上了闹事者的标签。父亲去世后,哈桑和母亲相依为命,艰难度日,幸得街坊四邻的照顾,上了大学工学院,毕业后留校任教。哈桑的前途看似无忧甚至光明。但哈桑继承了父亲的正直与热情基因,热衷民权运动,结果被安全人员投入监狱。哈桑在监狱里认识了穆阿提和大商人阿克拉姆,从一个懦弱的书生演变成一个冷血杀手,最终受阿克拉姆之托,杀死了他们认为该死的仇人和恶人。

不知道自己身世的阿祖兹是一个小丑,他跟着马戏团巡演来到了这个城市。忙着奔波生计的人们根本无心也无钱欣赏滑稽表演。阿祖兹在集体表演之外,免费为穷人区的孩子表演杂耍,并遇到了一个欣赏自己的姑娘。在向姑娘家人提亲遭到拒绝之后,阿祖兹也没有选择随马戏团离开,而是毅然留在这个城市,为自己的人生继续打拼。

穆阿提不知道父亲是谁,母亲一人无力抚养他,早早就把他丢弃在大街上,但他自己上夜校旁听,摆脱了文盲状态。母亲去世后,穆阿提去城里寻找母亲的一个亲戚。这个亲戚是个不大不小的公务员,面对从乡下前来投靠的穷苦孩子,表现得极为薄情冷酷。穆阿提任其睡在他的家门口,他视而不见还每天跨过穆阿提的身体去上班,甚至叫来警察驱逐。后来,迫于流言他勉强为穆阿提在博物馆找了一份馆内安保的工作。正是这份微薄的工作，彻底改变了穆阿提的人生。

列车售货员一路奔波，却几乎卖不出多少东西，累得席地而睡。出身贫穷的列车乘警，瘦得皮包骨头，扛着老式的木枪托步枪，一杯接一杯喝着列车餐厅没有卖掉的冷茶。

二、既沉闷死寂又暗流涌动的政治生活。

大学校园并不是安静的乐土，各种民主运动风起云涌。校园遍布安全人员和密探。小说主人公哈桑痛恨社会不公，呼吁改革，加上当年身为产业工人领袖的父亲惨死在军警铁蹄下，备受当局的提防。最后，身为教员的他以闹事的罪被投入监狱。女学生萨米娅也是个不甘平凡的热血青年，崇拜政治英雄纳赛尔和格瓦拉，亲自办墙报、组织示威游行，为民主摇旗呐喊。

公务系统办事效率低下，简单粗暴。面对突然出现在火车站的瓦尔黛僵硬的躯体，军警束手无策，不仅不允许法医进行详细检查，而且力求早早结案。一个新兵蛋子只是开小差被投入军事监狱，并且档案卷宗和另一个杀人嫌犯混淆，结果遭刑讯逼供致死。

三、保守传统的男权社会中，家庭和性道德面临极大的考验。

作品中男女工人交接班时情人之间眉目传情。剃头匠阿玛尼对男女情事的各种八卦如数家珍。

主人公哈桑和恋人瓦尔黛勇敢地在大街上十指相扣，全然不顾好事者的指指点点。这些都从侧面反映了某些传统观念的摇摇欲坠。

火车站站长朱马是个职位不大不小的公职人员，他有自己的家庭，但晚上却不回家，而是在车站的一间小屋子里收留无家可归的女性，在女性的肉体中寻求生活的慰藉。

萨米娅是一名大学生，青春活跃，既是学霸，又积极参与民主运动。因为一次偶然的机会，被学院有权有势的中年教师诱奸怀孕，大好年华几乎毁于一旦。这位男教师玩弄女学生由来已久，妻子也完全了解他的行径。但男权社会的巨大的无形压力让妻子只能选择默默维系家庭。

四、官商勾结的政治生态和商人的奸诈无底线。

人称"巨鲸"的帕夏老爷因为和高层关系密切，而令一众商人俯首帖耳。他不但在市场上兴风作浪，而且私生活糜烂堕落，开性派对，玩弄女性，安然享用商人们送来的女孩。在包养吉卡拉之后，他出资给吉卡拉开了一家时装店，结果前来买衣服的顾客络绎不绝，甚至都不砍价，这些顾客的身份不言自明。

阿克拉姆是一名商人，继承了家族的巨大财富，而且妻子的家庭也是大户人家。他看上了一名商场年轻女售货员吉卡拉，意欲包养，对女孩展开疯狂追求。出身贫寒、向往改变命运的吉卡拉利用工作的便利，每次和阿克拉姆约会都偷偷借用商场的高档时装。结果阿克拉姆向经理告发，令吉卡拉流落街头，然后乘虚而入，提议吉卡拉离开家乡，到开罗安心做自己的情人。当吉卡拉以为找到了一个可以托付终身的男人时，阿克拉姆把她献给了帕夏老爷。后来，因为生意的关系，又故技重施，让几个生意伙伴享用吉卡拉的肉体。遭到严词拒绝后，阿克拉姆翻脸不认人，断了吉卡拉基本的生活保障。在看清了阿克拉姆的丑恶嘴脸之后，吉卡拉先发制人，向更有权势的帕夏老爷告发了阿克拉姆的暗杀计划，让阿克拉姆为自己的薄情和贪婪付出了代价。

棚户区的居民发现有人从高架桥上投掷燃烧弹，逼迫他们迁离。有人说某些国家的富商要来搞旅游开发，有人说某些国家要来投资建厂，从中也能看到城市改造背后、市场经济大潮中各种利益集团的纷杂交错。

五、普通人身上闪现的人性光辉。

小说一开始，一个运送垃圾的马车夫看到街上情人们漫步，颇为不好意思，立刻下车掩盖垃圾的臭味，让人感到一种低调而温馨的人性。

小丑阿祖兹虽然挣扎在贫穷的边缘，却依然热心为穷人区的孩子免费表演，为此遭到马戏团同事和经理的责难。虽然他知道自己像无根的浮萍，依然勇敢地向心仪女孩的家人提亲。遭到拒绝之后，阿祖兹知难而退，没有接受女孩的以身相许，而是默默祝福她将来结婚生子，有个好归宿。

出身贫寒的年轻女售货员吉卡拉·巴拉伊的父亲在一次出海捕鱼时，遭遇飓风船毁人亡。父亲把女儿名字刻在船舷上，最后只剩下第一个字母。女儿在父亲去世之后，随身携带父亲的照片，走到哪里挂到哪里，令人动容。

六、魔幻迷离的宗教氛围

从名字就能看出小说中的法医阿姆西尔，是一个科普特人，也就是纯种的古埃及人后裔。作家借其口讲述了一些和法老有关的神秘习俗。虽然画面不是多么美好，但为了解埃及人神秘复杂的内心世界提供了一个独特的视角。

小丑阿祖兹，在提亲被拒绝之后，最终和心爱的女孩私奔。他们藏匿到一个废弃的、充满死亡气息的犹太神庙中，过着非世俗眼光所能理解的生活。

博物馆保安穆阿提发觉一个雕像和自己孩童时偷看洗澡的一个同乡女孩很像，于是他和一个专业陶匠两人一起动手，为自己做了一件栩栩如生的仿制品。心满意足的穆阿提收藏了仿制品。令人惊讶的是，不久之后的一天，博物馆被砸，雕像原作不翼而飞，同时，那位陶匠也不知所踪。最终，博物馆的专家为了尽快洗脱自己的嫌疑，异口同声说穆阿提手里的仿制品就是原件，所以警察草草结案，把穆阿提投进大牢。

陶匠行事诡异，留给读者广阔的想象空间，特别是博物馆失窃后，作坊主人的话相当意味深长："安拉诅咒他！他走了。他突然跟我说没法继续工作了，我不知道他的脑子出了什么问题。他神情恍惚，我当场抓到他打碎许多做好的罐子。疯了，天啊，真是疯了。"

值得一提的是，作者本人医学院毕业后，去埃及南方明尼亚省下边的农村短暂工作过，而陶匠的名字恰恰叫海拉姆·明亚维。"海拉姆"在阿拉伯语中并不是常见名字，但是和 haram（禁忌的，不合法的）一词很接近，而"明亚维"的意思就是"明尼亚省人"，由此也可以瞥见作者设计人物时的良苦用心。

作家甘迪勒学医出身，所以对死亡的态度远比一般人坦然。小说中多处详细描写废弃场所，如地窖、修道院和坟墓。小说最后，主人公阿里返乡的火车上，出现了一个坐错车的人。他开始烦躁咆哮，要求下车，最后无奈服从了命运的安排，失去了记忆，这一点颇耐人寻味，可以算作整部作品的点睛之笔。

目录

第一章　现实 / 1
第二章　阿里——即将毕业的医科生 / 32
第三章　阿祖兹——街头杂耍 / 60
第四章　阿里——即将毕业的医科生 / 81
第五章　阿卜杜·穆阿提——出狱 / 138
第六章　萨米娅·尤斯里
　　　　——工程学院四年级学生 / 168
第七章　阿里——即将毕业的医科生 / 212
第八章　吉卡拉·巴拉伊——女商人 / 246
第九章　阿里——即将毕业的医科生 / 310

第一章 现　实

（内容来自我们这座城市市民的经历和讲述）

很奇怪，我们城里竟然有这么一条空旷的街，要知道，这座城市总是活力涌动，路上行人熙熙攘攘，碰撞在一起也不需要道歉。更奇怪的是，这条街还如此寂静，连微风的声音、鸟儿抖动翅膀扑棱的声音和毛毛雨落到地面的淅淅沥沥的声音都听得清清楚楚。

准确地说，这条街并非空无一人。那边的人行道上，瓦尔黛和哈桑正十指相扣，并肩漫步。昨晚一夜暴雨，带来一个冷冽的清晨。瓦尔黛能感受到哈桑指端传来的热量。这镇子，仿佛躺在爬满跳蚤的床上，躲在滴答渗水的屋顶下，半醒半睡。像大多数时候那样，这时我并不在城里。

瓦尔黛是个温柔的姑娘，仿佛被爱消磨得越来越纤弱。哈桑个头比她高许多，虽然也瘦，但很结实；他的脸虽然俊俏，但也没到令人痴狂的程度。大街正在见证他们柔情蜜意的浪漫，以至于没有人敢贸然打搅。咖啡馆里的闲人们在玻璃窗后看着他俩，没有一丝骚动。他们已经厌烦了茶盏、咖啡杯、蜜制水烟枪，只是用空洞的眼神望着他俩。人们呼出的水汽在玻璃窗上形成水雾，直到彻底挡住了他们的视线。

　　大街很长，长得好似没有尽头。缱绻的乌云沉睡在天际，把地平线包裹到褶皱里。瓦尔黛不时言语几句，带着悲伤。哈桑还没听到她说什么，她的话就已化成缕缕白雾，飘散而去。哈桑感到的是少许得意和更多的不自在。就像他的名字一样，他是一个传统保守的年轻人。虽说受过高等教育，他却丝毫不敢将卿卿我我暴露在世人面前，甚至都不敢想象和瓦尔黛这样手牵着手走在人们眼前。

　　一条小小的侧巷里，突然钻出一辆运垃圾的驴车，片刻间，街上响起车轮声。赶车的是个老头儿，还沉浸在浓浓的睡意中。老头儿目光呆滞，也许是被车上垃圾散发出的发酵气味熏的。瓦尔黛没有感觉到驴车开来，也没闻到垃圾的气味；哈桑只是出神地望着远方，一只手紧紧抓着那个小箱子。但那头驴感觉到了他俩，突然停了下来，用两只忧伤的大眼睛望着他们，仿佛羞于拉着一车腐臭的垃圾从他们身边经过。刚刚还在打着呼噜的老头儿一下子醒了过来，长吸一口气。他举起棍子，正要在毛驴背上来一下，突然看到这对恋人，便停住了手。哈桑和瓦尔黛十指相扣，结成心形的手掌的画面，使老头儿仿佛和毛驴一样害羞，连忙立起身，从座位底下掏出一片脏兮兮的、满是破洞的布，把它展开，盖住那一车垃圾。他四下张望，像是在掩饰什么见不得人的事，之后他回到座位上，满意地笑了。而两位恋人已经走远，老头儿没能听见瓦尔黛的低声细语。她如同央求一般说：

2

"我只想知道这次我要等多久?上次你一走就是几个月,也不跟我说原因,连封信也不来。你能想象那些日子我是多么害怕、多么失落吗?"

显然,她说出的每个字都让她痛苦,但她很快换了种语气,想让她的声音听起来带点儿欢悦:

"无论如何,我不会一直傻等。我会假装你还跟我在一起。我会假装跟你聊天,就像你还在我身边一样。我会穿每一件你喜欢的衣服,就像你在看着我一样。这样时间会过得快些,像是你还没有走。"

哈桑沉默不语。安拉没能让他吐出一个字。镇子上工厂的哨声尖厉地响起,猛然打破了原本的宁静。夜班结束了,早班又开始了。

我跟你们聊聊工厂的哨声吧。如果这镇子有心脏的话,工厂的哨声就是心脏的搏动。哨声一天响三次,听起来像是乌鸦的聒噪。镇上家家户户都能听到哨声,随后大街上便人声鼎沸,沾满灰尘的各色面庞出现在工厂的大门外。空气中充斥着各种气味,有汗液和尘土的味道,有衣服上残留的氯气、染料的味道,还有飘浮着弹过的棉花碎絮。外面传来小贩的各种吆喝声,准备尽快卖光一早就埋头准备的各种小吃。

每天早晨镇上都会有这样的魔力时刻,即使它长年累月地重复上演,但它的魔力仍然没有消退,依旧令这老旧的街道散发活力。从工厂里走出来的是值夜班的工人,他们清一色是男工,顶着困乏和饥饿前行,渴望着马上触碰到家里的温暖。值白班的工人,全都是女工,她们从相反的方向走来,身体上还带着来自床榻的睡意和云雨的温存。两拨人的脚步在某个点交会,便幻化成某种步点错乱的舞步,来自人群中的各种声音便是这舞蹈的伴乐:有表示爱慕的啧啧声,有简短克制的问好,有表示反对的叫嚷,有羞涩的笑声,有不自觉的摩擦触碰,有心照不宣的微笑和许诺。

空气似乎一下脱去了氧气,每个微粒都涨满了欲望的脉搏,如同一场盛大的舞会正在上演。男士们的衣着——虽然不是正装——但类似:滑稽的蓝色布料,上面满是油渍,还有细棉絮和蚕豆油,而女士们则如同是失宠的公主,头上顶着彩色透明的丝巾,边缘绣着闪亮的箔片;臂弯里夹着大衣,可惜并不是皮草制成的,而只是手感粗糙的灰色布料,直到要进工厂她们才肯穿上。在这样温馨的时刻,夜班的疲惫、债务的忧虑、生活的烦恼、微薄的薪水、随意的裁员,或是迟迟找不到结婚对象,或是盘算着到别的城市找一份轻松点的活儿……所有愁绪都在回旋的舞步中消融了。舞步都已飘远,只把长长的街道留给了与恋人十指相扣的姑娘。

瓦尔黛和哈桑拐进了通往车站的那条街,街两侧是两排摊贩,叫卖水果、小吃和二手箱包。周围的人投来直勾勾的目光并窃窃私语,但他俩不为所动,径直走向广场。广场上有几辆马车,黑得发亮的篷布,残存着一些雨水。通往站台的台阶上铺着小块儿石板,细致光滑。不管是将要出发远行的旅客,还是送行的亲友,抑或是失魂落魄的游子,都从这台阶上上下下,背负着离愁别绪。在里面大厅的售票窗前,哈桑终于开口说话了:

"你在这儿等我,我会回来的。"

瓦尔黛多么希望他说的"回来"永远是认真的。哈桑从口袋里掏出一些钱，又从另外一个兜里取出一些硬币，仔细点了点，走向售票窗口。瓦尔黛忧伤地思忖着哈桑渴望这次远行由来已久！她转向一边，尽量不让自己哭出来。站里人并不多，但堆满了火车运来的成捆报纸和杂志。负责分拣报纸和杂志的希扎姆[①]师傅正忙着拆开捆扎的绳子，之后清点份数，分发给做工的小童搬运到各个报刊亭去。孩子们都站在那儿盯着看。没有师傅的允许，他们连一张纸也不敢碰。希扎姆师傅身躯庞大，但动作还挺轻巧，他腰上系着一条皮带，由此得名"皮带师傅"。

车站是小偷和扒手的地盘。希扎姆师傅的腰带非常显眼，上面挂着今天分拣报纸的收成，但活儿再好的小偷都不敢靠近他。传说"皮带师傅"的腰上，除了腰带，还盘着一条蛇，谁敢靠近就会被咬一口。

瓦尔黛盯着那一堆堆报纸，惊讶地发现都是空白的，没有图片也没有标题或是消息。她又看看杂志，纸张更加光洁，但同样什么也没有。瓦尔黛从包里取出一副小巧的眼镜，用袖子擦了擦镜片，戴上它再仔细看。每个男孩都是机械地取走自己的那份，没有人注意到拿走的是空白的报纸。她几乎要喊出声来提醒他们，但又怕自己忍不住放声痛哭。哈桑正站在售票窗前，瓦尔黛绝望地朝他望去，看见售票员坐在玻璃窗的后面，正在摇头，似乎不肯给他车票。可瓦尔黛明明看见他跟平常一样收了钱了啊，就像那些卖报纸的收下了空无一字的报纸一样。所有人都像是习以为常，做着不可思议的事情。

---

① 希扎姆：阿拉伯语中意为"腰带""皮带"。

哈桑回来，抓着她的胳膊肘，穿过铁门，走向车站月台。雨又开始下了，天色沉郁阴暗。浓厚的云吸走了天地间大半光明，只留下可怜的一点亮光。有人跟她看到一样的情景吗？火车的轨道只剩下一个大坑，上面架着四条亮闪闪的铁轨，周围散落着石子。铁轨只用腐朽的枕木固定着，上面涂满了黑油。一切看上去都很冷峻，列车就沿着这样的轨道，滑向未知的地方，哈桑也会消失在轨道的尽头，不再回来。

两人停在一座木制岗亭下面躲雨，雨滴从木头裂缝里渗下来，但哪里有更好的遮风挡雨的地方呢？哈桑一手拎着包，另一只手拿着车票，竟然都没想过把它放进包里。瓦尔黛只好松开他的手，什么都不依靠。一个年迈的脚夫远远地站着，可怜巴巴地望着他俩。照他的经验，要远行的人更少动情，因为他将要奔赴新世界，来不及对旧事物感伤；而送别的人往往更加悲伤，那悲伤还会在他心里留存很久。他端详着哈桑手里的小包，更加确信他急着出发，却并不着急回来。出门的人行李越少，回来的愿望越是不强烈；他们没有什么牵挂，也无须回头留恋。

瓦尔黛突然用颤抖的声音说道："求你了……哈桑，别走了……你一去就那么久……我会受不了的。"

哈桑诧异地扭头看她，仿佛觉得她这突然间的脆弱很是多余。他跟她含混地说了几句：他在学院事情很多，有很重要的研究得做，但他很快就会回来。哈桑没给她什么准信儿。他只想用这混合着雨声的咕哝作自己逃离的掩护。他是不是开始厌烦她了呢，就像他厌烦这个动辄好多天遍布泥泞的城市？瓦尔黛也憎恨满街淤泥的日子，但她从未想过逃离。这时她突然听见月台上传来叫喊：

"艾布·阿里……"①

她惊讶地回过头，喊声越来越近，来了三个人，他们围着哈桑，似乎还不相信终于找到了他。三个人刚好把他们俩隔开。三人背对着她，就像她压根儿不存在一样。三个人热情地拥抱着哈桑，友好地拍着他的后背。哈桑曾经向瓦尔黛许诺，告别的那一刻只留给她一个人，不会有其他人打搅，哪怕是亲人或是朋友。这个秘密是怎样泄露出去的呢？难道说他早就知道他们会来，就如同他早就知道票的价格一样？

那三个人她都认识。最瘦的那个，正不停地亲吻哈桑脑袋的叫阿祖兹，他在马戏团扮小丑。我们的城市原本没有马戏团，前些年来过一个巡回滑稽戏团，那些人在各地演出，来到我们这里的时候已经累得筋疲力尽。看热闹的挺多，但被逗乐的没几个，这让他们感到挫败。他们只好挑工厂轮班的时候表演，有杂耍和高空筋斗。但是下班的工人都疲惫不堪，上班的工人又急着赶工，最后他们的观众就只剩下几个穷孩子。巡演算是彻底失败了，他们只好坐着运菜的卡车赶往别处，只有一个人不知怎么留了下来。这哥们儿没有结婚，也没有正经工作，成天在大街小巷晃荡，有时给咖啡铺子里的闲客或是巷子里踢球的小孩免费表演杂耍。瓦尔黛也不知道什么时候哈桑认识他的，还熟到这种程度。

第二个人是阿提亚·扎马尼，城里最有名的剃头匠。城里

---

① 阿拉伯人有用爷爷的名字给孙子取名的习惯。历史上著名的哈里发阿里的儿子叫哈桑，所以哈桑给自己的儿子取名阿里，所以人们就叫哈桑"艾布·阿里"，意思是"阿里他爸"。

每个小孩的头都是他剃的，清一色灰不溜秋，看着跟老鼠皮似的。他还管给小孩们行割礼，男孩们都是被他割去包皮之后，正式进入男人的行列。他给男孩们留下了惨痛的记忆，即使他们长大之后，见到他还心里发怵。他还是城里流言蜚语的传播者，掌握着这城里所有的秘密。从小情侣们的第一次约会，到少妇们每次偷偷溜到他们情人家里幽会，他都清清楚楚。他也是第一个撮合哈桑和瓦尔黛的人。他打理这种友谊很在行，和两人关系越来越好。但此时此刻，他似乎故意假装没有看到她，只是一味地和哈桑寒暄了。

第三个人是所有人当中最奇怪的：密探马哈鲁斯。瓦尔黛从未想过他会和哈桑有任何交情，谁也不会想到一个探子也和人交朋友。马哈鲁斯身材高大，浓密的小胡子，褪色的披风，一切看上去都惹人讨厌，甚至他自己也讨厌自己。警察局的人常常给他派些脏活，比方说把年轻人哄去当兵，跟踪老赖追讨债务，签发破产查封令，或是逼迫结了婚的妇女顺从丈夫等。每当他拿着红蜡印章，到某个地方查封的时候，都会感到登峰造极的快感。那个时候他浑身都会颤抖，远远超过和自己的胖老婆在一起达到的高潮。

瓦尔黛叹了口气，几乎要哭出声来。没有人听见她的声音，只有哈桑远远地看了她一眼。从他的眼神中，瓦尔黛感觉到了一种唐突的爱意，这种别样的目光她期待好久了。她本已经准备好在列车到来的时候给他一吻，在众目睽睽之下，悠长而深情地吻上他的嘴唇，倾注自己对他全部的感情，不管之后列车经过多少电报塔杆、多少车站，他都不会忘记这一吻。但是这三个怪人的出现，毁掉临别一刻的美妙，碾碎了她心里所有的温存，只留下一丝伤感，让她焦灼而无奈。为什么哈桑没有足够的勇气，抛下他们，把她拥在怀里呢？为什么就这样把她抛开，让她忍受冷风，无人理睬？有那么一瞬，她恍惚觉得哈桑就要把她拥在怀里，但就在这时，火车汽笛声响了……快点，尽管她一度绝望，列车终于还是来了。桥梁没有塌陷，铁轨也没有翘起来。车站里一下热闹起来，之前隐遁在雨中的乘客们一下出现了，你推我搡，好像都是要坐哈桑那趟车。列车黝黑的车头冲进了车站，如入无人之境，似乎没有一点要停的意思。它的车轮在铁轨上摩擦发出"吱吱"的刺耳噪声，最后僵立在铁轨上，一节节车厢还在喘着粗气。人流越来越密，把哈桑推得越来越远。哈桑转头看着瓦尔黛，试着向后退，但身后的人流把他推向车门。瓦尔黛焦急地望着哈桑，哈桑眼睁睁地望着她，身子却在继续远离。还有甜言蜜语瓦尔黛没有听到，还有颤抖的抚摩瓦尔黛尚未感觉到，还有渴望的双唇没有吻到她……她多想大喊一声让他停下，换一列没这么拥挤压抑的车，但她再也看不到他的脸，只能看到他举着手包的那只手。她也没能看见毁掉离别一刻的那三个人，只看到肥硕的站长朱马，正拼命把旅客分开，防止有人跌落到铁轨上。朱马站长把他的怒气和力气不断地吹进哨子。哈桑的箱子再也看不见了，她只好盯着车窗，期盼着能透过车窗看见他的脸，也许他会朝她挥手，给她一个许诺。但车窗里全是大汗淋漓的工人们的脸，人们的身体层层相叠，她只能呆萌地向空中挥着手。朱马又吹了一声哨子，列车回了更高更长的几声哨声，便启动了，把一半没能上车的乘客丢在了月台上。

雨又开始下了,列车继续往前开。哈桑再也看不见了,瓦尔黛仍留在原地,无奈而无力。列车在她眼前掠过,比平时快得多。车窗里塞满了乘客,唯独看不见哈桑。她叹了口气,但没有哭出声来,眼睛里没有一滴泪可以流。列车的最后一节车厢也离开了车站。她所拥有的只剩下了等待,但这等待会有意义吗?

那三个冷落她并破坏离别氛围的人已经离开了。又有新的乘客走进车站,还有一些送行的人。列车一班班来了又去,远行的人离去,送行人的眼泪无人留意。

云越发低沉,雨也没有停。光越来越弱,寒意越来越重。亮起来的路灯被重重雾气包裹,让人感到忧郁。直到半夜工厂的哨声响起,宣告第三班工作的开始,人们才知道发生了什么。最后一班列车也走了。朱马站长,拖着疲惫的脚步走进车站旁边的石头建筑,他住的房间就在站台的尽头。

哈桑走了以后发生的事情谁也说不清。我问过每一个在场的人,包括站长朱马,但没人能记得不起眼的细节。雨又越下越大了,天空变成深灰色,所有小的细节都被洗刷掉了。没人会相信,一整天过去了,竟没有一个人留意到发生了什么。夜幕降临了,日光逐渐消失,停不住的雨滴让世界变得模糊,像是滑向了梦境和清醒的边缘。炽烈的感情在这苦涩的现实面前不堪一击。像她这样纤细的躯体,根本无法承受这样的打击,天地间的其他元素必须结合起来,才能为她注入看不见的生命力。朱马努力将那一刻完全记起来,不停在我耳边絮叨事件的细节。他耐着性子解答我的问题,一边还止不住发抖,抖动的手连烟都点不着。他并没有回避我刨根问底的问题,几乎连一趟接一趟进站的列车也顾不上了，可能是他觉得多说说话能让他放松一些。也许是列车们知道我们真的很想再多坐一会儿，便不再进站了，倒班的哨声再也没响，站台上的工人也没那么拥挤了。

朱马回忆起那一刻的所有细节。夜很深的时候，沉重的敲门声把他惊醒。之前雨滴敲打铁皮屋顶的声音已经搅得他睡不安宁，噩梦连连。他还担心躺在身边的瘦弱姑娘，生怕自己睡熟了翻身压到她，压碎她的骨头。瞧她那瘦弱又脏兮兮的小身板。这是她第一次进入他的房间，和他同枕共眠。好久以来，她都不让这个站长消停，抱着彩票箱在站台上逆着人流穿来穿去，不时躲避警察的黑手。她总是用两只大得几乎占了整张脸的大眼睛凝望着他，眼神中充满饥渴。他也是犹豫再三，才带她来到这个逼仄的小屋里，屋的四周墙上贴满了他从杂志上剪下来的裸女图片。其实哪个女人来陪睡，朱马并不在意，卖彩票的、卖报纸的、卖冰水的、烤面包的、要饭的，多了去了……在站台上奔波一天后，她们疲惫的身躯，渴望这个壮硕男人的怀抱。他很包容她们，不嫌弃她们衣服上的尘土和汗渍，甚至那地方散发的臭味。站长在车站里作威作福，但在女人们面前，他才是弱势的一方。他从不对她们耍横：他给的恰是女人们需要的温暖、安慰、食物，性爱反倒显得次要了。重要的是，在这间狭小的屋子里，还能有别人的呼吸。这间孤立的屋子在车站尽头，与它隔开的是一些更小更破的房间，里面住着扳道工人。托朱马的福，现在这间小屋已经变成了一个像样的住处，庇护着那些无家可归的女孩。住在里头的还有一群野猫野狗，它们蹲在墙角，和睦相处。猫狗们都等着朱马的施舍——有时他把一半的吃食都丢给它们。猫狗们从不争抢那些食物，虽然很少，但它们都知道，他把能给的都给了。

那人继续敲门，敲门声盖过了雨声。

朱马的身体打了个寒战，敲门的很可能是车站的某个巡逻员。他们总是这样，总是在下着雨的半夜过来，检查员工下班之后都在干些什么。朱马立刻把身边的女孩推下了床，朝她嚷道：

"藏到床底下去。"

女孩不解地睁开了眼睛，又惊讶又伤心，因为她已经习惯了他的体温，正对他如痴如醉。但她还是乖乖地爬到了床底下，在那狭小的空间里，趴在粗糙的地面上再度进入梦乡。朱马用毯子裹住身子，朝门口走去，没有时间穿上制服了。他打开门，看到门外是车站保洁布尤米，终于松了口气。布尤米脸上的惊恐，手中快要熄灭的提灯，朱马都没注意到。布尤米浑身湿透，声音都在发抖：

"头儿，出了件奇怪的事，您最好亲自去看看。"

朱马没反应过来，也不明白为什么他害怕成这个样子。于是朝他吼道：

"在这个时候吗？出了什么事？车站被偷了？车站完蛋了？"

布尤米咽了口唾沫，重复了一遍："您最好亲自去看一下。"

朱马嘴里不停地骂着，转过身，穿上衣服。那个女孩的两只脚都从床下露了出来，但惊慌中的布尤米并没有注意到。朱马想把门带上,让她回到床上去,但他听到了她的鼾声,明白了她睡得连身都没翻。朱马跟着布尤米出去,在泥泞的路上深一脚浅一脚地走着,提灯基本上没什么光亮。两人到了铁道上,虽然天色已暗,又有铁轨和枕木横七竖八,但两人对那些沟沟坎坎都清清楚楚,除了地上的水洼,他们没遇到什么麻烦。站台上很暗,几乎所有的路灯都熄了,只剩下一盏灯还亮着,在一片雾气中,灯光泛着昏黄。朱马不停地骂着,不只咒骂哈姆扎(布尤米的名字),也骂雨夜,骂车站和那些枕木。布尤米不住地发抖,连牙齿磕碰的声音都清晰可闻。朱马看着车站的样子,和平常不太一样,也有些恐惧。似乎车站正要发生什么大事。布尤米停了下来,拿提灯的手伸向他,另一只手指向木头岗亭,说:"你过去亲自看看吧。"

朱马心中一阵发毛,说:"胆小鬼,你怕了吗?"他抓过提灯,迈开平稳的步子向前,接着就慢了下来,最后完全停住了。一个小小的身影,正站在岗亭下面,离墙很近,但并没靠着墙,五官完全看不清,一动不动地望着站台,头不往上也不往下。他是那样小,却那样骇人,这种僵直让人不寒而栗。朱马确信,如果动起手来,他能把小人碾成碎片,但朱马站在那里犹豫不决,他转向身后,看见布尤米也瑟瑟发抖,随时就要开溜的样子。朱马想起自己是一站之长,不管车站来了什么妖魔鬼怪,他都得去应付。朱马举起灯,朝前多走了两步,看得更清楚了。安拉啊,先知穆罕默德啊,那竟是个女人,一个姑娘,一个少年,一个年轻的小妞。她纹丝不动地站在那儿,只有头发随着风飘动,空洞的目光盯着前方,两只眸子随着灯光闪烁。按仁慈的主的吩咐来个咒语吧,是人是鬼都不怕。但在当下,一个咒语不够了，朱马又多念了两句祈祷词："你说：我求庇于世人的主宰，世人的君王，世人的神明，免遭潜伏的教唆者的毒害。""你说：我求庇于曙光的主，免遭他所创造者的毒害；免遭黑夜笼罩时的毒害。"

祈祷没有起作用，她仍不动地立在那里，没有融化，也没有燃烧起来。如果不是那种不属于人类的僵直，你会觉得她是一个天然的存在。朱马转过身，想问问布尤米是不是也有同感，但是已寻不见他的身影。他就像盐溶化在水里一般，在最重要的关头消失了，只丢下朱马一个人站在这僵硬的精灵面前。朱马一句话也说不出，他想同她说句话，想知道她到底是什么，起码试探试探。他努力让自己的声音听起来镇定些：

"这位女士，您是谁？看在先知的面子上，说句话，动一下，或是做点儿什么吧！"

他的声音在空旷的车站里回荡，他比自己以为的更加害怕，那个僵直的少女，似乎没有在听他说话。朱马继续沉默，等着她的回音，想着她随时都会从僵直的状态中摆脱出来，扔掉温顺，扑向他，把牙齿刺进他的脖子里。他当然不是个懦夫，要不他怎么会在小屋里收容那么多无家可归的流浪女人呢？

朱马把提灯举高，走近些，她的脸看上去更清晰了，脸庞小巧细致，苍白惊悚，脸被纷乱的头发环绕，两只眼睛带着惊恐，唇边还残留着破碎的微笑。朱马猛地想起她是谁。那天她来车站的时候，工厂里羊群般的工人还没有到达。她步履轻盈，朱马猜想她是个错过火车的女大学生，因为通常来说，女孩是不会乘坐这趟工人专列的，它又挤又闷，只有一种座位。

但这个女孩没有带书,还十分大胆,牵着一个男孩的手走了进来。那个男孩身材高大,有模有样。可是,那男孩去哪儿了,怎么只剩下她一个人?他怎么直到这一刻才发现她在这儿?

朱马鼓起勇气走上前去,他意识到她不是坏人,只是一个乘客,一个沮丧而僵硬地站在那里的乘客。朱马把灯举得靠近她一些,喊道:

"小姐啊,现在已经很晚了,没有车了。如主所愿,你明天一早再来吧!"

她仍然僵直站在那里。朱马伸出手指,轻轻碰了一下她的手臂,冰冷而僵硬,让他再次害怕起来。她就像一座雕像,一座冰冷肉体和空洞思想构成的雕像。是什么让她的躯体干枯至此?她会这么站着死掉吗?朱马扯起嗓子喊道:

"布尤米!布尤米!出来啊,你这胆小鬼……"

朱马仍在发抖,努力控制住自己肥硕的身躯,不让它散架。寒风发出哭号般的呼啸,扑面而来,四周一片空白。死亡对这个车站而言,并非新奇之事。列车对失足滑进轨道的任何人都不会仁慈,但眼前这种死法不同寻常。布尤米出现了,他爬上月台,哆哆嗦嗦地靠近朱马,看到头儿虽然声音发抖,但是仍安好无事,他稍稍安心了一些。布尤米站到朱马身旁,朱马悄悄地贴近他,指着那姑娘想说些什么,却突然大声哭了出来,嘶叫着:

"她……已经死了啊……"

布尤米叹气道:

"万物非主,唯有安拉,我们的死神伊兹拉尔啊,真是怪事……死神明明取走了她的魂,可她还站在那儿。"

他没敢继续靠近，去确认头儿的话，他只是远远地盯着她。但怎么看她都不像是已经死了。她默不作声，又僵硬无比，像是随时都会倒下来。

布尤米小声咕哝着，似乎是怕被她听到：

"她已经是一具尸体了，头儿。这账会算到我们头上的，我们得在天亮前把她给埋了。"

朱马愤怒地朝他喊道：

"你这笨蛋，这事儿很蹊跷，我们得报警。"

"什么都行，就是不能让警察知道，头儿，你知道，他们会说是我们杀了她，或至少吸了她的血。拷问之前，他们还会猛揍我们一通。可能他们会把您放了，因为您是尊敬的站长。可我呢，他们会继续打我，直到我按照他们的意思招供是我们干的。"

布尤米一下看上去就像真的挨了一通酷刑一样，声音颤抖，战战兢兢地说：

"您是不知道警察局的厉害啊，只要您进了他们那座石头大门，就等着他们拿棍子捅你屁股吧，他们甚至都不会问您为什么进来的……"

布尤米抖得厉害，声音都带着哭腔。朱马知道那座石制建筑，英国人建的，现在仍盘踞在市中心。建筑阴森森的，走廊里充满男人们的汗味，还有各种呕吐物、粪便和血迹，混合成一种浓重的味道沾在你身上。就算你离开了那个地方，那种气味仍挥之不去。这一刻那些东西都不重要了。两个人都在瑟瑟发抖，冷风刺进他们的骨头。沉默不语，悄无声息的，只剩下少女僵直的身体了。朱马说：

"没人会指控我们的,没人知道发生了什么。"

布尤米说:

"我发誓,我没有碰过她一根汗毛。我是纯属偶然发现她的,我在她面前走过几次,却一直没注意到她。我发现她站在那里的时候,吓坏了,立马就去找你了。"

布尤米大声哭了起来,似乎自己有罪一样。朱马向他走近一点儿,一时间想不出安慰他的办法。他也感觉到自己有责任,在离开车站之前应当确认站里没人了才能离开。他回到自己的小办公室,点上灯,拿起电话听筒。在拨号之前,小心翼翼地擦去了眼角的泪痕。他记得警察局的紧急电话,拨完之后,电话铃响了很久也没人应;他挂了电话,重新拨了一遍,最后终于有人应了,那头的声音还睡意未消。朱马气喘吁吁地向对方讲述了情况,电话那头的人一句也没听懂,朱马稍微镇定一下,又把刚才的话说了一遍,那人终于明白站台上有具尸体,这才知道事情有多严重。那人总算醒了过来,开始拨打身边的各部电话机。朱马努力让气息平静下来,他能做的只有等待他们的到来,撇清自己的责任。朱马隔着窗户盯着那具女尸的头发和衣服。他不相信,她竟然已经死了。她看上去像是随时都会走动。他真的希望姑娘能走,在警察到来之前自己离开车站。

夜色渐渐散去了,天空呈现出些许浅灰色。朱马站长壮着胆,借着微弱的光仔细端详着她。她面容清秀,各个部位的搭配非常协调精致。如此纤弱的身体真不该被死神用这样残忍而突然的方式夺去生命。死神取走了她的灵魂,只留下僵直的身体。这样的死亡他本人也经历过,不过没有这么剧烈罢了。那时，法蒂玛抛弃了他，跳上一列火车，和约好等她的火车司机一起私奔了。她走的时候连一封解释的信都没留下。他茫然地在各个车站徘徊，从埃及北方找到南方，他走在人群中间，和他们讲话，装作仍然活着的样子，其实他已经死了，灵魂被她带走了。他这么做并不是出于愤怒或者报复，只是想问她，为什么这样对待他？！为什么将他抛下，孤独中的他在车站旁边的小屋同那些肮脏的女人厮混？！

他盯着她，竟然不知不觉睡熟了，直至警车的笛声呼啸而来，他才惊醒。车站里脆弱的安静被打破了，朱马还未起身迎接他们，他们就来到了他的办公室，领头的是一个瘦削的警长，穿着便衣。尽管天色黑得吓人，他却还是戴着墨镜。

因为缺觉，他显得又倦又困。他喊道："尸体在哪儿呢？"

"尸体"这个词在朱马听来是那么刺耳。他知道那个女孩已经死了。但"尸体"这个词同这个婀娜的美丽的躯体怎么也联系不起来。但那个莽撞的警长和他身后那群警员，在这个点被薅起来，只找到一具尸体是远远不够的。朱马想走到他的面前给他指路，但警长坚持要走在他们所有人前面。他要接管这个车站，包括站长在内。警长用脚踹开通往月台的铁门，虽然用手也能推开。

他大步地往前走，大家跟在后面。那个姑娘仍用空洞的眼神望着他们，警长略带慌张地扫了周围一圈，又喊了一遍："尸体在哪儿呢？"

朱马指向那姑娘。警长不解地在两人之间看来看去，觉得事情很蹊跷。他掏出手枪，又走近了两步，拿枪朝她比画着威胁着。她还是那么僵立在那儿。警长大喊一声："你再动一下我就开枪啦！"

他的声音在空空荡荡的车站里回响。朱马的上下牙在打架。那姑娘对警长的警告没什么反应，警长显得更紧张了。他走得更近了一些，手枪都碰到姑娘的鼻子了。警长心里突然有个念头，就像他惯常所做的那样，想猛一巴掌把她打醒，但他举起手，又犹豫了。他把手慢慢放下，放在姑娘肩上，接着又把手往下移，摸了一下她的胳膊。接着他收回手，放下手枪，回头疑惑地看了朱马一眼，说：

"为什么？你为什么报警说有凶杀案？"

朱马回答道："只有安拉知道。"

警长吸了口气，把枪插入枪套。警员们也都散了，他们一个个倚着墙，似乎又都要睡着了。警长显得更不解了。

"这妞儿真俊，她是谁啊？怎么会一直在这儿，身体冷成这个样子？"

"我在早班火车上看到她，当时她陪着一个男孩，是来送人的。男孩已经走了，就剩她，僵立在这儿。"

"那问题肯定出在那个男孩身上。可能是他给她吃了过量的毒品，才会让她变成这样。我们得知道他是谁。"

朱马说："可他已经走了。"

"就算他跑到了火星上，我们也能知道他叫什么，把他亲属或朋友逮来，就知道他逃到哪儿了。"

朱马知道，这个警长是在胡说八道。只有他和警长两人敢去触碰她。他俩都心知肚明，这事和那个青年或是毒品都没什么关系，事情非常玄乎，不是拍拍脑袋能解释清楚的。警长抹了抹额上的汗珠，在这冷飕飕的夜里，他怎么会流汗呢？警长无奈地说：

"我也无能为力，应该让检察官和法医来查验才行。"

朱马突然来了一句："也许法医才能解释怎么回事。"

朱马也不是很确信，一时半会儿也找不到更合理的解释，他只好背过身去。幸运的是，雨不再下了。运报纸的专列很快就要到了，之后倒班的工人们也要到了，那时候车站就会变得像马戏团一样热闹。警长好像看穿了他的心思，说道："我们不能让火车停运吗？"

朱马说："哪怕这个地球不转了，车站也不会停工。"

这话相当于没说，但警长只能默许表示认同。他走到警员那儿，命令他们在姑娘站的地方站成一圈，用身体把她遮挡起来，不让那些好事者瞧见。之后他又打了几通电话。朱马坐在椅子上看着，警长忙完之后大咧咧地靠着他坐下。朱马向四周看去，布尤米早已不知去向。他取出烟盒，递给警长。警长毫不客气地取了一支。两人一起抽起烟来，似乎都松了口气。警长说：

"你知道吗，这妞儿真是俊啊，以前从不知道，咱们这个破镇上还有这么标致的妹子。要是早遇到她，我一定会想办法给她定个罪，当然是轻罪啦。之后我就可以对她展开调查，借机跟她套近乎。最后我会把她释放了，那样她还会感激我。"

朱马诧异地看着他一眼。警长已不像刚才那般神经兮兮，也不凶神恶煞了，只是像谈论一个从手边溜走的机会那般，谈论着那个姑娘：

"不管怎样，我还是不能相信这姑娘已经死了。我干这行这么久了，怪事见得多了，这还不是最奇怪的呢。她确实已经死了，我刚才摸过她，确认过了。"

雾气不知从什么地方涌来，把站里的一切都罩上朦胧的外衣。朱马突然觉得车站像是变成了一座孤岛，所有通往车站的列车都会迷失方向。天空的灰色已经散去，扳道工和修理工带着家什，坐着摆渡列车来上班了。朱马和警长相邻而坐。最早的一批乘客进站了，他们往手上呵着气，好奇地望着那些警察，但没人敢上前问什么。他们中的很多人朱马都认识，他们脸上带着旅途的紧张，还有睡眠不足的倦意。他们乘坐的车中午才能发车，但一大早就得到车站。运报刊的专列长鸣着汽笛，沿着铁轨奔驰进站，整个车站都随之抖动。工人们把成捆的报纸、杂志从车窗里丢出去，技术娴熟精准，丢出来的东西也是有条不紊地摞在一起。随后列车便离开了，车站恢复了短暂的平静。从另一方向开来了另一班列车，满载附近村庄和镇子上的工人。他们每天早晨都这样吵吵嚷嚷，闻声知人。但当他们看见警长和军警之后，便立刻压低了声音，赶在工厂上工哨声响起之前四散而去。

太阳刚刚升高了一些，有关人员就来到了车站。他们都是冲着那具"尸体"和神秘案件来的，先是县长、副检察官和他的助手，最后是法医。法医人到中年，举止古怪。后来，在他常去的那家带玻璃窗的咖啡馆里，我认识了他。他在法医这行折腾了多年，以前在上埃及①腹地，后来才来到我们这个镇子。他跟我说过，这世上没有什么东西能惊到他，他见过情况最糟糕的人体。人体呢，可以说是一种神秘的东西，行为源自一些

---

① 上埃及：埃及南部地区，地势较高，经济相对落后。

变态的本能，天性被坏掉的荷尔蒙控制。因此，当早上他接到警察局的通知，说有一具站着的尸体时，他笑得肚子都痛了。本地区的这些城市从来都不乏这样的无稽之谈。他没急着出发，等喝完了早上的浓咖啡才动身，反正就算他来迟了，那尸体还一样得等着他。或是至少，他晚到一会儿，能给车站里的好事者一个机会，叫他们先看个够。在那一切之后，就只剩下他俩的"二人世界"了。他哼着小曲："万能的主，全知的主，新的早晨来了……"① 晃晃悠悠地进了车站。

　　他看见县长张皇的神色，然后是快速退去的工人，又看到副检察官茫然四顾的样子，知道今天的事情非比寻常。法医走上月台，穿过警员队列，站到了姑娘的面前。这是他这辈子见过的最美的尸体。他盯着她的花裙，心想在这样的冷天穿这样的裙子似乎不太合适，她一定来自一个贫寒之家。他又看看姑娘披在肩上的长发，真是个美丽的姑娘。她头发之前是编在一起的，她一定是为了什么场合才把头发散开。冰清玉洁的姑娘，双肩上披着一条带花边的披肩，披肩的蓝色都有些褪去了。她用弯曲的手指，把披肩的两边在胸前害羞地握在一起，似乎披肩能保护她免受这世上恶狼的袭扰。年轻的面庞上带着一丝惊讶和错愕，双眼半睁，无神地望着远方。双唇微闭，脸上带着忧伤地笑。法医惊奇地感觉到，这就是那个他寻觅已久的姑娘，这就是那个他非娶不可的姑娘。他两人本可结婚、生子，他本可以给这美妙的躯体不竭的生命动力。要是真能如此的话，他的生命轨迹就要被改变了，她的生命也不会如此短暂。法医的确很厌恶这座城

---

① 埃及现代音乐先驱赛义德·达尔维什（1892—1923）谱曲的作品。

市,尤其是那些官僚,互相算计,还有爱嚼舌根的官太太们。他已经好久没有参加他们的聚会了,他更习惯在深夜里溜进实验室,顺一瓶酒精,再兑点水,甚至不兑水就直接喝,只有这种饮品能同他体内的细胞和谐融为一体。当孤独让他难以忍受时,他便坐在咖啡馆的角落里。现在,他站着咖啡馆前,突然意识到,以前的人生就像一片干涸的沙漠,漫长而乏味。他感到身体内所有的细胞一阵刺痛,似乎是在呼唤酒精的刺激。

法医把手伸进包里,掏出一面小镜子,把闪亮的那面伸到姑娘的鼻孔下,但没看到任何蒸汽凝结,也没看到任何呼气吸气的痕迹。他把手搭在她的脖子上,寻摸她细腻皮肤下的动脉,冰冷,没有丝毫的跳动。他看见她衣领下露出的雪白三角,又朝身后望去,看见警员们站成一列,全都背对着他。警长和副检察官站得远远的,好像是在另外一个世界。人们留给了他一个机会,让他用自己的方式向姑娘告别。他伸手把披肩褪下一些,解开衣服上的第一个纽扣,苍白的胸部露出大半,还没有发紫。法医取出听诊器,习惯性地朝它呵了口气,把它暖一暖。他立马又觉得很荒唐,面前这具尸体都凉透了,还暖听诊器干吗呢。他把姑娘的长裙又向下褪去一些,手指继续向下滑动,直到把听诊器贴在她的左胸上。听筒里传来微弱的声音。他转过身看那群警员,见他们还待在原地,便又把听诊器放回到刚才的位置。那心跳声,从死去的躯体上传来的心跳声依然还在。"扑通……扑通……扑通……"规则而整齐的跳动,虽然微弱,但如同一颗普通的心脏跳动一样,无法否认或是忽略它。法医再也无法容忍车站死一般的寂静,高声喊道:"她还活着……她没死,还活着……"

成列的警员立马乱了套,全都转过身望着他。一些人惊得愣在那儿,另一些则吓得四处而逃。法医慌乱地搓着手溜到一边,原本站在对面站台上静静观望的乘客也炸了锅,有人念叨着"安拉至大",这起离奇的死亡事件刚刚像巨石一般压在人们的胸口上。

朱马第一个慌张地向法医奔来,抓住他的手。法医则抓着躯体,说:"我听见她心跳的声音了。"

朱马似乎要哭出声来,语无伦次:"我就知道,以安拉的名义,我原本就知道,这么美的女孩,是不会就这么暴毙的。"

警长也走上前,疑惑地看着姑娘。她是真活着呢,还是众人希望她活着而已?法医听到的声音,或许是众人这种希望的"回声"罢了?他扯下头巾,考虑着命令警员们开进对面的站台,把那些乱喊"安拉至大"的人打一顿。但那些人数量越来越多,而且他们旁边都是石子,跟他们冲突显然是件危险的事情。

副检察官冲了过来,似乎很生气,不满警方和法医办事如此拖沓,玩弄群众的感情。他瞥了一眼警长和法医,走到姑娘跟前,摸了摸她的手臂和脸颊,都没注意到她裸露大半的胸脯。他转向法医,语气坚决地说:"她肯定已经死了。我拜托你了医生,没必要浪费时间,快点儿把这点事弄完吧。"

法医不理会副检察官锐利的语气,也斩钉截铁地说道:"她确实是死了,但只剩心还活着。"

副检察官郁闷地叹了口气。事情变得更加扑朔迷离了。

副检察官是个务实的人，当然不会轻信这样的胡话。在他看来，凡事都事出有因，每个案子背后都有犯案的人。有些案子案情看上去错综复杂，只不过是因为犯案的人更加狡猾而已。

法医还是坚持自己的说法，手里抓着听诊器，把圆形听诊器放到姑娘左边乳房下原来的位置。他把听筒从耳朵上摘下来，递给副检察官，说道："阁下，您自己听，扑通，扑通，扑通……"

副检察官疲惫地叹了口气，把听诊器挂在耳朵上。他不懂什么医术，但他也听到了心跳的声音。他立马后退一步，身上打了个哆嗦。法医大声说："我没对您说吗，她身上的一切都死了，只有心脏还活着。"

"我从没见过这样的事。我觉得这就是说，不存在犯罪的情况。我们该怎么办呢？"

"我也不知道啊。她可以说既死了，又还活着。"

副检察官叹了口气说："不管她怎么样，那是你的事儿，没我们什么事了。"

法医还没来得及表达什么反对意见，副检察官扭头就走了，示意书记官跟上自己。他急急忙忙走出车站，像是摆脱了什么恶魔似的。法医无奈地在原地转了个圈，只听见警长带着怜悯的口气说道："最好联系一下医院，叫他们派台急救车来，把她送走。她肯定会在医院彻底死掉。"

这是最好的解决办法。如果命中注定要死的话，还是让她以一种自然的方式死去吧，远离尘世的拥挤和喧闹。警长连忙联系了警察局在医院驻点的负责人，这样急救车就不敢丝毫拖延了。法医只得坐在姑娘旁边，盯着她裸露的胸部，没敢把胸前的扣子复位。他这会最大的渴望，就是来一杯水兑酒精喝。

急救车还没来，消息就在整个城市传开了。像这样的消息，想把它留在车站里一天一夜，都是不可能的。每户人家都在谈论那个活死人姑娘瓦尔黛。街坊邻居们过来指认了她，有人说她自幼丧母，与父亲相依为命，而她父亲经常出差，所以更准确地说，他们不在一块生活。人们还知道了她去车站的原因，还有人看见当她爱人哈桑离开的时候，她是怎样变成"僵人"的。

更多的人涌向车站广场，警长和警员们听到车站外交头接耳的声音越来越高，都害怕起来。我们这座城市就是这样，不管人们为什么事聚到一起，最后都会变成一场示威游行。届时，所有的伤疤都会被揭开，那些被搁置已久的诉求都会被重新炒热。

朱马害怕地说："他们会闯进车站的……他们每次都这么干。"

警长立刻命令警员们动手。警员们快步来到大门边站定，解下他们的粗皮带，手里攥着一头，把带铜头的那一端对着人群。他们就如同往常一样，把皮带抡向每个试图登上台阶的人。人群惊恐地后退，血花在他们脸上绽开，抗议和咒骂声连绵不绝。这些警员早已习以为常，自从他们成为警察之后，就不再懂得同他人打交道的其他路数了。他们趁着一股狠劲，朝所有人挥舞皮带，那些不走运到站下车的乘客们跟着遭了殃，迎接他们的竟是警察的铜头皮带！

警长只是深呼几口气，两眼闪着光。皮带的爆响和人群的惨叫声，在他心里激起一阵快感。他转向朱马说：

"在急救车到来之前，我们不会让一个人进车站的。"

朱马说："那其他乘客怎么办呢？"

"那就叫他们等着吧，或者找条别的路走……这是他们的事儿。"

急救车没来，倒来了更多警员，都带着警棍和盾牌。我们这个地方，罢工、抗议的历史由来已久，以至于安全部队随时都在待命的状态。只要稍有些风吹草动，电话、传真和各种通信工具都会一齐作响，向领导们报告：城里那些暴民工人又在闹事了。

所有人都听到了急救车的警笛声，急救车就要来了。人们纷纷后退，给急救车让开一条窄路。车在台阶前停下，两个护士打开车后门下来，抬着一副小担架。人们窃窃私语，推来搡去，都想在姑娘被担架抬出来之前，再看她一眼。

车站里，警长正指挥那两个护士："快，快把她弄走。"

那两个护士就像是救世军中的两个士兵，有着把所有人从这困境中解救出来的能力。两人看着姑娘的眼睛，有些不知所措。之后他俩围着姑娘转圈，像是两个猎人，寻找对猎物下手的最好角度。两人把担架放到她的身后，一个人在前一个人在后。两人原本计划前一个人把姑娘轻轻地推动，避免伤到她；另一个迅速地抓起她，两人一起把她推到担架上。

但瓦尔黛的身体怎么也推不动。第一个护士使了更大的力气，两手按在她的肩上，死命推她；但姑娘的身体似乎并不是一具纤弱的、已经被死神掠走魂魄的躯壳；它就像一座坚固的雕像,死死地钉在地上。

护士无助地看看四周,同警长的目光刚好撞上。警长正紧咬着牙盯着他,他只得更使劲地去推。护士使尽了气力,身子都发抖了,瓦尔黛还是在原地纹丝不动。更危险的是,姑娘僵硬的身体似乎要碎开了,只要再推一下,就会四分五裂。护士惊恐地退后,第二个护士走上前来,他身材更高大,脸皮也更厚。他双臂环搂住瓦尔黛,想把她抱起来。但她的身体却在护士的两臂之间挣扎起来——或者说起码在护士的感觉里,她是在轻微地、不停地挣扎。护士身体里像是窜过一股电流,一下子跳得远远的,喘着粗气对面前的警长说:"我实在做不到啊,帕夏①……"

"什么……你们连把人送到医院都做不到,你们还能干点儿什么!"

大个护士惊魂未定地说:"帕夏,我们怕她会死在我们手里啊,我们担不起这个责任的。"

警长吼道:"可是她已经死了啊,你这个蠢货!"

"我们是不搬死人的,你还是找殡仪馆的人来吧。"

警长狂躁地朝他们吼起来:"我以我死去的母亲起誓,今天你们要是不把这死人搬走,我就叫你俩蹲一辈子监狱。"

两个人都明白警察局的监狱是怎么回事,隔着监狱外墙好远,就能闻到那股臭气。两人对视一眼,只能重新回去,希望能把她"拔"起来。但两人又害怕,怕把这美丽又优雅的东西给毁了。两人仅有的办法,就是一点点挪到靠近车站门口的地方,撒丫子跑到车上,之后溜之大吉。

---

① 帕夏:源于奥斯曼土耳其统治时期的一种尊号,社会地位较高。

这时，运送大学学生的班列开进来了。这是一所很小的地区大学，离我们市大约半小时的火车车程。我当时就在他们之中，是个医学专业学生。早晨下着雨，车窗玻璃又早被打破了。我没有合适的御寒的衣服，冻得瑟瑟发抖。我们沿着又高又冷的台阶走下列车，手里拿着我们的白大褂。白大褂是我们的标志，所有人一眼就能看出，我们是来自这个该死的专业的。我们看到站台上的景象，都惊呆了。一名警长正骂骂咧咧地吼着所有人，两个护士围着一位美丽而静默的姑娘，站长正对着她哭泣，警员们拿着警棍和皮带待命，人们在站外交头接耳，就像是都知道了车站里发生了案子。

这并不是我第一次见到瓦尔黛。她的美貌，她忧伤的脸庞，不止一次地吸引了我的目光。她大概是我们市里最美的姑娘了吧。但我对她的事情，并没有太详细的了解。

那两个护士还想再做最后的尝试。这时我们学生齐声大喊："放开她！"

两个人停了下来，像是早就等着有人呵斥阻止他们一样。警长愤怒地朝我们看过来，我们三个男生和两个女生都来到瓦尔黛身边。

警长朝我们嚷着："你们几个离远点儿。我们正在忙我们的事情呢。"

我说："那个姑娘就那么站在那儿，不碍谁的事儿啊。你们这么干，会把她搞死的……"

警长说道："这儿发生的事情和你们无关，快回家去。"

我们之中的一个姑娘叫法婷。我当时很喜欢她，但她对我从不感兴趣。她大声说："我们是医生，你们这么弄，会让她死掉的！"

我们到现在也还不是医生。但她的话显得很硬气，以至警长半天盯着这个敢和她叫板的精干的女医生，一句话也说不出。我们大声喊着，挥舞着拳头，警长一时半会想不出该把我们怎么样，也没有像对付其他乘客那样，叫手下揍我们一通。看起来我们手中的白大褂成了临时的护身符。他把我们晾在那儿不管，转身想去找那两个护士，叫他们继续干他们的活，但那俩人早就趁这个当儿溜走了。救护车的警笛声清晰地传来，车正要从车站广场上拥挤的人群中挤出一条路。

警长怒不可遏，但也无计可施。我终于有一个机会，可以清楚地看看瓦尔黛，她纤瘦的身体直立在那儿，透着忧伤和绝望。我隐约感觉到她在颤抖，她就一个人孤零零地在那儿，忍受着白天的酷暑和夜晚的寒冷。我心里顿时涌起一股哀伤，还有对她的同情。这时我听到警长故作镇定的声音：

"我已经在这个地方，度过我这辈子最糟糕的一天了。从凌晨开始，我就一直站在这儿。整个城市像是中了魔，我也没有力气再和你们争辩了。你们回家去吧，我们在这儿是为了保护她，而不是伤害她。"

他一下变得脆弱而忧郁。我们明白在他严酷的外表背后，是他想隐藏的对姑娘的同情和怜悯。我们都朝他看去，这时我注意到法婷的眼中有一丝丝对我的好感。我向瓦尔黛走去，警长也没拦我。我举起手中的白大褂，披到瓦尔黛的肩头。我很瘦，她的双臂僵硬地举在那儿，但我的白大褂对她来说还是很宽大。我把白大褂的扣子从前面都扣上，大家都默不作声，不知道他们是不是还沉浸在惊讶之中。就连警长，也只是不作声地盯着我。人们都觉得,她需要某样东西,而我刚好有这件东西。人们突然感到心满意足,都自动散去了。我只有这一件白大褂,没有它,今后在医院的走廊里,我看上去会更像一个病人而不是医生,但我不在乎。我从未想过,这件白大褂会成为我们之间的纽带,将我和她的命运联系在一起。

第二章　阿里
——即将毕业的医科生

那个晚上,我无法专心复习。我放在书堆上的骷髅模型一直用两只空空如也的眼窝盯着我。我在它的空眼窝里放了多种颜色的花朵,让它看着不那么骇人,但花朵很快就枯萎了。我觉得我应该做点儿什么,而不是把头埋进外科手术专著里。考试很快就要到了,但我只背下了书里不到一半的内容。我合上书,走到漆黑的街上,向潮乎乎的夜的腹地走去。路灯已经很多天没亮了,但今天突然间没人管就亮了,似乎这灯有什么独立意志似的。我漫无目的地走着,知道这路会把我带到火车站去。瓦尔黛还穿着我的大衣站在那儿,那大衣就是我接近她的通行证。我来到白天挤满菜贩子和扒手的广场上,现在那儿只有一个特别的小贩,人们叫他"扎拉特"[①]师傅。他正像每天晚上一样,挺着大肚子,奋拉着两条短腿。他的面前放着一张小桌,上面放着一副小秤。离他不远的地方站着一个执勤的军人,疏导来往的顾客。拉扎特师傅这儿离开一个顾客,军人就

[①] 拉扎特:阿拉伯语"扎拉特"是"小石子"的意思。

放进来一个。师傅听了顾客的要求,便仔细地切下一块放在秤上,大多数时候他切的正好是顾客想要的量。他干活稳重又沉着,自信满满。我知道系里很多同学都是他这儿的常客,大家都称赞他的东西好。他还会给学生折扣。他认得我的脸,每次从他面前经过,他都朝我喊:"大夫,要点儿什么就说话啊!"但到现在,我都不需要他什么东西。

又有一些路灯灭了。我又看见那三个女人站在同一个地方,穿着差不多一样的衣服,当然也操着一样的行当。她们都已年老色衰了,在潮湿的黑暗中站立许久,似乎让她们忘了时间的流逝。她们假装互相点烟,但她们的烟从未点燃过,火柴的光亮彰显她们的存在,提醒着感兴趣的顾客。谁知道要点燃多少根火柴之后,才会来一个顾客呢?我想起瓦尔黛。我从未忘记她,不知道她还要等多久,不知道在燃尽多少火柴之后,人们才能注意到她的存在;不知道她娇嫩的皮肤,能否经得住这城市潮湿的气候;她能否受得了市民的好奇心,和对情人的思念?

我发现我已经走到了老旧的玻璃窗咖啡馆前。深色的玻璃遮住了里面的光线、噪声和香烟的烟雾。我走上前,从虚掩的门缝中看进去,闻到蜜制烘焙咖啡豆的香味,外加顾客们的汗味。我看见阿姆西尔[①]医生坐在角落里,漫不经心地四下张望着。我知道他不太喜欢出门,或是同其他人来往,但今晚他似乎耐不住寂寞,来到了这间咖啡馆。顾客们并没有凑上去,都坐得离他远远的。也许是他身上散发出的福尔马林的气味在他

[①] 阿姆西尔:科普特历法的六月,从名字表明人物是科普特人,非穆斯林。

和别人之间筑起了屏障。当我靠近他的时候，闻到了另一种味道，那是从他手中暗色杯子中散发出的酒精味儿。桌上有一杯汽水没有动过，也许他觉得这样可以掩人耳目。我走向他，直至站到他面前。他觉得我挡住他的光了，便抬起头心不在焉地看着我。他拿起杯子抿了一口，打着嗝，结结巴巴地说：

"我……认识你吗？"

至少他不反感我在这儿。我开口说：

"没有。我是个医科学生，最后一年，这就毕业了。"

他立马回应说："那你选错了专业。"

他的评价还算宽容，也有些搞笑。我取来一把椅子坐在他的对面，他却把脸转向另一边，似乎是不想让人仔细看他的脸。

我说："我知道医生是个奇怪的职业，近似于魔法。它又是个极端古老的职业，它至少是和生死的秘密打交道……"

他讥讽地笑起来，脸也不转过来。他说："是谁教你们这些大话的？人类的痛苦是无尽的，医学不过是减轻苦痛而已，虚伪得很，它欺骗人们，给人们治愈的幻觉，而死神其实还在一旁虎视眈眈……真正的治愈，也就是长生不死，这是永远都不可能实现的。"

他又一次举起杯子，抿了一口，然后打嗝。看来他从一早就开始喝了，脸涨得通红，身体也摇摇欲坠。我直奔主题：

"我今天看见那个身躯僵硬的姑娘了，我把唯一的一件大衣给了她，也不知道她会不会冷。但对我而言，没有充足的证据说她已经死了，不是吗？"

他的脸色变了。很显然，他脑子里正在想那个姑娘。

他说：

"也许你能给出比我更好的回答。你还在念书，书上的字在你脑子里都还印象清晰。你正复习的这些教科书上有对这种情况的解释吗？"

"那些大厚书快让我晕头转向了。这种情况的解释只能在恐怖片、僵尸片或是活死人的故事里才能找到吧，也可能出现在屏幕里那些在夜里游荡、吸人精气的东西中。"

他狠狠喝了一大口，呼出一口很浓的酒气，我觉得整个咖啡馆里的客人都能闻得到。他接着说道：

"你怎么知道我们不是这样的呢？你怎么知道我们边上坐着的这些人不是死人呢？活着的埃及人早就不知道去哪儿了，他们早就没有能力修建神庙、耕种河谷，或是建造桥梁了。那个姑娘和她的爱人离别后，生命的精气就枯竭了，所以就僵化了。这也不奇怪吧，至少是个合乎逻辑的解释吧。我们都是僵尸，或是死人罢了，只是表面上看不出而已。"

他嗓门越来越高，看起来更冲动了。周围的客人都朝我们这边看，脸上带着不约而同的讥笑。他们知道，这个老大夫已经进入了醉酒的第一阶段了。但我知道他对我还是完全清醒的。他是唯一花时间给瓦尔黛做检查的人，他接触了她的身体，还听了她的心跳。也许我的问题引发了他的思考，他说的一些都是断断续续的句子，扯些与主题无关的话，但我还是坚持听下去。他开始谈起很久远的往事，说起他在埃及南部腹地做乡村医生最初那些年的事。那是个非常偏僻的村子，夜晚又长又压抑。他讨厌那儿的人，觉得他们都很愚蠢。当地人也讨厌他，觉得他总是克扣他们的药品。他要是不先拿到治疗费，是不会瞧病人一眼的——当然他没和我说这些，但我早就猜到了。

一天夜里，有户人家请他去家里问诊。这家人在他出诊之前就已经付了诊金。他背上包，里面装着诊疗器械和一些药的样品，在黑夜里摸着崎岖的路走了好久，最终找到了他们家。这家人带着他走过一个椰枣园，一条浅水渠和几座小桥，最后把他带到一栋回廊无数的大房子里。屋子密不透风，空气污浊。医生知道，每当家里有病人时，这些人就这么干，把窗子关得严严实实，觉得这样就好像能与外界隔离开来，就能防止病人病情恶化，把他治好似的。

这家人把他带到楼上的一个房间，点燃了一盏汽油灯，把它放在一张宽大的黄铜床前。病人的身体盖着一张白床单，躺在那儿不出声也不动弹，似乎死神比医生来的更早一些。家属跟他说病人是位女士，所以他犹豫了半天才走到女病人跟前，听她的呼吸声或是呻吟声。医生嘟囔了几句，问起她的姓名和病症，没有人回答。于是医生伸手掀开了床单，借着昏暗的光，他看见床上是一堆骇人的东西：碳化了的头骨，空空如也的眼窝，龇牙咧嘴，几节颈椎连着蜷缩的碳化的躯体。腐臭味让他的胃一阵阵收缩。他连忙退后两步，抄起他的包，飞奔到屋外。他隐约看见他们的脸，清晰听见他们清脆的幸灾乐祸的笑声。他不记得有什么事情得罪过他们，曾经把他们家人赶出诊所，还是拒绝治疗他们的某个亲戚？都没有。他全身抖得厉害，那是他第一次直面真正的死亡。他在这之前看到的尸体都只能说"没了生命"，而他面前的这具干尸，则是"死透了"。他多次听说当地人从地下或是山洞中挖出了骸骨，但从未想过他们会与它们如此亲密，竟然摆放在家中的床上。这个村子的生活就是如此僵化，毫无生气可言。所以村民们才能如此僵化地面对如此僵化的干尸。

他停了停，端起杯子啜了一口。我有些害怕地看着他。我用眼光扫了扫四周，看看咖啡馆里是否还有其他人听到我们的谈话。他顿了顿，又接着说道：

"不仅是干尸，还有车站里的姑娘，所有东西都是僵化的。那些在机器设备上工作的工人，他们要求获得自己的权益，却无人响应；火车、汽车在那些发生过事故的地方反复出事，但那些头头脑脑却没被撤换，反而变得像大山、云彩、河流一般永恒，成为大自然的一部分。所有的东西都以同样的方式、同样的途径一遍遍地重复。这不是生命，而是一种僵化，直到分崩离析。我们埃及人，有的是制造木乃伊的智慧和技术，我们只会把这种僵化持续到永远。"

我惊奇地看着他。他不再是那个醉鬼医生，而成了另一个人。我不知道他每晚饱饮黄汤的原因，但我确定的是，他不仅厌恶我的城市，也感受到了这座城市对他的憎恨。他端起杯子，发现已经空了。周围一下静了下来，没有人再说话，一点动静也没有，静悄悄的。难道他们真的都陷入了僵化状态？

我转过身，正好看见警长站在咖啡馆的门口，所有的顾客都吃惊地望着他。警长谁也不看，两眼扫视着咖啡馆里，像是在寻找什么东西。我知道他在找医生。果然没错，他径直走到我们面前，恶狠狠地盯着我。看我依然坐在那儿不动，便转向医生，同他聊起来。

"我还到职工俱乐部找你来着。他们说你不在他们那儿了。"

医生平静地答道："那儿没我的位置了。"

医生就说了这么一句。也没欢迎警长到来，没跟他握手，甚至都没请人家坐下。医生也没说叫我走。警长拽过一把椅子，椅背朝前，跨坐在上面。他犀利的眼神盯着我，想让我觉得不自在，自己主动离开。但我还是赖在那儿不走。四周都静下来了。侍者端着一杯清凉饮料走上前来，夸张地拿毛巾擦拭着，放在警长面前，说是老板请喝的。警长并没伸手去取，满脸憎恶地盯着我，看来是不想当着我的面说事，但他并不清楚我和医生的关系，所以不好撵我走。咖啡馆里有人起身离开了，之前围着桌子坐着的工人们也起身了，快步朝门口走去。警长怒气冲冲地瞥了他们一眼，对医生说：

"这帮人都是些破坏分子，他们在密谋纵火烧掉工厂。幸亏我来这儿一趟，他们的会议才得以取消。"

我不知道他就这么看他们一眼，怎么就能得出这样的结论。但不管怎么说，如此推论非常自然。他看着医生，脸色严肃地说：

"那个死掉的姑娘，我是说那个还半活着的姑娘，我们不能就这么把她扔在那儿，得想出个办法。"

医生带着中年人狡黠的眼光看着警长，说："我能这么理解吗：你想出办法了？"

警长有点恼火，看着我说："我觉得是这样，没有完美的解决方法，但她的一切情况都很诡异，我得给她必要的保护，免得她受到进一步的伤害。把她扔在旷野里真是罪过。我想把她带回警局。"

"警……警局？警局哪儿呢？"

"号子里。"

"到不了这种地步吧……我觉得，站着死掉构不成犯罪，用不着关进牢房吧。"

"不是牢房，不会把她关进普通的牢房的。我们可能会给她一张舒服的床，会有人清洁她，她不会有一点不舒服的。"

医生显得有些不悦。我不知道他是否还会和警长聊下去。只听他慢吞吞地说："急救的护士都搬不走她。你打算怎么办呢？"

"我会动用一些内政部的手段。部里有的是办法，应付各种特殊情况。"

他说这话时，脸上带着不加掩饰的得意。医生更加不悦了。他想再喝一口酒，但杯子里已经空了。他漫不经心地把杯子丢到桌上。医生做得很对，任何一个人在常态下都接受不了警长的想法。

医生说："这主意太妙了，看上去什么都预先准备好了。那您希望我帮忙干吗呢？"

警长清了清嗓子，用威胁的眼神瞪了我一眼，又有些难为情地对医生说："咱们能单独聊聊吗？"

医生冷冰冰地说："我们谈的事没什么好保密的。"

警长无奈地叹了口气，他还得求着医生帮忙，所以不敢激怒他。他说道："我让你说服我们警局的头儿，让他接受这个提议。你是负责的法医，你得让他明白，这个办法对姑娘好，也对公共治安有好处。"

我以为医生会狂笑起来，但他没笑。他瞪着警长，缓缓地说:"你想让我帮你囚禁一个半死的公民,在你眼里,我到底是医生,还是检察官?你们整天无缘无故地乱抓人,干脆把她抓起来就好啦,有什么人能碍你们的事儿吗?只要她不被折腾死,你是不会有什么麻烦的!"

警长着急地嚷嚷起来:"她不会死的,只要我们上点儿心,她是不会死的。没准她还会恢复健康,重新活过来呢。"

警长暴怒地站起来,猛地把椅子抡到身后。那一刻我感觉他会暴揍医生一顿,起码会揍我一顿。但他没那么干,只是咬牙切齿地说:"你竟敢这么说……你竟敢这么诽谤我!"

他转过身,一脚踢翻了一张空椅子。他的脚步充满怒气,敲打在大街上。咖啡馆里只剩下惊惧,侍者向我投来害怕的眼神,他最不想看到的就是警长暴怒地从咖啡馆走出去,接下来的黑锅只得他一个人背。医生站起身对我说:"你跟我回家,这个夜晚太恐怖了,不适合一个人走。"

我觉得我们之间似乎正在生成某种关联,我们一起踩着柏油马路走着,夜晚的空气也没那么冷了。我很喜欢他刚才的态度,但他也只有反对的权力,这又让我有点伤心。我想激怒他让他多说几句话,就问道:"刚才对他是不是太强硬了些?"

我只想给他提个醒。他说:"我不知道你精神病学进展到哪个阶段了,他的情况跟恋尸癖比较相像。这种情况很少见,但不是没有。有些人沉迷于此,是为了躲避异性的拒绝,进而获得一种优越感。而对于另外一些人呢,也许死亡能够激发他们内心一种隐秘的欲望。我们的祖辈,我指的是古埃及人——当然我们其实不算是他们的后裔。在美丽的女人死去之后,他们会把她们静置四天整,之后才开始把她们做成木乃伊。在这四天时间里,他们面对着那些静谧的躯体,难道只是看看而已吗?他们中的一些人相信,处女的灵魂,如果不经过一次性爱——哪怕只有一次——是不会在另外一个世界里安息的。这是人类一种永恒的欲望,你懂的,不要把它看成一种短暂而扭曲的欲望,它是一种与死亡世界联系的方式。"

他的话简直是骇人听闻,我从没在书上读到过这样的内容。我说:"这真是恶心。"

"人的身体,人的内心都是极端复杂的,毫不奇怪。跟那些被奸污的尸体比起来,这个僵化的姑娘还是好多了。有些人把别人杀掉,趁尸体还没凉透之前奸污她们。我们不能说警长是杀人犯或是强奸犯,但我猜得八九不离十,看他平常横行霸道、作威作福的样子,但在床上没准儿又弱得很,他可能觉得姑娘是个容易下手的猎物,在她身上能找到某种征服感吧。"

我们站在他家门口。这是一栋石头房子,他肯定只住其中某个屋子,而其余的房间都笼罩着死亡的阴影。他吸气和呼气都很重,他是个传统的医生,有文化有教养,但他谈起尸体和死亡非常陶醉,让死亡的气味充满了空气中的每个分子,把他和现实生活隔离开来——如果他真的有现实生活的话。

我开口说:"你把我吓着了。那个警长还真是个危险人物,我之前都没想到。"

他叹口气说:"晚安啦。我现在就要去和床单下的噩梦约会去了,它们正等着我呢。"他丢下我回家了。寒冷和孤独让我打战。远处有几只狗在狂吠。我们这座城里的狗显得尤其饥饿和狂躁,总是在并不丰盛的垃圾箱里刨东西吃。白天,孩子们会驱赶它们,拿石块砸它们,发泄心中压抑的情绪。我害怕那些狗会突然袭击我,晚上在街上游逛的时候兜里总会揣几块石头,先震慑它们,然后再逃之夭夭。

我去车站的路还算平坦,最晚的列车已经开走了,工厂交班的哨声已经吹响,广场上也没有什么人了。但瓦尔黛并不孤单,她面前点燃了一堆篝火,不远处坐着两个人正在聊天。那个身材魁梧的是朱马,另一个人身形瘦削头发花白,一面和朱马说话,一面盯着僵化的姑娘。瓦尔黛还穿着我的外套。在火堆上,茶壶烧开了。他俩察觉到我走近了都抬头看我,朱马立刻认出了我:"我就猜到你会来。来拿回你的外套吗?"

他声音中带着一丝嘲讽,我摇摇头,我望着姑娘,望着她空洞的眼神,风正吹动她的发丝。朱马指着灰头发的男人说:"这是穆哈拉姆,瓦尔黛的父亲。我们在这坐了有一阵了。你想喝茶吗?"

我坐在他俩前面,眼睛盯着瓦尔黛,跃动的火苗照亮了她一侧的脸,给她的脸增添了一丝生气。她一定饿坏了吧,她知道警长要对她干什么吗?我记起阿姆西尔医生的话——性交会带给她生命吗?她所缺失的生命?

穆哈拉姆不再看他的女儿,而是疑惑地望着我。站台的另一端出现了一个姑娘的影子,看着比瓦尔黛更瘦弱,更没有生气,但她至少还是活着的。她在站台上来回挪动着脚步,像是在等待什么。朱马站起身来,说道:"我熬不住了,我明天还得早起,迎接报纸专列。"

他朝站台尽头走去,那个姑娘跟在他后面,一直低着头。我看着这个老人,发觉他正奇怪地盯着我,他说:"你之前认识我女儿吗?"

我摇摇头:"不算认识。之前只是隔着很远见到过她。你认识那个跟她在一起的男孩吗?"

老人急忙说道:"那是她未婚夫,他曾经求我把女儿嫁给他。但他为了学业,把婚期往后推了。"

我知道他回答的得这么急促,是因为他没说真话,为的是保全瓦尔黛的名声。

我问他:"他是什么人?学生吗?"

"他叫哈桑,不是学生,是开罗大学工程系的助教。他是这么跟我说的。你先说你是谁?"

我没有太多可说的,甚至也没有理由继续待在这里向他提问。

他并没有正视我,只是听我零零散散地讲起那件外套的事。他只是需要一个人坐在他身边,安慰他。我问他:"出事的时候,你在哪里呢?"

他悲伤地看着女儿,然后转向我,说:"我当时不在。我把她一个人抛下,时间太久了。我是个海员,我的工作就是在海上漂荡,荒废了自己的青春,也错过了陪伴她度过美好的童年岁月。"

我惊奇地问:"海员……我们这个城市可是连条河都没有啊。"

"我自从短暂访问过亚历山大之后,就被大海的庄严和威猛折服了。我之前和镇上大多数居民一样,是工厂里的工人,每天只是面对着厂房的四面墙,如同囚徒一般,呼吸着粉尘空气。当我看到面前的大海,那样宽广、辽阔、自由,像只随时准备跳跃的猛兽,澄澈的蓝色,身躯翻来转去,扭曲又展开。我的胸腔里充满了它独特的味道。它一直陪伴着我,直到我回到工厂,它还跟我在一起。我无法继续容忍车间的粉尘。我抛下一切,离开了工厂。我在船舶和海港之间流浪,干过仆人、清洁工,最后是海员。两段旅程的间隙,我都回过家。我父亲催着我结婚,也许他只是想让我安定下来。但就算我结了婚,我还是无法忍受在这个憋闷的城市里呼吸。我总是在漂泊,即便看着妻子的肚子一天天大起来,我还是要去漂荡。几个月之后我回来,看见家里多了这个美丽的小姑娘。她母亲给她起名瓦尔黛。真是个美丽的名字,真是个可爱的女孩,我一进家门就被她迷住了,她是那样的可爱,我抱着她,亲吻她,梳理她的头发,我从没想过我会拥有这样的宝贝。但我的妻子生病了,夜以继日的孤单和等待把她耗光了,她最终还是没能抵挡住岁月的侵袭,离我们而去,抛下我一个人照顾女儿。我决定留下来陪她,享受她的婚姻,再看到她生一堆孩子。这个叫哈桑的男孩出现之后,我曾经对他定好条件,在这里同瓦尔黛成亲,不能把她带到开罗去。但只是口头约定,外加念诵《古兰经》开端章而已。但时间没给我机会,她就这么奇怪地离我而去。我真没想到,女儿让我回归家庭,却突然又抛弃了我。"

他沉默了,大声地叹口气。我看到他的脸上闪着泪光。我再次望着瓦尔黛,但她再也不能对着迟到的泪水做出什么回应了。我还想知道更多,便问他:"瓦尔黛爱他吗?是她把他领回家的吗?他们是怎么认识的?是街坊邻居吗?"

"她很少谈他,他的话也总是不多,他时常会出神地想些什么,沉默不语,脸色铁青。有时,他一走就是好几天,瓦尔黛都见不着他,但是只要能看到他,瓦尔黛就止不住地笑逐颜开。

所以,我尽管对那男孩一无所知,但还是接受了他。说实话,这城里的人我了解不多,毕竟我离开这里那么久了。我所做的就是向剃头匠阿提亚·扎玛尼打听哈桑的事情。他跟我说哈桑是个好青年,人很上进,前途光明。看着瓦尔黛见到他或者是单单听到他的名字时,便喜笑颜开,这对我来说也就放心了。"

篝火熄灭了,木块烧成了随风飞扬的残烬。我还不想站起来,夜的厚幕开始散去了。几条灰色的亮光出现在天际,一群警察赶来,用怀疑的眼神盯着我们,命令我们离开。我担心警长会滥发淫威,把瓦尔黛带到警局监狱去。但警察们只是站在瓦尔黛四周,防范不速之客到来。

瓦尔黛的父亲挪到另外一个地方坐着,离她远远的。我看见她的脸正被晨光照亮,苍白而纤弱,罩着一层死亡的朦胧。仿佛她的躯体就要在一瞬间化作幽魂,只留给我们充满忧伤的凝视。

那天我没有去系里,我对自己说,最好先去睡一会儿,之后才能去背一天的书。但我没能做到。我一连做了好多噩梦,梦见警长一次又一次强暴瓦尔黛。我惊醒过来,身上全是汗。我丢下书房里成堆的书,来到大街上。我走到破败的老城区,穿过水塔和一堆昏暗破旧的店铺,里面的货品也看不清楚。我问了好几个人,才找到阿提亚·扎玛尼理发铺。这家铺子在一个小广场旁边,挤在一排住户家里面。理发铺里的镜子上布满黑点,里面唯一的一把椅子的皮面都烂了,海绵都探出头来了。阿提亚坐在铺子外面,看见我立刻站起身来,大概是把我当成顾客了吧。他突然又咒骂起这世道,咒骂大家都放肆地把头发留长的时尚。我只得"自愿"地把头交给他。并不是我想推动他说话，他和其他剃头匠一样，一旦摸起剪刀，嘴里就停不下来，好像手和舌头由一条神经连着似的。他一边口若悬河，一边还瞅着镜子里我的表情，看看话题是否激起了我的兴趣。我们聊着聊着就谈到瓦尔黛了，我冷不丁地问：

"哈桑是谁啊？你认识他吗？"

他舒了口气。他不喜欢愁眉不展、不苟言笑的顾客。他一剪子薅下我一大撮头发，说道：

"先生，他是我一个朋友，我是他最亲密的人，没准比那个站在车站里的姑娘还要亲。"

"他是我们市里的吗？"

"你怎么会不认识他呢？他是拉希迪师傅的儿子。以前物价上涨的时候工人闹罢工，他父亲在那时就死了。"

我们这儿闹过很多次罢工，死了不少人。有的人是被踩踏死的，有的被军警打死，有的被催泪弹窒息而死，有的被抓到警察局一处，被倒吊着充气折磨而死，或是耐不住笞跖刑死掉。在这个还留着氨气味儿的城市里，物价飞涨，抗议声不见消退，发生这样的事再正常不过了。他舔了舔嘴唇说：

"愿安拉庇佑他……他是个真正的英雄。是他阻止了莽撞的工人焚烧厂里的机器，他说，这是我们的生计，也是子孙的口粮，你们要蛮干就从我身体上踏过去吧！"

我聚精会神地听着，忐忑地问：

"工人们真的从他身上踏过去了吗？"

"当然没有。他德高望重，大家都听他的。但是那帮军警不知从什么地方闯出来，不分青红皂白地一通乱打。拉希迪师傅又一次想阻止他们殴打工人，但最后倒在军警的鞭子下。"

我们都不说话了。这样的故事发生了一次又一次,任何评论都显得多余。在这样的事件里,我们不再将那些死去的人称为烈士,也不再为之哀悼。而死亡也不再是多么新鲜的事情,这样那样的原因无处不在。我想知道更多的情况,就问道:

"哈桑当时在哪儿呢?"

"他那时在开罗学习,在工程系。他很幸运,出事的时候他不在这儿,要是他也在工厂,就得和他爸爸一起吃军警的鞭子了。"

我第一次有些同情他。之前我有些恨他,觉得是他的离开才会让瓦尔黛那样的。我低声问:

"那他怎么长大的?"

剃头匠伤心地叹了口气说:"凑合着过呗,这儿吃一顿,那儿讨一口,不过安拉还算照顾他吧。"

我沉默下来,看来情况比我想的糟糕多了。我又问:"他爱瓦尔黛吗?"

他笑了笑,想打破我俩之间沉闷的气氛。他说:"我是看着他俩好上的,我亲眼看着他俩认识的。他们俩是在我店门口的小广场上认识的。那姑娘是那么瘦小,瘦得弱不禁风。哈桑那时就坐在店门口,正好看见她。哈桑每次回城里都会来这儿坐坐,和我聊聊工程系里的事儿。哈桑成绩名列前茅,他梦想着先当上系里的助教,然后是教授。他的情况虽然很困难,但理想远大。他头脑火热,勇敢迎接那些困扰他们娘俩的问题。没有人知道他们娘俩靠他父亲的那点退休金,到底是怎么生活的。瓦尔黛出现在他的面前,她轻盈地迈步,仿佛脚都没沾着地面。先生您知道吧,几年前一支俄罗斯芭蕾舞团来过我们市里，在工人剧场办过一场演出，瓦尔黛的脚步简直就和那些芭蕾舞演员一模一样。也许这种纤弱，引来一条癞皮狗的袭击，可能它从来没见过这么美的女孩，便尾随着她，吓得她在街上边跑边喊。哈桑赶忙向她奔去，急速的脚步在地面上敲击出有力的响声，把那只怯懦的野狗吓得仓皇逃窜。但姑娘被吓得哭泣不止，几乎要崩溃了。哈桑握着她的手把她领到店里，让她坐下。我端来一杯水，但哈桑还给她拿来冰镇汽水，让她镇定下来。姑娘看来确实需要它，把整瓶都喝完了。她慢慢平复下来，坐在那儿听哈桑说话。顾客进进出出，我便丢下他俩单独待着。她在这儿坐了好久。"

"那他是真的爱她。"

阿提亚快把我的头发剪完了，一边在我的脖子上扑粉一边说："当然啦，先生。但是瓦尔黛没能让他喜欢上这座城市。他没有忘记，正是这座城市杀死了他的父亲，他年迈的母亲去世之后，瓦尔黛成了他和这座城市最后的纽带。只有想她的时候，他才会回到这儿；有时一去很久也不回来。他带着热烈的想念回来，但看到这座城市还是老样子时，思念便很快消散了。"

"她呢……"

"当她爱上他之后，他的远去让她备受煎熬。少女的心啊，轻柔得就像羽毛一样。"

但是，他能想到，他哈桑的离去，会把她折磨到僵立在那儿的地步吗？

我问："但他已经毕业了，当了系里的助教不是吗？那为什么不去娶她呢？"

他漫不经心地看了我一眼,双手搓了些古龙水抹在我的脸颊上,说:

"他害怕结婚。最近一段时间,他不愿同她有任何形式的联系……"

我吃惊地问:"他都没有跟人提亲吗?"

"他没跟我说这事。结婚、成家立业的事,全然不在他心上。也许他父亲突然去世,彻底剥夺了他心里的安全感……"

我觉得一阵惊慌。瓦尔黛的父亲是在说谎吗,他跟我说过哈桑向他提亲。或者说,瓦尔黛是在自欺欺人?难道她爱哈桑到了如此忘我的程度,就像很多女孩子一样,以为忘我付出就能让男孩回心转意?阿提亚说:

"哈桑不想承担责任。起码他是这么说的。"

我怀疑地说:"也许他在开罗还有另外一个女人。"

他含糊地说:"可能吧……但他也没跟我提过这事。"

我又开始讨厌起这个叫哈桑的人来,尽管我刚刚对他有一点同情。他是在玩弄她的感情吗?她知道真相吗?她接受了吗?

我已经理完发有一会儿了,我感觉寒气从头上渗进我的身体。哈桑知道离别的那一刻,对她意味着什么吗?

我突然问阿提亚:"你知道他的地址吗?能不能联系上他,告诉他瓦尔黛出事了?"

阿提亚茫然地看着我,似乎没料到我会问这样的问题。他说:

"先生啊,您想想也知道,我从来都没想过问他的地址……他也从来没跟我提起过,哪怕是偶然提起。"

我继续催他：

"他在城里肯定有别的朋友吧，没准这些朋友中有人知道他的地址。"

阿提亚带着明显不悦的语气慢慢地说："他没什么朋友，也就是马赫鲁斯那厮，还有阿祖兹那个小丑。你觉得他俩能知道些我不知道的吗？不可能。"

但这个念头开始在我脑海里发酵了。本来和他只是闲聊天，却让我不知不觉中找到了一条解救她的道路。尽管希望很渺茫，也许只能算是一种无根据的假想，但我还是觉得哈桑回来是让瓦尔黛还魂的方法。也许哈桑爱瓦尔黛，只不过不像瓦尔黛爱哈桑那么深沉，但他不该迟迟不归，不来救她。

我充满希望地说："也许他俩知道呢。没准他俩有人有哈桑的电话号码，让哈桑来，哪怕就来一天，也能救这个女孩。"

他像先前一样漫不经心看着我，慢悠悠地说：

"你想吧，他连我都不给电话号码。我看到他拿着一个新的时髦的设备，但没把号码告诉我们当中任何人。"

我陷入沉思。他谁都不相信，不想同他爱的姑娘结婚，也不信任他的朋友。我的头发看来是白理了，扎玛尼没对我隐瞒什么，他确实就知道这么多。我草草和他道了别，往车站赶去。我看见瓦尔黛还悲伤地立在那儿，似乎比之前更加僵硬了。警察们坐在她周围，无聊地打着呵欠。穆哈拉姆大叔独自坐在月台边，朱马如往常一样冲着乘客叫嚷，眼下这里没有我的位置了。我回到了家，想把自己带到复习中。我必须通过这个考试，它占用了我太多的精力。考试过了之后，我一觉醒来才能去想她的事。

我不知道我能考多少分，那不重要了。我把我能想起的东西全写上去了。我再也不用在食堂里徘徊不走，或是在图书馆假装用功复习了。我的女同学法婷也不会再占据我的脑海了。我只想和瓦尔黛一起待着，尤其是夜里车站空无一人时，陪伴孤独的她。我和她分开好多天了，她一个人在那儿，没有篝火取暖，穆哈拉姆也不在她身边。在她生命的最后时刻，她身边没有月亮也没有星星，没有过往的列车，也没有恋人的挂念，没有朋友的陪伴，也没有可以投靠的臂弯，没有耳畔的低语。她就如同一个游魂，找不到一条通往安稳的道路。在这样孤独的时刻，我感觉似乎她只和我一个人有关。这个晚上，我独自一人，尽可能地靠近她。我抚平了裹着她身体的我的那件白大褂，抚平了她的头发，除去了上面黏着的稻草。我长久地凝视着她的双眼，内心怂恿着我去吻她，但我终究没有勇气这么做。我坐在她面前，开始对她说话。我想变得开心一些，而不是哭丧着脸，也许从没有人陪她好好地说说话。就算是哈桑，在离别的最后时刻也缄默不语，不敢许下一个他不想履行的诺言。我搜肠刮肚，想找些话题和她聊，我同她讲了我在系里那些失败的爱情故事，通常是单相思，而且在对方感受到我的热情之前就结束了。一个灵魂渴望爱情的触摸，却找不到一个在意他的人，这实在是一件不人道的事情。

我听到月台远端传来奇怪的声音，我还以为警长和军警们又要发动进攻了。我看到黑暗里眼神在闪烁，我闻到了它们身上的气味，那是贪婪饥饿所散发出来的味道。我明白了我和她正陷于怎样的险境。她无力的身躯，正吸引城里的疯狗的到来。这些恶狼的后代，正缓慢地靠近她。我紧张地站起来，想着我该用自己的身体保护她,但不知道我们能撑多久。我飞快地跑开,从站台跳下铁道。铁轨之间总是铺满碎石,沾满肮脏的油脂,我全然不顾,抓了几把石子塞满口袋,手里还攥着一把。恶狗向我们喘着粗气靠近,其中一只咬住了瓦尔黛身上的白大褂的衣角。我大吼着跳起来,像野狗一样大声喊叫,狠狠地扔出石头,正中撕扯白大褂的那只狗的后背,它哀嚎着逃跑了。但剩下的狗并没有离去,我继续疯狂地扔着石头。野狗们用身体严密地包围了我俩,狂吠着,涎水流的到处都是,还一面灵巧地躲着石头。它们出于天性,同样也出于和人长久的打交道,知道我很快就会累得不行,只要它们叫得再狠些,我很快就会吓得投降。所有的石头都扔掉了,我只得开始寻找退路,但它们的包围圈越来越小,它们的眼睛露出凶光,利齿龇出了嘴外,我已经没有路可以逃走,也没有抵抗的武器……就在这时,我听到背后有人高声喊道:

"嘿,狗崽子。"

朱马赶到的恰是时候。他手里拿着一根粗大的棍棒,大喊着跑了过来。野狗们转向他,眼睛冒着光。朱马毫不迟疑,一棍子打在迎上前的第一只狗身上,那凄惨的哀嚎让所有的野狗都感受到了恐惧,仓皇逃窜,朱马边追边发出各种咒骂。

我筋疲力尽地站在那儿。我看看瓦尔黛,白大褂还罩在她的身上,除了下摆,还有好几处都被撕烂了。我没想到它这么快破烂成这样了,看来这个悲哀的姑娘也撑不了太久了。野狗的吠声已经远去,朱马也拎着棍子回来了,气喘吁吁。他还只穿着内衣呢。他说他听到狗的叫声,知道车站里有了麻烦事儿,就拎上棍子赶来了。他紧抿着双唇坐在我身边,一点都不觉得冷。他说：

"我就料到会这样……城里的疯狗嗅到她的气味，就会到这里来……这才刚开始呢。"

他说的没错。我们吃了一场败仗，这具僵硬的躯体帮不上我们什么忙。我说：

"我们所有人的情况都很困难……没有出路吗？这不可能吧。"

他指向还没建完的铁围墙。围墙从月台延伸到铁轨那边。他说："明天，我会叫管设备的工人来，把铁条拆掉，在她周围绕一圈。我不知道这样有没有用。"

我的心里燃起了一点希望之火。我说：

"至少，那些野狗就咬不着她了。"

"其他的情况怎么对付呢？今早警长带着一队军警，带着盾牌、警棍闯了进来。他们恐吓乘客，延误车次，还说要把她抬走，挪到别的地方去。"

我的心放回肚子里去了。我明白了大褂上其他撕破的地方是怎么回事了。他歇了口气，继续说道：

"你知道他们的，干事根本不过脑子，只知道执行命令。穆哈拉姆大叔拦着他们，他们就打人，还把他抓走了。这些蠢驴，他们还要把瓦尔黛拆成块儿带走呢。"

"他们后来怎么没干呢？"

"警长拦住了。要是那么蛮干的话，她就只剩下几块肢体了。他就叫停了。他们带着穆哈拉姆大叔走了。"

我看着她纤弱的躯体。她的身体如此苗条，这也许是她唯一的力量来源，但又能持续多久呢？我俩坐在一起，这会儿，朱马也在想同样的问题吧。我对他说：

"没准要是那个叫哈桑的回来，她就能活过来呢。"

他咬牙切齿地说：

"这个混蛋怎么还不回来呢。他没听说这些天发生的事吗？这事不是秘密啊。"

"这真是个问题啊。没有他的地址。"

"不可能……没有人会与世隔绝到这种程度。随便给我点他的信息，我会和他联系。即便没有直接联系的电话号码，我会发动所有火车司机去找他。这些人就像蚯蚓一样，无孔不入，总能找到他。"

他的话有道理。但是具体怎么办呢？我记起剃头匠阿提亚告诉我的那些信息，模糊得让我抓狂，我还没来得及仔细琢磨。我说："我再试试吧。"

城里不会有人想去警察局一处那个鬼地方的，即使是有利可图。警察局一处在市中心，是一座高耸的用带凸起的石头建成的大楼，还带着岩石的原色。房顶覆盖着红色的琉璃瓦，一看就知道是英国殖民时期的产物。实际上，英国人在埃及所有的城市里，只建造了警察局，还有沿着尼罗河谷地的水渠。警察局里到处是阴暗的地下室，走廊墙上满是烟灰和风干的血渍，像是中世纪的建筑。最近警察局重新改建了，增加了几间牢房，禁闭间也扩建了，还从中国进口了一批亮闪闪的镣铐，当然墙壁也重新粉刷了。

看来无论如何我得去一趟这个可怕的地方了。我给穆哈拉姆叔叔买了一些吃的，从前面的小花园走进了警察局一处。花园很小，阴森恐怖，种满了阔叶树。我鼓起勇气，问密探马赫鲁斯在哪儿。警卫跟我指指花园边上的一个木亭子,那地方很小,一帮探员挤在那儿。我没想到他们人数那么多,看上去样子差不多。他们都穿着褪色的外套,脚上穿着软塑料底的鞋,走路时没有声响。每人身边都有一根粗竹棍,这是他们的"权杖"。他们的境况比那些站得笔直、配着没子弹的空枪的军警好一些。只见他们抽着烟,喝着茶,放肆地笑着,打着嗝儿。

马赫鲁斯不在他们当中。我打听他在哪儿,有个人粗鲁地告诉我:"有事儿要帮忙吗?"我说明我只要见他之后,他们就对我没什么兴趣了。我在离木亭子门口不远的地方站着,不敢和他们待在一块儿。我只是希望警长别在这个时候经过或是看见我。他肯定不会放过我,他不会忘记我知道他的一些秘密。幸运的是,马赫鲁斯先过来了,手里抓着一个满脸是血的男孩。他推着那个男孩往前走,不住地用竹棍打他。这正是他的日常工作。他肯定是押着男孩去禁闭室的。他从我面前经过,我没有拦住他,只是站着等他完事。过了一会儿,他回来了。木亭子里耳目太多,我不想和他在那儿说话。我快步走上前,手里拿着装食物的袋子。

我说:"我给瓦尔黛的父亲穆哈拉姆叔叔送饭来了。"

他没有伸手去接,怀疑地看着我说:"你是那个医科生,没错吧?"

我点点头,手还伸着。我说:

"他年纪大了……肯定饿死了。"

他往后退了一些,打量着我。让我惊讶的是,他看上去有些害怕。他说:"我不能帮你送饭,他的罪名是重罪。他辱骂警长,还冲他脸上啐痰。这可是不容宽恕的罪,没准还会有更严重的指控。"

"可是他只是阻止他们抢走他女儿啊。"

马赫鲁斯脸都黄了。他又往后退了退,我怕他丢下我走掉。

他说:"你别这么说……你太小了,不明白自己在说什么。祸从口出啊。"

我把手放进口袋,摸了一会儿,掏出最后一张纸币。我把它递给他,恳求他说:

"我只有这些了……求您把饭带给他吧。"

他很无奈地叹了口气,取走了钱和饭菜,但站在那儿没动,用他的直觉,盯着我看了一会儿,说:"是不是这么回事……你把白大褂给了瓦尔黛,还给穆哈拉姆送吃的,但实际上你和他们什么关系都没有?"

我立马说:"我来这其实是为了哈桑,哈桑总工程师。"

他惊奇地看着我说:"我觉得你不认识他。从没看到你和他在一起。"

他比我想象中聪明得多。我甚至觉得他知道我讨厌他。我说:

"我想为他的姑娘做点事情。昨天一群野狗袭击了她,差点把她的身体撕烂了。"

我没提之前警长对她做过的事,那和野狗没差太多,但他没有什么反应,还是很固执:

"我觉得你不认识哈桑。"

"我确实不认识他……但我需要知道他在哪儿,或者是找到他的联系方式,我想通知他瓦尔黛遭遇的事。希望他能回来,哪怕只有一天。他在这儿,姑娘的魂儿就能回来。"

警察局里那边传来可怕的高声喊叫。是刚才马赫鲁斯带来的那个男孩吗?他接着说:

"直到现在,你还以为她能还魂吗?她已经死了,她僵立在那儿,这就是死亡的证明。我的经验比那些法医都丰富,我知道就是这样。"

听他的语气,对瓦尔黛满是怨言。难道因为哈桑和她相爱,他吃醋了?我说:"也许你说得对……希望很渺茫。我只是想拿到他的电话号码。"

他不耐烦地说:"没有哈桑允许,我什么都不能给你。"

我心中升起了一丝希望。我找到了跟这个哈桑联系上的一丝线索。我双手合起,祈求他说:"你至少跟他联系一下吧,告诉他发生了什么,让他自己看着办吧。"

他顿了顿,拿竹棍敲敲衣服下摆,小声说:"你真是小题大做……虽然这件事确实很重要。我既不知道他的地址,也不知道电话号码。可能他跟我说过,但我不记得了。"

他似乎是在努力排除哈桑并不信任他的嫌疑。我带着几分幸灾乐祸说:"真奇怪,我在剃头匠阿提亚那儿听到了一模一样的回答。"

他听出了我的嘲讽,提高声调说:"我不知道的东西,阿提亚或是小丑阿祖兹怎么能知道。我一直是他最亲密的人,我保护着他,才没人欺负他,殴打他,或是抓走他。你不知道做一个教唆工友烧掉工厂的刺头工人的儿子意味着什么。我不单单在这座该死的城市里保着他,还在大学里罩着他。"

他的话让我一震,我不知道他是在说实话还是说谎。我问他:"怎么回事?"

仿佛是要告诉我一个重大的秘密,他小声说:"你不知道他……他遗传了他老爹的闹事基因。我和他友好的目的就是,防止他干傻事。我有个密探同事,不只是同事,而是真的哥们儿,他隐藏在哈桑工作的工程学院。当然,哈桑不知道他的身份。在哈桑面前我从不敢透露他的身份。我的同事掌握他的一切情况,这是他的职责。他名叫哈木达·佐巴。他在学校里保护他,就像我在这儿保护他一样。"

我立刻想到了不一样的思路。希望重新在我心中升起:"那你就跟那个密探,就是说的那个弟兄,联系一下吧,我们就什么都知道了。"

"谁说我知道他的电话了?再说他用的电话肯定是用来处理公务的。我们只是工作上的同事,这件事情不值得如此兴师动众。"

我还没来得及多说一句,他转过身去带着饭菜走了。我也不知道他会把饭菜送到穆哈拉姆大叔那儿,还是和那帮人一起把它吃光。

这些混蛋,没人会信任他们。那个小丑阿祖兹会给我一些信息吗?这是最后的一线希望了。但是找他比我想的难多了。我跟人打听他,发现他居无定所,可能出现在城市任何一个地方,任何人都不知道的地方,也可能随时消失得无影无踪。我腾出手来,到市中心去找他。我走过弥漫着蜜烟味儿的咖啡馆,纺织手工业工人的馆子,没有他的行踪。我来到黑暗的地下室,女工们正埋头操作复杂的机器,绣着高档床单桌垫,晚上她们就铺着席子睡在地上。我来到郊区,走过吉卜赛人和流动小贩们的草棚,也没看到他。这些人聚在一起,在铁皮桶里点火取暖,借着微弱的火光,我看到他们在醉生梦死。我来到坑坑洼洼的"塞布哈"区,那些低矮的房屋是失足妇女谋生的地方,屋子里憋闷不堪。我还是没找到阿祖兹。为什么所有的事情都这么难呢?难道我就这么放弃,就这么把瓦尔黛抛下,任凭她这么自然地枯萎、死去?难道事情不值得我继续努力吗?阿祖兹啊,你到底在哪儿呢?

第三章　阿祖兹
　　——街头杂耍

　　我用一只手倒立着,把身体尽量往上举,我把两腿叉开垂下来,脚趾触到耳垂。这样灵巧的动作,以前只要我一做,大家都会惊叹不已。在这儿却无人叫好。我卷起身子,翻着筋斗,唱着小曲,调整一下呼吸。表演不能停,我不希望这些观众离我而去。我提高嗓门讲了个笑话:"有个傻瓜正刮胡子,有个电话打进来了。他连忙在自己脸上画了一道,记下刚才刮到哪儿了。"

　　这些小混蛋,怎么不笑呢?为什么他们跟他们的爸爸一样,每天都沉着脸皱着眉,不肯开心一些呢?按道理说,像我这样的小丑,应当是城市快乐的源泉,让大街小巷充满欢笑,他五颜六色的衣服提醒着人们,这里每天都升起新的太阳。但我从他们身上学到的,只有悲伤和猥琐,这种该死的悲伤情绪真具有传染性。我现在站在周五集市的场地上,周围是吵吵闹闹的孩子和来自周围村庄的农民,这是他们最大的集市了。这里熙熙攘攘,到处摆满了二手商品,就像是这座城市把它的五脏六腑都摆出来卖了：有破烂的家具，缺损的物件，坏掉的机器，以及没有任何价值的破烂儿杂碎，大家就为了几毛钱讨价还价争个不休。我把我会做的所有巧妙动作都做了一遍，摘下头上的尖顶帽，把它放在观众们面前转了一圈，但只换来可怜的几个子儿。这些吝啬的人，贫困使得他们更加吝啬。他们咂着嘴走了，只剩下我一个人坐在场地中央，疲惫不堪，欲哭无泪。

我看到一个年轻人向我走来，脸上带着羞涩的笑。他朝我伸出手，我想他是要给我什么东西。他没让我失望，他给了我一张小额纸币。我释怀了一些，他简直是最慷慨的一个。他站在我面前不走，我抬起头仔细看看他，他肯定想从我这儿得到什么。我说：

"我再给你讲个笑话吧。一个人对他朋友说：'赶紧去追你老婆，你老婆正跟别人在旁边树林里偷情呢！'那个朋友赶紧往树林跑去，但很快就回来了。他对通风报信的人说：'你简直是在夸大其词，哪儿有什么树林，只有两三棵树罢了。'"

他没笑。我就料到会这样。他脸上还是带着原来的微笑，没有多，也没有少。他突然说：

"我找了你好久。我不想浪费时间。你知道哈桑的地址吗？"

我嘴里重复着哈桑这个名字，一时想不起是谁。过了一会儿我才记起，他说的是"总工程师"。这个青年我也认出来了，他就是那个把自己的外套给了那个姑娘的医科生。他坐到我旁边，立马和我谈起瓦尔黛，说他想救她。他显得很单纯，看着都要哭了。我没想到他这么有同情心。我对他说：

"你不认识哈桑,也不认识瓦尔黛,她真的已经死了。我见过有人笑死,而她则是因为用情过度而死掉。死亡总是伴随着很多傻事,但到头来都是死亡。"

但他还是坚持。他肯定花了很多时间,坐在那儿盯着她,从没想过那具僵硬的尸体,最终的命运不过是瓦解和消亡。他说:

"那具僵硬的躯体里,还残留着她些许灵魂。这值得我们想办法把哈桑找回来。瓦尔黛是你朋友的未婚妻,而不是我朋友的,你只要努力去救她,哈桑就会感激你的。我只是想要哈桑的电话号码而已,我相信哈桑会回复我的。现在问题在于你们,你们三个人。你们都说是他的朋友,可你们连他的地址都没有?难道你和他们俩一样?"

我能感觉到他言语中的轻蔑。他拿我和絮絮叨叨的阿提亚还有害人的马赫鲁斯相提并论,这让我不能接受。我为自己辩解说:

"我跟他俩不一样,可能你会觉得奇怪,但哈桑和我的关系,比他俩都要近。我不是个普通的小丑,我对世间的事情了如指掌。我跟马戏团到处跑的时候,闲暇时间会用来读书,有时候我还会写诗,虽然写的不多,也不怎么押韵。但同行们都管我叫"马戏团诗人",这名号比马戏团小丑可好多了。所以我和哈桑关系非常亲密,我们会在一起谈论爱情、政治,还有一些私密的事情,这些事都是他俩从不关心的。"

我的话没能打动他。他可能从阿提亚和马赫鲁斯那儿也听到了一样的话。尽管如此,他的眼睛里闪出希望的光。他问我:

"那就是说,你有他的地址?"

我很有把握又带点自得地说:"当然了,这是朋友之间自然的事,不是吗?"

我们并排往前走,集市已经被我们甩在身后。他急切地问:"地址在哪儿呢?"

我还是一样自信,我这么说是认真的。我说:"是他手写在一张纸上,在我房间里一个安全的地方。"

他看上去迫不及待:"那现在就去你房间吧。"

他看着很着急,也许是瓦尔黛的魔力驱使他如此吧。但我不能这么容易就泄露我的秘密。并且我尽量让自己所说的听起来有说服力:

"我只能在晚上去。"

他怀疑又恼怒地看着我。我发誓我不想和他开玩笑,我也不想故弄玄虚。对一个落魄的小丑而言,故弄玄虚有什么意义呢?那个女孩我们大家都认识,为什么大家都不想着去救她呢?我没有想到,大家都没想到吗?为什么大家都认定她已经死了呢?难道大家都在心里潜藏着一个卑劣的念头,想尽快摆脱她吗?

我一直走在他身边,想安抚他恼怒的情绪:

"天快黑了,这地方白天总是很短。在这些巷子里,天色暗得尤其快。"

他惊讶地看着我。他不明白,这城市灵魂多大一部分已经渗进我的内心。我是正确的,这座城市中沉稳的黑暗,远比偶尔到来的光明要强大。我带着一丝突如其来的愧疚感说:

"我们去车站,看看瓦尔黛怎么样了?"

我俩都不说话，走过剩下的几条街区。在车站，瓦尔黛依然悲哀地站在那儿，我们对她无能为力。她旁边是一圈丑陋的铁栅栏。我向她投去怜悯的目光，我眼中不由自主地噙满泪水。我说：

"很多时候，爱情都是极度残忍的，它会把你的灵魂弄得半死不活，你没法痊愈，也不能忘却，也无力再爱。这就是我的经验。"

他奇怪地望着我，用审视的眼神看着我邋遢的仪表。也许他不会料到我会同他谈爱情这一话题。从没人真拿我当回事。

我说："你可知道为什么我和'总工程师'的关系比马赫鲁斯和阿提亚要近了吧？因为我和他很像，都有着纯真的情感。我们三个人中唯独我还有爱的能力，这就是让我留在你们这个悲惨的城市里的原因。"

他盯着我，等我继续说下去，也许纯粹是为了打发时间直至夜晚的到来。我觉得事情开始让我有些难过。我转过脸去，看着那个僵立的姑娘；我假装一直盯着她，泪水充满了我的眼睛。这个城市里除了哈桑，再也没有人关心我了。只有他知道，我的伤口很难愈合。没有人会知道，在我五颜六色的妆容后面，在我满是补丁的衣服里面，隐藏着一颗忧伤的心。我只不过是个流动马戏团里四处为家的小丑，常年的漂泊远游已经让我失去了根基。我记不起来我是从哪儿来的，也不知道我想念哪里。我所拥有的，只是孤独、思念、落寞、空虚混杂在一块的感情。在寒冷的夜晚，我和马戏团的伙伴们围在火堆前取暖，我不停地讲笑话，让大家都笑出眼泪来，他们离开后只留下我独自一直哭下去。夏天晚上，我们就露天睡觉，陪伴我们的只有头顶上璀璨而遥远的星星。我们唯一的忧虑就是，担心我们会在某个地方被爱牵绊住。陷入爱河的人，就像蹄子受伤的骆驼，无法离开原地半步。所以，我们内心中都认定，我们不能爱上任何东西，不能爱上某个地方，某棵树，某个墓碑，或是某个女人的脸庞。但是我，却走进了禁区。

我们的马戏团来到了这座城市。我们做的第一件事，就是乔装打扮，在大街小巷巡游，向人们介绍我们的演出。我的脸上搽满白粉，嘴唇画得很厚，显出夸张的笑容；两条眉毛高耸，像两道弯弓；鼻子尖儿上挂着一个红球，夸张滑稽地迈着步子。我带领着一队演员，每到一家咖啡馆前就停下来，把彩球抛向空中。我不停地讲笑话："一个小痞子和他朋友在路上走，指着一个有男伴的女人，对他朋友说：'我跟你打赌，这个女人名字叫富齐娅。'朋友吃惊地问：'你怎么会知道？'那人回答说：'因为她是我老婆。'"从一开始我就知道逗乐这个城市有多难，大街上的老百姓总是给我很多挫败感，直到我看见站在阳台上凝望着我们队伍的那个女孩。

她欢快地笑着，手指着我们，确切地说是指着我。她还是个姑娘，含苞待放的黄花闺女，五分天真和五分妩媚。我的心在颤抖，我去哪儿找这样微笑的脸庞，如此奔放的笑声？我站在她的阳台下面，把彩球抛向空中，我把十个球挨个扔到空中，再一个个接住，让它们在空中连成一个圈。我娴熟地抛起一个又接住一个，透过彩球连成的那个圈，我看见她的笑脸，她笑得那样灿烂。我们的队伍被我耽搁了，但是我不愿再往前走。我从嘴里抽出五彩的布条，从耳朵里变出小球，从口袋里变出一只兔子，从帽子里变出白鸽。我向空中抛出彩带，落到地上拼成心的形状。但是我的同伴们推着我向前，继续完成巡演。我只得跟着队伍往前走，不时还回头看她。她一直望着我的背影。我把心留在了她那里，我希望在晚上演出的观众中看到她，但她没有出现，所以那次演出显得既冷清，又乏味。

第二天，我一个人走到街上。开始情况看上去很庄严，一群小孩跟着我，喊叫着。我没有退缩。我站在姑娘的阳台下，开始了我的个人表演。小孩们的喝彩声越来越响，终于把她引了出来，我又看到了她的笑脸，听到了她的笑声。我使尽浑身解数，想从她那里赢得更多笑容。我看到社区男人们眼里对我这个"外来户"的忌妒。我收拾好所有的行头离开了，只把那美丽的微笑留在她脸上。晚上，马戏团经理严厉批评了我，说我不收钱就把压轴的节目演了出去，这样会毁掉整个巡演。他要求我不得再穿演出服出门。但我没听，我趁大家不备的当儿，又一次偷偷溜了出去。我来到她的阳台下，表演起我的杂耍。孩子们欢呼起来，街坊里的男人眼睛里都要冒火。但她没有出现，我没有再次见到她的脸庞、听见她的笑声。我的把戏也没有必要再继续演下去了。一定是她严苛的父亲或是善妒的兄长把她禁足了。我收拾好我的东西，在孩子们失望地叫嚷声中，慢慢地往回走。我的心特别沉重。再过一天或者两天，马戏团就要离开了，我没法再见她了，再也没法听到她的笑声了。

我在街区入口处的一个古老的清真寺门口停了下来，倚靠着墙，竭力控制住泪水。突然间，我看到她向我走来，她是从家里溜出来的。只见她东张西望，来到我的面前。我看到了她的风采，简直要流出口水。她迈着两条纤细修长的小腿，衣服上绣满了花朵,长长的秀发上裹着一个红色的发带,圆润的脸庞,秀气的鼻子,小巧的嘴巴,深邃的眼睛。这真是安拉创造的奇迹啊!我屏住呼吸,不让自己惊叫出声。她从我面前经过,却好像没有看见我。这只是一场巧合,还是说她专门为我下来的?我犹疑地站在那儿,看着她快到街角时慢了下来。我心领神会,赶紧快步跟上她。她慢悠悠地走着,我跟在后面不敢离她太近。我们走过一个又一个街区,转过数个街角,我仿佛觉得她会一直走下去。我们来到了郊外,没有人家,只有绿色在我们面前铺开。她轻盈地跳过一条小沟,我也跟着跳了过去。我们走在雪松树间,那柔嫩纤细的枝条像极了她。我喊她停下,她朝我看了一眼,笑了起来。她灵巧而流线般移动着,就像一个行走在地上的梦。最后我们坐在一棵大榕树下的石堆上,环绕着一架古老的水车。我有些紧张,又有点惧怕,担心有人会突然闯过来。我坐在她前面的石头上,她却转向她身旁的地方,离她最近的地方。我能看到她明亮脸庞上细微的绒毛,挽留着尚未远去的童年。她身上带着淡淡的香味,不是香水,是体香。她轻声对我说:

"你有真实的面孔吗?"

我摇摇头。她没等我回答就伸过手来,把我鼻头上的红球摘掉了,接着又摘掉了我头上帽子和假发,还有拉长耳朵的木夹子。她取出手帕,擦掉我脸上的油彩,手帕霎时沾满了红黑蓝色,我不知道我的真实面容是否显露了,只看见她脸上荡漾起笑意,她说:

"你长得还不错嘛。"

她靠过来,双唇轻轻地触碰我的脸颊。那不是一个吻,而像是火苗的舔舐或是蜜蜂的蜇刺,长久叮在我的脸上。直到现在我每次摸自己的脸,都会觉得火辣辣的。我忘了我们坐了多久,聊了什么。轻风为我们送来茉莉花的清香,那种纯真的芳香,不知从哪里飘来。也许是周围有茉莉花树吧,开满花朵。花儿热恋着阳光,正如我爱慕着这个姑娘。她说:

"给我讲个笑话吧。"

我便讲道:"一个矮小的男人走进马戏团经理的办公室,说他要找份工作。经理问他:'你会干什么?'小个男人说:'我会模仿各种鸟叫。'经理说:'我们没有这样的岗位给你。'男子说:'真遗憾啊………啾啾……啾啾……'说着从窗子里飞走了。"

她一直在笑,直到夜幕临近。她得回家了,我也得赶去表演我的节目了。那一晚上我没有睡着。我用手托着脸,鼻腔里还充满茉莉花的香气。在接下来两天,我都遇到了她。我带着我的真面目去见她,还亲吻了她的嘴唇和脖子。当我把双唇放到她的纤细的锁骨上时,她制止了我,那是不可逾越的底线呢。当我向她介绍我自己的时候,我才发现我的生命是有意义的,我并不是那个活在城市角落里的边缘人。除去面具,我还有我自己的脸,它可以去恋爱,去倾慕。她就坐在我旁边,我们手指相扣,我突然意识到,光明在我眼前展开,我有了故乡,有了土地,我要住在这儿,扎根在这儿。那天晚上,我飘飘欲仙,手舞足蹈,翻着跟头,讲着各种笑话,我拍打大伙儿的脸,他们也打了我几十耳光。到了最后一个夜晚,马戏团开始收拾行装,准备前往另一个城市。我不想和大家一起走。经理不解地看着我,以为我是在演戏,要求涨工钱。但我特别开心,他又是威逼又是利诱,而我只是笑着。我亲吻了大伙儿,一直把他们送到城郊。之后,我兴高采烈地回到了城里的街道上,在狭窄的街道间跳跃,在咖啡馆前免费表演翻筋斗。我的身体还停留在陶醉的状态。尽管我在这陌生的城市里没有亲人也没有栖身之处,但它对我来说不再陌生,反而成了我生命中最亲切的地方。我和姑娘在废弃的水车旁约会,我闻到了茉莉花的芳香,吻着她的双颊,直到锁骨。我对她说,我明天要到她家去,去见她的家人。她闭着眼,温顺地呻吟着。每当我想去吻她双唇时,她就主动迎上来。我们并肩走着,苍白的暮色笼罩四周。我告别了她,又度过了一个不眠之夜。

我说到做到,来到她的家里。我走上生锈的台阶,按照礼节,从大门进了家。我坐下来,家人都围坐过来,大人小孩,满满当当。但她没有现身,这也是礼节。他们对我一无所知,之前也没有人在镇上见过我。我跟他们说,我是同巡游马戏团一起来的那个小丑。他们立马哄堂大笑,有个人说道:

"给我们讲个笑话吧。"

这不是讲笑话的时候。我对他们诉说,我有多么喜爱这个城市,想在这里待一辈子。他们只是继续笑着。我跟他们说,我会去工厂找份工作,我想娶他们的女儿,但他们还是继续笑。我同他们谈我曾经的绝望和现在的喜悦,同他们谈我的希望和梦想,跟他们讲我获得新生的那个时刻。我迫切希望他们答应我,让我获得开启真实生活的动力,不用再去搞笑。他们笑得眼泪都流出来了,他们没有答应也没有拒绝,我弄不清他们到底是什么意思。她从房间里走了出来,站在他们中间,竭尽全力提高嗓音压住他们的笑声,宣布是她选择了我,但没人听我们说话。直到我沮丧地下楼梯时,我才知道事情是多么可笑。一个小丑,就像断枝残叶,拼命想抓住一个依靠,但谁会在乎你呢。

这事过后,家人就把她看得更紧了,她要是抗议,他们就根本不让她出门,我要见她就难上加难。城里的街道变成了陷阱,缠住了我的脚步,却让我再次流浪。我四处飘零,在纺织厂干过,在轧棉厂干过,也在楼梯下的成衣工厂干过,但那些岗位都需要工作经验,我只能干些边边角角的活儿,而且在一家工厂都没干长久。我是一个命中注定了悲惨的小丑。她虽然被盯得很严,但还是派她一个小女伴来告诉我,她想尽快见我一面。我在老地方见到了她。那时的茉莉花已经被人摘光,香气早已不再,只剩下盐碱地散发的气味。她哭着对我说,她就要结婚了。她没法拒绝,尤其是她从街上带着小丑回家的故事在大家之间传开了之后。她家人笑容的背后,是冷酷的脸。她不得不嫁给她的堂哥,好让这场闹剧收场。她边说边哭泣,我手足无措。她勾着我的脖子,解开了自己的衬衣,把没有内衣包裹的整个胸脯展露在我的面前。她呼唤着我:

"拿走我……现在……我的身子归你。"

我热切饥渴地看着她。但我还是合上了她的衣服,把它系好,遮住她裸露的身体。我感到有些迷乱,但我不想她和我一样迷乱。我拒绝了她的礼物。我知道这是最后一次见她了,也将是我最后一次幻想拥有家庭或是开始新的生活。此后我没再去找工作,工作有什么用呢?只要我和她生活在一个城市,就足够了;只要我远远地望着她,就足够了——不管她是一个人走在路上,还是和她丈夫一起,或是和她的孩子们。一切都过去了，以后也就这样了吧。

那个叫阿里的医科生，认真地盯着我，不知是否听到了我内心所有的独白。我擦去眼泪，望着瓦尔黛，仿佛她也正看着我，可怜我，也可怜她自己。没什么，这只是另一个在这个城市中死去的爱情故事。夜幕很快降临了，消失的是地球上最短暂的东西：白昼。站长朱马出现了，抱着满满一盆木块儿。直到最后一班列车离开，他才肯生火。阿里有些担心，也不相信我。他站了起来，说道：

"难道这个姑娘不值得我们替她跑一趟吗？"

我望着四周，看看天色有多黑。

"她值得我们做更多，但这事不是我们说了算。我只有天黑的时候才能回到我住的地方。"

他不解地盯着我，但明白我不想再多说什么了。我俩静静地坐着，望着瓦尔黛。军警们已经走了，又只剩下瓦尔黛一个人。我多么希望坐在她旁边，继续和她聊天。车站里昏黄的路灯亮起，在她身边织起一层薄薄的雾气。苍白的月亮升起了。我没等到他催我，便起身说："我们走吧。"

朱马似乎有所期待地看着我们。我们走出车站，向城市北边走去，那是拥挤不堪的老城区。阿里紧跟着我，也不敢和我说话。我们走过有路灯的街道，穿过蛛网般的小巷和胡同。我们登上小山包，老城区就诞生在这座山包上。那时，那些亚麻纺织匠在这儿定居，迁徙至此的阿拉伯部落在这儿建造最早的房子，手工匠人在山包四周定居，犹太人在这儿开了地下钱庄，吉卜赛人定居在山包的脚下。他们中间隐藏着犯了事儿的亡命徒，有点脑子的警察都不会鲁莽地闯进来。我们继续往前走，一直到了胡卡·耶胡迪庙的围墙旁边。小庙早已废弃，晚上没有照明，在早些年间，它曾是澡堂。我曾向当地居民详细打听过。一些老人跟我讲过这里每年都会纪念建庙的犹太神父的生日，他妻子叫胡卡·耶胡迪，就葬在他旁边。小庙正面的围墙被一排商铺占据了，那些做生意的人趁着小庙关门、主人迁走的机会，在这儿私搭乱建。我们没有在商铺前停留，绕着寂静的围墙转了一圈，来到庙的后面。那儿空旷漆黑，周围只有野狗游荡。

我抚摸着墙上朽蚀的石头，正如我每天晚上做的那样。我看看四周。阿里惊讶地喊道："你在搞什么？你住在胡卡·耶胡迪庙里吗？"

我低声说："小点声……不然你想让我住哪？……总统府吗？"

我钻进围墙下的一个倾斜的洞穴里，拨开木条、石块和椰枣叶，里面隐约显出了台阶，通往洞穴深处。我快速地往下滑，挪开更多的石头，显得驾轻就熟。就像往常一样，里面显出一个通往地底深处的洞。我指着它，对阿里说："跟紧我，没时间让你犹豫。"

阿里惊呆了，茫然地看着四周。当他看到我滑下去，也只能跟着我滑。潮湿包围了我们，一股霉烂味儿。我把木条搬回原来的地方，看到洞里完全不透光了，我确信木条被放回原位了。阿里站在我身后，我听到他急速的呼吸声。他很害怕，仿佛自己已经被埋到了坟墓里。其实事情比这简单多了，不过是从一个拥挤的世界转到另一个更安宁的世界而已。我抓紧他的手，免得他摔倒。他问我："是你挖的这条地道吗？"

我拉着他的手说:"我没疯,也没这本事。是犹太人,庙的主人挖的。那时候他们就住在这儿。你可能听说过他们,了解他们的天性。他们总是担忧被人盯梢,所以得找好逃跑的路。他们每到一个地方,第一件事就是挖地道。"

我感到他的身体颤了一下,我知道他是被凸起的石头绊了一下。要不是我手拉着他,他就向前摔倒了。我说:"啊,我忘了提醒你这块石头了。"

我触碰到了他的脸,上面全是汗水。我们应该在空气耗尽之前,赶快通过地道。他越来越害怕,我对他说:"我给你讲个笑话吧。有个吝啬鬼要结婚了。新娘的父亲说:'聘礼要一万镑。'吝啬鬼跳了起来:'什么?有另外一家跟我提过亲呢,只要一千镑,而且她还怀着孩子。'"

我听到他央求的声音:"求你了,快点从这儿出去吧。"

我听到他沉重得几乎哽咽的呼吸。为了免得他再摔倒,我抓住他,推着他往前走。我对着他喊:"你在前面走,你这个懦夫。"

我感到迎面吹来一阵凉风,一线光亮透进来。我们已经走出地道,站到地面上了。阿里喘着粗气,瘫在地上,愤怒地看着我。我赶在他开口之前朝他喊道:"你得对着《古兰经》,哦,不,你得对着《旧约》起誓,你不会泄露这个地方的秘密。"

他也朝我喊道:"这么个烂坟地,有什么好跟别人说的。"

我们站在破庙中间的天井里,头上空荡的天穹里,只有一轮纤细的新月,我们周围是早已被损毁的大理石柱。他平复了呼吸,转头看看周围,站起身来抖抖衣服上的尘土。

我说:"你看,你安然无恙吧?我把你领到我的藏身处,够给你面子了,之前还没人享受过这种待遇,连'总工程师'都没有。"

他看上去有些不好意思,因为我看穿了他很慌张。他说:"用不着这么挤对我,你把哈桑地址给我就是了,我马上走人。"

我嘲笑他一点境界都没有,不想去探索新的地方,虽然他自己也不想这样小家子气。我说:"你连一点冒险精神也没有吗?你不想了解这个神秘的地方吗?就连我这个生人,都知道这是埃及,也许是世界上最古老的神庙之一。你在这儿等我一会儿。"

他还在那儿东张西望。我扔下他,一头扎进无边的黑暗。我穿过倒塌的神殿,来到内堂之中。即使在黑暗之中,我也知道路在哪儿,就像一只蝙蝠。我紧抓着一柄多叉烛台,里面满是半燃的蜡烛。我掏出一盒火柴,点着几根,火苗颤巍巍的,看上去像是要熄灭,之后越燃越旺,照亮了四周。我回去找到阿里,趁恐惧还没有完全征服他。现在征服了他的,是好奇心。我把烛台举高,好让他看清周围的一切。这座破败的建筑有两层,倒塌的墙壁露出里面的祷告厅。精细的大理石柱围绕着我们所在的天井,大部分已经断裂,石柱上面的横梁也已坠落,地上一堆废墟。天井中间是一座小喷泉,上面长满青苔。我的目光落在庭院角落的一块竖立的石板上,我小声对他说:

"来,让你看看石板上的雕花。"

他肯定听到了我说话的声音,惊惧地看着我。我们来到石板前,旁边是一口深井。石板表面很平整,雕满了花纹。石板的上端雕刻着一柄烛台,看着很像我手里拿的这柄。我用跳动

的火光照亮石板上的铭文,连续的几行,先是阿拉伯语,再是希伯来语。我在阿里耳边轻轻地读了出来:

"安拉,创造了我们。我们的先知:穆萨和哈伦;我们的父亲:易卜拉欣、易司哈格和雅各布;我们的母亲:萨拉、里贝卡和拉希尔。"

我听到他断断续续的呼吸声。我拉着他的手,走在他前面照亮道路。我不需要亮光,这儿的每一块石头我都记得。我们走进一个封闭大厅,地面上散落着彩色的琉璃碎片。墙上的漆已脱落,墙上是锈蚀的镀金雕刻,大厅中央是布满尘土的几级大理石台阶。

我说:"男人们祷告时站在这儿,女人们站在上层,她们只是观看仪式的进行,无权参与祷告。有时我能听见他们唱诗的声音,仿佛他们并没有离去,他们的身影还在跟踪我……有时,我甚至感觉他们会拿着棍棒追打我,因为我侵犯了他们的圣地。"

阿里听见碎木片中传来什么声音,不由自主吓得向后退。我笑着说:"只是个耗子而已。耗子是我在这儿的伴啊。"

我们继续走,沿着破损的台阶登上一座大理石做的台子。台上还残留着此前覆盖的深红绒布的碎片,散发出陈旧的香水味儿。我对他说:"这就是祭坛,后面的凹槽是用来放《旧约》经书的。"

他奇怪地看着我说:"你是怎么知道的?你是犹太人吗?"

我跟他一样害怕,但我干笑几声,掩饰住这种害怕。我说:"我住在这个地方,我总得了解一下这个地方,免得他们的灵魂袭击我。我问过好几位城里的老人,有些人来过这个地方,还详细地记得这儿的情况。他们说这儿原本有很多黄金宝物,还有稀有的手稿,都被搬到开罗去了,具体什么地方不清楚。这儿只剩下这个包着雕花铜皮的箱子,里面装满了蜡烛。等这些蜡烛用完了,我就要离开这儿了。我无法忍受耗子,同时还得忍受黑暗。"

阿里惊奇地在原地转圈。这个大厅奇怪而骇人,阿里似乎已经习惯了这里的黑暗和灰尘,走到大厅一角有一排相邻的陵墓,仔细阅读上面的用希伯来语写的铭文,又一次惊讶地问我:"这些是什么人?"

"神父,就是他们的宗教神职人员。我只知道这个坟墓。"

我指着这一排陵墓中最突出的一个。我知道我肯定会再次吓到阿里。这个大学生,还是太嫩了。坟墓上的铭文是三种文字:阿拉伯文、希伯来文和拉丁文。此处埋着建造寺庙的先知伊尔米亚。他惊讶地往后退了一步,叫出声来:"难道说我们城里真的曾经有先知?"

"有什么奇怪的吗?这是座历史古城,从法老那会儿就有了。在这座山包下面,肯定还有很多被湮没的神庙。在那个时候,城市的居民就以纺织亚麻为业了;后来就开始纺织棉花。到现在,纺织化纤了。时间是不会停滞的。"

阿里嘟嘟囔囔,仿佛在自言自语:"如果他确定有先知的话,瓦尔黛能否成为他的奇迹之一?先知为什么抛弃了这座埋他的城市呢?这地方太封闭了,真不知道你是怎么在这些废墟之中过夜的?"

他看着筋疲力尽,又累又饿。我知道我把他留在这儿一天了,除了同情,我什么都给不了他。

他说:"我想走了。你把地址给我,让我走吧!"

我看着他。他还没明白为什么我把他留这么久,还没有感受到我独自一人面对废墟,心中是多么恐惧。但他还是得走了,我没法留他更久。我说:"你这么快就烦我了,那好吧。"

我端着烛台,来到一间侧室。他紧跟着我,不想在黑暗里落了单。我住的房间逼仄,又没有窗。这样才安全,里面只有一张铁床,上面是破破烂烂的褥子和羊毛罩子。毯子是城里出产的,样式传统,旁边是一堆衣服、纸张和旧书,还有几块干面包。我第一次感受到自己是这么落魄。阿里一直贴着墙站着,生怕多迈一步把事情搞砸了。我把烛台摆在一堆平坦的石头上。我挪开床垫,下面露出一堆碎裂的纸张,一下就被风吹散,把屋里搞得更脏更乱。我生气地嚷着:"耗子把我的纸都咬碎了。"

我伸手抓住一把纸片,但它很快就在我的指间粉碎四散。这些纸是我的命根子啊,里面有票据、诗句,还有未完成的日记,这些年残存的记录,就这么变成了四散的粉末。我没法再承受身体的重量,我双膝跪地,心脏狂跳。我听到声音从身后传来:

"那就是说,地址也已经不在了?"

我转向阿里,看着他的脸,知道他在想什么。现在让他相信一个在胡同口玩杂耍的小丑,真是件无厘头的事。这真让我心痛。我俩一起走进了一条死路。那些文件一点都不重要了,像我这样被社会边缘化的人生,还需要什么文件呢?但是可怜的瓦尔黛啊,很可能我们什么都还没办成,她就站在那儿四分五裂了。他苍白的声音说道:"我会再想个办法的。"

他手放在脖子上，已经烦透了我，烦透了这个地方。他转过身，离开了房间。

我听见他在破败的大厅里抽噎。可能他正努力控制自己不哭出声来。我把他戏弄了。我在他身后边追边喊道："等等！我会补偿你的……"

他没等我，也没看我一眼，走出了院子。我看着他绕着喷泉转了一圈，找不到我们刚才进来时地道的口。我上前抓住他的胳膊，说道："以安拉名义起誓，我会补偿你的……那个女孩命真苦，我比你更伤心。我体会过爱情的残酷，我知道它会怎样伤害你的心。"

他一下急了："怎么补偿？你能把被耗子咬碎写有哈桑地址的纸条给我吗？"

他使劲抽动胳膊挣脱我的手。但我拼命抓住他，说道："在找到办法之前，你会在黑暗里摸索很久的。我只要你给我五分钟时间。"

我们又回到了倾颓的大厅和憋闷的房间。蜡烛让房间充满了茉莉花的浓香。我放开他的胳膊，他靠着墙站在那儿。我膝盖和肘撑地，钻到狭窄的床底下。我的手指在黑暗里摸索。我呼吸很困难，从床下出来的时候，手里拿着一个铁罐。我擦去上面的土，自言自语道："运气还不错，耗子还没把它啃了。"

我打开铁罐的盖子，取出里面的一卷钱，交给阿里。我说："拿着，这是给你的。"

他吃惊地接过来，盯着橡皮筋捆着的那卷钱。我借着烛光看着他的脸，他显得很累，又似乎要哭出来了。

我说："你都看到啦……这是我在这城市里攒的所有钱。

这些钱没法帮我实现我的梦想,但至少能帮你完成你的心愿。"

他看看我,又看看钱,不相信我这么简单就把这些钱让给他。他说:"我没有什么心愿要完成。"

"不对,你肩负着重大的任务,你要拯救这个女孩迷失的灵魂。你要去开罗,把总工程师带到这儿来。你去工程学院,他工作的地方,也许头一两次找不到他,但最后肯定能找到。到时候你把他带到这儿,这些钱能帮上你的忙。"

这个想法看起来古怪又突然,但这是唯一有道理的想法。

他把钱扔给我,说:"这是你的钱,我不需要。"

"我知道钱不多,不够拯救我的生命、赐予我幸福,但足够帮助你拯救那个女孩的灵魂。拿着它,我求你了。我还会把钱要回来的,问你要或是问总工程师要,或者跟你俩一起要。别浪费时间了,你在我这儿浪费的时间已经够多的了。"

我从地上捡起钱,再次塞到他手里。他盯着我看了很长时间,我看见他眼眶里的泪水,在烛光中闪烁。茉莉花香越来越浓,最后他还是拿起了钱。我伸出手臂搂住他,他动情地抚摩着我的背。我觉得他要哭了。

我说:"快点,是时候离开这间暗房子了。"

我端着烛台,一起穿过庭院。我举起手,好让他看见地上的坑。我跟着他走进黑暗的走廊,有光照着走路总要便利一些。他很容易就找到了路,也没被那块凸起的石头绊倒。

我说:"我没法再往前走了,我不想让任何人看见这光亮,或是听见我们在地下活动的声音。快点去吧,也早点回来。"

我就站在那儿,他继续往前。他经过那堆木头和石头,那是世界与这里的分界线。他往上爬出去,我跟在他后面,把所有东西放回原处。

　　我一个人回来。这地方变得更加寂寥。我脱光衣服坐在床边，为了节省，我吹灭了蜡烛。茉莉花的香味还在。耗子窸窸窣窣的声音越来越响，又开始啃东西了。我仰面朝天躺着，有韵律的低语声越来越大，隐隐约约传来唱诗的声音，从四面八方把我包围，仿佛那些人把他们的秘密藏在了石壁之中。沙哑的声音回响着，越来越急促，像是要向我索要我身上的一磅肉。她终于来了，遣散了黑暗，她白皙的脸庞向我靠近。唱诗声和耗子的啮咬声都停止了。她坐到我的床边，解开衬衣，露出脖颈和锁骨，那是我一直想要亲吻的锁骨。她靠过来，在我耳边低语："你绝望了吗？你放弃希望了吗？"

　　我回答说："我太绝望了，太绝望了……"

第四章　阿里
——即将毕业的医科生

她的眼睛动了吗？在我离开这城市的时候，她的双眼在后面望着我吗？

她目光凝滞，没有泪水。她凝视着我，悲伤中带着模糊的希望。火车汽笛声响了，站长朱马大叔挥舞着手中将要熄灭的灯。我还站在车窗前，远望着她。车轮启动了，旧世界正在远离。远处是房屋和街道，高处是工厂的烟囱。我不时调整一下箱子在架子上的位置。等我坐到座位上，感觉一切都消失了，城市已经隐去，像是从未存在过。展现在眼前的是金黄的麦田。火车还在前进。

出行前准备得很匆忙。我对家里人撒谎说，我要去艾因宫医院①上一些课程。我对大家撒谎的时候，竟没有感到一丝愧疚。我不知道我什么时候能回来，也不知道回来后我会做什么，所以没和他们说归来的日期。我把所有积蓄都带上了，其实也没多少钱。穆哈拉姆大叔和朱马大叔坚持要给我些钱，我

① 艾因官医院：开罗大学著名附属教学医院。

都拒绝了。要不是阿祖兹哭着求着,我也不会要他的钱。只有他们三个人知道我这一趟出行的秘密,我是这么认为的。不知道瓦尔黛是否和我们一样知道这个秘密。我们讨论这件事情时,她就用双眼凝望着我们,她肯定能听见我,感受到我,认出了我,因为这种疯狂的决定不是单方面做出的。为什么我要把我自己同她的命运联系起来呢?我是爱上她了吗?难道正是因为这样愚蠢的爱,我才会踏上征程,去寻找她的真爱?

当我第一次面对法婷的时候,她也这么问我。不知道什么原因,她来车站送我。朱马大叔见了她,把我们的计划告诉了她,让我非常震惊。出发前,看见她站在站台送我,我简直不敢相信自己的眼睛。她的脸看着很苍白,充满疑惑。她对我喊道:"你真的要走吗?"

我想跟她说,我只是去做件简单的事情,只是去哈桑工作的工程学院而已,两三天就回来。要是第一次没找到他,我会再找第二次,他肯定会跟我回来的。她摘下眼镜,下意识地拿衬衣的一角擦擦,说道:

"你觉得这样可以让她从沉睡中苏醒过来吗?你是妄想而已。你忘了《戴维森》书里讲的吗?她实际上已经是临床死亡了。"

我找不出令人信服的回答。她说得对,或者说至少医学书里是这么说的。但我觉得,教科书里还有没讲到的内容,无法给这种情况下定义,哪怕是临时定义。有种神秘的、非人类的东西,可以让瓦尔黛死去的身体内的那颗心脏仍保持悸动。最后,法婷抛出了那个我最担心的问题:

"你爱上她了吗?"

为什么他们都揪住这个问题不放呢?

她双眼闪着光,似乎饱含泪水。我无法相信,但觉得愧疚,因为我是这一切的起因。我已不再关注她,而她却在此刻向我倾诉,真是让我困窘。她打开包,取出一张折着的纸。难道是向我表白的情书?她递给我说:"这是我姨母家表妹的电话,她叫萨米娅·叶斯里,工程系的大四学生。我跟她说好了,她会在学院院子里的方尖碑那儿等你。"

她说完转身就走,没有一句道别的话,也没有回身看一眼。要是她真的生我的气的话,为什么还要帮我呢?

火车一直不紧不慢地前行,经过了尘土迷漫的村庄,越过浅露的沟渠,停一会儿又接着走。我打一会儿瞌睡,不久就醒了。我看到了旅客们疲惫的脸,还有卖琐碎物件儿的小贩,他们的话模糊地交织在一起,在瞌睡中听起来一惊一乍。列车蠕动着爬进巨大的"铁门"车站。我头晕目眩,浑身是汗,便拿起箱子,晕晕乎乎地走下了车。

我每次来到开罗这座城市,都会立刻陷入恐慌犹豫之中,恨不得转身就回去。我走出车站,走进这个嘈杂又无序的城市。我没在原来的地方看到拉美西斯的石像,以前我到开罗都会看到这个醒目的标识。这座城市变成了一个陌生的地方了!我没有时间沉思细想,我得尽快去大学找到阿里。我走进地铁站,还没来得及跟售票员说去哪儿,他就拿走了我的一镑票子,塞给我一张小小的黄色的地铁票。

车厢里拥挤不堪,空气污浊,充满着各种体味和汗味。我在一个角落里找了个地方,免得听其他乘客的窃窃私语。一站又一站,穿过这个总是让我烦躁不安的城市。我待在这儿一点都不开心。地铁直接把我带到了目的地,就像一支在地下穿行的利箭,将我带到另一个世界——总工程师哈桑的世界。他长什么样子?如果我看到他,能认出他来吗?下去了一批乘客,又上来一批,车上没那么挤了,疲惫的面孔消失了,取而代之的是更年轻水灵的脸庞。大部分女孩子都包着头巾,男孩们不住地大声嬉笑取闹。我想起我和他们也差不多,也就比他们大个一两岁,因为医学院的学制比他们长一些。而且我的心上总是藏着诸多心事。终于,我看到了"开罗大学"的标识牌,我放心地舒了口气,这一路比我想得简单多了。台阶通向大学外墙的后面。我在学生流里走着,感到舒心了一些。周围是泛黄的老旧围墙,我闻到了从阶梯教室里刮来的尘土味道。建造于世纪初的建筑阴郁而傲慢地俯瞰着我。学生像浪潮一样涌动,但我觉得对于这座建筑,时间仿佛停滞了。我叫住一个学生,他正和两个戴头巾的女孩一起走。我问他去工程学院的路。

他不无讥讽地说:"你不会走错的,先找到法老方尖碑……然后你会看见周围站着一帮僵直的学生,就像方尖碑一样……那就是工程学院了。到了那儿,你可得保持微笑。"

他说完就走了。我笑了笑,笑他的那种幽默精神。我在小片绿地间穿行,走过好几个指示牌,最后在方尖碑前停下来,仔细端详上面的雕刻。也不知道我是在寻觅有关那个叫哈桑的人的线索,还是故意拖延进入那座带着柱子的石头建筑的时间。到处都是学生,有的坐在入口处的台阶上,有的坐在草坪周围的木椅上。我想先问问他们,希望有个人能直接把我带到他那儿去。但我不好意思开口打听一个女孩的名字,又不想直接走进大楼,迎接管理员的刁难和他们怀疑的目光。我只能碰碰运气，看有没有巧合的事情发生。然而所有人都用惊奇的眼神看着我，仿佛从没听过这个人的名字一样："什么？助教？哪个系的？什么专业？"

尽管他们都不认识哈桑，但我也没失望。这只是开始，我得克服我的害羞。我取出法婷给我的那张纸，不停地念叨着那个能帮我的女孩的名字。我绕着方尖碑踱了几圈。学生们都渐渐离去了，只剩下一个胡须浓密的学生，独自一人出声地念《古兰经》，也许是为了显示他的虔诚吧。他看着有点不悦，可能是因为我让他分神了。我向他提到了哈桑的名字，他摆摆手说不认识。不过我提到那个姑娘的名字时，他停顿了一下。我知道像他这样留长胡子的男生，对女孩们的全名特别感兴趣。我之前有个同学，胡子比他还长，背得出同年级的所有女孩的全名，甚至其他年级的。

他从牙缝里挤出几个词："遇上她你就完了。"

我不明白他说的什么意思，只是盯着他装傻。他胡乱一指，说道："你就往那儿走吧，她就在那儿。那是个被诅咒的女孩，在那个被诅咒的学院……"

我还没弄明白他说的什么意思，他就又专心地念起《古兰经》来。我走到他指的那个地方，找到了他说的那个女孩。我吃惊地站在那儿，她根本不是什么被诅咒的女孩。她坐在地上，身体向前弯着，正很耐心地在一张很大的纸上划一条条彩色的线。她的头发垂着，遮住了脸庞，只能看见她沾满颜料的手指，原来是在设计板报。她旁边是一个姑娘的照片，看上去正是她本人。我想去读读板报的一些专栏，恰巧她抬起头看见了我，我也看到了她精致的面容和明亮的大眼睛。

她理了理脸上的一缕头发,露出了修长的脖子,简直是娜弗雷提蒂①王后重生了。她这么美,绝对不会是受诅咒的。我听见她说:

"显灵的主啊,简直是《年轻女人》里的舒克里·萨尔汗。你从哪儿弄来的这个箱子?"

所有的话都堆在我的嗓子眼,我卡壳了一会儿,然后说:"法婷让我来找你帮忙……真的是有正经事。"

她抿抿嘴唇,说道:"不用这么严肃……来,先把包放一边,帮我把这板报挂起来。"

我们把板报搬到方尖碑对面立着的一块木板那儿,把它四边固定住。学生们都远远地看着,没人上来帮忙。姑娘漂亮的圆脸看上去挺兴奋,她按住板报的一边,试着去固定另一边。她递给我一些图钉,让我去钉住她手里的那边。她又往后退了些,仔细地看。我扫了两眼最醒目的标题,都是抗议通胀、腐败、缺乏自由的愤怒字眼。我立马知道了为什么学生们都不愿来帮她的忙,他们知道这张板报会激怒遍布各处的安全人员,学生中即便有人和他们合作,也难以得到他们的满意。姑娘看出我在读报,走过来一步说道:

"你喜欢吗?"

我说:"这些都是大胆而愤怒的观点。我想把它读完,但是没有时间了。没准等我找到要找的人,我会再来看完。"

我的回答让她不高兴了。她开始向我灌输她的想法:"法婷告诉我你这趟来的原因,挺古怪的原因。你觉得你真的能让那个女孩起死回生吗?"

---

① 娜弗雷提蒂:古埃及法老时期著名王后。

"我从不认为她已经死了。如果我能找到她爱的人,并且把他带到她身边,没准她体内冻结的化学成分就会变化,她的生命意志就会恢复。"

她奇怪地看着我,低声说:"你是认真的吗?"

"当然了,我相信爱情的力量。我在很多疑难杂症当中见过,一点点爱情,就能延长生命,减轻病痛。"

她还是用质疑的眼神看着我。其实我自己也无法证明我说的话。我向她说了我要找的人的名字,我以为像哈桑这样年轻的助教应该会引起女孩的注意,不想她摇摇头,像是从未听过这名字。她说:"哪个系的助教?这学院有十一个系,每个系都是个独立的世界。"

"我只知道他是工程学院的助教。除此之外一无所知。"

"你应该先去教学机构成员事务部,那儿的工作人员会跟你说他具体在哪儿工作。确定了他工作的系院之后,我们就一起去找他。现在嘛,先让我欣赏一会这幅板报。"

我走上通往学院外的路,走在龟裂的大理石板上。我问了一下清洁工,他把我指向一间小屋。屋里面坐着三个女职员,都是中年妇女,体态稍稍发福。她们长得都差不多,包着一样颜色的头巾,戴着一样款式的老花镜,看着像三胞胎。她们天天在这狭小的地方坐着,连脸上皱纹都长得一样。她们仨无所事事,正聊着什么私密的悄悄话,看我进来了还有点不高兴。但我没那么多闲工夫,开门见山地说:

"我找这个学院的一个助教,他是我亲戚,我想知道他在哪个系工作。他名字叫哈桑·拉希迪。"

她们都不说话,以至于我以为她们都没听见我说话。最后终于有一个人说话了：

"他跟甜点长有什么关系吗？"

她突然大声地笑起来。我感到自己的脸红了，她们是在嘲笑我呢。我想附和着她们笑笑，但第二个教工怀疑地看着我说：

"你是他亲戚，但却不知道他在哪个系工作？"

我早就料到会问这个问题，说："最近一小段时间我和他断了联系，现在家里有重要的事，我得和他联系。"

第三个教工开口了："什么重要的事？结婚，离婚，逝世，割礼？"

我努力地笑笑，没能回答。第二个教工用犀利的语气说："这是职工的隐私，一般来说不能透露给外人。"

我说："我不是在搜罗什么军事机密，也不是寻求个人信息，一切的一切，只不过是我想知道他在哪个系院工作。"

她很坚决："先生，不管怎样，都不允许。"

她们重新开始了她们的私房话，但我没离开。看见那个生气的女士旁边有把椅子，便坐了上去。她斜着眼瞪着我，说道："我说了，不允许。包括你在这儿待着，也不允许！"

"可是我是从很远的城市来的。你什么理由都不说，就一句'不允许'，是没法把我打发走的。"

她威胁我说："你再不走我就叫学校保安了。"

我说："我没做什么出格的事，你叫什么保安啊。我又没有干扰你们工作。"

她们三个互相看看，叹了口气。只不过是我在这儿打搅她们聊闲天儿罢了。其中一个站起来，恶狠狠地瞪了我一眼，仿佛要我自己知趣地离开。她拿起一个本子翻弄起来，边翻边用试探的眼神看看我，一度我以为她会立马告诉我哈桑在哪儿。但她还是用更怀疑的眼神看着我问："你确定是这个名字？"

我把名字重复了一遍。她说："我们这儿没有叫这个名字的。"

另外两个人也站了起来，跟她一起翻找。翻到某一页的时候，三个人停下来，简短地交流几句。她们知道本子里所有的名字，记得住大部分的内容。她们又聊了几句闲话，最后抬起头来，异口同声地说："没有这个名字。"

我惊讶地看着她们仨，不敢相信她们说的。她们把本子转过来朝着我，让我自己翻。三人回到了原来的位置上，继续嘀嘀咕咕。本子开始很长的一部分是学院教学机构所有成员的名字，还有他们的职务、系、专业，之后每一页是每个成员的信息，还有照片。我迅速地翻了一遍，尽管我不知道他长什么样，但哪儿都找不到他的名字，甚至连相近的名字也没有。到底哪儿出错了呢？难道说这么多年他一直在欺骗我们那儿的所有人？他一直在欺骗瓦尔黛和他那三个朋友？

我失落地合上本子，心情沉重地走出屋子。我在走廊里走了很久，我觉得自己找不到出口在哪儿了。我的任务还没有开始，就结束了。这个骗子把我逼进了死胡同。我唯一能想到的就是背起包赶最后一班火车回去，把钱还给小丑，之后陪伴在瓦尔黛身边，直到她消亡、死去。我走出昏暗的大楼，看见萨米娅还坐在板报对面的木椅上，有些学生鼓起勇气，开始站在那儿读板报。我疲惫不堪地站到她身边，呼吸困难，仿佛空气中的一个氧气分子都没有了。

萨米娅挺关心地问我："你找到他工作的系院了吗？"

"我什么都没找到，学院里压根就没有这个人，名册里也没有他的名字。"

她惊讶地看着我说："我不明白，你确定他跟你说他在这个学院工作吗？"

"我现在什么也不敢肯定了。"

她指指板报，说："我可以在板报上帮你写个声明，没准他会读到，来找我们。"

围着板报的学生越来越多，对着上面一些引人瞩目的片段指指点点。这让她有些扬扬得意。萨米娅沉默了一会，她能帮我的就这些了，我在这城市也没什么可做了。我拎起那个总让别人嘲笑的包，站起身来。她看着我问："你就这么投降，急着逃跑了？真是不堪一击。医学院的学生都是像你这样的怂货吗？"

萨米娅的话还真是挺重，但也说得在理。我回到她身边坐下，她心不在焉地看着那些学生。我不明白为什么她不让我走，难道只是让我确认我的失败吗？她突然说："你和我表姐法婷是什么关系？"

"同学而已。"

"同学而已？她可是对你很关心啊。"

"她怎么没让我感觉到呢？"

我不知道为什么我们要说这个，也不知道这样的对话会有什么结果。萨米娅说："她嘱咐我叫我尽可能帮你。我不明白要是你们的关系仅仅是同学的话，她怎么会一再要求我关照你。还有个最后的机会，就跟人们说的那样，最后的希望。我认识这个学院的一个老师,他之前是学院行政主任,后来干烦了就不干了。我去问问他,没准他知道这个所谓叫哈桑的人。"

萨米娅站起身,挥舞着手指提醒我说:"你在这儿,盯着板报。"说完蹦蹦跳跳地走了,消失在学院的门后。看来她对这成功的板报十分得意。学生们在板报前聚集起来,连那个大胡子也来了。他合上《古兰经》走上前来,边捋胡子边读板报。我盯着大家,觉得自己坐在这儿其实没有什么意义,就像我的这一趟旅行也没有什么意义。

萨米娅很快回来了,蹦跳着坐到我旁边的椅子上。她看起来有些迷茫困惑,但她极力掩饰,把视线转向板报,说道:"我就知道读板报的这些人最终肯定敌不过自己的好奇心。"

我焦急地问:"你打听到了什么?"

她含含混混地说:"我知道了一些,也可以说什么都不知道……你说的一半是对的,之前是有个叫哈桑·拉希迪的助教,但是两年前就被开除了…大概两年吧……他去哪儿了,谁也不知道。"

似乎我对这一个意外还不满足,我继续追问:"为什么被开除呢?他犯了什么错?"

"原因有好多,可能是政治……或者性骚扰,或者考试舞弊之类的。没什么大不了的,每天都会有人因为一些不清不楚的理由被开除,还有一些人不明不白地就消失了。"

我们又回到了原点。在这个既宽敞又拥挤的城市,每个人都难以找到自己,他就这么消失了,没有一点蛛丝马迹。我只能等待,等到哈桑感觉到自己应该回去为止。这人真够怪异的,让人哭笑不得。有那么一阵儿,我感觉他是个欺骗单纯姑娘的混蛋，又有那么一阵儿，我感觉他也是个受害者，只是因为某种我不知晓的情况罢了。可能他没有欺骗她，只不过向她掩饰了真相中残忍的一面。我很感激萨米娅，准备要走了："我不知道该怎么谢你，我觉得这就是结局吧。"

"你别这么伤心。看你这么急迫地要找他，你肯定能找到他的。"

"也许吧，恐怕找到的时候已经来不及了。"

我伸出手跟她握手，但她没看着我。一群男人向我们走来，穿着黑衣服，来势汹汹。他们一共有六个人，没有穿保安的制服。他们挤开围观的学生，径直朝着板报走来。萨米娅盯着他们，但还没来得及阻止他们或是说句话，他们已经扑向板报，把它拽下来了。萨米娅跑过去，想要拦在板报前面，但跟这些壮汉一对比，她显得那么弱不禁风。萨米娅大声喊道："你们无权这么干！"

一个戴墨镜看着像头儿的走上前，推了萨米娅一把，她差点倒在地上。"墨镜"恶狠狠地说："你最好滚开，否则把你逮起来，告你聚众闹事，妨碍公务。"

萨米娅大声喊道："你们这些畜生，你们不知道什么是言论自由吗？"

"让你写出来，已经不错了。"

其他的人狂暴地撕扯板报，把它撕成片片，扔在草地上。萨米娅再次试图扑向他们，但我抓住了她的胳膊。我早就习惯了这样的场景，我们城里民众和那些无孔不入的便衣警察之间的冲突太常见了。唯一的不同是，今天这些人略微客气一些，可能是因为他们的对手只是一个小姑娘吧。她突然哭起来，刚刚还那么欢快坚强的小姑娘一下就崩溃了。她走上草地，捡起那些碎片，好像是要让它们复活一样。有些碎片太小了，都没法再拼起来了。我一直抓着她的胳膊，让她坐到椅子上。我说：

"你抵抗也没用的，他们总是比你强。"

"我的辛劳就这么白费了，我的观点就这么被消灭了。"

"已经有很多人读过你的板报了呀，我看见他们都聚拢在板报前面。就连那个留大胡子的学生，也趁你不在的空当，放下手中的《古兰经》，站在那儿读你的板报。你想表达的信息已经传递出来了，这些人都是些傻子，总是后知后觉。"

她擦去眼泪，把头发拢到后面，松开手里攥着的碎纸片，说道："你还挺细腻的哈，也难怪你来这儿，为了一个不可能完成的任务。"

天色已经晚了，寒气蔓延开来。她的泪水已经干了。我应该加快脚步，去赶最后一班车返回我们的城市。学生都走光了，只有几个安全警察绕着我们转悠。我站住，再次同萨米娅握手。

我说："也许以后我们无缘再见了。今晚我就要回到我的城市去。"

她握着我的手说："谁知道呢，还不是永别的时候，我只是该走了。继续待在这儿，那些安全人员又该来骚扰我了。"

我们一起走过校园里的路，路上没什么人，只有一些恋爱的情侣，和一些安全警察。我们走出大门，看见几个刚才欺负我们的人。他们愤恨地看着我们。我赶紧低下头，祈祷萨米娅不要再跟他们发生冲突。我们渐渐走出了他们的视野，我舒了口气，外面的空气清新多了。萨米娅朝我招招手就走了，她没走我去地铁站的那条路，而是奔另一个方向去了。她稍微停了停，让开那些飞快的汽车，然后蹦蹦跳跳地穿过马路，走向一辆正等她的黑色豪车。她原来这么有钱啊，可是她为什么做这些事呢？仅仅为了反叛她所属的那个阶层吗，或是仅仅是因为过腻了闲适的生活？她看上去只是个普通女孩，纯真、谦逊、乐于助人，她的外表和这台豪车可真不相称。

我停的时间有些久了，赶紧加快速度往地铁站赶。车厢不停地摇晃，我止不住还在想她的事情。但当我到达火车站的时候，我又开始想死去一半的瓦尔黛。对不起……我没能为她完成任务。最后一班列车已经开走了，我只能去出租车站。我不想急着回去，但现在我已无路可走，待在这儿又能干什么呢？我坐上一辆空车，只有我一个乘客，所以还得在车站周围转悠，等人拉够了才出发。司机停下车，冲着过路人吆喝，叫他们上车，我不知道最后等了多久。我感到寒冷而孤独。我是不是太着急回去了呢？是不是还有什么事情没做呢？也许我该仔细询问一下，也许我该再调查一下他被大学里赶出去的原因，我一定能找到他的一些朋友，或者是他的一些同事。可能我该回学院，再仔细地问问，去寻找那些微小细节背后的东西。为什么我来这么一趟，这么快就接受了失败的结局呢。

一个名字像一道闪电在我脑海中闪过——哈姆达·佐巴，密探马赫鲁斯提过的名字，他们安插在学院里的那个人。他肯定比任何人都了解情况。哈桑是怎么被开除的？没准哈姆达还在盯着哈桑呢。我真是个没经验的傻子，为什么这么着急忙慌地往回赶呢？

我听到车门开的声音了，司机正把最后一名乘客推上车，嘴里喊着："您坐稳了"但我已经决定了，推开车门下了车。司机着急地喊道："您去哪儿啊？我们拉个乘客不容易啊！"

我没回话，快步离开了车站，只留给他一个背影。冰冷的空气里充满着汽油味。我轻快地穿过人流，小跑着来到市中心，来到一个到处是站街女和廉价旅馆的地方。

我没找到单人间，能找到的只有三人间，我得和两个不认识的人一起住。我走遍了街上其他的旅馆，才知道问题有多麻烦。其他的旅馆都太贵了。我现在走的这一趟，是没有时间终点的旅途，还不知道要在这城市待多少天呢。最后一家旅馆的老板鼓动我说：

"你住的那间房现在就住了一个人，天黑之前他就离店了。没准也不会有第三个人来。"

我拿起包进了房间。那个人正睡觉，个子挺高，连床都不够长了，他两条腿耷拉在床外。他一定累坏了，我进门、开灯、上厕所，他都不知道。真是疲惫的一天，我又累又饿，亟须休息。我赶紧把自己扔到床铺上，闭上双眼。我听不到旁边男人的任何声音，也没看见他双脚动弹。过去的一天里的各种画面在我脑中闪现，又迅速消失……我终于精疲力竭地睡着了。

但是，很快我就在惊悚中醒来。我听到我旁边好像有什么声响，难道是那个高个男人醒了吗？还是说来了另一名旅客？我从床上爬起来，尽管屋里很暗，还是看见旁边的床上坐着一个中年女人，她正面对着我。她身材丰满，上衣披在身后，露出膝盖和一截大腿。她低声地说：

"吵醒你了吗？你睡得很不安稳啊，我一直在看你，你翻来覆去。"

我身体往后退，贴到墙上。我拿被子盖在胸口，脚露在外面。我瞥了一眼旁边的男人，他还在酣睡，两脚悬空着。我还是感到惊惧，大声问她："你是谁？谁让你进来的？"

她平静地说："我进来完全是出于善意啊。乖乖，你是个外地人，看你睡觉的样子就知道你累坏了。你需要一个人让你放松放松，不管在哪儿，外地人都是这样的。"

那个人为什么还不醒啊，伸出援手，把我从这个女人的恐怖中解救出来？我喉头发干，急着挣扎逃走，我说："马立克，你呢？"我终于说出话了。我说："我不想要……"

她笑笑说："这肯定不是你的名字。一个人不想要，其实是他不会；不会，他就得学。这是你的机会。"

我简直在央求她："我不要，夫人，求你了。"

她用沙哑的嗓音说道："你很文静，我喜欢。等我们结束了，再谈价钱吧。我会让你做尽你想做的事情，你可以从我身体上得到你想要的一切……"

她把手伸过来，压着我的膝盖。我转向她，第一次看清了她的脸，两眼放光，像是噙满眼泪，她的嘴唇上涂满鲜艳的口红，脸上布满细小的疤痕，但她并没有涂粉去遮掩。

我说："我累了，今天这一天真够累的，我什么都不想做。"

"你还小呢，根本不知道什么是累。为了你，我会把活儿做好。"

我看看四周，盼着能有人出来救我。旁边的床铺吱吱响了一声，我看见一直躺在那儿的那个男人的身影，他正站起身，像是复活过来一般，他大声地往胸腔里吸气，像是正进行第一次呼吸。那个女人没有挪动，她不再说话，但手还是抓着我的膝盖。那个男人站起来，他高得吓人，身材瘦削。他伸了个懒腰，开始活动筋骨，伸伸两臂，扭扭腰。他停下来，茫然朝我们看了一眼，像是没看见我们一样；他瞧见了我们的影子，却不知道发生了什么。我朝他轻声呼救："求你了，先生。"

我不想这样，看上去像个小孩一般。但那个人耸耸肩，什么都没说。他走出去几步，既不是朝着我们，也不是走向卫生间。他转动了门把手，快步走出去，关上了门。女人叹了口气，又看着我，我看见她明亮闪烁的目光，并不让人觉得她低贱。

她声音里有种伤感的叮咛："你还没经验，我喜欢亲身调教你这样的顾客。"

可能我的拒绝和抵抗对她来说是一种伤害。我说："听着，我来这座城市是为了一项绝不许犯错的特殊任务。我不想做什么事，或是犯下什么错，把所有的门关死，所有的路堵死。"

她在我面前站起身，看着比我还要壮硕。她的声音变得尖利："既然你不想要的话，为什么到这旅馆来呢？我给你一个成为男人的机会，你这个乳臭未干的小孩竟然敢戏弄我？"

她朝我靠过来，开始恐吓我。我把手伸到枕头下，抓起一张钞票，也不知道是多少，战战兢兢地递给她。她暴躁地夺过钞票说："你可亏大了！"

她摇曳着丰满的身体，骂骂咧咧地走出了房间。屋里还残留着她的香水味和汗味。那味道真让人恐怖，我趴在床上瑟瑟发抖，最后起身穿上衣服，但不知道该去哪儿。我不想再在这个狭小的房间里再多待一会儿，担心那个女人再扑回来。

我小心地走出房间，四处张望着走下木楼梯，怕再撞见刚才那个女人。我看见旅馆老板满脸不悦，他俩肯定是串通好了的。大厅里挤满了人，我看见那个大高个，此前的室友，坐在一个角落里。他正贪婪地抽着烟，面前摆着一杯热茶。我终于看清了他的脸，黝黑的皮肤紧绷着，像是被包裹在一个过大的头骨上，结果显得五官凸出而过大。两只圆圆的招风耳，硕大的鼻子，嘴很大，嘴唇很厚。尽管如此，他的脸并不显得令人生厌。他漫不经心地吞云吐雾，很有点与众不同，仿佛不属于这个地方。他旁边坐的是一帮穿着大袍的商人，旁边还有几个穿着华丽衣服的老爷。我不知道这个大个男人穿着的是什么衣服，但看上去与众不同。我不由自主地坐到他边上，和他攀谈起来：

"你为什么不管我就走了？你看着那个女人，一直纠缠我。"

大个男人看看我，无精打采地笑笑，说："我还以为你来谢我的呢，我把房间空给你，好让你尽情享受，没想到你完事得这么快。"

我红着脸说："我跟她什么也没干，我不想把自己搞脏。光是她待在房间里，就够让我害怕了。"

他大声地笑起来，说："你应该是个男人，要是你征服了她巨大的身躯，你就能征服这个大城市。"

我和他一道笑了起来。他喝光杯子里的茶，掐灭了没抽完的烟，说："在这样的夜晚，在这样的旅馆里过夜，是很危险的事。"

"那你呢？"

"我不在这儿过夜……只是白天租住这儿的房间。我把晚上留给你们这些外地人。"

"你在晚上工作?"

"我晚上不工作,白天也不工作。我是个诗人,来自上埃及,来自遥远的南方……我只爱夜晚时的这座城市,因为它只在晚上才属于我们,我和我的朋友们:卑微的性变态,居无定所的流浪汉,还有犯了法的人……而且,这样我只要付一半的房钱就好了。"

这真是个有意思的人,只有在这样的地方才能遇到。我想让他继续说下去,但他又慢悠悠点燃了第二支烟。

我说:"我已经在这城市度过了一整天,精疲力竭了。"

"看你的样子,像是来做什么非比寻常的事……似乎你是在生死之间游走。"

我张大嘴望着他,惊讶地说:"你是怎么知道的?"

他轻巧地说:"你的脸就像是一本敞开的书,没啥秘密。你的问题是被这座城市吓怕了,你带着这样的害怕,是不可能找到你想找的东西的。"

我不作声地盯着他,说不出话来。他看起来并不像是个先知,也不像是算命的,说起话来却简要而亲切。他注意到我的惊愕的表情,拍拍我的背,站起来说:

"每一个刚来这个城市的人,都会遭遇的第一个打击就是你的经历。你得去征服这个城市,你不想睡它的女人,算了。但你总得尝尝它的饭菜饮品,之后你才能找到它的节奏。来吧,我们得去找地方吃晚饭了。"

我们穿过一条狭窄拥挤的街道,我看见那个丰满的女人站在一根石柱旁边，正专心地和另外一个女人聊天。我感到害怕，赶忙加快了脚步。我把自己藏在诗人高大的身影之后，当我在他身边的时候，感觉整个城市都不一样了。我们走进附近一家饭馆坐下，蔬菜沙拉和平常一样酸爽。主菜还没上，我就开始向他讲述此行的原因。他耐心听我讲着，一边把饼掰成碎片，蘸点蚕豆酱和橄榄油，用大嘴小口小口地吃着，他嚼得很认真，像是要尽可能久地把食物留在嘴里。他没有嘲笑我讲的故事，也没有质疑其中的任何内容。他只是盯着我，不停地咀嚼。我不停地讲述，什么都没动，因为嘴里有东西的时候我无法说话。最后我停下来，默默看着他继续吃。

他过了一会，说："幸好你从出租车上下来了。这城市确实既大又拥挤，但是没人会在其中消失的，他总会留下点痕迹，不管痕迹有多小。这个人几天前还在这座城市，说明他不会是藏在监狱深处，只要你能摆脱你的畏惧，相信你就能找到他。"

他自信又肯定，一口口吃着，一边简要地说着。我奇怪地问他："你怎么就相信我说的是真的，那个死去一半的姑娘，还有我想让她复活所做的努力？"

"我就像是'叶麻麦的扎尔卡'[①]，能看见别人看不见的东西。你会找到这个哈桑的，你会带他回去，让她复活……我不知道你以怎样的方式做到这些，但我能看到。"

他用手指专注地玩弄着面包屑，他的声音带着一层令人畏惧的色彩，似乎是从另一个时空而来。他抬起头时，我看见他的眼睛正闪着光，像是看到了我看不见的东西。我听见他说

---

① 叶麻麦：阿拉伯半岛一个地名。扎尔卡：传说中有千里眼的特异功能的女性。

道："就像现在，我能看见我死去的那一刻。"

我害怕了，希望让他不要再这样说话。他继续用炽热的目光盯着我。

他说："你看清我的脸了吗？不奇怪吗？你仔细看看，是不是很像那些雕刻在神庙前壁和石柱上的面孔？这一点不是我发现的，是我的一个做导演的朋友发现的。他当时正在筹备一部关于'阿赫那敦'的电影，你知道，'阿赫那敦'是法老时期非常独特的一位先知。其实我的相貌和他一样，而我自己并不知道。导演朋友说我就是他正寻找的男主角，我们一起读了赞美'阿赫那敦'的诗篇，后来我们又读了死亡手册、关于复活和永生的纸草书。他发现了我有预见未来的能力。后来他病了卧床不起，我去看他，我知道他就要死了，这是我们最后一次会面，那部电影也拍不完了。他肯定也在我的眼睛里看到了自己的结局，因为他把我拉向他，亲吻了我的双唇。那一刻，我也看到了自己死亡的瞬间。"

我把面前的盘子推开，吃不下了。我的眼睛一直盯着他的脸，过了一会，我感到他眼中射出的光芒减弱了。我咽了口唾沫，说："明天我要去工程学院，重新找找。"

他说："你连日子都过糊涂了。明天是周五。"他看上去没那么忧郁了，心情舒畅地笑了笑。他看到了我脸上的惊奇表情，他指指我，我们便起身离开了餐馆，扎进城市的黑暗中。我不知道他要把我带到哪儿，但还是乖乖跟着他走。我们登上山间小路，周围是险峻的岩石，这儿经常有唱诗班活动，所有人都陶醉飘飘然，趔趔趄趄。我们又转进小巷子，来到隐藏在这儿的小酒馆儿。这儿满满当当都是人，男男女女都画着浓妆。他们喝了这儿的廉价劣酒，走路摇摇晃晃，我们也学着他们走路。夜色迷人，我们也加入刷夜的人群中。我向"诗人"说了很多关于瓦尔黛的事情。他耐心地听着，我不明白为什么我会在这种时刻想到瓦尔黛，让她陪伴我们沉浸在夜色中。我感到忧伤，因为她僵化的生命需要拯救，而几天的宝贵时间就这样被我浪费了。也许就在这几天中，她的细胞已经分解，她残存的灵魂已经消散。

我不知道接下来两天的每个小时，我是怎么度过的。我漫无目的地瞎逛，试着用旅店的电话给萨米娅打电话，但没人接。大部分时间，我都是在房间床上蜷缩着，看见不止一个旅客来了又走，但没有再看见"诗人"。他一定是在另外某个房间里藏匿起来了。我不敢相信，周日的早晨终于来临了，我退了房，把包寄存在旅店，乘早班地铁到了开罗大学。这时学生还不多。我还记得路，还记得撕碎板报的那些人从哪里出来的。我走进隐藏在角落里的那栋大楼，学校保卫处大楼，没有人拦我。这栋楼一般人不会进去，除非是要告密揭发同学。大楼里是交错复杂的走廊，地板上铺着软木，踩上去没有任何声响，墙壁上是字迹丑陋的涂鸦。我问旁边急急忙忙走过去的一个人，问他们知不知道哈姆达·佐巴，他给我指指走廊尽头的那间房。我在那房间里只找到一个苍白无比的男人，样子反倒像个嫌疑犯。他打量了我两眼，我问他哈姆达·佐巴在哪儿。他机械地动动手，拿起旁边一个簿子，取下一支笔的笔帽，说："你想告诉他什么事吗？"

我急急忙忙回答，就像是在否认对我的指控："不是，我只是他的一个亲戚。"

这是个善意的谎言，但我不得不说谎。他看着有些失望，合上簿子，把笔扔到一边，说道："他工作的地方不在这儿。"

"这不是他工作的地方吗？"

"这只是办公室，他工作的地方在校园里，跟那些跳蚤混在一起。那些跳蚤，就会到处闹事、招惹麻烦。"

我不解地说："我怎么能找到他呢？"

他说："你不是说是他亲戚吗？去找找就是了。"

我无奈地叹了口气，从昏暗的走廊走出去。我很是困窘，我怎么才能认出他呢？我跟一个保安打听，可他不知道哈姆达的名字。这地方人越来越多，我仔细看着每个人，挑年纪大些的人问，学生就不问了。我绕着方尖碑转了一圈，问了好几个上年纪的看着像职员的人，但他们都不知道。我怎么能找到一个监视学生的人呢？

我远远看见萨米娅，她正抱着一堆书，要走进学院的门。我喊了一声她的名字，她转过来，朝我无力地笑笑。真不错，她还记得我。她走下两级台阶，说："你怎么又回来了？你站在这儿等我吗？"

"巧合罢了，或者是命吧。"

"最好是命，那些巧合已经让我够郁闷的了……来，跟我说说有什么新消息没。"

她认真地听着，我跟她说了哈姆达·佐巴，那个藏在我记忆角落的密探。找到哈桑的希望在我心中似乎又重新燃烧起来了。

她说："我只认识他们的面孔，他们看着都一样，我没想到每人都还有名字。他们就是那些破坏我的板报的人，还好几次攻击聚会的学生,他们都一个面孔。听着,你回忆一下袭击我们的那些人的脸,他肯定就在其中。"

她歪歪脑袋,示意我藏在一棵大树树干后面。她说:"看仔细了,那人可能就是个密探。你别东张西望,假装继续和我说话。我会慢慢转过身,好让你能看清他们正脸。"

她慢慢地转身,我也跟着她转,直到我能清楚,那人确实是个密探,坐在木椅子上,假装在读报纸。他肯定也在偷偷地盯着我们。

我有些不解,问:"怎么能知道这就是我找的人?"

"跟你说了,他们长得都一样。要是你会撒谎,他就会把你引到你想找的人那儿。听着,你和我说话,在他眼里已经变成可疑人物了。我得走了,我还有无聊的设计课要上。不过,答应我,在这等我回来,除非他们把你抓走了。拜拜。"

她沿着台阶蹦蹦跳跳地走了。我没有时间可浪费了,我无奈地转过身,朝着那个假装看报纸的人走过去。他果然不是我要找的人,我跟他发誓我是佐巴的亲戚,他才把我带到另一个人那儿,那个人跟他模样动作都一样。那个人正端着报纸假装看,实际上正盯着身后的那些"跳蚤"。这种工作模式传统又幼稚,似乎他们也没找到什么别的更好的方法。我鼓起勇气,努力控制自己的颤抖,坐到他身边,低声问他:

"您是哈姆达·佐巴吗?"

他有些不悦地转向我,明显不喜欢"跳蚤"们叫他的名字。他看了我两眼,从牙缝里挤出来:"你谁啊?这么叫我?你不是这个学院的学生吧?"

他还挺聪明,记性真好,能记住他盯的每个人的脸。我毫不掩饰我的佩服，跟他套近乎。我说：

"没错……我是别的学院的，从另一个城市来。是马赫鲁斯·杜什叫我来找你的。"

感谢安拉，我还记得马赫鲁斯的全名。但佐巴把脸转过去，冷冷地说："我不认识他，也不认识你。"

"他跟我说你是他最好的朋友，你俩在军队是战友，后来都去警察部门了。他很信任你，说你是他亲兄弟。"

他不耐烦地说："你就是那个去了办公室，说是我亲戚的人吧。你说的都是假话，没准你现在也在撒谎。"

"我也是不得已啊，我必须得见到你，因为这是人命关天的事情。我想知道关于一个曾经在学院工作的助教的情况，他名字叫哈桑·拉希迪，两年前被开除了。我只想知道他去哪儿了，怎么能找到他。"

"这我怎么知道？这种事天天都在发生。"

"但是你跟他很熟啊，马赫鲁斯说，他嘱咐你盯着他，保护他。"

"呵呵，我最讨厌别人喋喋不休了。我当然记得他了，他跟他爹一样，是个闹事分子。我不过是保护他，不让他的暴乱基因释放出来罢了。难怪人们都说，基因真是深入骨髓。"

"后来他怎么样了？他为什么被开除？"

他怀疑地看着我说："你这么关心他干吗？别说你也是他亲戚。这可不是'我以为'的事儿。"

他开始和我说话了，这是个好的苗头。我说："说了你也不信，他是唯一能拯救那个小姑娘灵魂的人。"

他笑了，说道："什么？姑娘的灵魂？你肯定在开玩笑吧。

他连一只鸡的灵魂也救不了……他连自己的灵魂都管不好。你说的这个人,不过是个迷失自我的家伙罢了。"

我一直和他好好说话,他只是敷衍推诿地回答两句,我都忍了。他虽然看上去推三阻四,不过实际上很愿意讲话。可能他在这儿坐久了,闷得很,所以跟我漫不经心地聊着天。突然,他指着前面喊我:

"往前走,远远盯着我。去吧。"

我没明白他的意思,不过他没让我滚已经很不错了。我往前走了几步,远远地看着他。他扫了周围一眼,又开始假装读报纸。过了一会,我觉得他似乎已经忘记我了。但他抬起头,动动手指让我走过去,我赶紧走过去坐到他旁边。他卷起报纸,一本正经地问我:"你仔细观察我了吗?我看上去像是秘密警察吗?我看着像是在假装读报纸,实际上是在监视这些学生吗?"

我摇摇头,骗他说:"绝对看不出来。"

他伤心地说:"以前,我在工作里最擅长的就是监控别人,但这个叫哈桑的孩子把我这个特长给毁了。我们在这儿不是为了监控学生,而是为了保护他们,防止他们沉湎于极端思想、性乱或毒品之中。我们必须在这儿,让他们知道什么是规矩,这就是我为你的朋友哈桑所做的,我努力保护他,我劝过他很多次,不让他身上的暴力因子把他害了。我和他走得太近,跟他推心置腹,是我在职业生涯中犯下的唯一错误。他煽动学生闹事集会,实在是太过分了。我觉得看在我兄弟马赫鲁斯的份儿上,我得提醒一下哈桑这个麻烦精,他一直是有人盯着的。我劝他要珍惜未来,和我们合作。他那时刚被学院任命还没转正,就像人家说的,'名字还是铅笔写的'。这件事是安全部门的疏忽,他们没把他和他闹事的老爹联系起来。要是有人注意到这事,他早就被开除了。当时哈桑这个白痴还嘲笑我,鄙视我的劝告,反倒在学生面前拆穿我的身份,让我成为众人的笑料。你知道埃及人有多蠢,他们很多人我都忍得了,但真的忍不了哈桑这种愚蠢。"

我想说几句讨好他的话:"我完全同意,这样猛烈而处心积虑同政府对抗,真是挺蠢的。"

他赞同我的话。我感到他有点相信我了。他出神了一会儿,好像想起了什么久远的事情。他说:"这让我想起我在军队时的一件事,不知道我的战友马赫鲁斯有没有和你说起过。我当时在卡拉军事监狱,是个狱卒。那监狱真不错,进来的每个人都会全盘招供。但愿这监狱一直存在,好震慑住这些'跳蚤'。关进来的那些搞政治的,还有记者,就不说了。有一天来了一个刚入伍的新兵,他们单位送来的调查材料里说他把一个战友给杀了。他还是个小屁孩,入伍之前是个放牛娃。但他死不认罪,正式文件里写的一概否认。你看吧,这脸皮多厚。我们必须得教训教训他,扑上去一顿痛打,哪里疼打哪里。不过他一直坚持着。"

"是你杀了他吗,蠢驴?"

"不是!"

我们手都打不动了,就找来棍子。

"是你杀的吗,狗娘养的?"

"不是!"

我们把他倒挂起来,用鞭子抽。他被打得皮开肉绽,骨头都断了好几根，可还是嘴硬。最后直到死也不认罪。我们几个都很恼火，所有的手段都用尽了，他还是没招。

他停了一下，咽了口唾沫。我觉得恶心欲呕，他还面不改色地接着说，像是在回忆什么开心的事情。他说道："故事还没结束。过了大概两三天，来了另外一个当兵的。我们查看材料的时候，发现他才是那个真的凶手，两个人的材料不知怎么搞混了。前面那个士兵是因为轻罪关进来的，几个礼拜多则几个月就会给放掉。可最后……你见过这么蠢的人吗？"

"他是蠢死的？"

"说他蠢，是因为他不肯招。要是他招了，我就不会继续折磨他了，他就能活命。"

我无法理解，可能因为我也有些蠢吧。我质问他："可是他是无辜的啊！"

"那些材料再等几天就会到了，到时候就真相大白了，我们就能知道谁是真凶了。那时候我们就会把他罪名改轻，移送轻罪科。造成这样的后果还是他蠢。"

除了附和他，我没有别的选择。我恶心的感觉轻了点。我说："哈桑·拉希迪也这么蠢吗？"

"他蠢得更厉害。俗话说'住着玻璃房子，还拿砖头扔人'，说的就是这种人。他每天参加非法集会，举煽动标语，怂恿'跳蚤'们上街集会。学院给我们下的命令很严，街上哪怕只出现示威者的一条腿，我们也得把它敲断。这些惹祸精……对他呢，看在我朋友马赫鲁斯的份上，我也就忍了。但有几次，他竟然把游行组织到校外去了，和中央安全人员发生了流血冲突，学院里对我们一片骂声。就算我是阿尤布①，耐心也耗尽了。我只好把他爹的黑历史都捅了出来。他都这么干了，我还怎么忍？"

我惊慌地问他："你把他给告发了？"

他淡定地说："我不算告密者，这只是我的工作。要是我任由他为所欲为，他会把自己害了，我们也会遭殃，所以应该把他从这儿赶走，越远越好。实际上，他从监狱里一出来，学校的开除令就准备好了。"

我大声问他："他也被关监狱了？！"

他指着我，警告说："你怎么啦，给我小声点，刚才你还挺懂事的啊。"

我只得把声音压低，我不能愤怒，不能嘶喊，任由身体在发抖。我说："我在行政办公室打听他的名字，没人有一点儿印象。"

"当然了……让他当助教，本来就是个安全漏洞。这个漏洞很快就堵上了，他的名字也从所有名册上删掉了。"

"天啊，所有这些事情，都发生在他一个人身上。他现在在哪儿呢？"

"天大地大啊，没准他回监狱了，没准在外面待着。只要他出了学院，就不关我的事儿了。外面有其他部门的人盯着他呢。"

"我只想要他的住址，这样我能找到他。"

"这我怎么会知道？跟你说了他跟我没关系了。监视他的专门案宗，也已经调到安全局去了。"

---

① 阿尤布：阿拉伯文化中宽厚忍耐的象征性人物。

他说完了。强烈的挫败感几乎让我哭出来。我咬紧牙说:"探员马赫鲁斯真是所托非人啊,他把哈桑托付给你,你就这么把他毁了。"

他明显不高兴地说:"我要帮他,我就得丢工作。管他什么托付,我没责任帮一个白痴啊。"

他的口气越来越不友好,我们站的这个地方充满了敌意的空气。我起身离去,忘了有没有和他说再见。他讲的话让我心灰意冷,我对哈桑充满同情,也许还有些愧疚感。他简直就是一只猎物,被轻易宰杀的牺牲品。他们在他幼年时杀死了他的父亲,毁掉了他的童年;待他初谙世事,他们又毁掉了他的未来。我心惊肉跳地走在路上,看见每张木椅子上都坐着中年男人,胡髭茂密,假装在读报纸,学生们都敬而远之。他们就一直坐在那儿,学生老师一批批来了又走,军官们级别不断提升,但这些密探们一直坚守"岗位",他们拥有隐形的至高无上的权力,没有法律能限制它。他们就像水蛭一样吸附在嫌疑人的身上,遮蔽住为他们洗脱罪名的任何希望。这就是佐巴这个混蛋对哈桑所做的。

萨米娅过了三个小时才来。她明知我在等她,为什么还这么晚才来?是老师拖堂了吗?她终于来了,看上去很憔悴,但她一看见我灰头土脸的样子,就担心地问我:

"你怎么样了啦?那个暗探对你做什么了吗?他有没有告诉你什么重要的事吗?"

我强忍着内心的怒火,说:"他什么也没说,就说了些他们怎么折磨、侮辱、关押、开除一个叫哈桑的人,他的话充满了仇恨和幸灾乐祸。这些人简直是我遇到的最卑鄙的渣滓。"我几乎要背过气去了,强忍着不让自己呕吐。

她用两只大眼睛盯着我,让我多说些,我把大概的情况跟她说了说。她说道:"听完你说的之后……我觉得你接下来该说:'今天就要回家去了'。"

就像她一贯的样子,虽然现在情况糟透了,她还是带着讥讽的口气跟我说话。我说:"我觉得自己像是在一个噩梦里,我对哈桑感到愧疚,他在这个城市付出的代价太大了,我应该把他从这儿救出来。不光是瓦尔黛需要他,他也需要瓦尔黛。但现在我又回到了原点,没有线索能帮我找到他。"

她伸手抓住我的手,语气坚决地说:"跟我来。"

她拉着我走进学院,我差点跟不上她的脚步。长长的走廊两边都是关着门的房间,她在其中一间门前停下来,上面写着"贾拉勒·阿穆朗博士办公室"。名字后面没有职务,似乎一个名字就能足够说明他担任的职务分量。萨米娅敲了敲门,等了一会没人应,便推门进去。见我有些犹豫,又回过头来拽我进去。这间办公室宽敞高大,房间一角的玻璃橱柜里摆满了各种纪念章,对面另一个柜子里摆满了成套的典籍。屋子正中坐着一个相貌堂堂的中年男子,正专心地签一堆文件,都顾不上抬头。但他听见了来客的脚步声,说道:

"你好啊,萨米娅。你往常都不会在这时候来啊。"

他可能也听见了我的呼吸声,抬起头瞥了我一眼,不太愉悦地问:"这是谁啊?我没允许,怎么就进来了?"

萨米娅赶紧说:"我俩一起的,是我把他带来的。"

那个人看了看她,更生气了。他说:"你也一样,应该有我允许才行,我不喜欢别人就这么闯进来。你怎么认识他的?"

我没敢说话,看上去萨米娅并不太介意他粗鲁的口气,我也纳闷她为什么把我带到这儿来?

萨米娅走过去,手温柔地触碰他放在文件上的胳膊,像是在安抚他,让他真切地感觉到她的存在。萨米娅说:"这就是我跟你说过的那个马上毕业的医科生,他是来找助教哈桑·拉希迪的。他想知道哈桑的住址。"

那个人又用同样的冷漠审视着我,我不知道为什么,他似乎并不相信萨米娅说的话。他说:"我回答过你的问题了,我不是电话簿。你去问学院行政吧。"

我咽了口唾沫,感觉不能再沉默下去了,说:"查不到,任何档案里都没有他。"

萨米娅也从旁帮腔道:"博士,我们需要您的帮助,他只是想知道哈桑之前的住址,然后马上就走人。"

萨米娅的两只大眼睛一直盯着他。博士盯着她很长时间,像是在脑子里反复考虑这件事。萨米娅说的"得到住址马上就回去"的话好像有些打动他。他无奈地叹了口气,转过身去,拿起身边多部电话中的一部,接通了,对方好像就是那间昏暗的办公室里的某位女士。博士跟她说了哈桑的名字,问她要哈桑的地址或是电话。我没听到对方有回话,但博士快速瞥了我一眼,很有把握地向对方说:

"不是这个,另一个记录簿,你知道我说的是哪个吧?"

电话两端沉默了好久。他迅速地扯下一张黄色小纸条,在上面写了什么。他放下听筒,把纸条推到我们这边。萨米娅赶快接过它,说:"我就知道您会帮我们的。"

她朝我转过身,都没对博士道谢。我赶紧向博士大声说

"谢谢"，但他没理我。我跟着萨米娅走出门，我舒了口气，像是走出了一个大棺材。我们走在漫长的路上，我伸手去拿写着地址的纸条，她把纸条伸得远远的，说："你拿什么换啊？"

我说："我没有零钱啊。"

"你别开玩笑了。学校前面有家咖啡馆，你请我喝杯卡布奇诺加巧克力吧。"

咖啡馆很上档次，玻璃店面正对着学校的圆顶，座椅包着棕色的真皮，摆着鲜亮的绿植。我也确实需要来杯咖啡提神一下，上面飘着一层奶油和少许巧克力屑……她坐在我面前，递给我记着地址的纸条。哈桑住在一个名叫"羊堡"的地方，这名字真是奇怪又搞笑。

我问她："'羊堡'在哪儿？是个普通居民区吗？"

"是个棚户区，有好多破旧建筑和铁皮窝棚，在"栽娜卜夫人"[①]区的中心位置。我只知道那儿有家叫'小驴'的餐馆。前两天那个区刚遭遇一场大火，你得去瞧瞧他家是不是也烧了。"

我看看那张纸条，虽然博士写得很快，但字迹工整又漂亮。我说："为什么他对我这么生气又讨厌？他是不是觉得我俩有什么亲密关系？即便是这样，他有什么好生气的呢？"

她咬咬嘴唇，过了好一会儿，说："实际上……他不是那样的。他是个挺有教养的人，我跟他学了很多东西，他的眼光很超前。他是我的老师，之前我只是在课堂上才见到他，但后来我们一起去卢克索旅行时才真的了解他，看到了之前我不了解的另一面。他表面上是个保守的老师，内心却很叛逆，他不喜欢墨守成规，不光在建筑学上，在宗教、政治上，他也都有自己

---

① 栽娜卜夫人：开罗著名老城区，栽娜卜是著名的伊斯兰女性名字。

的独到见解。"

她的脸上笼上一层悲伤的迷茫,声音低了下去,掺杂着呼吸声。我想起她走进博士办公室之前时的目光,还有她走过去拉扯他胳膊时的样子。她注意到我在观察她,便把脸转过去。她呷了一口咖啡,上唇沾了一点奶油,跟小胡子似的。她边抹去奶油边说:"嘿,你别想太多了啊,我们只不过是普通的师生关系。"

"我什么也没想啊。"

我们都假装喝着咖啡。她试着换个话题,就说道:"你说你和我表姐法婷不是恋人关系,但是你也没说你爱着那个僵立的姑娘啊?"

"我对她更多可能是同情吧,但她对感情的执着,深深震撼了我。她倾尽生命爱着哈桑,虽然哈桑对她的爱没到那种程度。但她全身心投入到这份感情中,却并不奢求任何回报。"

"你也在重蹈她的覆辙啊,你将自己的精力全部投入到对瓦尔黛的爱中,也不求回报。"

"我没有去勉强控制自己,这都是荷尔蒙的作用。医学研究已经证实了,大脑会分泌一种荷尔蒙,让人喜欢上另一个人,这可能是两人之间相互的化学反应,之后就超出化学层面而变成情感问题了。我们已经发现了,我们追求的不仅仅是爱情,更是爱情赋予人们心灵的那种高尚。这样的人能获得脱缰野马自由驰骋般的享受,一般人往往是无法获得的。"

她一直听我说,我不知道我是不是说明白了。她咬咬自己的嘴唇,犹豫地说:"这样的爱情看上去太抽象了,那么,性和这种高尚相互矛盾吗?"

"性也是爱情的重要组成部分,但不是爱情的全部,性只是一种发现和享受对方的方式,如果我们没法通过性获得那种高尚,那么性就只是一种兽行。"

她看了我一眼,说道:"你谈的都是理论,不是吗?别跟我说你是通过实践形成这种理论的。"

看来她把我想得很幼稚,我不想向她挑明这一点。我们俩再一次陷入了沉默,静静地喝着咖啡。我不敢起身就走,只是希望我手里地址上的那座房子别被烧了。萨米娅回过神来,微笑着说:"啊,我差点忘了,我给你带礼物了……"

我惊讶地看着他。直到今天上午,她都没法确定我会回来,怎么会给我准备礼物?而且我们俩之间没有送礼物的必要啊。她从包里取出一部手机放在我面前,说:"这是我的旧手机,扔在抽屉里也没什么用。没有手机,你没法在这个城市里继续找哈桑。"

我不好意思地看着她。手机是旧手机,但看着还不错。我说:"谢了……但我用不着手机,我在开罗也就再待半天了。我这就回我的住所,要是找到他,我会告诉他所有的情况;要是找不到,我就写张纸条挂在他的门上,然后……"

她没听我说什么,说:"旧的电话卡还在里面,我把存储的其他电话都删掉了,只留了我现在用的这个号码。"

我还是坚持不要:"相信我,我真不需要。"

她有些撒娇地说:"你不想再跟我联系了吗?至少你得告诉我,你找得怎么样了?找到了没有?那个姑娘复活了吗?你毕业考试及格了吗?就让我花一点儿钱,来满足我的好奇心吧。"

我伸手拿过手机,说:"这算是拿一杯卡布奇诺换的吗?"

她笑了:"物有所值。"

我想起还在等我的瓦尔黛。我应该起身告辞,继续我的寻找之旅。但我觉得跟这么一个漂亮的女孩坐着,继续享受加糖的咖啡也不错。萨米娅又望着窗外出神。她看看手表,拿起杯子想再啜一口,却发现已经喝光了。我问她要不要再来一杯,她摇摇头。她仔细跟我讲了怎么去那个叫"羊堡"的地方。她说:"我只跟一群活跃的学生去过一次,那个地方可怕极了,我简直受不了。你千万别被我们现在所处的这个干净的地方欺骗了,开罗城里,还有另一个更丑陋的开罗,简直是人间炼狱。这城里每个干净的街区,都被贫困和暴力严密包围,随时都会陷落。这城市里三分之二的居民生活在棚户区,没有人关心他们,他们也不在乎我们,我们在乎的法律在他们那里屁用没有。他们不指望从我们这里获得什么帮助,因为需要什么可以用手去抢,这一天不会远的……我不知道是什么迫使你的朋友哈桑住在那个地方。也许……"

她停住不说了。她透过玻璃窗看着那辆停在路边的黑色轿车。她转过头来想继续说完,但似乎忘了刚才说到了哪里。她取过水杯,啜了一小口。我不作声地看着她,她终于站起来,移了移肩上的包,叹了口气说:"我这就走了,你往这个手机里充几镑钱,跟我联系。拜拜。"

她飞快地离开了。我隔着玻璃窗看着她,正站在马路这边不安地跺着双脚,等着车流停下来。马路对面是那辆等着她的豪华轿车。她小心地走过马路,轿车的车窗降下来,我看到贾拉勒·阿穆朗博士坐在方向盘后面。他虽然戴着墨镜,但我还是认出了他。萨米娅面无表情地穿过马路，贾拉勒博士看着她向自己走来，并没有帮她开车门。我看见萨米娅坐到了副驾驶座位上，关上车门就出发了。

我一直坐在那儿，努力说服自己，这件事与我无关。这也许是我最后一次见萨米娅了。我盯着桌上的手机看了好久，我想就把它扔这儿算了，算是我的一种幼稚的报复吧。但我还是拿起了它，来到离咖啡馆最近的小店，照她说的给手机充了点儿钱。我有些恼怒地拨了她的电话，她没有接。我站在路边等车，但好几个出租车司机都不愿拉我。第一个司机说："给多少钱我也不想去，天知道安插在那儿的中央安全警察会干些什么。"

其他的车也远远躲开了。我问其中一人怎么能到达这个大家都避之唯恐不及的地方，那人说："没有出租车会载你去的，你只能坐最近的公交车去栽娜卜夫人区，之后步行到那儿。"

我只能和一帮乘客去挤小巴了。小巴车超载了，一个乘客不得不抓着车门，避免被过往的车辆蹭到。一路都很堵，车慢慢地往前挪。这城市根本就不适合人居住，我不知道街上熙熙攘攘的人是怎么为生计奔波的。小巴车上乘客的体味混合着汽油味，像是排气管伸进车里一样。

我想着可怜的瓦尔黛，她还在等我。我努力在脑海里设计着，见到哈桑时会是什么样子，我该说些什么词说服他回去。他肯定会主动提出来和我一起回去，也许就是今天晚些时候。到时候我会回旅店拿上我的包，晚上有啥车就坐啥车回去。我听见司机在喊："宰尼辛！宰尼辛到了！"我知道我快到目的地了。我们在一条挤满了旧建筑和清真寺的街上缓慢前进，一个人指着一座立交桥说:"就在这儿下车,这是离羊堡最近的地方了,前面有阶梯。"

我放心了些,便下了车。我终于在能量耗尽之前抵达了这个地方,迎接我的是不怎么清新的空气。我转身背对着"乌姆·阿巴斯"路,就像刚才有人指点的,走上了一个高坡,与古旧的伊本·土伦清真寺的外墙平行前进。我走过歪歪扭扭的宣礼塔和斑驳的台阶,指示牌指的方向自相矛盾,让我无所适从。我只得转身,回到刚才过来的路。终于……我闻到了烧焦的气味。

我惊讶地看到一群穿着黑制服、戴头盔、手持警棍和盾牌的军警。我记起来之前那些敏感紧张的日子里,他们也占领了我们的城市,当时处处硝烟,害怕在狭窄的街道上睡觉。我沿着和他们队伍平行的方向继续往前走。他们形成了一道隔离墙,身后就是被烧毁的区域,满地的焦灰,碳化的木材,被火烧扭曲的铁皮窝棚,被烧过的树干还立在地上,垃圾堆上火焰还在燃烧。一场惨烈的火灾吞噬了眼前的一切,仅有几座拥挤的窝棚奇迹般幸免于难。周围是一张张惊恐的人脸,男男女女守着他们被烧毁的世界坐着,小心又紧张地看着眼前的军警,害怕他们随时会扑上来。孩子们在废墟间蹦来跳去,大嚷大叫,熏黑的脸上透出明亮的眼珠,不知道是欢乐还是愤怒。也许是孩子的存在,阻止了他们父母与军警的冲突,或者说至少推迟了这样的冲突。凝重的空气中充满了恐惧和期待,我还以为这种紧张只存在我们的城市呢。我问一个过路人我想去的地方,他指指距离火灾现场稍远的一些窝棚,不过那地方也没躲过火灾的余威,上面布满了焦灰,好像随时也会烧起来。

最后我终于找到了一些还能看出原样的东西，那边有一些房子，没准是我要去的地方。黑乎乎的房子，满街尘土，三蹦子摩托在其间穿行，街角里是一家阴暗逼仄的小咖啡馆，旁边是一排危房，挣扎着拒绝倒塌，墙上夹杂着裂缝和碎石，似乎经历过无数次自然灾害的冲刷劫掠。房子门板都没了，窗子上的窗棂倒还剩下几根。咖啡馆的伙计指了指我要找的地方，那房子简直是个封闭的罐子，光还没照进去就消亡了。我紧张又害怕地沿着阴暗的台阶上去，感觉几乎要把它踩塌了。

总算找到了，我在一个房间门口停了下来，敲了敲门，就像夜里的人求助一样。我想，要是里面没人，恐怕我的旅程就结束了，瓦尔黛也就结束了，我的所有幻想也就结束了。我在黑暗中站了一会儿，心想，是不是地址搞错了？或者是又有什么秘密通道？老天啊，你为什么这么折腾我啊？

没人应答。我只好摸黑磕磕绊绊地往下走，差点摔倒。最后，我停了下来，心想就这么草草结束，原路返回？还是到那个咖啡馆继续等待？也许碰巧遇到哈桑路过呢？这事儿怎么就这么拧巴啊。

烧焦的气味充满鼻腔，几乎令我窒息。我又重新走上楼梯，用我所有的力气敲门，把我所有的愤怒和挫败感宣泄出来。我大喊道："开门，哈桑·拉希迪。我知道你就在这儿！"

我几乎要无助地哭了，我不想让瓦尔黛就这么轻易地死去。但每当我接近机会的时候，机会就像海市蜃楼一样很快消失。

这时让我无比惊讶的事情发生了，如同神助一般，里面透出了一丝光亮，暗夜里门顶气窗上射出一线光芒，越来越强，照亮了我的周围。我喊道:"我是你的同乡啊,总工程师!我来这儿,是为了一件和你有关的事儿!"

没有人应声。似乎他正在思考我说的话,然后再决定开不开门。我乞求道:"真的是很急的大事……我是为了你的未婚妻瓦尔黛来的,她的情况很糟糕。"

我听到门后面有轻微的声音,也许是提到她的名字,打动了他?气窗终于打开了,后面出现了一张我看不太清楚的脸,那就是哈桑吗?他瞪着眼睛,想在黑暗中看清楚我的脸。他的脸上满是胡子,头有些秃,比我想的看起来老一些,跟我在脑海里想的样子完全不一样。他不安地盯着我问:

"你是谁啊?"

他没有听到我刚才喊的话,我是不是该重新再说一遍?我想了想,说道:"你不是哈桑·拉希迪,是吧?"

他说:"当然咯,他是个令人尊敬的老师,我只是个普通人。"

天啊,难道我又找错地方了,难道我周围条条都是死胡同?

我问:"这是不是他家?"

那人没有正面回答,只是继续盯着我看,说:"你真是哈桑老师的同乡?你认识他未婚妻瓦尔黛?"

我跟他说了我们城市的名字,我们住的区以及瓦尔黛的名字和她父亲的名字,就差对着《古兰经》起誓了。他的脸消失在气窗后面,光还没消失。我身体发抖,担心这一切又会瞬间消失。我站在那儿好一会儿,听到门闩活动的声音,门终于开了。房间里射出的光线虽然不强,但还是一下子淹没了我。门开了一条缝,那个人站在门边,不知道为什么身体发颤。虚弱的他小声地说:"快点,进来。"

我从开得不大的门缝里挤进去,他上了好几条门闩,把身后的门锁上。他站在我面前,身材很高,脸色蜡黄。他穿着背心和睡裤。他说:"我能看看你的证件吗?"

我把学院学生卡拿出来,这是最有说服力的。他仔细看了看,还给了我,说:"没别的意思,都是为了安全。我叫阿卜杜·穆阿提。自从这儿发生火灾之后,每个人都像我一样,如同惊弓之鸟。"

我有些吃惊:"为什么呢?"

他对我的问题感到奇怪,说:"你来的路上没看见吗?那些无家可归的人可不光是女人和孩子,里面还混着有案底的逃犯和毒品贩子,我们就靠着这几堵墙保护我们,他们就在外面虎视眈眈,随时都会闯进来。"

他脸上显出惧怕的神色。他的黑眼圈儿证明他好几天没睡好觉了。我狐疑地问:"你就一个人住吗?"

我很担心他会给我肯定的回答,那样的话我最后一点希望也如肥皂泡一样破灭了。

他说:"当然不是啦,你的同乡哈桑和我住在这儿。不过他经常不在。"这回答简直是一半肯定,一半否定。

"他这会儿不在,不过随时可能回来。你一看就累坏了,坐吧。我去煮杯茶喝。不管怎么说,你都是客人嘛。"

我正需要一点这样的款待,让我感觉自己是个受欢迎的人。我坐在一张深凹的椅子上,看见这房子的墙皮全脱落了,一台小冰箱在角落里嗡嗡地抖个不停。另一个角落里摆着一张桌子，旁边有两把椅子，桌上堆着旧报纸。我本想在墙上找张哈桑的照片，好知道他长什么样子，可墙上什么照片也没有。我安慰自己说，他一会儿就回来了，到时候我就知道他的样子了。屋里的一切都破旧得很，简直就是一贫如洗，难道说他被开除之后就一直没找到工作？可他是个工程师，随便怎样都能找家公司上班。或者说他的厄运还在继续，安全部门的人还像苍蝇一样跟着他？

那个人端了一个茶盘过来，上面放着两个茶杯。他把茶盘放在我边上的椅子上，盘腿坐在地上，就坐在我脚边。我有点尴尬，想换个坐姿。他立马开口说话了，心里压抑已久的忧虑溢于言表。他说：

"这个地方很可怕，火灾之后简直是一个地狱。人们就在烧焦的木头上睡觉，不想去任何其他地方。实际上，他们也没有其他地方能去。政府向他们允诺了很多，却什么都不兑现。即便有些好处，也早就让别人拿去了。我只能等着他们流亡他处，我才能睡个安心觉。"

火灾的事情像一个噩梦，一直萦绕在他脑中。我情不自禁地问："火灾是怎么发生的呢？"

"就跟埃及所有的事情一样，没有人明白真实的原因。有人说是煤气管道爆炸，但是当地人坚称有火球从天上掉下来，从高架桥上向他们这边滚过来。当地人都说政府想把他们从这个地方清除掉。"

"为什么呢？"

"他们说有人要买这块地皮，建一个大工厂，也有阿拉伯商人想来投资，要在这儿建一个度假村，还有一家生产壮阳药的工厂。要是这样我就安心了,因为他们是不会闯进我家的。"

他一口一口喝着茶,想赶快喝完。我不愿告诉他,要是那些投资商真的来了,会把他这样的人全部撵走,把这个地方夷为平地。我不想让他更担心,便喝了口茶,直接问他:"哈桑什么时候回来?"

"哈桑老师嘛,看情况,说来就来,说走就走,只有我孤独地困在这间房子里。"

他这话什么意思?是说他对哈桑有意见?还是说他需要哈桑?他管哈桑叫老师,怎么这么客气?我追问道:

"他晚上会回来吗?"

他说得不清不楚:"也许会来吧,也可能过几天才来。上次他来是在上周,来交房租,还给我带来这些茶叶。你觉得茶叶味道怎么样?"

我真想把茶杯甩到他脸上。我不知道他为什么这么转弯抹角。每次我快要找到这个哈桑的时候,他都会从我手里溜走。我说:"我不明白,他住在这儿,还是说他另有住处?"

"当初是他把我带到这儿来的,那时候这儿还没这么可怕,这儿有高大的树木、成片的绿地,还有古老的清真寺。有位盲人歌手,在对面的咖啡馆,用琵琶弹唱《我爱过》。然后,窝棚就开始蔓延,吞噬了这里的一切。"

我发现我是在浪费时间,只是在听他絮絮叨叨。我将要在这儿再浪费一个宝贵的夜晚,瓦尔黛站在车站里,随时可能受到野狗的袭击。我说:"那就是说,他可能今晚回来,也可能过两天回来?"

"说不准。我跟你说过,这个房子是他的。你右手边是他的房间，里面有他的衣服和东西。你找对了地方，不过他回不回来，得看安拉安排了。"

我这一路上耽搁这么久，总算找到了他的一些踪迹。如果我现在离开这个地方，那就再也找不到他了。阿卜杜·穆阿提沉默地坐在我面前，不留我，也不赶我走。茶已经凉了，没什么味儿了，我把它放到一边。我尽量表现出很注意听他说话的样子，但哈桑的情况看来扑朔迷离，我真的是需要更多关于他的消息。我问他："你什么时候认识的哈桑？"

他拿起我刚才放下的茶杯，津津有味地喝了一口，说道："好多年了。"

我疑惑地问："你不是他的同事吧？"

他简略地说："我当然是他同事了，不过是在蹲监狱的时候。你知道他因为政治罪进过监狱，不过我是因为犯傻。这故事说起来就长了。你看着累了，去歇会儿吧，以后再跟你讲我的故事。"

与其说我累了，不如说我陷入了困惑之中。我在时间的阴影中瞎扑腾，一无所获。我站起身来，他吃惊地看着我问："你干什么？你要去哪儿？"

"老实说，我也不知道。我只是觉得他今晚不会回来，这么等下去是没有意义的。也许明天我会再来。"

我站起身要走。他拦在我和门之间，说："你别急着走。你可以在这儿待着，不管到任何时候。今晚住这儿，总比旅馆要强。哈桑随时会回来的。"

他很害怕，需要有个人陪他打发这孤独和恐惧。我其实也害怕，怕得有点发抖。我既不认识他，也不放心他。但他还是坚持要留我："你现在走，明天再回来见哈桑，多麻烦啊。你昨天是住旅店吧？你今天住这儿就省了住店的钱，这儿的房间还不错。"

我环顾屋里四周，说道："谢谢你，不过我看着没有多余的房间了。"

他立刻说："你就住哈桑老师的房间，没有比那儿更好的地方了。要是他突然回来，我就跟他说，你是他同乡，我必须招待啊。你觉得怎样？"

他说的还挺诱人，让我觉得突然。总算可以走进这个我一直在找寻的人的起居之处。我觉得他有些怕哈桑，有些犹豫地说："我担心会给你惹麻烦。"

他还挺开心地说："什么麻烦都没有。我们明早一起去做晨礼吧，我好几个月没去清真寺了。之后咱们一起吃早饭，我给你讲我和哈桑老师的故事。没准他自己到时候就回来了。"

我不想两手空空地回去。到最后，我还是坐了下来，重新听他啰啰唆唆说着。我有时打个哈欠，有时看看手表，想打断他的话。最后他终于站起身跟我说"晚安"。

我不相信我自己竟然站在哈桑的房间的中央。只有我一个人在这儿，没有其他人看着我。周围是哈桑的东西，有他睡觉的床，半叠的床罩，衣架上挂着他的衣服，小桌上摆着一些书和工程学仪器，这还是学院生涯的残留。屋里还有我们城市生产的条纹睡衣，还有一双拖鞋。屋子看着简陋，有点像我的房间。墙上空空如也，看着像是长久没人住的简陋旅馆的房间，没有一丝日常生活的气息。没有挂一张照片或是其他纪念物，没有他或是瓦尔黛或是他朋友的照片，也没有他枉死的父亲和抚养他成人的母亲的照片。我坐在床上，这一天快把我累散架了。我记起包还存在旅店。我该脱下衣服穿内衣睡，但我不知道阿卜杜·穆阿提是不是在门后偷听。我实在按捺不住自己的好奇心，我花了这么长时间才找到这个地方，不可能来了之后不好好看看。我尽量不发出声音，小心地打开床头柜，里面有几张纸，一些发票收据，对我都没什么用。我来到小桌旁边，上面有一堆教科书，都蒙了一层灰，看来是好久没看过了。我在里面翻了翻，想找到些字条或是照片。我又在屋里转了转，想去翻翻挂在墙上的衣服，但是我有点害怕，又有点害羞。我已经侵犯了一个受害人的隐私，不知道瓦尔黛对这些苦痛知不知晓？还是说他从不告诉她这些事？他会假装一副神采奕奕的样子，好让她放心吗？在她面前，恐怕他是个学业成功、前途大好的青年才俊吧？他在监狱里关了多久？在她面前，他怎么解释自己离开的那些日子？蹲监狱的日子到底有多久？

我像头困兽一样在屋里转悠，找寻着能给我带来线索的东西。时间正在溜走，那个可怜的女孩仍然站在寒风冷雨之中。但直到现在也没什么线索，只能期待奇迹发生：听到他突然回到这里的声音。

我担心阿卜杜·穆阿提会随时闯进屋来，看见我正在干这样的事。我感到冷气正渗进我的身体，便关了灯，躺到床上，盖上他的被子。床睡着很不舒服，可能是他从监狱里带来的吧。我努力闭上眼睛，想象他的模样，想象和他碰面时，听到我讲的事情后他的反应。虽然已经累得不行，但我还是没法入睡。我翻来覆去，身体每一处都感觉到疲惫。我发现我焦躁不仅仅是因为想事情，床既不平坦也不舒服也是个原因。似乎有什么东西藏在褥子下面，硌得慌。我脑子里像闪电一般划过一个念头，没准他和我一样，会把重要的私密材料藏在被褥底下。这屋里如此空空荡荡，原因可能就在这里。

　　我一下子睡意全无。我下了床，摸黑走到门边，慢慢地开了门，看见客厅里没有人，只有一盏小夜灯泛着微弱的光。我听见阿卜杜·穆阿提的鼾声从旁边房间传来，现在他屋里有了个伴儿，肯定放心多了；之前几天他都担惊受怕，没怎么合眼。我轻手轻脚地关上门，打开灯。房间里又有了些生气。不管我做什么，都是为了拯救一个可怜的灵魂。时间不多了，我顾不上什么脸面，轻松掀开并不厚重的床垫，底下东西并不多，几块压实的木板，角落里躺着一个蓝色的皮包，就是它硌得我睡不着觉。我把它取出来，把垫子重新铺好，坐在床边查看皮包，这个沉默的见证者，证明我苦苦追寻的这个人的一切。我是否该继续挖掘他的生活？岁月带给他的摧残、他生命中遭受的侵犯已经够多了啊。但我还是按捺不住好奇，我不允许这样的机会从我手中溜走，我不能傻等。我用手指移动皮包的皮舌头，打开皮包，摸到里面一叠软质的纸张，看到带锯齿儿的硬纸卷儿，一个小本子，几支笔，别的就没了。我担心要是把东西取出来，他们见了光就会烧起来，就像刚拍完的胶卷见了光一样。我把那叠纸取出来，原来是用橡皮筋扎着的一沓信。

　　"亲爱的，我并不拥有太多的爱，但我把我有的一切都给了你。"这是第一封信的第一行。字迹很细，就像雪松的叶子，仿佛笔尖要把信纸刺穿。瓦尔黛的名字自始至终都没有出现，但信的结尾有一朵画得很蹩脚的玫瑰花。我解开橡皮筋，取出剩下的信，小心翼翼地把折叠的信打开，仿佛它们是干的花瓣做成的。我闻到淡淡的香气，回忆起我在瓦尔黛身旁闻到的相同的气味。那并不是死亡的气息，而是羞涩的少女殉情的味道。我仿佛看到她站在我面前，充满活力，和以前完全不同。她爱得炽热迷离。她的心很脆弱，因离别而碎。

我想找到这封信的日期，但上面并没有署，不知道是在他入狱之前，还是之后？这几页信中，我能看到惊讶、欢喜和忧惧，那是爱情第一次触摸所激发的情感。

瓦尔黛写道："每次你触到我的手指，我的身体就会一阵战栗，又仿佛空气都有了色彩。"恋人在街上走过，城市经历无数变迁。雨水冲刷城里的房屋，不留下一粒微尘；人们长久愁眉苦脸之后，终于绽放出微笑。

信中的絮语缓缓流入我的眼睛，虽然没有日期。蹲监狱这么可怕的经历，她怎么会感觉不到呢，城里又怎么会没有一个人知道这件事情呢？在那个时候，瓦尔黛有些怕他？或他有意让她痛苦？

"你为什么这么用力地握我的手指？我不会离开你啊，我只有你。你为什么这么用力地吻我？你把我的嘴唇都咬破了，整晚我的嘴里都是血腥味儿。我想要的，是你的味道，而不是血的味道。"

他一定是饥渴到了极点，才会那么粗暴地对待她。她纤弱的身体，承受不住这样的粗暴。我感到忌妒，喉头有些酸楚。

她恳求他："你为什么总是那么着急要我，为什么总是那么急迫？我是你的，你是知道的啊。如果我现在给你，那新婚之夜我又能给你什么呢？"她为了保全自己的贞洁而挣扎，也不明白为什么他会离去,为什么他就这么在她生命里消失了呢?"我日日夜夜都在等你,你就这么抛弃我了吗?仅仅是因为我不肯给你?你在那样远的一座城市,我看不到你,也感觉不到你。我真的很怕,我一次次地问:'你还会回来吗?'"

当他再一次出现时,她没有喜悦。她愿意将自己的一切给他,只要他不再离开。"你想要的一切东西……都不会比你更加珍贵。"

但是他对她有些疏远。

"我都认不出你了,我害怕你不经意间看我的冷酷的眼神。你不应该这么粗鲁,而应该温柔地对我的身体。我承受得了你身上的所有东西,却忍受不了你的冷酷。那些等待的日子,我已经受够了。"

我用颤动的手指翻动信纸,这些谈话肯定是在哈桑出狱之后发生的,他出来之后像是变了一个人。他还保留着对她的爱吗?他是真的爱她,还是仅仅瓦尔黛对他的感情把两人联系在一起?是他把瓦尔黛的灵魂带走了吗?

"你不回我的信,也不回到镇上来,到底发生了什么事?是开罗城的女人给了你我给不了的东西吗?就是因为这个吗?不管你从她们那儿获得了什么,她们都无法像我一样爱你。"

是他变了,对她不理不睬,还是他不愿用现在的样子去面对她?为什么他对她的恳求置之不理,即使她答应把身体给他,也不行吗?

"来吧,蹂躏我的肉体吧,我是你的财产,永远都是。"

为什么她对他如此低三下四?难道说她对哈桑的爱,超过哈桑对她的欲望吗?

"主啊，羞死人了！你看见了我的赤裸的胴体、赤裸的灵魂，即使如此，你还是拒绝了我。我并不想强迫你，我只是想让我们亲密无间。你不要生我的气，因为我看到了你跟我在一起时的那种不安，如坐针毡，四处张望，所以我想让你在我怀里放松一些，我想从你身上得到一丝温暖。"

我不再继续读了，我觉得我无权再深入挖掘他俩的关系。我已经走进了一个让我摸不着头脑的境地，我无法理解，先是哈桑的欲望和瓦尔黛的拒绝，之后换成了瓦尔黛主动，而哈桑却坐怀不乱，真是好一对儿冤家！

我把信放回到原处。信纸中突然掉下一张小小的彩色卡片，上面写着"泽克拉·巴尔伊时装"，旁边是一个长得不像瓦尔黛的女人的照片，更加成熟，蓬松的头发、圆睁的眼睛、厚厚的嘴唇，活脱脱一只伺机而动的妖艳母老虎。我仔细看着她，感觉她不是个普通女人。我翻过卡片，背面写着一个电话号码，难道和这个女人有关？难道是她的私人电话？这个号码不是印刷在店名下面，而是手写在卡片背面，看来是个重要的线索，但这根细线又非常脆弱，可能随时断掉。我从床上起来，把号码记在脑子里。我又仔细地检查了包，没发现其他有价值的东西。我把皮包重新放回床垫下面，关上灯，觉得阿卜杜·穆阿提应该不会知道我做了什么。我想着那个女人的样子，哈桑真的和她有关系吗？她到底多大年纪？要是我的猜想是正确的，她应该比哈桑年纪大，是她让哈桑冷落了瓦尔黛吗？瓦尔黛是不是凭女人的直觉，感到有人抢走了哈桑，所以才迫切地要把身体献给哈桑？我心中充满了疑问，如果我跟他说瓦尔黛的悲剧，他会响应么，还是说这人已经和他无关？虽然这一天累得不行,但我还是整夜辗转难眠。

整个晚上,各种噩梦压着我的胸口,几乎让我喘不过气。从燃烧殆尽的窝棚里传出的嚷嚷,间杂着清真寺喇叭里的呼喊……我一下醒来,看见从窗户中射进来的光线,看到阿卜杜·穆阿提站在我床前,像往常一样哆哆嗦嗦的。我害怕他是怎么闯进我的房间的,从他的样子我知道哈桑一夜都没回来。我只不过是在做无用功。

他说:"咱们该下去了,马苏德谢赫在召唤我们去清真寺。"

我不以为然,打了个呵欠,缓解一下满身的酸痛。我说:"也许他想举行礼拜,但是顾客人数不够吧。"

他全然没听出我的嘲讽之意,认真地说:"情况严峻,晨礼完了之后,他一直在那叫喊,看来是有大危险。"

我不想挑战他的恐慌,只得穿上衣服和他下楼。早晨的阳光充满烟尘的颗粒。我看见那些居所被烧掉大半的人们聚集在一起,蓬头垢面,神色阴郁,每个人带来了自己的噩梦和疑惧。谢赫的声音在回响,确认所有人都到齐。含混不清的叫嚷声从身后传来,是那些气焰嚣张的军警,气氛一下变得莫名地紧张起来。阿卜杜·穆阿提使劲捏着我的手,把我弄疼了。他环顾四周,看见人们已经把他团团围住,推着他往清真寺门口台阶上走去。我们就这么被推上台阶,接着走上通往清真寺里的庭院,那里装不下那么多人。每个人都是在推搡中艰难前行,肩膀碰肩膀,最后终于停住了。庭院里根本找不到坐的地方。我闻到一股地上地毯的霉烂味道,看见年长的谢赫正站在讲台中央,捋着自己的花白胡子。他在等不断涌进来的人流,他用手

敲了几下话筒确认它能正常工作,最后看看四周,开口说道:

"我从未看到你们的脸如此阴沉。你们是承担着现世的愤怒和来世的忧虑吗?你们还相信安拉的仁慈吗?"

人群没有发出任何声音。没有同意的信号,也没有否认。在经历这一切之后,他们不会再相信别人的话了。谢赫没有暴怒,没有指责他们对宗教的背叛,他很耐心,他知道这些人的秉性,也许也知道他们的悲剧。他说:

"人们啊,今天我把你们召集在这儿,是为了向你们打开一扇希望的大门。今天所有的问题都将解决。我们英明的政府将响应你们的心愿,他们将派来汽车,将你们每个户主送到住房部,去签订申领新住房的协议。"

一开始大伙面面相觑,都没明白他的意思。他们的脖子缓缓地动着,身体的其他部分则僵在那儿。唯一放松地舒了口气的是阿卜杜·穆阿提,他之前感到的惧怕似乎一下子消失了。谢赫看着一张张目瞪口呆的面孔,又扯着嗓门喊起来:"你们没听懂我的话么?大巴车和住房协议在等着你们呢,你们怎么看着都跟雕像一样木讷?你们想一辈子睡大街吗?行动起来吧,去吧,去领你们的房子去。"人们终于缓过神来,意识到自己悲惨的处境即将过去。他们转身奔向清真寺狭窄的门,争先恐后地夺门而出。人们的身体挤在一起,每个人都想第一个出去,一些人摔倒在台阶上也没人来伸手拉一下。刚才还是难友,一下都变成了互不相识的贪得无厌之徒。

我和阿卜杜·穆阿提慢慢走在后面,最后干脆停了下来,看着他们狂奔,早早开始争斗。在被烧焦的房子的边上,停着几台深绿色的大巴,边上是一帮军警,正准备帮人们上车。有些人很快就轻松地上车了，上不去车的人只能不知所措地焦急张望。这些人的老婆孩子都来帮忙，把他们向车上推，她们唯恐自己的老公还没上去车就走了，让这难得一见的机会溜走。军警们冷着脸围在这些人周围，就像一部精密的过滤器一样，只有凶悍些的男人才能过关，年纪大些的被毫不留情地拦住，女人和孩子一律被推到后面。似乎房子只发给那些健康强壮的人，省得他们再抗议闹事。我看着那些大巴，有些忧虑，这些人没有别的路可走。但这事儿太美了，美得不像是真的。像这样有魔性一样的解决方案，真的这么快就会到来吗？

我看看身边惊讶不已的阿卜杜·穆阿提，对他说："要是他们真想解决问题的话，就用不着派这么多军警了。有些军警围着他们，有些人帮他们上车，就连司机都是安全人员。"

穆阿提说："难道他们要住到警察局里去？"

人们继续涌向大巴车，空地上已经没什么人了。发动机轰鸣着，大巴车开动了。人们布满灰尘的脸从窗户里望出来，向他们的老婆孩子挥手。大家都没有笑，连欢乐的力气都没了。大巴车开远了，只剩下一片黑灰和令人不安的沉静。

我的手机在兜里响了。只有一个人有我的手机号，我看了一下果然是萨米娅。她怎么醒得这么早？她声音很奇怪，听着有些急切，一连问了我一串儿问题。

"你在哪儿呢？我一晚上没睡着，你昨天怎么不联系我？你到他那儿了吗？见到他了？"

我听出她在电话另一端的焦急，我不知道她为什么这么关心这个事儿。我对她说："我昨晚睡在他房间里，但他不在。"

穆阿提没有问我在和谁说话,不过他一直在旁边听我说话。萨米娅继续急切地说:"你不会又走进死胡同了吧?"

我警惕地看了穆阿提一眼,没告诉她我几乎一无所获。我说:"恐怕我在这个拥挤的城市,只是浪费时间罢了。"

"两天之前你还只是知道他的名字,现在就睡在他房间里了。没人知道明天会发生什么,你再继续找找,我今天还有课,你下午来找我,大概一点吧……就在那天我们见面的咖啡馆,学校门口那个。"

我在心里暗想,就是那个我看见她上了黑色轿车的那个咖啡馆吧……她听出了我有片刻的沉默和犹豫,赶忙说:"别担心,这次我来买单。"

她挂了电话。穆阿提盯着我看,说:"你要去她那儿吗?"

我真想骂他一通,这关你什么事啊!我看到他眼中的担忧,他说:"哈桑随时可能回来,我跟你发誓他会回来的,你睡的那张床就是他的。至少你要答应我,今晚去旅馆拿了你的包,就到这儿来。"

我有些严厉地回应他:"你到底怎么了?你也看见了,那些人都走了,去领新房子去了,没人会闯入你家了,你还这么害怕干吗?"

"等他们全都走光,我才能安心呢。你一会要去找她是吧?我们先在清真寺坐一会儿,那儿比家里宽敞多了,我们能好好聊聊。你知道为什么我喜欢这座清真寺吗?"

我尽量掩饰对他的恼怒,说:"为什么呢?"

"当初桑加尔王子在建造它的时候,就预见了所有的这些灾祸。所以他在寺里建了一条逃生密道，能通往安全的地方。我多希望当初在蹲监狱的时候，也有这么一条密道。"

离我和萨米娅会面还有一些时间。在经历了这个多事的晚上之后，听听他要说什么也无妨，没准他能提供什么有用的信息，而且坐在这个古老的清真寺里，比待在那个充满噩梦的房子里好多了。我们一起往回走，走过台阶，看到了刚才随着人流涌进来时没有看到的东西，在大门的右边有原来的一个小的圆顶建筑，门口横梁上写着"桑加尔王子之墓"。桑加尔就是修建清真寺的人。我们继续往里走，看见墙的高处有六扇窗户，带着漂亮植物花纹的镂空石板，边上有精美的图画。

阿卜杜·穆阿提突然给我指着墙壁远端的一个深凹，说："那儿就是地道的入口，没有人知道另一端通向哪儿。"

这时，我听到了微弱的哭泣声在空旷寂静的清真寺里回荡。在靠近讲台的一角，马苏德谢赫坐在那儿，两肩不住地颤抖。他刚刚还在那儿声若洪钟地宣讲，怎么突然泪流满面呢？穆阿提坐到他面前，担忧地问他："邪恶离您远着呢，我们的毛拉。怎么了啊？"

马苏德谢赫抬起头忧愁地看了他一眼，说道："愿安拉消除所有的恐惧啊，我的孩子。这简直是逼人作恶，强人所难啊。"

穆阿提说："可真理一直在您手里啊，毛拉。"

"我的孩子，我已经失去理智了。当我听命于他们的时候，我已经偏离正道了。历史总在重演，当年落在桑加尔王子身上的诅咒在我身上重复了。他可以修建清真寺赎罪，可我拿什么赎罪呢？"

我看着他，莫名其妙，不知道他说的诅咒是什么，而这个马穆鲁克[1]时代的王子，又犯有什么罪呢？

"当时埃及的君主还年幼，桑加尔王子担任摄政王，君主管他叫'叔叔'。但那些觊觎君主宝座的人很多，他们势力强大，威胁桑加尔，叫他毒死年幼的君主。他们拿剑指着他，威胁要活埋他。桑加尔知道小主年幼，无力庇护他，只得在这生死关头答应了他们的要求。小主有一个特制的印度盘子，他只用这个盘子吃饭，要是食物有毒，盘子就会变色。桑加尔把它藏了起来，骗小主盘子碎了。小主出于对他的信任，当面吃了食物，不一会儿便疼得叫喊：'叔叔，我的肚子，救我……'之后，不管桑加尔是醒着还是睡着，这个声音总是缠绕着他，即便他后来修了这座清真寺，躲进那条地道里，也无法躲开它，正像我现在这样。"

穆阿提什么也没听懂，我也是。我们盯着伊玛目[2]，等他继续说下去。他抿着嘴唇，似乎在控制自己的情绪。穆阿提呆头呆脑地问："但是我们的毛拉，现在已经没有马穆鲁克人了啊。"

"他们还在啊……并没有消失。就是他们在我心里散播恐惧，逼我做出这样的事情……孩子啊，让我一个人静静吧，也许眼泪能缓解我心灵的忧伤。"

我们起身走到清真寺远处一个角落，看不到伊玛目了。但

---

[1] 马穆鲁克：奴隶之意，也是埃及历史的一个时期。马穆鲁克本来是土耳其人收养的奴隶，后来其中一些人成为军阀。

[2] 伊玛目：对清真寺长老的另一种称呼。

空旷寂静的走廊里,还若有若无地回荡着他的啜泣声。甚至阿卜杜·穆阿提开始说话时,那啜泣的回声还和他的声音混在一起。

第五章　阿卜杜·穆阿提
——出狱

你问我到底怎么入狱的……哥们，这算是个问题吗？你去问问立曼，监狱里最凶恶的那个歹徒，他会跟你说他是无罪的，他的头脑是清醒的，心灵是纯洁的。这就是人，每个人都觉得自己无辜：偷就偷了，因为需要；杀人就杀人嘛，因为生气，需要发泄怒火。每个人都有自己的借口。现在的人挤作一团，活着不易，世道不允许人们相互清除了。在以往的年代，清除活动无时无处不在，一些人可以轻松除掉另一些人，多么惬意。

当然如果我跟你说我是清白的，就算我指着布哈里圣训起誓，你也不会相信我。总的来说呢，我并不是完全清白的。这不是因为我有罪，而是因为我是个傻子，而法律不会保护傻子。镇上的人都说我是傻子，其实我不是个傻子。

我并不是一味相信别人的话，只是因为没有亲人呵护我，没有朋友保护我。我孤单一人，像根野草，没有父亲，孤儿寡母。母亲无力养活我，便把我丢在路上，生死由命。我似乎比同年龄的人都聪明，只上过夜校就学会了读写，而其他人，既上普校又上夜校，可出来之后比他们胯下的牲口还蠢。我的母亲早年就把我抛弃了，后来又撒手人寰。孤苦伶仃的我和这个镇子再无任何联系了，于是我决定离开，便在某一天乘火车去了开罗，一个陌生人和穷人的城市。

兄弟，你还在问监狱的事吗，我这就给你讲。监狱生涯的到来，就像是注定的命运。要是你认识一个囚犯，却不知道他被囚禁的故事，怕是没什么意义吧？我有个妈妈那边的亲戚，在文化部不知道任什么职，但看着挺牛的。我去找他，他拒绝见我。我没走远，就在他家门口睡了。他开始没理我，后来就叫警察来把我弄走了。过几天他们把我放了，我就又躺到他家门口睡觉。一连十五天，他都没理我，每天出门上班都从我身上跨过去。最后，他担心有人说闲话，比如他抛弃私生子在街上之类的，只得给我找了个活儿干。条件就是不再来找他，不再踏进他住的那条街，简单地说就是他不想再看见我的脸。兄弟，这对我来说算什么条件啊。不管怎么说，我有工作干了，一家博物馆的馆内保安。虽然很不起眼，但我干得不亦乐乎。我没什么技术和能力，不过应付得了这份活。每天就是站在一根柱子旁边，盯着那些玻璃展柜。我四周是僵硬的雕塑，眼神空洞，大多破得不成样子，缺胳膊少脑袋的，简单说就是些没用的石头块儿，不过这工作就是我的命啊！

我整天几乎都不用挪地方，一群游客老太太从我身边经过，仔细端详这些石像，口中大呼小叫，像是正和石像交媾似的。这些石头有什么让她们这么兴奋的啊？实在想不通。我站在那儿，又饿又渴，只想趁没人看见的时候快速上一趟厕所。

上班时间总是显得那么漫长。下班之后我回到租住的地方,一条小胡同里的半间房,房东老太太住着另外半间。我每天晚上进来,都像走进坟墓一样,里面只能放下一张齐地矮的小床,上面堆满了杂物。我不开灯,也不做饭,只是用用公共的卫生间,之后仰面倒在床上睡到天明。我从不记得有人和我说话,也没有人看到过我。就这么一天又一天地过去,我自己都要变成石像了。我和石像的区别就是,没有人看见我时会发出惊叹;一天忙完之后我会回家,而它们只会待在博物馆。简单地说吧,兄弟,我是如此憎恶我的生活,直到我看到那个小小的石像。

我不知道我是怎么突然注意到那个小石像的。它和其他石块一样,待在玻璃展柜里。它的形状是一个姑娘的不完整的头,一侧已经被削掉了,小巧的鼻子也破了。尽管如此,她的面容还是挺清秀的,小脸颊大眼睛,目光穿过历史博物馆的墙壁,正看着远处。最奇妙的是她一头垂在双肩上的卷发,像是把辫子刚刚解开。

我第一眼看到她,心里就出现了一幅活的图画,那是我在镇上看见的一个姑娘。我唯一见过的裸体女人就是她,我当时躲在河边的野草丛里,她正从水里出来,瘦削的身体,小巧的乳房随着呼吸上下起伏,刚解开辫子的头发贴在脸上,两腿间是小小的黑色三角。湿漉漉的身体反射着光,闪得我没法盯着她看。她简直就是从水里升起的太阳,温暖而湿润,在我的注视下,缓慢而优雅地移动。她找来一些干稻草,擦擦两臂、胸前和两腿,又把头发挽了几道,拧干上面的水。接着转过身,抖了抖她的外衣,披在身上,这就是所有的衣服了。她沿着沟渠，慢慢走远直至看不见了。我不知道她的名字，但就是忘不了她，每当我静静地待在黑漆漆的屋子里，找不到我自己时，记忆里什么都没有，只有那个姑娘。现在她的形象就展现在这石像上，尽管她只是静默地睁着眼，但她就是那个姑娘，她不会就这么抛下我不管，不是吗？难道说当时还有另外一个人躲着偷看她么，而且他竟能将她从我的记忆里抽出来，化身为雕刻？这石像并没那么古老，肯定是一个尚在人世的人创造了这个作品。只是不知道她是怎么来到这儿的呢？是谁将她放在我的面前，勾起我那温馨的回忆？

过了几天，我终于有勇气问博物馆的一位师傅。当时他正在巡视各件展品。我拦住了他，这是我来此工作第一次发声说话。让我惊讶的是，这个师傅没有像其他人那样不理我，或是干脆视而不见。我问："没什么别的意思，师傅，这件断掉的头是谁？"

他看着我，惊奇于我这样一个小安保竟然还对观察周围的东西。他说："你为什么单单问这一件呢？"

我说："我觉得似乎我认识她，她看着像我们镇上的一个女孩，我曾经偷看她洗澡，她简直是天仙下凡。"

我这么情不自禁地说出来，把他逗乐了。他摇摇头说："没准她是你们镇上的吧，不过我觉得你不可能看见过她的裸体，甚至不可能见过她本人。这是努特女神，这件雕像是她众多塑像中的一件。你说洗澡这个事，说的也对，她是天空之神，是她把天变成蓝色。她的法力之一，是能看见尼罗河里溺水的人，并把他救起。也许你当时溺水了，觉得这位女神显灵，把你救了。"

我固执地说:"我没有溺水,我肯定是在现实中看到她的。"

他笑了,说道:"也有可能,也许吧。在那边的主门有很多这尊石像的图片在买卖,你可以去买一些。"

这消息简直再美不过了,我冲到大门那里,求那位卖画册和地图的漂亮姑娘给我一张女神的图片。她扭捏了一会儿,试图从我这里薅点钱,最后被我免费弄到了一张,我把它折好放到口袋里,一直保存到现在。

那个地方在我心里彻底变了,不再是一个荒凉无聊的地方。直挺挺在那儿呆站一天,对我来说也不再是身体的折磨。或者说,孩子,我再也不是一个人了。我认识了一个和我关联起来的人。我不再被一堆残缺的石头包围着,有一尊石像是我独享的,她每天早上都等我来,下班时送我走。我每天上班都是跑着去,一去就站到她面前,每当有外国游客遮挡了她,我就无比郁闷;当他们走了,我就和她聊天;我生活中一无所有,并没有太多好聊的,我就跟她聊我住的房子,房子在棚户区小胡同深处,更加狭窄的一条分岔胡同中;跟她聊每天清晨我出门步行路过的这条路,我只在买煮蚕豆的小车前停留一会儿,排队等前面头十个人过了之后,吃一天中唯一的正餐,之后便赶着去上班。我从未迟到,我也从不知道什么是堵车。我的薪水很微薄,不过我能攒下其中一半的钱,藏在我睡的床垫下面一个洞里。就这么零零碎碎地,她耐心地听我讲述这些秘密。她是我唯一的倾诉对象,最让我难受的就是每个夜晚我得离开她,回到我阴暗的小屋,仰面大睡,直到第二天早晨阳光从门缝钻进来。

事情有一天发生了变化。那天我照常去上班,到了却发现博物馆关门了。那天是官方假日,而我却不知道,也没有人告知我,或者可能有人说了而我没有在意。巨大的门隔在我和她之间,我觉得迷茫,只得绕着博物馆转圈,希望找到个窗子或是缺口钻进去,但没找到。看来我只能回到我阴暗的小屋,第二天再来。在这煎熬和痛苦之中,我能做什么呢?我第一次感到,孤独如此沉重,我只好漫无目的地闲逛,不知道去哪儿,不知道走到了哪里。

我没有直接回我的房间。我走过一条又一条街,到了一个陌生的地方,似乎已经在城市外面。那是一片开阔的土地,木头铁皮围墙,前面堆着几十个灰泥、石头和陶瓷坛罐,大大小小,有花盆,有和面盆,有装油的罐子,还有盛水和食物的容器,屋顶和门上挂着各种装饰品。屋子旁边有好几座小雕像,看着类似,像是一个模子刻出来的。我惊讶地看着各种容器上的彩色雕纹,有花,有植物,有动物,有带翅膀的小天使,很像博物馆的展品,虽然我不懂好坏。我走了进去,发现里面是个半露天的庭院,堆着更多的瓷器,有的完整,有的残缺。庭院中间有个和我年纪相仿的人,胡须浓密,头上缠着一块布带,坐在一台陶轮面前,一脚踩着陶轮的踏板,两只大手护着一团旋转的陶泥。陶坯的形状一直在变化,他手指一摸,泥团上面就有了压痕,下面就有了尖儿,最后陶坯的边缘像朵盛开的玫瑰,细长的枝条,还要加上一些类似咒符上神秘铭文的雕饰。我见过镇上的陶瓷匠,但他们绝没有这般娴熟的技术。我以为他会停下来看我,但他聚精会神,一次次捏出不同形状,然后再抹掉重来,仿佛他把心中的情绪都灌注进去了。我不禁惊叹了一声，他这才看到我，抬起手来，而陶轮还在那里继续工作，泥团就自己成型。

我说："你好啊，哥们儿。"

他看了我一眼，像是慢慢苏醒过来，说："你想买点儿什么？"

我说："没有我想要的东西，哥们儿。我想订制。"

他指指周围，说："各种陶器都在这儿了，你在陶瓷店也找不到这么全的组合。"

我颤抖着把石像照片从口袋里拿出来。我知道自己有些意气用事，可是我这辈子一无所有，我多想能拥有一座这样的石像啊。他径直走到院子一角，在一盆脏水里洗了洗手，又在脏兮兮的衣服上擦了擦，然后才接过图片，仔细看了看，笑着说："这是古董啊，谁跟你说我会做这样的东西？"

"赞美安拉，哥们，我只是看着你玩弄陶泥，普普通通一块泥巴，到你手里能变成各种形状，像是要说话一样。"

他坐上一条凳子，笑着，又点上一支烟，摇摇头看着我说："别浪费你我的时间了，这不是我的领域，我也没这个本事。你该去找雕塑师，虽然我怀疑专业的雕塑师也无法仿制这样的东西，这玩意儿不可重复。"

我感到了绝望，也很悲伤。我坐到对面的木椅子上，拿起一件陶器，端详着上面的凹凸的花纹，说："我上班的那家博物馆里有很多类似的古老的展品，但这件看上去更美，至少没那么破旧。"

他开心地笑了，之前的忧伤仿佛一扫而光。他说："老乡，你好天真。你叫什么名字？"

我一五一十把我的信息告诉了他。他说他叫海拉姆·明亚维，老家镇子离我们不远，赶着毛驴一天就到。

他问："为什么你这么想要复制这座雕像呢？你想把真品换走，走私到国外去？"

我讲了我的故事，黑暗中的孤单，我的房间，我的痴迷和热恋，我想让这个石头造的姑娘陪伴我。我觉得我的女人缘全在她身上了。我说价钱不是问题，当然也不能离谱。他一直倾听，半信半疑，又一次盯着那幅图画。他仿佛见到了一个比他还不幸的人，我们说着一样的方言，他和我一样也生活在城市边缘。尽管他是作坊里唯一的工人，晚上就睡在作坊的角落里，但这作坊却另有其主。他最后说："听着，我一辈子都没进过博物馆，原来以为没机会了。哪天休息我去看你，看看什么石像把你迷成这样儿。"

出乎意料，我们约好的那天他真的来了。我看见他一个人在博物馆里转悠，我和他之间隔着好多老年游客，还有参观的学生，一些浪得不行的女孩子。他远远地跟我挥手，我一直盯着他。他对那些高大森严的石像毫无兴趣，只是详细查看展柜里的陶器，仿佛在比较这些藏品和他的作品哪个更好。这不明摆着么，这儿的展品残破不全，除了待在展柜，别无他用。

过了一会儿，我看见他慢慢靠近我，站在我旁边，盯着那件石像，就像我平时时刻盯着它一样。他靠上前去，免得玻璃橱窗反光，又绕着它转，全方位观察。过了好长时间，等所有游客都走了，他再次靠近我，说："你的要求是不可能的，即使技艺最精湛的雕塑家也无法仿制，你还是换个陶匠问问吧。"

我一下泄了气，说："你试试也不行吗，哥们？"

他说:"要是有模子的话或许可以,但是凭空雕塑,我不行。"

他没有走,盯着石像看了好久,似乎我的职业病传染到了他的身上。我听得到他的呼吸,他伸手取出一根烟,我提醒他这儿不让吸烟。最后,他轻轻地拍了我的肩膀,说:"别伤心,你还是可以到作坊来,我们坐下详聊。"

他走了。我一直呆立在石像前。我的努力失败了,我本来就知道它很难。但无论如何,我还是在这个充满陌生人的城市里结识了一个新朋友。过了几天,我发现双脚不由自主引领我向他那里去。这次海拉姆没那么忙,他正坐在作坊门前吐着烟圈儿。他看见我便站起身说:"我想给你看一样东西。"

我们走到作坊里面一角,揭开麻布,看到一块圆形的泥团,看不出什么形状。我疑惑地看着他,他一下恼怒起来,说:"你看不出来吗?这就是你要的姑娘啊!"

我又重新看看那团陶泥,可是直到他的怒气平息下来,我也没看出什么名堂,但是有一些像是头发的东西,卷曲着,从脑袋中间分开。他掏出我给他的石像图片,肯定地说:"你看看她的头发,上面的褶儿数目都一样,该卷的地方卷着……"

我只得附和他,不过我有些怯懦地说:"但她的面孔不是很清晰。"

他大声说:"你以为我多能啊,当我是法老呢。我不过是尽力尝试罢了。这事作坊老板一无所知,等他走了我才能光明正大地弄。"

我俩挨着坐在木质沙发上,面对着塑像。现在已经不能再管它叫一堆陶土了。我把带来的烟递给海拉姆,他给我沏了杯上埃及茶。我俩内心饱含激动,看着那座塑像。

在这之后,我每天下班后都先来作坊,不忍回到我那间黑暗的屋子。我俩就这么坐着,仿佛与世隔绝。我从没看到顾客光临,只有飞驰而过的汽车。也许是时间的关系吧,我来的时候,店里的买卖恰恰都刚刚结束吧。

我们坐在塑像前,试着给她刻画面容。海拉姆独自设计面孔,然后问我意见。如果我不同意,他就重新开始,调整再调整。我们掏了个孔儿,虽然不太像原来的嘴巴,但勾画了脸的轮廓。我们又捏出两片嘴唇,特意让它丰满突出,微微向前,像是要去完成一个没有完成的吻。我们又掏了两只眼窝,眼睛深陷,眼角尖锐,眼神迷离,仿佛看着我们身后的作坊,超越了我们身在其中的时间。小巧的额头也捏出来了,微微闪着光芒。接下来是圆润流畅的脸颊,一个像桃,一个像苹果。两只耳朵则藏在垂下的头发里。

这一刻,我俩心里出现了一个清晰的画面:我们熟悉的家乡姑娘,带着倦意的眼睛,隆起的乳房,顺滑的发丝,或是沉睡在苜蓿园里的美梦,或是穿着薄纱往水罐里灌水,或是担着稻草摇曳前行,或是在婚礼上和着笛声尖叫起舞。当我们的眼神偶然相遇,她们轻轻一瞥,那明亮的眼神,弯翘的睫毛,仿佛在我们的灵魂中点亮了遥远的星月。她的形象顺着我们的指尖,悄悄潜入了泥团。

就像我们看着她一样,她也注视着我们。把她和博物馆原件做比较,已经变得毫无意义。她本身已经成为一件原作,形似不再是我们的追求。她已经占据了我俩的情感,能和她说说话,成了我们每天都要做的梦,我忘了吃饭,海拉姆忘了抽烟。

在把她送进窑炉之前，我们都忍不住抽泣。我们加了火力，当她出来时，看着那红宝石般的肤色，我们更是泣不成声。她仿佛脱胎换骨，摆脱了泥气，更像人的肌肤。海拉姆坚持参考原件，给她上了深蓝的颜色。刹那间，我恍惚看到，博物馆那位师傅跟我说过的努特女神，正带着泪花垂顾着我们。

海拉姆比我更出神，毕竟我的生命中还有其他石像，而他却完全被这座陶像改变了。他生平第一次挣脱了之前的窠臼模具，给了他的手指展示自己的机会，虽然迟了一些。我哪里敢向他索要这具陶像，她已经成了我们共有的财产，多少钱都换不来。但一天晚上，海拉姆亲自扛着陶像来了，说："拿着她吧，带她去你的那半间小屋。这不就是你想要的吗？"

我犹豫了。我用手指轻抚着她，把她推开，掩饰自己的颤抖。我说："现在情况不同了，朋友，她既是我的，也是你的。"

海拉姆有些激动，说："她实在让我困扰，我每天都得把她藏着，生怕店主看见，根本无法专注工作。你拿走，我就解脱了。"

我觉得他的这番话出自真心。我把她捧在胸口，难以置信地离开了。胡同的居民惊讶地看着我，我穿过他们的房屋，走向我的房间。这一刻，她变得无比接近我，她再也不是一具泥塑了，我的指端能感觉到她的身体跳动，感觉她像我一样渴望回家。我们走进房间，打开灯，这是第一次我在这屋里如此需要光亮。这是个特殊的夜晚，我把小桌腾空，铺上报纸，把她摆了上去。我坐在床上，幻想着那个姑娘再次出现。

她褪去衣衫，苍白颤抖的躯体展现在阳光下。她走向水塘，先用脚尖儿试试水，慢慢地把身体滑进水的怀抱，发出抖动的哗啦声。她用手解开辫子，甩了甩头，头发上的水滴散落下来，如同满天繁星。我在她面前醒着，最后慢慢睡着了，睡梦中仿佛看到了她，我们的身体相互触碰，一起达到前所未有的陶醉。

第二天早上我醒来，对发生的一切既喜悦又迷茫。她在博物馆里等着我，我看着她石头做的小巧嘴唇，仿佛正对我笑，轻轻的、意味深长的笑，似乎在重温刚刚过去的良宵。下班之后我买了一整盒烟，尽管对我来说价格不菲，也算是对海拉姆一点微薄的补偿吧。我想向他承认昨晚发生的事情，但我在作坊里没有找到他。一个身材魁梧胡须浓密的男人坐在门边的椅子上，我问海拉姆去哪儿了，他挥着手臂喊道："安拉诅咒他！他走了。他突然跟我说没法继续工作了，我不知道他的脑子出了什么问题。他神情恍惚，我当场抓到他打碎许多做好的罐子。疯了，天啊，真是疯了。"

看来再问他别的细节也无益了。海拉姆就这么突然消失了，让我有苦难言。我再次孑然一身，但好歹他给了我一件能照亮房间的东西。我的生活就这么在悲伤和陶醉之间继续运转。然而在蚕豆车那儿吃早餐，我更有胃口了；步行去上班，脚步也更轻快了。

博物馆发生了一件大事。这天，一切突然变得混乱恐慌，很多警车堵在门口，警察粗暴地推搡着人群，一大群游客惊恐地站在一边，像是嫌犯一般。我过了大约一个小时才知道发生了什么，我费了半天劲说服警察让我进去，因为我是这儿的工作人员。直到我走到我看守的展厅那儿，我才明白事情的原委：玻璃展柜被敲碎了，那具女神像消失了。我伤心地喊了出来，大家的目光全都转向了我。一个警官把我叫住，让我跟其他一些工作人员站成一排，我们全都成了嫌疑人。我隐约觉得我是所有人中最逃脱不了干系的，因为失窃事件就发生在我看守的区域。如果警察细究这事，不难知道我和她之间的秘密，而且有人不怀好意地想将我和她分开。但是，我总算已经得到了她的一部分，那一部分正作为我独享的资产，静静躺在我房间里呢。

警官将我视作可疑分子检查了一番，问了我一堆问题：你在哪儿住？你下班都做些什么？你有哪些朋友？工资是多少钱？他的眼神充满疑问，一点都不相信我的回答。他不曾想到，有一个和我一样的人，在这个喧闹的城市过着压抑的生活，就像他本人说的，活在世界的边缘。他问完了话，显得很不耐烦，跟我说别走太远，一会调查还要继续，所有人都要接受调查，直到找出偷窃的人。

我生怕我的那一部分也被偷走了，飞快地回到了房间，看见她还在，才松了口气。我坐在她面前，向她讲述了失窃的事情，和警官对我的所作所为。愿安拉善待海拉姆，是他在合适的时候把她赠予我，像是知道我命中会有这么一劫似的。开着灯，带着幸福，我就入睡了，每当我转过身，都看见她在看着我，没有弃我而去。但我还是需要她的姐姐，这样我才能继续上班，我唯一的希望就是警察尽快找到她。但博物馆还是关着门，只要案子没破，我就没法去上班，甚至都没法出门。当然我也不想出门，也不想吃东西，外面的世界变得狭小，连喧闹也消失了。

我不知道我孤孤单单度过了多久，当然我指的是我和她一起。直到有一天听到敲门声,有些异常。我还没来得及起身,门已经轰然倒下,警官带着一大群警察闯了进来。我一个人住在棚户区小胡同的半间房子里,他们是怎么找上门的?这么一大队人马,怎么在这地方集合的?我还没来得及问警官一句话,就听他突然高兴地大喊一声,身后的警察也都欢呼雀跃起来,他们的目光都落在卷发女神的头像上。警官一把从我手中抢走,我就像魂儿被抢走了一样,扑到他身上,想把她夺回来,但他们上来就给我一顿暴揍。警官命令他们狠狠揍我,他们便解下皮带,朝我身上抡起来。我伤痕累累的身体被他们在地上拖来拖去,整个胡同男女老幼都出来看我,有些人是第一次看见我。警车正在外面等着,因为胡同太窄进不来。他们把我扔上车,带到警察局。

他们审问我的时候,我想跟他们讲我和海拉姆的故事,但他们朝我大吼大叫,又是一顿殴打。我很明白,只要到博物馆问问那儿的考古人员,或者是普通人,都会知道这件不过是个仿品,而且还是陶制的。但奇怪的是他们所有人都把她当作真品,甚至有人做证说,我经常问那件展品要是卖了,能值多少钱?我不敢相信自己的耳朵,难道说发生了奇迹,这件陶像变成了真迹,还是说他们全部是在捏造事实?他们一定全都很高兴,因为他们就这样远离了嫌疑!

案件了结,我被关进监狱,判了多年。判决书写着:重罪从严,强化监禁。监狱在沙漠里头,闷热压抑。我后来才知道,监狱的名字叫"鲸鱼肚子"。刚进去那些天还不算坏,我一个人待在号子里,慢慢就习惯了。我的痛苦不是因为孤独,也不是因为强化监禁,而是因为他们抢走了我的一个灵魂,抢走了我梦寐以求的姑娘。如果他们把她留给我，让她和我一起在监狱里，那么我的生活不会发生任何变化。但后来他们不让我蹲单人牢房，把我扔进了拥挤不堪的重刑犯的牢房，杀人犯、小偷、强奸犯、毒品贩子、贪污犯、皮条客……突然间，我得和他们每天打交道，和他们一起吃饭，呼吸一样的空气，我很害怕，躲都躲不开，不管我如何抵抗，都避免不了成为他们嘴里的肥肉的命运。他们抢我吃的，欺负我，用肥胖的身躯和凶恶的面孔包围着我，打我。我无力反击他们，没有人来看我听我申诉。我没有钱去贿赂狱警，给他们买烟，求让他们保护我。我在这个充满魔鬼的世界里孤身一人。尤其是那个叫仔农的身背数条人命的杀人恶魔，从第一天开始就盯上了我。

  第一次见到哈桑时，我正蜷缩在号子间的角落里，其他囚犯都出去放风了。我没有出去，因为我不想再在光天化日之下受到他们的侮辱，我放弃了享受阳光和新鲜空气的机会，只是为了能够独自待一会。就在这时我看见狱警押着一个人进来，他弯着腰，迈着小步走了进来。我看得出他很高，尽管瘦削但体格挺壮。狱警粗暴地对他推推搡搡，他好像已经无力再去反抗。狱警把他推进来时，门差点碰到他的头，接着狱警便关上门走了。我扶他起来，把他放到我睡的床上，他想用背靠着墙，但身体还是软绵绵地倒了下来，呻吟着。他一定是像每个新来的囚犯一样，脊背饱尝了鞭刑。他脸色苍白，脸上还残留着血迹，一些小的伤口还在渗血。我给他递上水，擦净了脸上的血污和土灰。他的面容清晰了起来，很年轻，很秀气，不该受这样的侮辱。他的呼吸稍稍平静下来，我帮他趴在床上，脱下他的衬衣。他的背上满是血迹和伤口。我拿一块湿布轻轻擦拭,他疼得抖了一下,但没有阻止我,只是用两只大眼睛看着我。我安慰他说:"没事的,哥们儿。咬牙坚持,一会儿就没事了。"

我把那块湿布按压在他身上,减轻瘀血,又拿它擦去风干的血迹。旁边有一个塑料瓶,是一个囚犯的,里面装的不知道是什么油。我大着胆子拿了一些来,要是那个人知道了,非得把我打死。但我实在没法忍受继续看他受苦,我用油擦拭着他伤痕累累的皮肤。他看上去很疼,但只是无神地看着我。不用问,我就知道他是个政治犯,只有他们无须任何罪名就可以被抓进来,接着受尽各种折磨,直到被迫承认任何罪名。我的猜测是对的,接着我知道了他叫哈桑·拉希迪,参加了大学最近搞的那次游行。监狱里全是各种被天谴的人,然而这个一时迷途的政治犯却和刑事犯关在一起,是技术失误呢,还是监狱当局整他有别的目的呢?

这个"鲸鱼肚子"监狱,真的像鲸鱼肚子一样,装得下所有东西,有西奈的贝都因人,有留大胡子的伊斯兰组织的人,有永无释放之日的政治犯,有职业抢银行的,有盛气凌人的企业家,而我们则是些底层渣滓,生活在鲸鱼的大肠里,里面又暗又臭。这个青年确实与众不同,一句话不说,唯一做的就是稍稍舒展自己身体,不愿一直像块破布一样瘫睡。其他囚犯回来的时候,他就挪到牢房的另一个角落去。我的全部希望,就是希望其他囚犯别去打搅他,别去骚扰他,好让他保存点体力,但在这个憋屈的牢房,这很不容易。幸运的是,那个晚上他们搞紧急状态,有当官的发现了监狱里有违规行为,整个晚上都不消停。看守不停地在牢房门口转悠,直到夜里很晚。牢房里熄灯后，只有外面射进来的微弱的光线，我看见他的双眼在黑暗中闪亮，迟迟不肯入睡。他不想让睡眠削弱自己的意志，所以一直醒着，试图留住体内残存的一点生机。

监狱里突然亮了，走廊和牢房里都亮了，像白昼一般，让我们惊恐不已。看守用粗大的警棍敲着牢房门，难道又是新一轮的集体惩罚？一个警官拿喇叭大声喊着："全体出牢门……执行命令……"

那个晚上很冷，在沙漠的夜晚里我们走到监狱院子里，简直快要冻僵。狱警打开每扇牢房门，对我们拳打脚踢，让我们快些出去。我知道哈桑身上那么多伤口，没法走快，便去扶他起来。他接受了我的帮助，因为他确实需要。我把他胳膊架在我肩上，一手扶着他的腰，最后走出牢房。狱警拿警棍敲我的背，吼道："你们两个快点，妈逼的！"

我一个人挨了这一棍，好在他没再继续。我们走出石头房子，来到寒风刺骨的院子里。我把他放在远离人群的一个角落里，坐在他旁边，两人靠着取暖。我知道看守们要对空牢房进行疯狂的搜查，我没什么怕的，因为我一无所有，没什么私货。但这对狱警们而言，是个打砸抢掠的好时机，他们会敲碎所有能敲碎的，手到擒来拿走一切原本属于囚犯们的东西。他们搜寻的主要目标是手机和武器，而不是毒品，因为很多人吸毒，谁在兜售大家也都心知肚明，这对狱警们而言并不算个事儿。手机才是真正的敌人，因为他们最怕"鲸鱼肚子"里见不得人的事传到外面去。

其他囚犯在院子里走来走去，愤怒地咆哮，趁着黑暗互相推搡，争吵，咒骂，空气中弥漫着暴力。最后，我听见一个声音说:"天啊,他们要不停地侮辱我们……"

他的声音又轻又弱,但我听到他说话,便很高兴,这就是说他开始和我交流了。我说:"他们对你干了什么?"

他半天没有说话,我猜他一时半会儿不会说话了,但是他定了定神,说:"他们什么手段都用了。我是在我工作的工程学院被抓的,他们蒙上我的眼睛,关我禁闭,一连两天都没人和我说话,没吃没喝。他们接着审问我,可我连自己在哪儿都不知道,也不知道审问我的是谁。我问他们我到底犯了什么罪,他们什么罪名都往我头上安:恐怖组织成员、基地组织间谍、前共产党人、拉皮条的、性变态……他们拿来我和某个组织成员的合影给我看,叫我招供。那照片倒是真的,是学生会一次开会时照的,我努力跟他们解释,他们不听,只是打,直到我招了为止。我不知道是谁拍的照片,可能是我们中间的一个人吧,但他不知道,他这照片有一天会成为毁掉我人生的证据。还有一些潜伏在学院里的安全人员出具的报告。我胡乱招供了一些事情,只是为了不被他们打死、折磨死……每一轮折磨过后,我身上的罪名就多上几条;每转到一个新地方,罪名就又增加了。他们的脸充满饥渴的凶恶,用软管、铅棍抽我,用电击我。对他们来说,最大的乐趣就是拿手掌揍我的肚子,他们手法高明,打完疼痛无比,感觉脏腑都移位了,表面上却看不出什么痕迹。我身上没有没挨过揍的地儿,真不知道这种兽行要持续到什么时候?"

我压住他的胳膊表示同情。囚犯之间不知因为什么又吵起来了,还好我们躲在他们看不见的地方。头上的天一团漆黑,密不透风,仿佛无边无际的穹顶,就是为了笼罩这监狱而存在。

"他们杀了我的父亲……现在还想杀了我。"

风从沙漠的深处吹来,裹挟着细沙直达监狱的院子,似雪末般落下来,在我们冰冷的身体旁边一圈圈儿地转着。囚犯之间的争吵突然间停了,每个人都贴着墙站着,无处可逃。我不知道这些人为什么搜了这么久。夜渐渐深了,囚犯们变得无精打采,互相靠着坐下来,冻得哆哆嗦嗦,大喊大叫要狱警放他们回去。跟往常一样,没人理睬他们。囚犯们也都明白,要是他们抗议过了头,等着他们的只会是更多惩罚。不一会儿,他们的声音低下去了。天空突然飘下雨点,所有人的衣服湿乎乎地贴着身体,哈桑已经说不出话来,寒冷增加了他肉体的痛苦。那些人在牢房里早就搜完了,能拿走的都拿走了,只把我们晾在寒夜之中,离死亡越来越近。我感到哈桑在抽搐,我看不到他的脸,但我觉得他身体中的生命正在消亡,我想抱住他,但我自己也快要冻僵,动弹不得。我的泪沿着脸颊流下来,我无法阻止。黎明的曙光划开阴冷的天空,黑暗逐渐转为深灰色。我看着哈桑苍白得吓人的样子,盼望太阳早点升起。我们需要一丝暖意,来融化身体里冰冷的血液。终于,院子的门开了,一名警官走了出来,身边是一群拿着警棍端着步枪的狱警,一个人端的是速射步枪。警官看了我们一眼,高声说:

"早上好啊,你们这些废物……你们享受够冷气了吧?早就跟你们说了,不要违反规定。要是你们中有人觉得,隔着道墙我们就什么也听不到,什么也看不到,那他就是头蠢驴。"

他掏出四部手机,扔在地上,踩了几脚,我们听到金属器件碎裂的声音,仿佛碎掉的是我们的骨头。他又喊道:

"我们知道这些东西是谁带进来的,也知道他都跟谁联系了,说了什么。我会把这个人都丢进单间牢房里。你们在外面才过了一个晚上,下次再出这样的事,你们白天晚上都在外面过!滚回牢房去,废物!"

警官转身走了,我们开始慢慢地挪动。我想去帮哈桑站起来,但他已经动不了了,连呼吸都困难。他脸上呈现濒死的青蓝色,在度过了漫长而痛苦的几个小时后,现在只剩最后的挣扎。我不想失去他,我费力地把手放到他的膝下,一手放到背后,把他横抱起来扛到肩上。他身体僵硬,让我掌控起来反而容易一些。我摇摇晃晃地走着,一个狱警恼怒地看着我。我艰难地呼吸,感觉他很沉,我两膝随时要跪下去。但我还是继续往前走,直到牢房。令我惊讶的是,其他囚犯顾不上疲惫,都起身来帮我把他抬到我的床上。我拿毯子把他裹了起来。天色开始发亮,光从高处窗子里照进来,带来些许热度。囚犯们早都精疲力竭,牢房里很快就传来了他们的鼾声。我一直醒着,观察他的呼吸,我只想他能挺过这段时间。他不抖了,脸上的青色渐渐褪去,窗子里吹来的沙漠风有了一丝暖意,我感到舒服了些,他的身体也感觉到了久违的温暖。

我们已经错过了一顿饭,新的牢饭也是耽误了很久。伙食糟糕难吃,但我们别无选择,没有自选食堂,没有人来探视,不吃就只能饿着。我没有动,想等哈桑醒来,和我们一起吃饭。牢房里的喧闹把他吵醒了,他半睡半醒地看看旁边的我,又看看身上裹的毯子,惊讶地问:"你帮我弄的?"

我开心地说:"没什么……你醒了就好。"

我帮他起身,一起吃饭。所有人默不作声地看着我,没有人靠近他，大家都知道他现在是苟延残喘。他吃了一点东西，坐着看着四周。一个囚犯递来一根烟，他摇摇头谢绝了。另一个人递来几片止痛药，他也只是无力地笑笑。他是这间牢房里最小的，也是最无辜的，他原本不应该关在这里。一整天都没有人去院子里，经过昨晚之后，他们暂时不会让我们放风了。慢慢地，牢房生活恢复正常，他身体也渐渐有劲儿了，但我一直没有离开他身边。

几天之后，我们终于能够一起出去晒太阳。虽然他脚步依然颤抖，但我走在他旁边放心多了。真不可思议，在这样一个凄凉的地方，我还能交到朋友。我想起海拉姆，他知道他的塑像把我害到这般境地吗？我们靠着墙坐下，我向他讲述我生命中唯一的故事，卷发女神像的故事。我自己一文不值，却奢望拥有点什么，真是愚蠢到家了。我忍不住自嘲，也艰难博得了他的笑容，我自己都笑哭了。

这时一个人的阴影遮住了我们，是杀人犯仔农站在我们面前。他怒气冲冲地看着我，指着哈桑，问："菜鸟，这个是谁啊？你怎么不找我，找了别人啊？我满足不了你吗？"

我哆哆嗦嗦地缩成一团，恨不得从地上找条裂缝钻进去。我们的笑容僵住了，哈桑又惊又怕地看着我。仔农一把抓住了我的脖子，我跪在地上求饶，因为我刚刚摆脱了他的折磨，认识了一位朋友，但他抓住我的衣领开始拉扯。哈桑站起来，冲他说："你想干什么？放开他！"

仔农亮出了他的武器，一把又尖又利的锯齿刀，我知道他经常把它藏在衣服缝里。他拿刀朝哈桑晃晃，嘲笑地说："小鸡雏儿，你还没破壳儿呢，就学会叫了？你想让我在你小脸上留个记号吗？"

哈桑气得浑身打哆嗦。他朝周围看了看，盼着能有狱警过来，但没有一个人。每当这种事发生的时候，他们就集体隐遁了。哈桑朝他走近一步，被他一把推倒。仔农肯定是打在他的伤口上了，疼得他直叫唤。仔农的马仔们蜂拥而上，深蓝色囚服把哈桑团团围住打。仔农拽着我的脖子，我只能回头给目送我的哈桑使个眼色，叫他不要插手。仔农让我站在院子中间，飞快地脱下我的裤子，他挥着刀子逼我走步，踹我的屁股，兴奋地狂笑，其他囚犯也跟着笑。我想逃走，他追上我，把我打翻在地，手指插进我的屁眼里。他指指他的马仔们，他们便一拥而上把我围住打我。仔农像是骑驴一样坐在我身上，拍打我，我一下趴在地上，蹭了一脸泥。我又痛苦又羞辱，忍不住哭出声来。终于传来一个狱警的声音："住手，你们这些畜生！"

三个狱警提着警棍赶了过来把他们驱散了。那些囚犯还咆哮着抗议，像是玩具被抢走的孩子。仔农从我身上下来，对狱警说道："我们闹着玩呢，他也想玩，没有任何抱怨。"

狱警把他轰走，对所有人喊道："都到牢房那儿去！"

狱警踢了我一脚，嚷道："起来，小子！现在不是你犯贱的时候！"

我还在哭，我找到裤子，哆嗦着穿上。哈桑站在墙边，手足无措，脸色蜡黄。一个狱警瞧见了他，便推他往牢房门走去。他步履沉重，我垂着头走在他后面。走进牢房之后，我不敢坐在他旁边，只是远远地坐着，时不时看看他。我看见他的两眼望着高处，望着墙上的小窗。微弱的光线从窗口照进来，渐渐地变弱。夜晚降临了。

过了几天,我试着和他说话,装作淡忘了那件事。我说:"没什么事,只是男人之间开个玩笑罢了,这样的事天天都有。"

但他只是把脸转过去不理我,并没有责怪我。他开始慢慢康复了,能一个人出去,稳稳地走路,有时还能绕着牢房跑跑步,呼吸来自沙漠的空气。那些迫害他的人好像暂时忘了他,没人再来审问他。但他一直不理我,我也不知道他是在躲避我,还是瞧不起我,也许他觉得跟我保持联系只会引来其他囚犯的嘲笑,谁让我是一个任人欺凌的菜鸟呢。

不知道又过了多少天。他对我仍然不闻不问,让我既难过又难堪。其实我早已习惯了孤独,但他的出现又给了我一丝希望。又过了许多天,意外的事情发生了。他从角落里走过来,站到我面前说:"我们出去晒晒太阳吧。"

我不安地看了他一眼,他表情冷峻,看不出我们的友谊已经恢复了。他往外走,我也只好跟在后面。哈桑靠着墙坐着,我在他旁边,战战兢兢地尽量靠近他。他脸上露出苍凉的笑,点点头让我再靠近些。我靠过去一些,但不敢坐他对面,也不敢开腔和他搭话。我看看仔农还坐在马仔中间,狱警正盯着囚犯活动,便稍稍放心了一些。我一直紧紧贴着墙,只见哈桑咬牙切齿,像是下定决心要干什么事。四周笼罩着宁静,也许是暂时的宁静。突然我看见仔农的脸出现在我们面前,他说:

"站起来啊,小鸡仔,我们一块玩玩吧。"

我没有起来,转头寻找狱警,但是狱警已跑得无影无踪。我在墙角哆嗦成一团,他抓住我的衣服,就像之前那样强行拖拽。

突然，哈桑拦在我们中间，语气强硬地说："放开他。"

他没再说别的。说时迟那时快，仔农正要掏出小刀的时候，突然惨叫了一声，鲜血溅满他的脸。我都没注意到哈桑的手是怎么动的，怎么拔出刀子划破了仔农的脸。我站起身来，只见仔农痛苦地惨叫着向后退去，在地上绊了一下，倒了下去。他拿手捂着脸，拼命止血。他又爬起来，转过身去。奇怪的是，狱警在这时候出现了。哈桑站在原地没有动，把手藏在身后。这时我看见他使用的武器，不过是绑在一小块木头上的剃刀残片。我不知道他从哪里弄来的，啥时做好的。

哈姆扎狱长皱着眉头看着仔农血流满面，一脸厌恶地说："活该！看你还敢不敢再欺负人！……你们这些畜生，都滚回牢房去！"

他没有调查，也没理会哈桑，更没有收他的刀具。他肯定也看见了仔农手里露出的刀把，所以他不想冒险招惹任何一方，就这么走了，没向仔农表示送他去监狱医务室。大家都不相信发生的这一切，仔农就那么呆呆地站着无力回击。我跟着哈桑走了，其他的囚犯也开始散去。我回过头，只有仔农一个人站在那儿，盯着我们离开。

哈桑一直铁青着脸，他坐在牢房角落，没有人敢靠近他，我也不敢。我发现他一下成熟了，脸上皱纹也多了，五官看着更硬朗，眼神更有穿透力。当牢房熄灯之后，我看见他的双眼闪烁着神秘的光。

后来再看见仔农时，他的头上包着绷带。他没有告诉任何人是谁把他弄成这样的。这是监狱里的法则，一个人不管遭到什么对待，都不会向别人告密，否则只能被大家鄙视。他只能寻机报仇，只有那些懦夫才会去找狱警申冤。

仔农一直像一只受伤的鹰隼围着我们转，大家都在等待他复仇的那一刻。尽管如此，哈桑没有退步，也没有害怕。他每天都叫我出去晒太阳，我只能乖乖地跟着。他天天现身，以及端坐着准备迎接任何攻击，这让他赢得了别人的敬畏，包括我。囚犯们看他的眼神都变了，有人讨好地送上吃的和甜点，但他都没有要。他总是一个人独处，我也只是忐忑不安地跟在他后面。

仔农并没有马上展开反击，可能他是想等伤好点儿再来，或者是趁狱警长时间不在的时候。但是有件事我一直没明白，那就是仔农的伤慢慢好了，脸上的绷带撤去了，但剃刀划出的伤口鼓出来一块，愈合的伤口往外翻着，边缘卷在一起，看着更加吓人。他站在院子中间，气得浑身发抖，他一定是在镜子里看见了自己的脸有多么可怖。那些马仔个个摩拳擦掌，要一雪前耻。

哈桑独自站起来，我看见他从兜里拿出剃刀，握在手里，藏在背后。我吓得在墙角缩成一团，想找个能藏起来的缝隙。我到处找狱警，但一到这种时候他们就玩消失。哈桑这次不可能再偷袭了，也不可能全身而退，轻则受伤，重则致命。囚犯们站在旁边，兴致盎然地准备欣赏一场血战。哈桑就站在那儿，像一根枯树枝，不退也不动。仔农见他这么镇定，犹豫了一下，然后抽出了他的刀，刀刃在阳光下闪闪发亮，看着比之前那把更大。我不知道他从哪儿弄来的，怎么能磨得这么锋利。相比之下，哈桑拿的剃刀看着不堪一击，我是该一直靠墙站着,还是立马开溜?仔农从牙缝里挤出几个字:"这次你休想再偷袭我,你这个贱种,哦不,贱种主人……"

仔农拿刀刃朝我比画,我知道哈桑之后就该轮到我了。我喉咙发干,连《古兰经》开端章也念不出来了。突然,哈姆扎狱长带着一帮狱警,不知从什么地方冒了出来。他们挥着警棍,直奔目标。仔农想把刀藏起来,但它太大太显眼了。狱警们一拥而上,似乎是有备而来,他们先打仔农握刀的手,接着用警棍和枪托一齐击打他的胸口、头和腿。他试图转圈躲闪,最后还是倒在地上。他的旧伤口绽开了,血流满面。虽然他倒在地上,但是狱警们也没有停止击打。他大喊着求饶,哈姆扎狠狠地在他胸口踩了一脚,说:"你还以为你是屠宰场里的屠夫啊,婊子养的!"

哈姆扎捡起他丢下的刀,在囚犯面前举得高高的,大声喊道:"这就是私藏凶器的惩罚,这个混蛋从今天起不得离开单独禁闭。"

狱警们终于停手了。仔农缩成一团,地上都是他的血,我看他又卑微又可怜,尽管他对我干过那么多坏事,但我还是隐约动了恻隐之心。哈桑就站在那儿看着这一切,唯一做的就是把剃刀偷偷丢掉,用脚把它踩进土里。这场战斗用不着他出手了,别人已经帮他摆平了。狱警们把仔农抬到牢房里,压在我胸口的噩梦算是消失了。我多想让仔农在单人牢房里待一辈子,或者至少待到我出狱的时候。囚犯们都散开了,他们带着几分畏惧看着哈桑,窃窃私语,谁能把他和刚才发生的事情联系起来呢?我觉得他和狱警的突然到来应该没什么关系,至少他开始看着很紧张,做好了随时拼命的准备。我们默不作声地坐在那儿，看着仔农的血迹，我问自己："到底怎么回事？"

牢房门开了，哈姆扎狱长一个人慢慢走了出来，来到我们面前。他还气喘吁吁，手里拿着仔农的刀子，制服上沾着他的血。我觉得他会把哈桑也抓到单人牢房去，如果那样的话，我愿替他去。但是他站在那儿摇摇头，低声说："你觉得怎么样啊，总工程师，我们来得正是时候，救了你一命，不是吗？"

哈桑站在那儿盯着他，不知道他们为什么会这么干，弄不明白他这么客气地跟他说话，葫芦里卖的什么药？

这事儿看着不寻常。一阵沉默之后，哈姆扎看上去似乎并不期待答复，他只是来耀武扬威炫耀一番而已。他接下来说的更加深了我的看法。他指着那个小土堆说："去把你的武器捡回来吧，省得落到别人手里。"

哈桑大惊失色。我坐在那儿也很惊慌。哈姆扎就那么盯着他，手里玩弄着那把刀。他朝我点点头，我连忙手脚并用地爬到埋剃刀的地方，把它拿过来递给他。他擦擦上面的土，又交给哈桑，低声说："放你口袋里吧。"

我吃惊地喊了一声，哈姆扎瞪了我一眼。哈桑赶紧把剃刀揣进口袋里。哈姆扎说："这样最好了。现在我想和你单独谈谈。你来，别人都走开。"

哈姆扎狱长快步走到院子里的空地，离通往牢房的那个门远远的。哈桑也朝他走去，他俩走远了，我什么也听不到。不光是我在关注着他俩，所有囚犯的眼睛都盯着。开始时是哈姆扎在说，哈桑只是冷着脸听着；哈姆扎手里比画着什么，感觉不像下命令，而像是商人看中了一桩生意，想要努力说服对方。最后，哈桑点头同意，哈姆扎脸上露出了笑容，指指哈桑，叫他继续一块走。

两人朝着远处的牢房走去。那栋牢房蓝底涂着白石灰，里面关的都是些大名鼎鼎的人物，政治犯、受贿犯，还有富商，平常没人敢往那个方向走。在我们的监区和他们的监区之间是全副武装的警卫，手里端着速射步枪。那是个完全不同的世界，饭菜衣服都是从外面来的，狱警不敢扬手，抬手必然是敬礼。我坐在那儿看着他们走远，不知所措。他俩穿过禁区，哈姆扎和其中一名狱警打个招呼，就带哈桑走了，消失在我的视线里。哈桑就这么离开了我，只剩下我一个。我挠挠脑袋站起来，赶紧退回牢房里，摆脱仔农的爪牙。

囚犯们都回到了牢房，用疑问的眼神看着我。我躲在角落里，高处小窗里透进来的光线开始变弱了。我很是担心，担心他再也回不来了。我不知道没有他我还怎么保全自己的性命。不过在光线彻底消失之前，门悄悄地开了，哈桑进来了。我惊讶地看着他，可他好像没事人一样，坐到他的位置上，没理会任何人。哈姆扎狱长站在门边，用客气得惊人的语气说："晚安，总工程师。"

他关上门走了。我看看哈桑，他只是望着小窗外的那一小块阴暗的天空。我知道他什么都不会跟我说，我也不敢问。我唯一能做的就是他一指示，我就乖乖跟上去。所有人也都知道他背后有些蹊跷，有些比他瘦削的外表更重大的东西。第二天牢饭送来的时候就更证明这一点了，他的饭和我们都不一样，准确地说根本就不是牢饭。那是我从没见过的花样，我都不知道该怎么吃。他也很奇怪地看着他的饭菜，叫我和他一起吃。这是我真正在吃饭，我指的不光是在监狱，也是我这一辈子。

这是我唯一的特权,和他一起吃饭。我俩一句话也不聊,他凌厉的目光,时不时出神,足够让我知趣地保持缄默。他和哈姆扎狱长的关系也日益走近,天天一起去"禁区"那边走动。有时我觉得我是这监狱里和他最亲密的人,有时又觉得他根本看不起我。我想他不会忘记,他们把棍子捅进我屁股里的耻辱一幕。我不会知道他对我那种矛盾的情感到底是怎样看的,但我和他相处的这几个月里,他变成了另一个人,无动于衷,不与人争,不与人亲密。我由衷地意识到,我们之间的距离越来越远,分别的时刻很快就要到了。

这一刻在一个早晨来临了。天气开始变暖了,但牢房里还是冷冰冰的,我来到院子里晒太阳。哈桑看着我说:"过几天我就要离开这儿了。"

我竭力控制住自己不哭,差点就要扑倒在地上,求他不要离开我。但他的眼神把我钉在原地。他平静地说:"我知道你的刑期也快结束了,再过几个月你就能出去了。"

我低声说:"但愿在那之前仔农没把我弄死。"

他肯定地说:"不会的,我不会抛弃你……我不会忘记,我被打的不行,又差点冻死的那晚,你对我做的一切。那时候我没有失去意识,我感觉到是你扛着我,帮我裹上毯子。"

我说:"好吧……你也救过我。我受尽欺凌的时候。"

他拿起一根树枝,在沙上写了几个字,说道:"好好记下,这是我在'羊堡'的地址。你出去之后就去找我,我们一块儿住,好让你也能休养一阵子。"

过了几天,他真的出狱了。我把他送到最后一道关卡,看着他向大门口走去。我就像是在念经书一般,嘴里重复嘟囔着他的地址。我没敢想我能在有生之年从监狱出去,从那之后我就没出过牢房,我知道仔农在等着我呢。

直到有一天,哈姆扎狱长把一堆旧衣服丢给我,嚷道:"滚吧,蠢货。"

那还是我当博物馆保安时候的衣服,上面还沾着陶像的土。

外面的世界同以前完全不同了。我坐在羊堡的家门口,等了整整一天半,直到哈桑大半夜回来。他惊奇地看着我,像是不敢相信我还活着。他还和以前一样,我还是有些怕他,可我没什么其他地方可去。他带我到楼上,说:

"你就住这儿。这个地方很危险,就跟这城市所有的东西一样。我不在这里的时候,你帮我照看房子。我一走可能几天,可能几周……你别多问。"

我什么都没问,无论他走多久,我也没什么怨言。哈桑对我而言,已经成为某种宿命。他总是在我没有预料的时候出现,又总是不打招呼就消失……

第六章　萨米娅·尤斯里
——工程学院四年级学生

我早早到了咖啡厅，比约定时间提前了一点儿。我看见阿里一个人坐在那儿，这个来自异乡的农村男孩，单纯得有些幼稚。他还在努力坚持，眼见搜寻越来越困难，但他还是没有死心。他虽然算不上英俊，但有种迷人的特质，可能就是他的坚持吧。就像他对我明说的，要去拯救一个人的灵魂，而实际上，他可能没有明说的是，坚守一段没有希望的爱情。他正聚精会神地想什么，都没看见我进来了，直到我站到他身后也没发现。他一只手拿着一张彩色的卡片，上面有一张女人的画像；另一手拿着手机，正要拨一个电话号码，但又迟疑了，拨了两三个数字就停下来。我斜靠过去，猛地把卡片夺了过来。他呆呆地看着我，我转过身坐在他面前，说：

"你要打给谁？我给你电话是让你跟别的女孩聊天？"

他看着我笑笑，脸上有了些光彩。我知道我很讨他喜欢，至少我的翠绿色的裙子很讨他喜欢。他的脸看上去苍白而疲惫，是熬了一晚上，才搞得这么累吗？我装作开心的样子，仔细看着卡片。这只是一家时装店的普通名片，上面有个漂亮女人的照片，旁边是店的名字：吉卡拉时装店。背面有个手写的手机号，我抬头问他，他便开始解释这卡片是怎么来的。他不好意思，觉得自己侵犯了要找的那个人的隐私，从他的纸堆中把卡片翻出来的。我嘲笑他太幼稚，他这么做毫不奇怪，这卡片根本没什么。他说："但这是个女人的照片，还有这是个手写的号码啊！"

我不屑地说："这图片什么也说明不了，不一定是店主本人，没准是个模特的照片，不过这电话嘛……也许是个隐私的事……不管怎么样，你试过跟她联系吗？"

他犹豫得很，反对说："我们不知道她会有什么反应，没准儿她根本不搭理我们。"

"不管这个叫哈桑的和这个女人有什么关系，如果另一个女人和她联系，可能会引起她的兴趣。不管怎么说，这不过打个电话而已，大家在电话里谁也看不见谁。"

我拨了号，听见里面急迫的响声，但没人接。我又拨了一遍，阿里焦急地看着我。最后终于有人接了，一个慵懒的声音接了电话，似乎是刚从睡梦中醒来。我开门见山地说："喂……吉克拉夫人……可能你不认识我，但是我在找哈桑·拉希迪，有件重要的事情，我必须找到他。你能不能和我说他在哪儿、或者告诉我们他的电话号？"

她像是突然醒悟，我能听到她有些惊讶，一种奇怪的警觉。她说："你是谁？你怎么会知道我的电话号？"

我知道我激起了她的兴趣，我让她吃惊了。我怕她把电话挂了，赶紧安抚她说："我叫萨米娅，跟这件事本没有关系。但是有个朋友从哈桑的城市来,就坐在我对面,他有很重要的事要找他。要是你愿意的话,你可以亲自跟他说。"

当然我没有把电话给阿里,我知道她肯定会继续跟我说话。她说得很快:"我先问问你,你是助人为乐,还是和哈桑有什么关系?"

她确实认识哈桑。我听她的声音,觉得她有些醋意。我控制住自己不笑,免得双方尴尬。我像射箭一般向她发话:"我本人不认识哈桑,但有一个女孩,当然不是我,也是来自哈桑的城市,听说是哈桑的未婚妻。她现在有紧急情况,必须找到哈桑。"

我一下子把话全说完了。她开始加速说话,很多词儿我听不懂,仿佛要和我吵架似的,但最后我还是艰难地明白了,她说在见到我们之前,在搞清我们的来龙去脉之前,她什么都不会说。我从包里取出上课用的笔记本,记下她告诉我的地址。阿里疑虑地看着我,我把那张纸递给他,说:

"她等着我们……今天晚上……这是地址。"

他惊讶地问:"为什么呢?她给我们他的电话号不就完了吗?"

我笑了:"你对女人的了解还需要加强,你想,一个陌生女人对一个女人谈她男人的事,突然又冒出来一个什么未婚妻,她就算不疯,也会忍不住很好奇吧。好奇心,是女人的软肋。"

他试着读那个地址,很正常,可他根本不认识那个地方。他迷茫地说:"这是哪儿啊?在曼苏拉吗?"

我笑着对他说:"你还真是个土包子,这是开罗的新区,地图上都找不到,只有坐私家车才能过去。这地方叫曼苏里亚。"

我很喜欢他迷茫的眼神，就像遇到新的谜语而猜不出时的那种眼神。

"那地方很私密吗？"

"可以这么说，住那儿的人大多都不愿谈论自己，也不喜欢陌生人闯进来。"

他有些不耐烦地问我："我一定得去吗？你看约的时间那么晚，我本来还打算回镇上呢。"

我的口气很坚决："别废话，你的工作已经开始，必须做完。你欠那个女孩的，你忘了昨天你说的，她不是付出爱情而是等待爱情吗？"

他说："我不是爱她……我只是……。"

他咬咬下嘴唇，沉默不说话了。我们都不说话了。我觉得我累了，没必要继续假装开心了。我看看周围的人的脸，这儿的常客基本都是些小情侣，我认识一些，戴着头巾的小姑娘举动非常大胆，而男孩们却羞涩地回应。阿里陪我一起坐着，我觉得舒心，也许是我在寻求他的保护吧。他用两只担忧的眼睛看着我说：

"你又没有在羊堡过夜，怎么看着这么累？"

我笑了笑，啜了一口卡布奇诺。我想让他再聊聊他自己。但是他不肯主动说。我说："没什么，只是早上起来有点肚子疼，还有点恶心。可能胃受寒了吧。"

我盯着他的脸看了好一会，为什么他看着这么纯洁，似乎是觉得生活会给他所有他想要的东西。他的脸转向远处，目光落在马路对面一辆停着的黑色轿车上。不知道它是什么时候来的，而且他比我还早就注意到。我听见他轻声说："你要走了吗?"

我默默地看着那辆汽车。阳光下车的外壳格外闪亮,干净得仿佛每天早上都被人舔过似的。我突然感到一阵刺痛,似乎是什么虫子在我皮肤上爬动,痛、饿再加上挫败。我看着别处,压低声音对他说:"我会跟你去的,我想看看这个女的。你不反对吧?"

他看了我一眼,可能觉得我的语气有些挑战的意味。轿车还停在那儿,贾拉勒打开车窗望着四周,我值得他这么等待吗?

阿里还在盯着我,似乎是想试试我还能扛多久。我只好说:"昨天你看见我坐他的车了,是吗?"

他点点头,吸了一口面前的柠檬汁,说道:"你不用解释。"

在一段沉重的沉默之后,汽车发动,开远了。我呼了口气,混合着悲伤和轻松。我从未和任何人谈过这件事情。强烈的羞耻感,让我没法和任何人谈这件事,即便是和镜子里的自己也不行。但是,如果我和这样一个陌生的过路人谈谈,能否轻松一些呢?因为他也陷入了类似的情网,爱着一个半死的毫无希望的姑娘。我感受到的,并非是爱情,而是一种痴狂,近似精神错乱。我不敢敞开自己内心的某一部分,向别人吐露这件事。即便未来我能找到命中的另一半,我也不能向他裸露那一部分。但是很多时候,我觉得所有人都对这件事情洞若观火,而只有我被困在地道的尽头,漆黑得没有一线光亮。

改变我命运轨迹的一刻是怎么发生的呢?

那是我们学院今年组织的参观卢克索之旅,他坐在我身边,在卡纳克神庙边上的圣湖岸边。那对我来说是个关键的转折点。当时辅导员们都已经睡了,我们几个姑娘挤在一间房间里,吞云吐雾之间,我们的脸都看不清了。我们放声大笑,纵情嬉闹。

第二天,我头晕目眩,沿着山坡下行去西边的陵墓。我脚一滑,差点摔倒。这时,一只有力的手伸过来,及时抓住了我,我才没有摔个狗啃屎。我抓着他的手臂,看着那张靠近我的脸,两只深邃的眼睛,高挺的鼻梁,精致的胡须。我奇怪他为什么会在这儿,他是学院的教授,这种学生活动他一般不参加。当他站在讲台上的时候,就像一尊神像,用华丽的字体在黑板上写着方程式。他眼睛深邃,声音平静圆润而深入人心。我就那么盯着他,连说"谢谢"的力气也没有了。我一直抓着他的臂膀,直到他轻轻把手抽开。他朝我笑笑便走了,我一直目送他走远。他完全不一样了,热情又青春,全然不像课堂上那样冰冷而无趣。在压抑的陵墓中,我努力保持平衡,到了哈布城,才松了口气。贾拉勒则在神庙的石柱之间徘徊,盯着带顶篷的长廊,端详着墙壁上的雕刻。

晚上,在卡尔纳克神庙,我们聚在一起欣赏声光演出。石柱林中,残存的神像和方尖碑间,光影不断变幻着。他不知什么时候来到我身边坐下,并没朝我看。年老演员的声音在骇人的空旷中显得特别高亢,颤抖着讲述着建造神庙的故事。故事听着无趣又可怖,仿佛只是为了在我心中散播恐惧,唤醒我身边的死人。我不知不觉地向他靠过去,轻轻碰到了他。第二次,他的身体救了我。在夜晚的寒冷中,我感到一股奇特的暖流渗进我的细胞,闻到他散发出的轻柔的柠檬香气。他和我说着话,温柔而自信,完全不像那些老年演员的嘶吼。他指着水面上漂浮的花瓣，轻声说：

"这是睡莲，法老时代的圣花。伊西斯女神在生下儿子荷鲁斯之后，不想让他触到泥泞的地面。这时一朵莲花为她开放，将新生的婴儿托住。从那时起，埃及人便将莲花的形象应用到他们的建筑中。你仔细看，周围的这些柱子都是莲花的形状，柱体像茎，柱头像交错的花瓣。"

我再仔细看我面前矗立的石柱，感觉焕然一新。在石花林间，光影游荡穿梭，如同迷途的孩子，仿佛荷鲁斯在寻找母亲的怀抱。我看着贾拉勒，感到头晕目眩。他伸手握住我的手，宽大而有力的手掌将我的小手掌完全包裹住。他拉我起来，我跟在他后面，离开了湖边和演员的碎语。我们走进石柱丛林中，环绕着我们的是昔日的魂灵。我们走上破损的石阶，越走越高。他说：

"所有的古埃及神庙的入口都是这样，一步步升高。古埃及人认为，神从小丘上开始创世，也就是他们所说的'生命之丘'，这山丘是大洪水淹没世界之后唯一露出水面的东西。"

无边的穹顶离我们远去，盯着我们的星星也无影无踪了。我们走进了一个石头堆起来的顶篷，他紧紧握着我的手，小心翼翼地领着我穿梭在倾颓的石像间。他在黑暗之中也认得路，仿佛是他本人设计了这些回廊一样。地面在升高，而顶篷则在靠近我们。他说：

"你看见那些建筑设计了吗？古埃及人以为天和地本是混沌的一团，后来才分开。我们现在就站在分界点上，大地从这里降下，天空从这里升起。"

在一根支撑起穹顶的大石柱前，我们停了下来。他站在我身后，抓着我的手，把它放到石柱上。虽然看不清楚，但我的指头清晰感受到那些雕刻的石质触感。他继续说："这石柱上刻的，是'努特'女神创造万物的故事。她把身体弯成笼罩大地的天空那样的弓形，风神'舒'支撑着她的头，大地之神'杰布'支撑着她的双脚。"

他贴在我的身后，仿佛要在这无边的虚空中保护我。我有些发抖，当他的手臂环绕住我的腰时，我情不自禁地向后紧紧靠住他的胸脯，他贴得越来越紧，像是要把我融入他的身体里。他双臂抱着我，就像这座神庙包围着我们，包围着无尽的黑暗和藏匿其中的游魂。他的身体紧绷有力，像是另外一根法老的石柱支撑在我腰间。我感到他用手指拨开我的头发，用双唇寻找我赤裸的脖颈。我转过身来，没有后退，再次感觉到他用嘴唇寻找我的双颊、脸、鼻子和前额。他温暖的双唇终于找到了我的双唇，缓缓占据了它们。我感到我的脸庞仿佛与身体分离了。他伸出双臂，用力地搂住我，黑暗和寒冷都无法找到我们之间的缝隙。但这一切突然结束了，他退后一步，低声说：

"不可以这样。老师不能勾引自己的学生……"

我害怕我会被黑暗中隐藏的魂灵掳走。我勾着他的脖子，喘息着说：

"没事，我没事。"

我开始遍吻他的脸。这次是我去寻找他的嘴唇。这不是我第一次吻别人，但这次的感觉无比美妙。我的身体像要融化，膝盖像要塌陷，好像脚下的土地消失了。法老石柱也变得松软，慢慢看不到了。他的双手在我身体各处游走，仿佛重新发现了我，在我身体中注入了鲜活的动力。他突然轻轻挣脱我的拥抱，拉着我的手走到了明处。看到同学们都在，他一下松了手，转身从另外一边走了。刚才还是火热的甜蜜，现在扭头就走，把我一人撇在寒冷的夜里。我痴痴地盯着他，看他头也不回地上了大巴。大家都上车了，我傻站在那里，直到司机鸣笛催促才回过神来。我赶紧跑两步上了车。他坐在前排，我从他身边走过时，他都没看我一眼。我在他身边停了一下，他还是没有看我，仿佛我是个游魂。我坐在我的位置上，那温暖的一刻早已逝去。一些同学和我聊她们看的演出，但我的心完全在另外一个世界里。

我并不是个复杂的女孩。一个成熟男人的吻，足以让我激动不已。在水族馆，在旅行中，在阶梯教室的黑暗角落里，我吻过无数次了。我身体躁动不安，不喜欢一本正经板着脸。我热衷于生日派对，昏暗的迪斯科舞会，男孩们把手揽在我腰间，我跳舞的热情不亚于游行中的兴奋。但我更喜欢游行。当我们集合在一起，从喉咙深处喊出我们的愤怒，面对那些穿黑制服、戴着头盔、手持盾牌的安全警察的时候，我才是真正的我。我还有写作的天赋，我能一个人搞定一整块板报。我将会是个优秀的工程师。我能消化课堂上的全部知识，考出最高分。我在复习、志愿者活动和游行抗议中，宣泄所有的能量和心中压抑的情绪。

但这个惊人的吻，改变了我的生命，打开了我封闭的躯体。在旅馆的房间里，我整夜都无法闭目入眠。我的室友睡得很沉，发出小猫呜咽般的声音。我盯着天花板上法老风格的画像，上面的女人穿着缥缈的纱衣，赤脚奔向他们的情人，她们如此渴望马上到来的幽会，轻快得脚几乎不碰地面。我也能这样吗？我走在旅馆里铺着陈旧天鹅绒地毯的走廊里，思忖着可否不敲门就闯进他的房间，给他一个惊喜？但是我不敢。

第二天，我看见他和几个辅导员一起吃早餐。他没有看我，我也不想引起他的注意。我相信他看见我了，在我们参观其他神庙时，我也肯定他在关注我，不过他掩饰得很好。我努力说服自己，昨天夜里在神庙只是一时冲动，旅途中经常发生这样的事情。

那次旅行的最后一晚，我们办了闭幕晚会，也叫高帽晚会，这是类似旅行的传统做法。晚会上男孩们戴上搞笑的鲜红色高帽，女孩们穿上古老的贵妇裙高视阔步。以前贵族老爷们在旅馆过冬时，通常都会把高帽丢在阳台上。我穿了一件低胸上衣，这不是我的风格，不过我想趁机展现我雌性的那一面，强迫他目光不再游离。

晚会非常热闹，男孩们玩命聒噪，把毡帽抛起又接住，笑得找不到北。在卢克索这样的城市，当玩乐开始时，时间便静止了。我看见他也戴着高帽，站在学生中间，帅气，迷人，仿佛来自另一个时空的骑士。我幻想着，要是和他跳支舞，一定能惊艳全场。我耐心地等着他身边的学生都走开了。他一回头看见我在他面前，急忙警惕地看看四周。我多想他再次触摸我的身体，让我感受到自己的存在。我向他走近一步，但他突然举起手指，提醒我不要靠近。我这才明白，他其实不是真的想要我，那场温存不过是一时冲动，人性弱点。他转身离开，钻进远处角落里另一群高帽中。

我感到一阵冷风淹没了整个大厅，一瞬间把卢克索变成了北极。有人拉着我进了舞池，我乖乖地跟进去了。舞池里人头攒动，我尽情地跳着，全然感觉不到周围。我不看他，试着把他从记忆中抹去。我不知道跟我跳舞的是不是刚才拉我进来的那个，只感觉到一只手握住我的手，把我拉走，直到旅馆的花园。我这才看清，是一个男孩的小脸，他气喘吁吁地盯着我。我把脸扭过去，然后就感到他的双唇贴上我的脸，然后是脖子，我都能感觉到他的口水。他汗津津的手贴到我的胸口，我感到极度的恶心，准确地说是恶心我自己。我赶紧推开他，穿过花园，跑回自己房间。室友不在屋里，她正在下面无拘无束地释放情感，不像我心里还有这规矩那束缚。我像个弃婴蜷缩在床上，盼着明天早上快点到来。

旅行就这么结束了，将我们停留在时空之外的那种魔力也消失了。我们又返回喧嚣的城市，回到了那些味同嚼蜡的课程。令人兴奋的只有抗议游行了。埃及政府净干些让人恼火愤恨的事情，时刻让我们热血沸腾。我慢慢痊愈了，走出了那错误一吻的阴影。在他的课上，我坐在最后一排，他依旧在黑板上写着，不看我一眼。我跟自己说，一切都结束了，我该回到自己的活动中，融入集体中。那件事不过是一时的性冲动，等我参加下一次的游行，什么事情就都烟消云散了。

我们在学院大院里准备即将到来的大规模示威游行，我们写好横幅和标语，准备和安全人员们对峙一天。冲突是免不了的，我们知道他们早已在外面严阵以待，他们墨绿色的警车就像潜伏待猎的猛兽，几百人的钢制头盔和塑料盾牌反射着太阳光。我们开始列队，学校保安喊着口号紧急集合，把大铁门关上。我们稳住阵脚，喊了几声互相打气，拉起横幅向前走。保安们离开了自己的位置,把上了锁的大门留给我们。我们大声喊着,挥舞着拳头,使劲扯拽缠绕大门的锁链。但无论我们怎么摇晃,都没法把那扇大门拉开。这时有人喊道:

"我们是工程学院的学生,怎么能被一把破锁难倒?"

大家试着用各种方法打开那把大锁。我知道他们准备好了殴打我们,但我们不能像笼子里的鸡一般束手就擒。我们想去广阔天地中表达我们的愤怒,哪怕代价是被打。不知他们从哪儿弄来小铁钉、细铁丝,手递手送到了队伍最前排。我们把这些东西插进锁眼,左扭右拧,终于听到咔嗒一声,锁开了,链条掉了,大门洞开,我们如离弦之箭一般冲了出去,反复呼喊着我们的口号。

安全人员一如既往地冷酷残暴,不问青红皂白就打人抓人,仿佛特别解气。哪怕是支持他们的游行,他们也会冲上来打砸。我们几乎寸步难行,还没向"埃及崛起"的雕塑走几步,他们就向我们挥起棍棒,从四面八方向我们投掷催泪弹。浓烟四起,我们都看不见同伴。我举着自己设计的一条横幅,上面画着一个巴勒斯坦小孩,正被几个以色列人的手卡住脖子。我不知道是警察不喜欢这个横幅,还是说他们根本就是要把它砸烂。警棍雨点般落在我的头上、身上,我不知道该往哪儿躲,浑身疼痛难忍。我看见身边的黑头盔越来越多,一个声音从远处传来:"往后退……"我不知道其实我正冲向愤怒的警察。我正要转身,却绊了一跤,摔倒在地。我预料身上还会挨上几十棍,但是浓烟中伸出一只手,从遍地的废墟、子弹和铁罐中,从沉闷的击打和惨烈的叫喊声中,将我拉了起来,当时黑皮鞋几乎要踩到我了。那人用手扶我站直,把我带到一边。我靠着铁栏杆，大口呼吸，排出满腔的怒气。我想重新回到同学们中间，但不知道该往哪个方向走。

我跟跟跄跄地走着，学校的门开着，门里是一群吓得瑟瑟发抖的学生。我绕过方尖碑，坐在一把椅子上。我摸了摸自己的头，感到有什么地方肿起来了。这时有人把手放在我的肩上，轻轻触摸，对我说：

"你还好吗？"

我抬起头，原来是贾拉勒·阿姆朗，远处传来橡皮子弹的声音，冲突更加激烈了。他的脸上没有一点冲突的痕迹，容光焕发，散发着柠檬香味，像是从另一个世界走来。我没有理他，把脸转开，却听见他说："跟我来。"

我待在原地没动。他抓住我的手，跟上次一样有力而坚定。我向四周看了看，那些被吓坏的学生四散在各处，垂头丧气，我相信他们都在偷偷盯着我。我不想让他们看笑话，但此刻我既没有撒手，也没有反抗。我跟着他走进学院，通往他办公室的路冷清而空旷。他一句话也没说，带着我直奔他办公室。他把我摁在一张椅子上坐下，径直走进角落里的专属卫生间。他拿着一条湿毛巾，直接坐在我面前，擦我脸上的灰土。他动作从容仔细，但一直躲着我的眼睛。最后他站了起来，擦去我头发上的脏污，说："会稍微肿胀，不过没有破皮。"

我闭上眼睛，他用手拂着我的头发，又用手指试试我头上的肿块有多大，我轻轻呻吟了一声。他弯下腰，用手掌捧起了我的脸。他的手很凉，我的脸上还带着刚才擦拭留下的水分。他把头低下来，用嘴唇贴上了我的嘴唇。我抬头看着他，慢慢地享受着他的吻。他把我拉起来，站住了，接着拥进了怀里。游行的喧闹声突然听不见了,远处飘来的氨气味儿和他身上的柠檬香味混在一起。我的头又开始晕眩,只好用双臂勾住他的脖子。他用双臂紧紧地抱着我,手在后面轻柔地抚摩着我的背。我身上不知道哪儿疼,但他散发出的热度让我忘记了疼痛。他的手往下移动,放在我左侧乳房上用力按压。他稍稍放开我的双唇,看看我的反应,而我的身体却持续向他施压。我乳房被压得火辣刺痛,不过我很享受。他又伸手去解我衬衣上的纽扣,我挣脱他的唇,往后退了一步,大口喘着气。这一切太快了,我该当机立断要走开。我不是个复杂的女孩,我不但渴望享受自己的身体,还要这种享受能够天长地久,但我不愿自己的身体就这样被突然夺走。

其时,他已经解开了我肚兜上的两枚纽扣,我的胸衣和下面掩藏的雪白肌肤顿时一览无余。我不知自己是否被撩拨起来了,我有些担心,很明显他已经无法悬崖勒马了。他扯下自己的领带,接着是衬衣。我既兴奋又紧张,转过身,往门口走去,但步履沉重。他追上我,从身后抱住我,把滚烫的双唇按在我纤细的脖颈上,手指穿过胸衣下的褶皱俘获了我的乳头,贪婪地环揉。他仿佛开启了我身体的大门,要毫不留情地压榨它,而我只能变得越发坚挺僵硬……

我动弹不得,几乎要倒在地上。他就像捡起一片羽毛一般,将我抱了起来,放到办公桌上,桌面上覆盖的玻璃又凉又滑。他挪开桌上的文件、纸笔、相框,只留下一只滴滴答答的小闹钟,似乎要提醒他和我在一起的时间。他用熟练的手指脱下我穿的牛仔裤,露出我的大长白腿。我仰卧着,他赤裸的身体压着我。办公室的房顶仿佛突然消失了,我似乎看见灰色的天空布满遥远的星辰。明亮的火苗舔舔着我的皮肤,扯碎了我灵魂外面包裹的羞涩,击溃了长久压抑我欲望的那种恐惧。我放声号叫,任凭声音在空旷的大楼中回荡。我别无选择地抓住他的头发向我拉拽,但我的身体却离开我向他而去,被这个盘踞在我身上的男人占有。我再也看不清他的脸,他嘀咕着一些单词,但它们没有进入我的耳朵,而是扎入我的身体里,畅通无阻,仿佛是我主动吸收它们。我的身体获得了一个神秘密码,可以轻松解读它。这从未经历过的战栗,让我高声嘶喊,仿佛电流流过我的全身。冰冷的玻璃顶着我的臀部,我却已经感觉不到它。天空好像裂开一道口子,后面是更加遥远、更加灿烂的世界。我能在这样的感觉中待多久?一切都不在我的掌控之中。他的身体引导着我,我只能驯服于他。我听到他的一声呼喊,虎躯一震,淹没我的是另一种温暖,从脚底一直蔓延到发根。我的指甲掐进他的肉里,我故意使劲掐他,让我的指甲缝里留下他的几滴血迹。那就是高潮吧,两个人在同一个点上爆炸了。

  一阵寒意突然袭来,他的身体离开了我,我拼命想要抓住他。我抬起头,他大口地喘着气,我看见他的脸憋得通红,眼睛迷离。他真的看见我了吗?是看见我的脸,还是只看见我的裸体?我抓起衣服,赤脚走进卫生间,我靠着冰冷的墙,竭力控制住我颤抖的身体。我穿过了那道障碍,一道深沟。我抓起湿毛巾,擦去他在我身上留下的痕迹。我照着镜子,整整蓬乱的头发,我看见我的样子,脸和身体都不一样了。以前的那个萨米娅去哪儿了?我整理衣服,擦擦脸,出了卫生间。他正坐在椅子上,一见我出来便冲了进去,故意躲避着我的目光。我站在空旷房间的中央，头上的肿块更大了，隐隐作痛。

我离开房间，费力地走在漫长的走廊上。我走出门的时候，惊讶地看到真正的太阳和世界在等待我。地上到处躺着伤者，人们脸上蒙满烟灰，到处是被撕碎的标语，这一切宣告游行结束了。穿过他们这些人的时候，我有些害羞，不敢看他们的脸，好像他们失败的原因是我，而不是警察的残酷。

回到家的时候，妈妈一脸奇怪地打量着我，我不敢看她的眼睛。我们简直是孤女寡母，爸爸总是在外面玩到很晚才回来，现在还早。妈妈总是不住地祷告。爸爸回来的时候总是晕晕乎乎，散发着大麻的气味，还总是制造大的响动，宣告他回来了。

我关上房间门，蜷缩在床上。然后我又爬起来，我的房间床上挂着两张照片，一张是贾迈勒·纳赛尔，另一张是切·格瓦拉。我站起来把它们摘下来，因为我无法再承受纳赛尔深邃的目光和格瓦拉锐利的眼神。我一个人坐在那儿，想着那个吞噬了我身体的男人。和他在一起我当然不是被迫的，但我不明白我在他面前怎么那么脆弱，我的身体怎么会那么想要他？他怎么那么容易就迷倒了我？第一次他拉我到暗处，第二次我的身体就屈服于他。这会是和他的第一次，还是最后一次？我没有为失去童贞而难过，我对人们的贞洁观常嗤之以鼻。但我无法理解我自己。为什么我参加游行所维护的那种原则和强烈的肉欲会在我的身体里同时存在？那旺盛的欲望平时都躲藏在哪儿，为什么直到他出现，才唤醒它？

我听到轻轻的敲门声，我还没开门，妈妈就悄悄进来了，脸上带着尴尬的笑容。她坐在我面前，仔细地看着我的脸，好像她女儿丢了魂一般。她说:"你怎么了?你看着和往常不一样。"

真的会那么明显吗?我定定神,装作开心的样子,说:"没事,因为我参加游行了,脑袋上挨了揍。"

我把头低下,把头发拨开给她看。她轻轻地摸着那个肿包,怕弄疼我,说:"这不是你该干的事,这会让我更担心!"

我不想让她知道我的另一处伤。我突然地说:"为什么爸爸总是不在家,好像他在我们的生活里压根就不存在一般?为什么他和我们总是聊不到一块儿?"

我的问题一下把她问住了。她松开我的头发,坐在面前的椅子上说:"他总是很忙啊,总是出差,总是熬夜。什么都忙,就是没空管我们。"

我为什么会这么问呢?也许我心里隐隐地想逃避她的发问,摆脱她的围困,所以我先发制人困住了她。她体态沉重地站起来,离开了我的房间。家里一片安静。我关上灯努力入睡,但身体却一直醒着,欲望久久地折磨着我。

我已经三天没有去学院了。我该休息几天,等到肿包消下去;而且我指甲下还带着血痕,很难弄出来。妈妈奇怪我一天怎么洗好几次澡。我穿上带着小熊图案的睡衣,梳了个马尾辫。我拿出那些还留着的玩偶,把它们摆在床边,努力找寻过去的回忆。什么都没有发生,我还是工程学院的女学生,未来正在我面前渐渐展开。我开始复习,努力找回自信。妈妈给我拿来我喜欢的奶酪番茄三明治,家里充满宁静的氛围,我的身体也平静了些,身体深处的疼痛没那么厉害,指甲下的血痕也消失了。

当然，我早晚还是要回学院。我特意选了没有他的课的一天，我听了一个讲座，参加了一个研讨会，和女同学们嬉闹，也受到一些男生的搭讪。我来到食堂，喝了一杯薄荷柠檬水，晚上便离开了。没想到他坐在黑色轿车里，在学院墙外等我。我定在原地，看他坐在方向盘后，不知道他在那儿待了多久，但他肯定在等我。我的身上发烫，心脏一阵狂跳。我走近一些，他没有走，帮我打开副驾驶一边的车门。我低头上了车，他伸手帮我拿包，放在后座上。他把手放在我膝盖上，像是已经占有了我。他低声说："我这些天一直在等你。"

汽车载着我们飞驰而去。平时在这个时刻，街上会很拥挤，处处红灯，但今天不一样。他看着前方，单手驾车，另一只手抓着我的膝盖。我感到身体在发热，汽车经过尼罗河上的几座大桥，在遍布高楼的狭窄街道上穿梭。车子进了一栋大楼的地库，漆黑一片。他把车停在一个水泥柱子旁边，下了车关了门，绕车一圈开门让我下车。地库阴暗潮湿瘆人，他伸出胳膊，拉着我的手。一路上我们都不说话，乘坐一个小小的电梯来到楼顶。我们走进一所公寓，前厅很小，但挺雅致。公寓看着很新，像是没有人进入过。他温柔地推着我，说：

"这儿将会是我们两人的私人场所……我们的爱巢。没有人会知道，也不该有人知道。"

公寓俯瞰尼罗河，宽广的河面在我们脚下铺开，缓缓流向远方。我仔细审视着河景，纯净而安宁，与我激荡的内心截然不同。一条小船载着一个渔夫在河上飘荡，一群鸟儿在盘旋，几行椰枣树排在河对面。他站在我身后，伸手握住我的乳房，把我拉向他，可能他以为在这么高的地方，没有他扶我就站不住。我感到他的双唇贴上我的脖子,还有他炙热的气息。

他说:"我给你带了一样东西。"

他指着厅里沙发上放的一个精致的盒子,里面是一套睡衣,黑色的蕾丝,透明的材质……它穿在身上,几乎什么都遮不住。我吃惊地看了看他,看来他只是想把我打造成他欲望的玩偶。他说:"我想看你穿上它……"

他的双唇因为控制不住的欲望而颤抖,就连我也不由自主地兴奋。他从口袋里取出一板银色的密封药片,说:"另外一样东西……你每天都得吃一片,我不想出什么差错,打破我们原有的平静生活。"

他一边把药板放到我的手心,同时一路从我的脖子、脸颊,吻到胸脯。他把我带到卧室,我都没有时间穿上黑色蕾丝内衣。

这就是我和他的世界。下课之后,我们就直奔这里,他不去市中心的豪华办公室,我也不回家,骗妈妈说我多加了一节课,或者说一直在图书馆复习。我和他徜徉在这个公寓里,在床上那片狭小天地里,在白色床单上翻云覆雨。战事平息之后,我把头靠在他的胸口,闻着他浓重体毛上渗出的汗珠的味道,一起聊天。他跟我无所不聊,从建筑学,到性事,再到游行示威……他充满激情地说,我聚精会神地听,像是我们继续在做爱一般。他侵入我的大脑,就像侵入我的身体一样轻松惬意。

我不记得有没有男人曾跟我聊那么多话,就连爸爸也没有。我记得有一次,他闯进我的房间,看见墙上挂的格瓦拉像,不高兴地问:"这是谁?!"我还没来得及回答,他就离开房间走了。

和贾拉勒在一起,床单每次都会更换,冰箱里每次都有新鲜食物和小瓶装的酒,这让我们更加欲仙欲死。但我却从未注意到有人负责打理安排这些细节,这让我觉得这公寓不是我的,只是我身体的公寓,我的身体在里面翻转扭曲,直达巅峰。我过着一种双面生活,我的身体超前于我的年龄,已经走到了那些女同学们都没有走到的地方。不过话说回来,谁知道她们走到哪儿了呢?他送给我很多礼物,但是这些礼物对我来说没有任何意义。我把它们全都放在公寓床边的抽屉里。这些东西都没有地方穿戴,无论是在妈妈面前还是在学院里,不管是光天化日还是月黑风高。就连和他在一起的时候,我也没有穿戴过,免得妨碍我们的动作。他完全占有了我,而我拥有的,只是一个男人的一半,甚至一半不到。我的内心中,一股强烈的占有欲正苏醒过来。

我从未感受到他生活中其他女人的痕迹,或者说,在我和他的二人世界之外,拥有他的那个女人的痕迹。他经常一连消失几天,不接我电话,让我接近崩溃,再见时轻描淡写地说他妻子病了需要人陪,只有在这个时候我才会感觉到那个女人的存在。渐渐地,一种念头在我的脑海中蠢蠢欲动,我想知道他的另一面,想知道他不在学院,也不赤身裸体躺在旁边的时候,是什么样子。刚开始的时候,我们没有机会谈到这个话题,后来,我开始缠着他追问,那个每天陪他醒来的女人,那个每天要他去陪的女人,每天醒来时都要见到的女人,是怎样的?她对他而言,意味着什么?他对她的爱和对我的欲望,有什么区别?什么时候,他会为了她,牺牲掉我?

后来，我见到了他的妻子，确切说是看到了她的照片。当时他在卫生间洗澡，水流的声音传到我耳朵里。他把钱包遗落在一个小桌子上，我不知不觉就凑过去，翻看里面的东西。可能只是因为女性的好奇心吧。我看见他的身份证，上面有他的名字和地址，我终于知道了他的真实年龄，差一点就是我年龄的两倍。不过以他在床上的活力，还真显示不出他的年龄。然后我就看到了她的照片，她正朝他微笑。还有一张他女儿的照片，长得更像妈妈，我微微舒了一口气。我重新审视他妻子的照片，那个让我只能躲在阴影里的女人，那个让我们的欲望只能偷偷摸摸的女人。她是圆脸，下巴有一个深深的凹陷，眼睛不大，额头很宽，鼻子很小，像是兔子的鼻子。不知道她为什么能那么一直保持笑容。我又听到水声响，是他站起来了，我赶紧把照片藏好，回到床上原来的地方。他出来后接着撩拨我，但我已经完全没了兴致。

我回到家里，一片狼藉。爸爸已经走了，留下一地盘子、花瓶的碎片，妈妈蜷在角落里，不想让人看见。我帮她擦掉眼泪，把她领到房间。她看着不愿说话，我也不想听。我去收拾那些碎片，一片尖利的碎片刺进我的指尖，一滴血就聚集在碎片上。我的眼泪一下止不住了。我跑回房间，不想让她听到我的声音。我竭力平静下来，又回到她身边。我坐在她旁边，看着她红肿的双眼，我想告诉她所有的事情。那种东躲西藏的关系让我不堪重负，我没法独自承担。但是我没有说，反而用手指扣住她的手指，说："明天我们去逛逛吧，去商场吃中饭，一起看看电影，把这些都忘掉。"

第二天，情况算是好了一些，爸爸来了又走了，我都没见着他。妈妈穿上最漂亮的衣服，仔细地缠上头巾。我们坐了很长时间的车，来到城外的商场。这天是周末，偌大一个地方都被弄得人仰马翻。妈妈很高兴，像个小孩似的东张西望，对什么东西都要评论一番。我们坐在椅子上休息，看着人来人往。我不想让妈妈太过震惊，所以给她点了杯不常见的饮料，想等到一个亲密无间的时刻，对她推心置腹，把我的事情和盘托出。

突然，我看见她从我面前经过，贾拉勒的妻子。她走得那么安静，身边就是人群的喧嚣和音乐的嘈杂。她比照片上更显老，身材更丰满，不过我相信就是她。她在我们面前停了一下，好像是感觉到了我的目光，但她没朝我看，而是出神地盯着别的东西。我不知道我选择这个我从没来过的商场，甚至还说服妈妈一起来了，是不是因为他家也在这个郊区，而且地址已经印在我的脑子里了。她出现在我眼前，完全是偶然吗？还是我的幻觉？又过了一会，我确定是她，我也明白了为什么她要停在那儿，因为他出现了。他一只手牵着一个小女孩，朝她走过来。他们三个正在聊什么事情，三人贴得紧紧的。他们就是一个整体，没有人能插入到中间。她慵懒地把手搭在他的臂膀上，小女儿说了些什么，他俩便一起看着她。我觉得呼吸都急促了。妈妈问我怎么了，我摇摇头。他们逐渐走远了，我突然害怕手里抓着的线就要断了，赶紧站起来对妈妈说："我去买电影票。"

我飞快地离开了咖啡厅。他们走在我前面，但是步点节奏并不一致。那个女人时而走在前面，时而停下来看橱窗，于是他和孩子也跟着停下来。他拉着女儿的小手，把她的胳膊甩向空中，像是在哼着歌儿。我像个幽灵，远远地跟在他们后面，跟在他们生活的世界的边缘。他们走走停停，一会儿分开，过一会儿又聚拢，每个人都相信自己不会和别人走散。这个女人，也会有自己的情人吗？我希望她有这样一个弱点，减轻我的负罪感。她在鳞次栉比的商铺间闲逛，他和女儿只能耐心地等待，接受她的操控。我站在他们身后，胸口沉重得喘不过气来。我不担心他会回头看见我，他理应感觉到我在，但他没有回头，看来他的眼里只有她，那个总是在他前面领先两步的女人。

　　我不知道还要这样跟到什么时候。她走进一家发廊，我隔着橱窗，看见她同店里的人说话，握手，微笑。店里的人都认识她，好像早就在等她似的。他领着孩子走远了，最后干脆放开孩子走进旁边一家玩具店。我一直站在那儿盯着她，她坐在椅子上，一个女技师开始帮她修理发梢。就像她身体的其他部位一样，她的头发并不漂亮，但看上去打理得很用心。她对她的世界，也是如此用心，用心防着每个像我这样的小偷吗？这是她一贯的方式，还是她感觉到有人在暗中和她竞争？她笑着和每个人交谈，我有些可怜她如此疏忽，又如此过度自信。我是不是该走进去提醒她，我们中间谁更强？是占有着他的她，还是对他无所不知的我？

　　我站在那儿，颤抖着，看着她站起来，走出发廊。她的头发剪短了，脸庞显得更清楚，看上去年轻一些。我跟在她后面走，仿佛是她轨道里的天体。她在玩具店门口停下来，笑着朝他们挥挥手，又继续去逛。她走路时有种奇特的自信，似乎她是世界上最美丽的女人。剪过头发之后她看着更自信，她把微笑四处播撒，好像商场里所有的人都是她朋友。我跟累了，靠着金属围栏站着，上气不接下气，呼吸声大得别人都听得到。忽然有人大喊：

"你怎么了？还好吗？"

我抬起头，看见她站在我旁边，脸上是惊扰的表情。我什么都需要，就是不需要这种怜悯的目光。她又说：

"坚持住……是不是生病了？低血糖？"

我摇摇头。她把手放在我肩上。我不想她触碰我的身体，也不想闻到她身上的香水味，但我没有拒绝。她领着我，让我坐到一把木排椅上。她拨开垂遮我脸的头发，坐到椅子的另一头，笑着说："你得吃早饭。小姑娘总是这样。"

我想到了妈妈。她一个人待在嘈杂的人群中，肯定很惶恐。我想站起来从这个女人身边逃走，但是我的双腿不听使唤。我看看她的脸，看着她小小的脸，不得不承认，鼻子还是挺漂亮的；我看见她下巴上的凹陷，心想他每晚都会吻这里吗？她的额头上还沾着刚剪下来的碎发，嘴唇上涂着淡得几乎看不出来的浅色口红，跟白天的这个时间倒挺相称。安拉啊，她真是个纯真的女人。她充满怜悯地看着我的脸，说：

"你真的挺漂亮的，但是太瘦了。太瘦了就容易疲劳。"

为什么她没有闻到我身上有她老公的味道？为什么她没有注意到我嘴唇上有她老公的痕迹呢？我突然感到羞耻，没法继续看着她的脸，也没法听清她说话的语调。我站起身来，她疑惑地看着我，我就从她身前跑开了。我撞到了周围的人，差点摔倒，周围的一切在我眼前旋转。等我终于赶到咖啡馆，我看见妈妈脸色苍白惊恐地等着我，说：

"你怎么了？这么长时间，你去哪儿了？"

我扶着桌子，定定神，说："电影票都预订完了。我们走吧。"

当我再次在尼罗河边的公寓遇到他时，我心里很平静。我对自己说：什么都没有变。我穿上蕾丝睡衣，努力享受他，但我四肢却冰凉。我关上窗户，拉上窗帘，不让别人看见我，甚至鸟儿也不许。我感觉自己裸露在所有人面前。我看着他的汗珠，问自己：他在另一张床上也这么卖力吗？

他突然停下来说："你心不在焉。"

我不假思索地说："你不也一样么？你恐怕从来没有心在焉吧。你永远只给我那么少的时间，只给我那么少的体温。也许你的心里根本没有我的位置。"

他惊讶地看着我，这是我第一次这么尖刻地对他。

他说："这都怎么了？"

"昨天我看见你们了。你们三个。你老婆、女儿，还有你。在城外的商场。"

"这没什么……但那个地方离你家很远啊。你怎么去那儿了？"

我嘶吼起来。我发现我被愚蠢的忌妒冲昏了脑袋："我想去哪儿就去哪儿。我自由着呢。我见到了你老婆，你的另一个女人，我们还说话了。"

他脸一下黄了，从床上跳了起来，胡乱穿了点儿蔽体的东西。我不过提到了她，但看起来好像她真的来到了这个关着门窗、拉着窗帘的房间一样。他说：

"什么时候的事？你怎么接近她的？她说了什么，你又说了什么？"

"只是巧合罢了，我们没说什么，只是两个路人，两个偶遇的女人随便聊了两句而已。"

他跨步走上前，一下抓住我的胳膊。抓得好狠，好痛。他咬牙切齿地说："这样的事不可以再发生了。鬼才相信这种巧合。你离她远点儿，别再接近她。"

我把胳膊从他手里挣脱，说道："为什么？你是怕她闻到我身上有你的气味吗？"

我们各自静静地穿上衣服。另外一个女人找到了来这儿的路，在枕头上找到了她的地盘，在白床单上留下了她的痕迹。我知道她不会离开他，她欣赏我的裸体，倾听我的呻吟，对我说："你的大腿好细，你该多吃点儿。"

当我再次脱离恍惚睁开眼睛的时候，发现咖啡馆还是老样子，阿里坐在我的面前，不说话，偷偷地瞄我。我这么长时间没有开口，他也没有贸然打破沉默。我的旧故事是不是讲完了呢？这次那台轿车空手而去，下次它会不会把我掳走呢？我体内那些该死的细胞，能耐住饥渴到什么时候？我竭力想把这些杂念从脑袋里掸掉。我说：

"走吧，我们去吃点东西，完了就去找那个女人。"

我们来到扎马莱克①小街里的一家小餐馆，大多数顾客都是学生。这家餐馆给的分量不大，所以价格相对便宜。我毫无成见地端详着阿里，听他聊他所在的小城市，奇怪的是我们很多东西都有同感，对身边很多的东西都愤愤不平。

他说："要是每天都能参加游行，我肯定会去。"

---

① 扎马莱克：开罗城著名富人区。

我和他一样。当我把我自由的灵魂囚禁到尼罗河边的公寓中时，我感到羞耻，因为我不该如此放纵自己黑色的欲望。我们吃饭时，我盯着他，问我自己："我是不是亲手错失了机会，失去了面前这样一个好青年？"现在有阿里陪伴，我却感到这座城市很陌生，或者说陌生和熟悉的混合体。我原本比他更了解这城市，但现在却在通过他重新发现这座城市，重新感受城市的细节。有那么一瞬间，我希望和他的这趟旅途不要突然中止。

计程车将我们带离了城市的拥挤。落日的余晖给金字塔的尖顶镀上一层金黄的外罩。我坐在一个算是陌生的青年旁边，去见一个陌生的只听过声音的女人，事情真是奇妙。我心中隐隐盼着能认识一下这个强势的女人，她不会像我这样被别人剥夺意志，亲手把自己的命运带到悬崖边。我两眼盯着离我越来越近的金字塔上的巨石，汽车转了个弯，钻进一条中间有条臭水沟的小路。水沟里泛着厚厚的绿色水藻，苍蝇在上面盘旋。水沟将这里分成两半，一边是红土建的密密麻麻的贫民窟，另一边是隐藏在椰枣树丛和坚实高墙后面的别墅和豪宅。

汽车穿过一座水泥大桥，我们面前出现了一排樟树，包围着几栋孤零零的建筑。我们来到纵横交错的街道中间，城市的拥挤和喧嚣早已消失，现在的周围是别墅群和精致的建筑，显得很不真实。这是个远离贫困和贫民窟的单独岛屿，警惕而不安地盯着到来的陌生人。每个大门口都安排了警卫，这些小伙子身材高大，肌肉发达。司机转了一圈，没能找到我们想找的地方，我们也不敢上前去问那些警卫。没准我们还没说明白事儿，他们就要朝我们开枪了。我们开始时的默不作声，转变成了紧张兮兮的寻觅，还有对深墙里豪宅的提防。窗帘后隐藏的眼睛一定在盯着每一个陌生人，像是防备着洪水泛滥。一阵阵尖厉的鸣叫声掠过耳边，黑色的乌鸦不停地在我们头顶盘旋，仿佛附近法老陵墓里的亡灵起身，寻找一处安身之所。凝重的寂静，冷峻的警卫，哀嚎的乌鸦，让我感到莫名的恐惧。不知道夜幕降临之后，这儿会是怎样的景象？

我们叫住一个低着头，背着一篮子椰枣叶往前走的人。他手里拿着一把修剪树枝的大剪刀，不敢抬头看四周。我们问他的时候，他看着有些慌张，不过他还是拿胳膊含糊地指指一条小街的方向。计程车司机想赶我们下车，不过等他把车头转过来，就发现我们找的那座房子正静静地矗立在我们面前，像是在等待我们。我们下了车，司机还在我们身后嘟嘟囔囔地埋怨。

我们在铁门前停下脚步。房子的设计风格很奇怪，有种女性的柔美，圆润的线条看不到棱角。白色的墙，蓝色的窗，房子四周是布满热带植物的花园，花草色彩艳丽。我朝阿里笑笑，没注意自己已经抓住了他的手指头，我们正在进行一场和我们都没有关系的奇怪的冒险。我们按了门边上的对讲器，一个带着外国口音的女人问："谁啊？"阿里疑惑地看着四周，没法确认声音是从哪儿来的。我走上前去对着话筒做了自我介绍。不一会，铁门一阵吱嘎，打开了。我们走向房子的内门，它也很快开了，走出一个菲佣，把我们引到里面。

客厅十分宽敞明亮。墙上挂满了油画，一看就是真迹。阿里停下来，不知该坐哪儿，惶恐地看着那些包裹着真丝的座椅，生怕自己的牛仔裤把东西给划了。菲佣给我们倒了两杯橙汁就走了，我渴坏了，却不敢伸手去取。我看看阿里，阿里看看我，是不是我们冒冒失失地走错地方了？我原本想看看那个女人，但现在很犹豫，我想拉上阿里尽快离开这个地方。就在这时，我听到了她的脚步声。

她从楼上走来。阿里站起身，张大了嘴巴，真是没见过世面的村夫，当然这也不怪他。吉克拉像个女皇一样走下来，光彩照人，简直是克娄帕特拉①再世。她穿的白色长裙到了脚踝，两条手臂什么也没有披，裙子的开衩处露出两条匀称的长腿，胸前的圆形开口显露出美丽的酥胸顶端。当她走近的时候，我目不转睛，连呼吸都困难。阿里则被她的美貌震惊，几乎想逃。她脸上画着淡妆，姣好的面容不需要任何装饰。她款款而来，走到我俩面前同我们握手。我坐在阿里身边，第一次感觉到他的身体触碰我的身体。我需要他身体散发出来的温暖，而他则需要从我这里得到勇气。她站在我们面前，手放在腰间看着我们，说：

"电话里真是不靠谱，你俩比我想象的小多了。"

阿里在那儿一句话也说不出来。我咽了口唾沫说："你也一样，比照片更年轻更漂亮。"

她微微笑了笑，坐到一把椅子上。她看我俩挨在一起坐，便说道："你俩是男女朋友吗？"

我赶紧离他远了点儿，尴尬地说："没有的事儿。我们才认识没几天。"

她的笑容还挂在嘴边，说："那你和哈桑·拉希迪是男女朋友咯？"

---

① 克娄帕特拉：即著名的埃及艳后。

我赶紧回答："我压根不认识他。"

阿里终于开口了："我也一样根本没见过他。"

她扬起眉毛，奇怪地说："这不是怪事吗？两个不认识的年轻人跟一个陌生女人打听一个素未谋面的男人。每个人都互不相识。我们再说得细一点儿吧，那个僵化的女孩，真的漂亮吗？她真的是哈桑的未婚妻，哈桑真的爱她吗？"

阿里说："我确实不知道，但她爱他更多一些。这份爱过于沉重，和他分别让她难以承受。"

阿里开始絮絮叨叨地讲起瓦尔黛来，这是他最乐意讲的。这些话已经在他心里憋了很久了。从他嘴里争着往外挤出的话里，我感觉到，那个姑娘身上有某种东西迷住了他，一种介于怜悯和爱恋之间的东西。拯救瓦尔黛，也意味着拯救他自己。他盼望着她能重获生命，她有生存的权利。一个如此天造的温柔生命，世界离不了她，死亡不能就这么将她带走。我觉得他就像可怜的堂吉诃德，拼力拯救一个爱人，但那爱人连他是否存在都不知道。吉克拉一直看着他，不知对他悲悯还是同情。她终于开口了，对阿里讲的故事感到震惊。

"你觉得只有哈桑能拯救她，不是吗？"

"这也许只是我的空想，但我相信爱的力量。哈桑是瓦尔黛唯一爱的人，是她唯一爱的体验，她将所有的感情都倾注到他身上。她爱哈桑远超过她爱父亲，因为父亲并没有陪她太久。她父亲是一名海员，来自一个没有海洋的地方。当哈桑远走的时候，她一半的灵魂也随他而去。"

吉克拉走近阿里，用两手捧住他的脸。她靠得如此近，以至于我以为她要吻他。

"朋友，世界上并没有这种叫爱的东西，这只是美好的幻想。男人们用它控制女人的大脑，来获得她们的身体。相信我吧，这是我经验的总结。"

她看我一眼，好像是在提醒我。我低下头，不想看她的眼睛。我觉得她凭她的经验，能轻易地触到我的内心深处。她放下可怜的阿里的小脸蛋，端起橙汁递给他说："不过这不意味着我没被你的故事打动。喝口橙汁平静一下，我不知道该怎么帮你。"

她又一次坐在阿里对面。我努力地睁大眼睛，看见她正仔细地看着我，像是试着探索我的内心。她转过身，朝阿里说："我没法告诉你太多关于哈桑的事情。他就像水银一样，每次我努力去抓他，他就从指缝间溜走。这些男人，誓言如此诱人，他们的身体如此美妙，但他们会很快忘记那些誓言，他们的眼神会变得僵硬冷酷，不带一丝感情。我认识哈桑没多长时间，我搬家到这儿之后办过一场聚会，他不请自来，当时可能就坐在你现在坐的椅子上。跟他一块来的还有另外一个人，他也是不速之客。他的名字叫阿克拉姆·巴德里。我从未像恨他一样恨一个人。他当初利用我，可以说是榨干了我的骨髓。"

她突然瞥了我一眼，像是突然记起我还在这儿。她说道："亲爱的，不要让任何一个混蛋利用你，不管他长得多帅。"

我想笑一笑，但只看见她冰冷的脸。我说："不会的……起码现在还没有。"

她知道我是在说谎。我把头转过去，装作在喝果汁。但是我的胃一阵抽搐恶心，似乎这果汁里有什么不寻常的东西，或者说这地方有不寻常的东西。阿里说：

"哈桑呢？你也恨他吗？"

她叹了口气，转头看着阿里，低声说："开始时我也恨他，我觉得他是个下贱的小偷，来偷窃我的家，搜查我的生活。尽管如此，我还是被他吸引。他和那些我认识的人都不同。他和我来自同一个地方，也许不是同一个城市吧。他曾同我谈到他的父亲，那是真的吗？他父亲真的死在警察脚下？"

阿里说："确实是。人们把他当成城市的英雄。"

她说："哦，至少这件事他没骗我。我努力不去追究他不请自来闯进我家，毕竟他是陪着阿克拉姆一起来的。我给了他一张名片，上面手写了我的私人电话号码。你们找到的肯定就是这张卡片。不过他让我很为难，他有时对我亲近，渴望和我在一起；有时又冷酷无情，让人感到疏远。简单地说，我俩之间总是若即若离。"

阿里惊讶地说："那就是说，你也不是经常能见到他？"

她回答得很含糊："他是个任性的人，而我也无法容忍一个人定期在我家里，这会搞坏很多事情。"

阿里急切地问："他在哪儿？他的电话？有什么东西能帮我们找到他？"

她说："我未能像我想的那样征服他。而他却总是如他所想主动联系我。这是最糟糕的。"

阿里脸上显出失望的神色，不知所措地看着我，像是向我求助。但是我的胃里还是翻江倒海，整个房间在我面前旋转。我恍惚感到那个女人起身问了我一下，温柔地问道："你怎么了？哪儿疼吗？"

我害怕会把这洁净的地方弄脏。我无力地说："我想吐。"

她赶快牵起我的一只手,我不由自主地跟着她站起来。我们穿过大厅,穿过走廊,在最后一刻她把我推进了卫生间。我什么都不知道,只觉得自己扑向洗漱台,肚子里像是有把锋利的刀在割,一股酸水从我嘴里喷了出来。我缩成一团,发出类似哀号的声音。我脑袋朝下,胃收缩着把所有的东西挤了出来。我觉得我的身体都空了,过了好一阵才静下来,但疼痛还在持续。最后我终于能抬起头来,整理一下粘在脸上的头发,上面湿漉漉地全是冷汗。我看见那个女人倚着门站着,默默地看着我。我走到洗脸池前,清洗了脸和嘴,感到很难为情。她走上前来,递给我毛巾,然后依然站着看我。我努力平复呼吸,但镜子里我的脸看着好苍白,我就像是一具会移动的尸体。我听见她对我说:

"这是你第一次有这种感觉吗?"

我费力地说:"以前都没这么厉害。"

她靠近我,用手托起我的下巴,看着我说:"你的月事呢?迟来了吗?"

我羞得尽量把脸躲开她审视的目光,说:"一直都不准。"

她抓住我的手,肯定地说:"你肯定和别人做那事了。不是和坐在外面的男孩,是和一个懂你身体的男人……对吧?"

我把脸低了下去,不敢回答。我只想立刻逃离她如炬的目光。片刻间,她就读懂了我试图掩饰,我妈妈和女同学们过去这么多天都没有发现的东西!她轻轻拍着我的肩膀说:"得看看你是不是遇上麻烦了,几分钟就好。"

她打开卫生间角落的小柜子,取出一个塑料盒,撕去包装,取出一个细棒。她说:"这是用来验孕的,沾一点尿液,很快就会出结果。"

我惊悚地感到被她完全包围,被她侵入了我的生命的所有细节。我想当着她的面大声拒绝,飞奔出她的屋子,但我全身没有一丝力气。我说:"没必要,拜托了。只是偶然的一点不舒服罢了。"

她语气强硬地说:"这事很重要,亲爱的。这小东西不止一次救过我的命,我们得赶快知道,别让它发展成灾难。"

她把那个小仪器放在我手里,说:"我在卫生间外面等你,那个男孩什么都不会知道。慢慢来。"

她出去把门关上了。我站在那儿,拿着验孕棒,看着镜子里苍白的自己。我怎么会没意识到这种事情?不时发晕,每天早晨被恶心叫醒,月经晚了两个星期,我都视而不见?我为什么不敢面对这个事实?我抬起手,看着那个小小仪器,我非常了解这个东西。虽然我没用过它,但我看见好几个大学同学在卫生间里用它。她们围成一圈,等待结果,要是阴性,她们便欢呼雀跃;要是阳性,便一脸沮丧。这就像是个危险的赌博游戏,只不过摧毁的是玩家。

我解开裤子纽扣,坐在马桶上,但一滴也尿不出来,仿佛体液都干涸了。我想,要是哭出来,取一滴泪水放上去,会有什么结果呢?我体内总算是流出一条暖暖的细线,打湿了我的手指和那个小仪器。我站起来,扣上裤子纽扣。我打开门,看见她正双臂抱胸站在那儿出神,仿佛没看见我。我把验孕棒放在洗脸池旁边。我感觉要站不住,只好坐在浴缸沿上。我知道结果正在显现,但我不敢去看。我的心在狂跳,我恍惚觉得她能听到我的心跳。也不知道阿里一个人坐在那儿在干什么?他会不会怀疑我们两个怎么离开这么长时间？这时，我听见她轻声地说道："姑娘，你有大麻烦了。阳性。"

我再也控制不住自己，失声抽泣。她只是看着我，没有走近的意思，只是等我释放掉所有的情绪。没有人安慰我，没有人欺骗我，这都是我一个人的错。最后，她说："坚强点儿，别让那个男孩看出什么蛛丝马迹，虽然他看上去那么呆萌。"

她是在挖苦我吗？我感觉好挫败，叹口气说："我已经迷失了，不知道该怎么办。"

她不屑一顾地说："世道变了，没人因为这么一点小事迷失。你稍微动动脑子，会找到办法的。城里一半的医院都能做流产手术。我先出去，你收拾收拾就来。"

她一个人走了。我艰难地靠着洗脸池站起身。我看见蜡黄的我，以前的萨米娅已经死了，现在倚靠着洗脸池的只是一个幻影。我打开手袋，取出化妆粉包。平时我一般不化妆，然而此时我恨不得随便抓住一个面具遮在脸上。我很羞愧，但更羞愧的时候应该是回家看到妈妈的脸的时候，到那时我如何在浴室里待一整晚！

我把头发拢到脑袋后面，靠着走廊的墙往前走，在一幅画像前面停了下来。那是一张黑白照片，一个亚历山大老渔翁，戴着头巾穿着老式马甲，用两只深邃的眼睛盯着我，谴责我对自己所做的事情。他的眼神让我更加窘迫，我赶紧离开了走廊。

我出去的时候阿里和她正聊得火热。她没坐在自己的椅子上，而是坐在他的旁边，离得很近。他们正轻声谈着一些特别细小的事情。我是不是本来就不该陪他来这儿啊？他俩感到我

走近的时候,便停止了谈话。阿里抬头看我,我对他说:

"我累了,要走了,你留下来接着聊吧。"

我声音轻微但很坚定。我没法继续面对这个女人,我对她怀有某种怨恨。她对我也毫无同情之心,可能是因为我在电话里戏耍她,她想报复我吧。我站在那儿,阿里尴尬地看着那个女人,站起来说:"不行,你都这样了,我不能抛下你不管。"

那个女人还想留住他。她用逼迫的眼神看着我,对阿里说:"把你的手机号给我,等哈桑和我联系了,我会把你的电话号给他,之后他肯定会跟你联系。我很同情你说的这个姑娘,但更同情你这么坚持寻找。阿里,你真是个好人。"

她突然做了个奇怪的举动,当然对她这样的女人也没什么奇怪的。她倾身吻了阿里一下。不是吻在额头,也不是脸颊,也不是鼻子,而是双唇。一个轻轻的吻,悠长而完整。阿里浑身发抖,愕然地看着她。她没有吻我,只是把我们送到了门口。她温情地看了我一眼,只让我感到更加疲倦。我和阿里一起走到外面,迎面而来的是夜里冰冷的空气。他看了我一眼,关心地问:"你还好吗?还头晕吗?"

我紧紧抓住他的手,说:"我觉得我今晚就要死掉了。"

我拦下一辆计程车,趁还没晕倒在地,赶紧上了车。阿里呆呆地看着我,摸着自己的双唇,奇怪地说:"那个女人为什么吻我?"

我飞快地回答:"她想玷污你。"

我觉得对他有点太不礼貌了,但我不想道歉。我感到心中有些忌妒,愚蠢无理由的忌妒。阿里沉默不语,当我们快要进入拥挤的城市时,我才觉得有些同情他。我说:"你想做什么呢?"

他语气充满无奈,说:"所有的路都堵死了,萨米娅。留在这儿也没什么意思了。那个女人原本就是最后的希望……我明天就走。"

计程车停在离我家稍远的地方,我冰冷的手握住他一样冰冷的手。一阵忧伤向我袭来,我对他说:"你为什么这么晚才出现?我本来应当可以和你这样的男孩在一起的。"

他疲倦地笑笑,说:"现在还不算晚啊,萨米娅。我们还没有僵住,也还没失去希望。"

但我知道和阿里约会的机缘已经失去了。我的内心未老先衰,我的子宫已经发霉,我该在水底沉一个长夜,好结束这种感觉。我俩没有明确道别,便各自离开。我身体的灼痛仿佛不肯平息,盆腔酸痛,骨头不听使唤,两脚迈不开步子。我走上我家门口的台阶,就已经累得气喘吁吁。妈妈坐在电视机前,昏昏欲睡,她投来沉默的责备目光,问我:"你怎么这么晚才回来?我给你弄点吃的?"

这是她的老问题,我有些恶心,赶紧回到自己房间。我觉得房间比平时更狭小了。我脱光衣服,钻到被子里。我摸摸自己的肚子,并没有明显凸起。我想起他享受地枕着我的肚子上的样子,舌头舔着我的肚脐眼……我害怕地打了个寒战,我是不是该跟他说,让他跟我一起来应付这个大麻烦?要是他不理睬该怎么办?那我一个人扛吗?他会说:我没给你避孕药吗?我没提醒你吗?可我做好了所有的预防措施啊,每天都吃一片,就连不见他的日子也吃,但还是怀上了。这简直是当头一棒,但愿我的身体能警觉,但愿我的饥渴能平息。我下了床,把门打开一半。妈妈已经睡着了,电视机的声音很大,但她听不见。我知道他这会儿还在办公室,还没到他回家的时间。我拨了他的号码,我只需要他一句话证明有人跟我站在一起,我便能安心。他可以等这事儿过去再指责我、再朝我发火。谁知他硬邦邦的声音从话筒另一端传来:"我没跟你说过别往这儿打电话吗?这是工作的地方,到处都是人。"

我直截了当地说:"我怀孕了。"

他骤然沉默了,不再指责我。我听见他和某人说着话,知道他把听筒放在一边,走远了。片刻之后,他回来了,问:"刚才我没听清,你说什么?"

他的反应让我失望。我硬着口气说:"你刚才听到我说的了。"

"谁告诉你的?"

"我做了验孕。"

"验孕不一定准。很多时候都不准。"

"我们怎么办?"

"我不知道。不管怎么说,我没跟你许诺什么,你知道我不能……"

我仿佛落入了一个俗套的电影脚本里。受害的女人束手无策,而伤害她的那人就是个渣滓。我尽量让自己听着强硬一些,不想显得软弱,卑躬屈膝。我说:"我不问你要什么承诺,我只想如何摆脱眼前的困境。"

他停了停,斩钉截铁地说:"你去弄吧。女人总能把这样的事弄好的。我会给你钱。不过你知道,我没法陪你去。"

肯定,他没法出现在我身边,除了在床上时。我说:"我没法一个人去做。"

他已经挂了电话。我又拨过去,但通了之后,他一直不接。我意识到自己还赤裸着,身体在发抖。我裹上被子,闭上眼睛,感觉眼前一片漆黑。

一波又一波噩梦不时来侵袭沉睡中的我。就像是事先的蓄谋安排,我的生活就这么被毁掉了。我又睡了一会儿,被妈妈的声音弄醒了。她轻手轻脚地走动,准备去做晨礼。她像往常一样打开我的房间门,确认我还在睡。她说在她眼里我最可爱的样子就是蜷在被子里,头发散在枕头上的样子。我继续装睡,听见她的做礼拜时的祷告声,反反复复地念叨着什么。我想过去和妈妈一起祷告,但我知道安拉不会饶恕我的。像我这样肮脏的身体,不管怎么向安拉央求,他都不会接收的。我一直盯着紧闭的窗户,直到晨光初露。它来得太迟了。我从床上起身,到妈妈那里,假装让她看着吃早饭。但是一阵阵恶心袭来,我跑到卫生间,努力掩盖自己呕吐的声音。我实在撑不住了,我穿好衣服走下楼,在门口台阶上坐了很长时间。邻居从我面前走过,一边投来惊诧的目光,一边向我问好。我终于想明白该怎么做了。

我站在她家门口,或者说他们家门口。我看见他正领着女儿要出门。她站在那儿,向他们俩告别。她吻了吻孩子,把她抱上车,又帮丈夫正了正领带。她就像每个相信自己拥有一切的妻子一样,走在自己的领地里。她一直看着车子开走。我深吸一口气,走上前去。她已经走进房子,关上门了。我没有迟疑,走过去按了门铃。她开了门,看了我一会儿,惊讶又奇怪。我原本准备了很长的开场白,但喉头发干,最后才终于说出话来：

"我来是道歉的。因为我那天突然跑开，没有跟你道谢，我太孩子气了。"

她更加惊讶地看着我，一脸狐疑。终于，她恍然大悟，说道："哦，你是那天在商场的那个女孩吧。没什么需要道歉的。"

她往后退了一步，想要关门谢客了。我往前走了半步，说道："我想和你谈一会儿，可以吗？"

她不解地看着我，同时又不放松警惕。她看看四周，想看是不是有人跟在后面。这情形对她来说很是奇怪，对我而言则是残酷。我低头看着地面，给她一点儿时间决断。我相信她的女人天性已经唤醒了她潜藏的好奇心，可能她觉得这事情跟她有这样或那样的某种关联。她打开门，让我进去。她的家整洁而安静，到处是绿植，同我和她丈夫相处的那间公寓大相径庭。这是一个真正的家，他们在里面聊天、呼吸，一起吃饭，而不仅仅只是做爱。我坐在一张椅子上，她则站在我面前，叉着两手。我轻声说："我怀孕了。我想让你帮我解决肚子里的问题。"

她的脸一下变黄了，带着嘲讽说："这里不是诊所。我不是人流医生。"

"我是工程学院的学生，是你丈夫让我怀孕的，但他不肯在这时候跟我站在一起。"

她飞快地走到门口，打开门说："赶快给我走。"

我低声说："我向你发誓，要是你能帮我解决掉这麻烦……我和他一刀两断。"

她什么都不愿听，朝我吼道："我说了，快点出去。"

我站起身，低头从她身前走过。我走下几级台阶，便听见门在我身后砰的一声关上。我呼吸着冰冷的空气，风从各个方向朝我吹来。我真傻，她为什么要听我说，又为什么要帮我？我是来请求帮助的呢，还是向她发难？现在我该怎么办呢？我怎么才能找到接收我的医院？我从哪儿弄钱？他说他会付钱，但我知道他肯定会抛弃我。现在能做的只有回家，向妈妈承认自己糟蹋了自己。她能承受住这样的打击吗？她能在不告诉爸爸的情况下，帮我做些什么吗？

我站在冰冷的街头，街上出奇地空旷，我就像是这世界上唯一的人。我突然听到身后传来："来吧，进来。"

她没有离开门，只是在门后盯着我。我朝她走去，她看着很生气，用厌恶的眼神看着我。我又走进屋里，坐在同一张椅子上，她就坐在我面前。她既不激动，也不同情我。她只想说话："我们在商场遇到并不是偶然。你当时知道我是谁，对吧。"

"我也是偶然看见你们的，之后我就跟着你们。我想知道和我共用一个男人的女人什么样儿，我想近距离观察你，只是一种病态的好奇。"

"你不是第一个和他发生关系的女学生，也不会是最后一个。你们什么时候开始的？"

"几个月前吧。从去卢克索和阿斯旺之行开始的。"

她低声呢喃，像是在自言自语："这是他捕猎的老套路了。我记得那趟旅行。像他那样级别的教授，放下办公室工作去参加什么学校组织的旅行，这很不正常。他宣称痴迷法老时期的建筑艺术,其实他已经有了猎捕对象,这次轮到了你。"

我沉默不语,无话可说。她也尴尬地看着我,不知道该拿我怎么办。她说:"他跟你秘密领证了吗?按传统习俗领证了吗?还是说送你昂贵的礼物,很多钱?或者说许诺期末考试时给你高分?"

我说:"这对我来说不重要,我学习很用功。"

她突然站起身,一巴掌打在我的脸上,把我打懵了。她打得并没多用力,但却让我颜面扫地。她朝我大吼:"贱人,你干吗要对自己做这样的事情?你为什么这么容易上钩?"

我还是不说话。我努力克制住哭泣,这使她更加歇斯底里。她绕着我身边,对着空旷的房间,对着他在我们两人之间的影子,大喊:"可悲啊,可悲啊……你看见家里的这些镜子了吗?摆的地方都是他定的,这样他能随时看到自己春风得意的样子,好像整个世界都是为他创造的。就算是我,我的孩子,还有你们,对他而言都不过是他的兴奋剂,让他保持青春活力。你还这么小,怎么就能把自己交给他,像廉价的妓女一样,任他播种你们的身体?"

她没有注意到我在哭泣。她继续像个疯子一样在房子里嘶喊,来来回回。我觉得整个安静的郊区都能听到她的声音。我以为她会再次把我轰走,但她坐到我面前,大口喘着气。我擦去眼泪,看着她说:

"我实在遗憾。"

"我为你感到遗憾,你只是个小姑娘。他是老油条了,就擅长勾引小女孩。堕胎要多少钱?"

"我不需要钱。我存了一些,我还可以把手机卖掉。我只是不知道如何处理这件事儿。"

"那我只好帮你了。你不要和任何人提这件事。"

她说这话的时候叹了口气,靠着我坐过来。我感觉到她的肩膀碰着我的肩。她说:

"让我看看你的脸。没把你打疼吧?"

我说:"没事的,你恨我吗?"

"你真挺可怜的。"

我热切地对她说,希望她能相信我:"我发誓,我那次看见你之后,我就无法让他靠近我。我没那么下贱,也不是婊子。"

"没有必要发誓。起来吧,去洗洗脸,我们想想该怎么办。"

我站起身,看见到处都挂着他的照片。他正在嘲笑我。到处都是他获得的证书、奖章、奖状。我正在他的世界里邀游。在这个世界里,他就是神。当我站在他的浴室里时,我感到自己如此渺小。

我从里面出来时,她刚打完一通电话。她递给我一张纸条,上面写着一行字。她说:"这是诊所的地址。你明早去那儿,要空腹。"

我默默接过纸条,浑身打着寒战,像是待宰的小羊。

她说:"我没法和你一块去,我没法出现在这些地方。不过我会付账的。找个你信得过的人跟你一起去。"

我失落地说:"我没有信任到这种程度的人。"

她叹了口气说:"你不要太为难自己了,必须得有人陪你才行,免得出现什么并发症。"

我害怕,恐惧,但我不想在她面前崩溃。我踏上冰冷的大街,手上只有一张即将决定我命运的纸条。我突然想起阿里,那个陌生的过客,他可以陪我去,完事之后他可以携带着我的秘密远走高飞。我得把我黑暗世界的所有秘密告诉他,但这也是不得已而为之。我没法一个人去那个屠宰场。我没有时间犹豫,也没有选择的余地。也许当初我给他那个旧手机就是为了这一刻吧。我拨了他的号码,他没有接,话筒里只传来一位女士机械的声音,一遍遍重复:您所拨打的号码不在服务区。他去哪儿了呢?走了?他已经彻底失望,所以回家了?但即使在火车上,他也能接我电话啊。可能他不想接吧。阿里啊,你呀你!

第七章　阿里
——即将毕业的医科生

我睁开眼睛,黑暗已经散去一些。身体疼痛不止,让人难以活动。我看看周围,高处有个小孔投进少许光亮,那不能说是个窗子,只是个小孔,石制的房顶上一块石头被抽走后留下的小孔。要是没这个小孔,这里就和坟墓一模一样了。这儿不是我的旧房间,也不是"羊堡"里的骇人房间。这是另一个世界的奇怪地方,潮湿,憋闷。是不是有人为了把我活埋掉,专门在地底下挖这么一个洞?真是个可怕的问题,但没人回答。我和遥远世界的唯一联系便是那个高处的小洞,我不知道那背后是什么。我还没有死。死人眼睛不会再看见亮光,不会在肮脏的稻草铺上睡着,也不会感觉到我现在正遭受的疼痛。我不记得发生了什么。只记得突然晕倒在无尽的黑暗中,胸口沉闷,呼吸困难。

我该起来了,去查探这是怎么样的一个陷阱,也许我会搞明白我现在在哪儿,谁带我来这儿的。我忍着疼靠着石墙起身。石墙是用好多层石灰石垒成的。我刚靠在墙上,上面的灰尘就落了我一身。我还得尽量避免那些石头上的尖锐突起。我终于站起身，摸着路往前走。石墙上到处是裂缝，没准儿里面住着虫子和毒蛇。只有顶上有个稍大些的洞。我往里看了一眼，简直毛骨悚然。我看到的是一个个空洞的眼窝，一个个摞在一起的头骨，整整齐齐，散发着微微的光。这是个高高的坟墓，里面堆满了人体的各种骨头，整齐地排列着，散发着阵阵腐臭。每条缝隙里都塞满了死亡的讯号，渗到我脚下的软土，钻进我胸腔的尘土，全都是长年累月风化了的骸骨。到底是谁把我引进这个死亡陷阱？

我感觉头晕，疼得没法继续站立，只能躺回稻草铺上。我得在脑子里重新理清之前的事情，回想在我掉进这个陷阱之前发生的几个瞬间。啊，萨米娅，天啊，你现在在哪儿啊？你是最后一个同我在一起的人，那时候你看着比平常都伤心，都紧张。你在半路上就把我抛下，任我遭遇所有不测的情况。我不知道该去何处，从一开始，所有的道路都被封死，但总有一个小缝隙，透露出一点有限的消息，就像头顶这个透进光亮的小孔。看上去哈桑在每条路上，但只是个幻影，一直很模糊，无法抓住。最终，我不得不告别萨米娅，告别她的城市。尽管我们两个一起经历了艰难的搜寻，但并没有接近的机会。我们站在一起，紧扣着对方的手指，但心中想的却是各自的伤心事。这座城市的那个夜晚让我们更加疏远，甚至连各自的脸庞都看不清楚。到底发生了什么，让她这样忧伤、敏感？她把手放在我的脸上，说：

"我本来应该等待一个像你这样的人。但我已经迷失了自己。"

她转过身走了。她的肩膀抖动着，像是在哭泣，但没有再回头看我一眼。我一个人在这城市，能做些什么呢？我是不是该返回"羊堡"，再度过一个恐惧的夜晚？我突然记起那个奇怪的名字：阿克拉姆·巴德里。就是吉克拉所说，对他既爱又恨、恨到无以复加的那个男人。

我靠着石墙坐着，背上好疼，无法坐直。头骨们用空洞的眼神呆萌地注视着我。我在房间写字台上也放着一个头骨，它的眼窝里放着一些风干的花瓣。我现在正被数十个它的同伴包围。难道这是哈姆达·佐巴的安排吗？我第一次接收到一个成熟女人的吻，难道这陷阱和她有关？还是说我最近见到的那个男人同这个死亡陷阱有关？我本来应该毫不耽搁尽早离开这个城市的。我记起来刚刚见到的那个男人以及同他交谈的情形，他看着很狡猾，城府很深，当然其中细节我不想过问也不感兴趣。我躺到床上，努力回想着我们之间发生的一切，感觉好像他的脸从那个小孔透了进来，既英俊又令人厌恶。为什么我会拿起手机，拨他的号码？号码是那个吻我的女人给的，她趁萨米娅没看见，悄悄塞给我的。她用一种女人式的密谋，肯定地说：

"这是唯一能给你一些关于哈桑·拉希迪有用信息的人。但是这个人一贯阴险狡猾。"

我们快要说完的时候，吉克拉掐了一下我的手指，强调了刚才她说的话。她转身走了，剩下我茫然地呆立着。找寻的道路看起来没有尽头，而且分出了好多岔路。但是她故意把我引进这个陷阱的吗？萨米娅知道我现在这儿吗？什么时候我遥远家乡的人才会知道我这么长时间没在？瓦尔黛会知道我这么花费自己的生命，全都是为了她吗？我闭上眼睛，但愿黑暗会给我一个静静思考的空间。

我自言自语地说着，拨通了阿克拉姆·巴德里的电话。这是唯一也是最后一次可能帮我结束这次寻觅之旅的通话。我站在路边，一只手堵着耳朵，以便听得更清楚。话筒里传来他的电话铃声，是一首不明语言的歌曲，可能是西班牙语吧。他很快就接了。我赶紧开口说话，尽量表现得平静而有礼貌：

"不好意思打搅您……我的名字叫阿里，我在找哈桑·拉希迪。这件事很重要，我想知道他的地址或是电话，可以吗？"

我只需要他简单地回一句话，事情就结束了。但他沉默了好长时间，但也没挂电话。我还能听见他的呼吸声。他终于说话了："你是谁，再说一遍？"

我感觉他需要些时间来思考这陌生的电话。我又说了一遍我的名字，跟他说我和哈桑来自同一个城市。我需要的只是他帮个小忙，但他没怎么认真听我说话，可能把电话撂在一旁去忙别的事情了。一会儿他回来了，质问我：

"谁把我的号码给你的？"

我犹豫了，我不想提吉卡拉的名字，担心这会影响他对我的态度。我含混地说："我从一个我俩共同的朋友那儿要到的电话号码。这不重要，重要的是哈桑·拉希迪的住址，麻烦您告诉我一下吧，求求……"

他丝毫没有迟疑。不给我继续编造谎话的机会。他语气尖厉、一字一顿地问我："是谁，给你，这个号码的？"

没办法，我只能提她的名字了。他听到后也吃了一惊，说："这么说你认识她？跟我估计的差不多。她是怎么跟你说我的？"

我跟他发誓，这是我第一次也是最后一次和她见面。事情很简单，因为我在寻找哈桑的地址。他打断我的话，说："你现在在哪儿？"

我问了身边的一个行人后，跟他说了我现在的地方，和周围的标志建筑。他沉默了一会，好像是记起了这个地方，说："听我说，我可以去见你，不过只给你一点儿时间。我一会儿要去参加一场晚会，会经过你现在的地方。在离你几米的地方，有个夜总会，叫钢琴吧，你到里面去等我。你跟他们提我的名字，他们会照顾你的。听着，你什么钱都不要付……"

我还没来得及反对，跟他说为这点事不值得见面，他就把电话挂了。为什么所有人都用这样舍近求远的方式来处理这件事？他们都坚持要见我，但见了之后什么也不给我，反而都问我一些我压根不知道的事，然后看到我手头没什么有用的信息，他们又完全忽略我。

我颤巍巍地站起来，察觉到小孔外掠过一个影子，好像有什么人从外往里看。我忘记了身体的疼痛，站起身来，用尽全身力气喊道："有人吗？有人能听到我的声音吗？救命啊……我被关在下面。"

我听不见什么声音，也看不见黑影。我身体颤抖着，继续呼喊。他们肯定是关错了人，我不是他们要找的通缉犯，也不是什么争端的当事人，是什么邪恶势力把我关押到这里的？是内政部的铁拳抓住我了吗？但为什么选择了这么个原始的地方，又是谁告了我的密呢？大体来说，我明白，在埃及每个人都会被监视，都会被怀疑。不需要什么罪名，就能把人抓起来。内政部有这样的监狱吗？还是说这监狱是专门为我营造的？呼喊也没什么用了，我又饿又痛，一点力气也没有了。我的眼睛盯着那个小孔，心想要是外面彻底黑了，我的末日就到了。

这个地方五彩的光亮照着我的眼睛。一种光熄灭时，另一种光就会亮起。我沿着光洁无比的大理石台阶拾级而上，身上的汗渍和脏污让我难受，光滑的地面让我几乎滑倒。我的衣着，胡子拉碴的下巴，乱糟糟的头发，都和这地方很不协调。我看看霓虹招牌上的文字，旁边画着一个红衣服的裸胸女郎靠着一架钢琴。女郎吸着一根长长的烟，吐着袅袅上升的烟圈儿。所有的一切都是光线造就的。门童向我鞠躬致意，等看见我的破烂衣衫，又犹豫了一下。还不错，他没阻止我进去。里面光线暗了许多，空调吹出阵阵冷风，令人精神一振。钢琴悦耳的声音环绕耳畔，穿透皮肤，直达我疲惫的灵魂深处。我环顾四周，看见高高的舞台上有架钢琴，一个穿露肩装的女人，正全力倾情演奏，每次弹到重音时都甩一下头，头发也跟着飘起来。她看着沉醉其中，仿佛是在另一个世界里欣赏自己弹奏的乐曲。侍者走过来，可能是大厅里太暗没看清吧，他居然朝我鞠了一躬。我跟他说，我是阿克拉姆·巴德里介绍来的，他立刻挺直身子向我表示敬意。他指指舞台边上的桌子，让我坐在那儿。他拍拍手，又过来了几个侍者，争相问我要点什么，晚餐饮料，香槟……我累了，不知道他们为何如此殷勤。我只点了一杯水，那个领班的侍者看我年龄还小，执意给我加了点果汁。

乐曲声高起，一个穿超短裙的女孩走上舞台，衣服上满是一种类似石膏线的装饰。她后面跟着一个干瘦的男孩,随着钢琴弹出的乐曲的节奏优雅地跳起来。男孩揽住女孩的腰,把她拉进怀里。两人成为一个整体,融入音乐中。钢琴的节奏带动他俩的身体,舞步交错,跳起探戈。女孩的身体倒在男孩怀里,轻移舞步,两人已经成为音乐调动下的一个整体。人们渐渐沉醉,这昏暗的地方成为这个喧嚣城市中的一个轻松的场所。我喝了果汁和水,想着瓦尔黛已经醒了过来,迈步移动,跳起生命之舞。一丝希望之光亮起,我的心沉静下来,开始思考。我留在这儿见阿克拉姆·巴德里也许是件好事,不管他说什么,他否认什么,总会有些漏洞,会有些小口子,我能利用它继续搜寻哈桑。

一只老鼠从我脚下溜过,我呆立在原地,害怕也会有蛇或者蝎子窜出来。这种地方只会有这些东西,我在这儿即使不饿死疼死,也得被蛇蝎毒死。我记起阿卜杜·穆阿提曾经感受到的恐惧,我当时还嘲笑他,但现在我感受到了同样的恐惧。我无力地坐着,盯着那个孔洞。我能等待的只是死亡,是谁想用这样丑恶的方式谋杀我呢?

音乐停了,两位舞者下场了。我抬起头,看见一个人正盯着我,像是在掂量花时间同我会面有没有价值。他在我面前坐下,脸上带着不悦的神色。这人身材高大,带着几分帅气和风度。他出现在这地方挺合适,衣着光鲜,头发油亮,香水味四溢,跟我完全不同。他盯着我,像是在问我为什么来烦他。我也呆呆地望着他,想知道为什么他坚持要见我。他叹口气,说:

"这么说,是吉卡拉·巴拉伊把你引到这儿的吧。她耍新花招了哈。"

我高声驳斥他说:"没有人引我到这儿来,我和她没有直接关系。一切的一切,不过是我在打听哈桑·拉希迪。我觉得你能帮我。"

他转过脸去,躲避我的视线,像是在琢磨该不该相信我。他从衣兜里取出一个银色烟盒,朝我打开。我摇摇头表示不抽。他取出一根烟点燃,连吸了几口,说道:"这个危险的女人,毁了我的生活。虽说我对付女人经验丰富,但还是被她给骗了。你的故事呢?你还小,她肯定比你大,你不会已经被她拖下水了吧。"

他也不等我开口,只想拿一些和我无关的东西拖住我。我想说话,跟他挑明我想从他那儿得到什么,并把那个女人踢出他的脑海,至少我们谈话结束之前不要去想她。我拥有的够多了,我最不想做的就是干涉他人的生活。他抬起手叫我闭嘴,狂躁地吐了个烟圈,说:"求你别说了,我知道你是从她那儿来的,可能她已经把你拉到她一边了,这正是她的路数……她跟你说了些话,让你感觉是肺腑之言,她肯定亲你了吧。"

我的脸红了。她的吻似乎还在我嘴唇上燃烧。她是为了拉拢我才亲我的吗?这事重要吗?为什么所有人都围着我转,却没人愿意听我说话呢?我甚至开始怀疑他是否真的认识哈桑·拉希迪。没准那个女人说他认识哈桑,只是为了羞辱他,这可能是他俩之间的隐秘战争的一部分,战争中他俩可是什么手段都可能用得上的。我打断他说:

"求你了,阿克拉姆先生,我联系你是有原因的。你和那位女士的关系不关我的事儿。她只跟我说你陪着哈桑去过她家,没说别的。所以我觉得你是哈桑的朋友。"

他不假思索地说:"我所有的朋友她都认识,她把他们全都拉拢过去针对我。我这就给你看一个这样的朋友。"

他从外套里面的口袋里取出一张折着的纸,在桌子上朝我展开,让我看清楚。这是从报纸上剪下来的,中间有一个人的照片,但黑乎乎的看不清楚,也看不清上面写的字。他拿手拍着那张纸说:

"这个人不光是我朋友,还是我重要的生意伙伴。做生意,他比我聪明,也比所有人聪明,而且他在生意伙伴中看起来对我最忠诚。但你知道我进监狱之后他干了什么事吗?他和我老婆结婚了,就是那位贞洁高贵的夫人。我真不知道这个人有什么吸引她的。她跟我提出诉讼离婚,他来到监狱看我,要求牵她的手步入婚姻的殿堂。他跟我说他俩的事已经生米煮成熟饭了……还和她试过了我都没试过的多种体位……"

他憋得脸通红,这些难受的回忆让他喘不上气来,只想随便找一个人一吐为快。我问他:"这就是报纸刊登这个人照片的原因吗?"

他抓着报纸,气得手都发抖。他说:"刊登他照片是因为,他死了,自杀的。我老婆,也就是后来的他老婆,发现他在浴室里上吊死了,死的时候浑身赤裸,老二也耷拉着脑袋,再也硬不起来了。看到了吧,苍天有眼恶有恶报。是她把他带向死亡的,要是不离婚,她弄死的就该是我了。"

我不知道该怎么办,现在情况有些出乎我意料。我有点害怕,想必服务员也都察觉到了。侍者端来各色各样的饮品,把桌子都堆满了。他挨个喝着各种饮料,好像肚子是个没有底的井,怎么喝都不解渴。他拿手背擦擦嘴,轻松地呼了口气。我以为他终于肯谈谈哈桑·拉希迪了,但他又问道:"不过……是谁介绍你认识吉卡拉的呢?你怎么着了她的道儿?"

我发怒也没什么意义,朝他嚷嚷也没什么用。我努力把事情拉回最初的起点:"只不过是巧合,我可以说这只是个小小的巧合。我在哈桑住的'羊堡'的房子里发现了一张和她相关的卡片。"

他打断我说:"你是说你住在他房间里,但却没见到他?"

我简单地跟他讲了我的经历,终于引起了他的兴趣。我说了我要找的那个人,还有在等待他的僵立的女孩。我必须为她的身体找回生命。他面无表情地看着我,直到我说完。我最后说:"现在,我的先生,你知道哈桑还有另外的住处吗?"

他奇怪地说:"谁跟你说我认识他的?我确实认识一个叫哈桑的人,他之前是我的司机,几年前不干了。我没准在聚会上见过你说的这个人。吉卡拉可能记错人了,以为我俩认识,其实我都不记得他长什么样了。"

我几乎要朝他吼起来了:"那你干吗要见我呢?就是为了和我说这些琐事吗?"我盯着他的脸,心想他是不是在骗我?为什么这样板着脸看我?他打了几个嗝,但眼神空荡荡的,看不出对我有理解或是同情的意思。他喝高了吗?他终于开口说:

"听我说。你的故事挺感人的……但是开罗不是幼稚的、善良的人待的地方。这个城市里人们从日出到日落一直在争斗,空气里尽是迷失的灵魂的尘埃。不切实际的空想是没有市场的,而你现在就是在追逐空想,做无用功。你为什么不回家去好好学习？"

他在我面前堵死了所有的路。他起来转身，有些踉跄地走远了，一眼都没往回看。

终于……我痛醒了。我摸摸口袋，手机还在里面。我只有萨米娅能联系。我不知道该怎么描述我现在的位置。我肯定说不明白，但我必须马上跟别人说我现在的困境。我赶紧拨了她的号码，但电话什么反应都没有。我一定是被埋在地底下了，没有信号，没有求救的途径。希望之火瞬间被掐灭了，从这儿出去的每条路都被封死，就像我寻找哈桑的过程一样。我看见一个黄褐色的小点儿从墙上往下向我移动。我知道蝎子是什么样的，我记得在描述热带疾病的书上有蝎子的图片。它的头和胸是一体的，有四对细小的足，尾巴有好多节，末端有根蜇人的针刺，里面藏着毒囊。我慢慢地站起来，不让它感觉到我在移动。我往身后退，但无处可逃。我将会和它待在一块儿，而它会趁我疏忽偷袭我。我在身边找找，看到一块大小合适的石头。我应该集中精神，要是它从我眼皮底下消失，随时会来咬我一口。我屏住呼吸用力砸了下去，发泄出所有的怒气，听见它被石头碾成肉酱。石头在我手里粉碎。疼痛传遍我的全身，忍不住喊出声来。我倒在地上，一边止不住地嘶喊。

我和别人挤一辆小巴到了"羊堡"，我将要在这里度过最后一晚。刚才欣赏探戈舞的片刻愉悦早已散去。我明白了我的生活有多残酷，没有丝毫的美。我走近要去的地方，渐渐闻到烧焦的气味，像是一堆没有完全熄灭的灰烬。我下了车，时间已经很晚了，但安全警察依然很多，这里没有一丝生命的气息。一堆废墟周围不停地传来哭喊声、哀叹声，安全警察的脸看着冰冷而无情。早上我心中存留的一线希望和喜悦也消失了，噩梦般再次笼罩了所有人。难道又发生火灾了吗？我在一片哀鸣中前行，每当我想停下问问发生了什么，总会有手推着我继续往前，根本停不下来。

公寓跟平常一样漆黑，阿卜杜·穆阿提肯定在屋里，被周围的哭泣声吓得蜷缩在某个角落中。我敲敲门，一遍遍喊他的名字。过了一会，我听他拉开门闩。门开了，探出一张大惊失色的脸。他看见我便说："你怎么这么晚才来？快进来。"

公寓里一片黑暗，就跟这世道一样。穆阿提飞快地关上门，把门闩恢复到原来的位置。他看着累得很。我说："怎么了？这么多人在哭？我以为问题今天就解决了呢。"

他哆哆嗦嗦地说："他们都被骗了，都被政府骗了。你记得他们早上派来大巴车，把人们接到车上吧？马苏德谢赫跟他们说，要拉他们去签新房协议。根本就没有什么新房，他们都被扔在了沙漠里，同时推土机来把他们的窝棚推平了。等他们晚上回来的时候，才发现这个骗局。他们现在都伤心大哭，都义愤填膺，想要报复。当然了，他们没法找政府报仇，也没法找安全警察算账，只能找到我们头上来。其实我最危险了啊，他们第一个找到的就会是我。"

他擦着脸上的汗。和他多说也没什么益处，恐惧已经占据了他所有的身体细胞，谁在这样一个地方待这么久都会害怕孤独。我只能和他说说我的失败经历：

"我不知道能为你做什么。所有的路都堵死了。我该走了。"

他坐到我面前，握着我的胳膊，央求我说："不要走……不要抛下我一个人。他会回来的,他……早上跟我通电话了。"

他在撒谎。这房子里压根就没什么电话,他也没有手机。他想说服我,让我陪他度过这个难熬的夜晚,谎称说电话是打到了咖啡馆,是服务生告诉他的。经过这一切,我明白了,哈桑对我们所在的这个憋闷的洞穴已经不在意了。穆阿提一直央求我:

"今晚你留在这儿吧,至少等那些哭喊声平息些。在这儿多住一晚,对谁都没坏处。"

这一刻,我疲惫不堪,他惊恐万分,我们就在这一刻相会了。我想象这个漫长夜晚如何熬过,最终留下来是一场错误。当我睡到小屋的小床上,我一闭上眼就感觉快要窒息,无数只手伸出来,堵住我的嘴,让我无法移动,无力抵抗。无所不在的黑影环绕着我,直到他们用黑幕蒙上我的眼。

我在一片虚无中呼喊起来。我正坐在那只被碾碎的蝎子旁边,开始哭泣。我能做的只有干等下一只蝎子的到来。在我的哀号声中,我隐约听到某种声音,我抬起头,如同幻觉一般,我看到一条绳梯从高处降落下来。我不敢相信我的眼睛,难道我的祈求奏效了?我颤巍巍地爬过去,抓着绳子,笨拙地把脚放到绳梯的第一级上。我把脚放牢,身体在空中晃荡。疼痛钻进我每个关节,但我依然坚持往上爬,直到光亮照进来的地方。我从肺里吐出几口浊气,大口吸着从上面透进来的空气。这空气很热,同死寂坟地里的不同。我终于从小洞里把头探出来,阳光刺眼,什么都看不见。我不敢相信我竟然踏上了平地,再次见到阳光。我看到了蓝天和阳光,见到废墟的阴影,后面是涌动起伏的雪白沙漠。

我凝神看前方，有两个人站在那儿。我看不清他俩的面孔，不过看那硕大的块头就让我战栗了。俩人抱着胳膊，虎视眈眈地盯着我，肯定是他俩绑架我，把我扔下墓地的。我跪倒在沙地里，感觉自己无比弱小。他们是警察吗？我们四周的山包是什么？是残存的古代城堡，还是荒野监狱？其中一个人走上前来，巨大的身躯遮住了阳光。我看清了他粗糙的外貌，两只突出的眼睛，眼窝周围一片黑，高耸的鼻子，脸颊上带着几条旧伤疤，下巴上是短而尖的胡子。他一把就能把我击碎。热风卷着沙子刮来，沙漠中传来骇人的声响。多想让狂风把我带走！我该高声向他抗议他们关押我，然后让他把我活埋，还是应该低声下气地向他乞求，没准他会放了我？很明显，所有的尝试都会以失败告终。我努力两脚站稳，这是我唯一能做的表示我要抵抗的动作。那个大汉猛地走上前，一脚踢在我的腿上，把我放倒在地。我闭上眼睛免得沙子飞进来，又有一脚踢在我肚子上，我的脏腑都要吐出来了。我听见一个沙哑的声音吼道："婊子养的，为什么跟踪我们？"

我身体蜷成一团。等第三脚踢上来，我就玩完了。我听见第二个大汉鄙夷地说："这个低贱的货色，他们怎么派这么个脓包来？"

他的手抓住我的衣领把我拎起来，我喘不上气来。他用两只凸出的眼睛盯着我的脸，咬牙切齿地说："你这肮脏的玩意儿，谁把你派到这儿来的？谁让你来的？"

我没有回答。我说不出话来，也不明白他在说什么。我的呼吸在抖，浑身发抖。第二个大汉走上前，从第一个人手中把我拎过去，朝我脸上来了几耳光。我感到嘴和鼻子里都是血的味道。他又把我扔到地上,对第一个人说:"还没到把他弄死的时候。"

但他没有住手,继续用脚踢我,我不知道具体踢在哪里了。我的身体就像块破布一般,到处都疼。我听见他吼道:"快说话啊,说啊。"

他连个喘息的机会都不给我。我眼睛一黑,看不见也感觉不到痛了。可能是死神用它的仁慈的双手把我带走了吧,等那之后,随便他们对我做什么,都无所谓了。

冷水浇在我的脸上,我吃惊地睁开眼睛,更多的凉水浇了过来。我剧烈地咳嗽起来,差点呛死。我稍稍抬起头,看见已经不是在之前的地方了,周围不是旷野,我也不是在一片沙漠中。我躺在一张破烂的垫子上,在废墟中某个地方。一个墙壁直立的大堂,屋顶和窗户都很高,斑驳的墙壁,上面是残破古旧的壁画。有手持十字架的圣徒,有天使,有大战恶龙的骑士。看来这是个古代的修道院。谁把我带到这儿来的?我四周张望,站不起身,看见除了两个大汉之外,还有第三个人坐在木椅子上,靠着石墙,正怒气冲冲地盯着我。虽然他留着胡子,但看着比那两人都年轻,身躯也没那么庞大。他说:

"你是谁,为什么跟着我?你是警察吗……还是帕夏老爷的人?"

我头晕目眩,用手撑着站起身。我已经忘记了我经历的剧痛,不敢相信我终于在经历千难万险之后找到了他。我呜咽着说:"你是……哈桑·拉希迪,不是吗?"

他不屑一顾地说:"看来我们这就算已经认识了。告诉我你到底是谁?给你一点时间回答,要不你就死定了。"

我一头雾水。我没想到会是这样的场面。他根本不是我苦苦追寻的那个被人爱着的人,只是个陌生的男人,用厌恶的眼睛瞪着我。他面容冷酷,令人畏惧,是什么把他变成这样一副奇怪模样,他为什么要这么折磨我?

我说:"我找你很长时间了……难以置信,终于找到你了。"

"你没找到我,是我找到你了。我把你带到这儿来,好把事情了结了。你要是还不说,过会儿发生的事情远比已经发生的严重。你是谁?为什么跟踪我们?"

他看着有些神经质。我没有时间可浪费了,赶紧说道:"我没有跟踪你,而是在寻找你。我跟所有人打听你,告诉他们我找你的原因。我跟你来自同一座城市,我叫阿里,是医学院即将毕业的学生。我来开罗是因为你的未婚妻或者说是爱人,瓦尔黛。"

一瞬间,他的面容柔和了一些。脸上闪过一丝惊讶,像是鸟儿的翅膀一振。他怀疑地看着我,说:"你跟我说的,一定是他们告诉你怎么说的。"

我很累,不知道他们指的是什么,为什么不相信我简单而直接的讲述。我们在这么个奇怪的地方要做什么?他站了起来,很瘦,但很强壮。当他抓住我衣服,在地上拖我的时候,我能够感到他的力量。他高声问我:

"你一五一十告诉我,谁安插你的?"

我努力平复呼吸,阻止这一系列的侮辱。

"先给我点儿水。"

他惊讶地看着我,放开了我的衣服。我努力站稳双脚,我不再害怕他。我可以和他沟通，不需像那两个大汉一样动粗。他默默给我指了指，我环顾四周，看到了好多散落的枕头，旁边有水瓶和食物。我从他的手中挣脱，打开一瓶水一饮而光。我多想吃点儿东西，但我害怕再提要求会激怒他。我对他说：

"我不知道你说的这些人是谁，我也不关心谁在跟踪你。我跟你说的都是事实，我能记起你朋友们的名字：剃头匠阿提亚，密探马赫鲁斯，小丑阿祖兹。还有最重要的瓦尔黛，分别时你乘的火车一走，她就僵立在那儿了。她现在半死不活，只有你能拯救她。"

我气喘吁吁讲得很快，生怕他打断我或者突然给我一下子。他冷酷地盯着我，无法再反驳我。他闭着眼睛不说话，像是在咀嚼我的话。他深吸一口气，没有看我，又坐了下来。过了一会儿，他说：

"你可以吃点儿东西，然后详细给我讲讲。"

"我没胃口吃，也没时间吃，我花了很长时间找你，找得好苦。等我们上了火车，我再给你讲吧。我想把你尽快带到她那儿去。"

他茫然地盯着我看了好长时间，咕哝着说："你好像给我设了一个严密的陷阱。可我没法抛下这里的一切，就这么轻易地跟你走。"

我看着他说："我说了这么多，你还是不相信我。可能你不再爱她了吧，或者说你根本就没爱过她。"

他尖声笑起来："爱与恨，这两样毫无意义的无聊东西，至少跟我没什么关系。我不明白你为何把自己累成这样，毫无意义地追踪我。你还有很多比这更重要的事情要做。"

他毫不在意的态度让我吃惊。我之前从没有这样恨过一个人，他太可恨了。我出来找的不是这样一个哈桑。他看着像个黑帮头目，是个亡命之徒，要不怎么会和蝎子一块住在这样一个荒蛮的地方？我掩饰不住怒气地问他：

"你……你们是逃犯吧？"

他冷淡地说："这不关你的事儿！"

我的问题无意间激怒了他。我的身体已经伤痕累累，我不想让他们再动手了。我就像跟一个孩子说话一样，平静地说："要是你没法跟我一块走，那你就一个人走吧，随你便。但你至少得对她有些同情吧。你比我更清楚，她有多孤单，多么温柔，她不应该这么早就死。"

他板着脸看了我一会儿。他对瓦尔黛的感情真的已经死了吗？我拖着沉重的脚，走到大堂的门口倚着门，最后一次尝试着说："我的任务失败了。不管怎么说，我没法说服你，强逼着把你带回去。"

他还是板着脸，冷冰冰地说："你不能离开这儿，我们不许你走。你看到了我们三个人的脸，你的存在对我们来说是种威胁。"

我惊讶地叫出声来："我对你们一无所知，我也不想知道。我没有打听你们的事情，也没有打听你们在这里做什么。这些跟我无关，是你们把我强行带到这儿的。"

他依旧板着脸，跟他说这些都没有用。我喘着气看着他，心里五味杂陈。我觉得可怜的瓦尔黛深爱着他，是他在她生命里种下希望，从这点上说他很重要。另外，他在监狱里的遭遇让我同情，然而现在我对他只有厌恶和畏惧。他想杀了我吗？

他依然冷冰冰地看着我，站在之前的地方没有动。我知道那两个大汉在外面等着。我嘲讽地说：

"要是你在这里把我杀了，你能不能向我许诺，你会回到镇上，去拯救她的生命？"

他摇摇头，依然干巴巴地望着我。他突然问我说："你爱她吗？"

这个问题对我来说不算突然，所有人都这么问。我说：

"你能问出这样的问题太不可思议了！我认识她时，她已经半死了。我跟你在这儿磨嘴皮子谈论她这会儿，也许她已经彻底死去了。我只想拯救她的生命，我没想过在她的生命中为我找寻什么位置，我是在为你找寻位置，而你还不领情。我觉得你真不配。"

我并不怕他。只是当两个壮汉闯进来，跃跃欲试地挥舞着拳头站在我旁边时，我才害怕起来。他俩看着已经耗尽了耐心。哈桑问其中一个："阿达姆，怎么了？"

那个留着胡子的壮汉愤怒地看着我。我想起他们对我的一通暴揍，不禁退了一步。

他说："别跟他浪费唾沫星子了。赶快解决了这只耗子，我们好去忙我们的。"

我难道真的在劫难逃吗？他们来到这儿，就是为了做掉我？哈桑依然沉默不语。第二个壮汉说："我们把他扔回墓坑里，就完了嘛。"

三个人都不说话。我畏惧地看着他们，看起来他们不会费什么事儿，把我丢回墓坑里，让蝎子去解决我就好了。

我看着哈桑，我不知道他想对我做什么。他什么时候换了一个人？他僵着脸开腔了："他不是警察派来的奸细，也不是帕夏老爷的人。他确实是从我老家来的，我确认过了。他跟我们的行动没有半点关系。"

他的话让我吃了一惊，让他俩也吃了一惊。也许以前的哈桑还没有完全死掉，他内心中还有此前的记忆，那种情感没有完全泯灭。两个壮汉面面相觑，对他的这种示弱的行为感到不解。那个叫阿达姆的恼怒地喃喃自语：

"他到底是什么来路不重要，重要的是他跟踪我们，还看到了我们的脸。我们不能就这么把他放了。我们冒险去'羊堡'把他抓回来之前，可是商量好的。"

我缩成一团，像只青蛙一样发抖。我无助地扫视着他们，不敢说话。他们怒气冲冲，随时都能决定我的命运。我盯着哈桑，他能制止他俩，还是听命于他俩？他们到底在隐藏什么？他们是小偷、走私犯，还是杀手？我想在他们面前号啕大哭，央求他们说我跟他们的事儿一点关系都没有，但我站在那儿像是瘫掉一般。哈桑口气坚决地说：

"我们得挑个合适的时间，把他扔回墓坑。我还需要从他这儿得到更多消息。他在我们手里呢，跑不了。"

那两人咆哮起来，看来迫不及待要置我于死地。哈桑指指我说："你就待在这儿，我们回来之前哪儿也不许去。"

他不给那俩人任何商量的机会，至少在我面前是这样。他站起身就走出了屋子，谁也没看。另外一个壮汉跟着他出去了，阿达姆瞪着我，怒气冲冲，攥紧拳头朝我挥舞，像是要撕碎我。他威胁我说："你可以离开这座破庙逃走，就算你不死在墓穴里，也会死在沙漠里。"

他留下我一个人在那儿。我靠着墙蜷缩在垫子上，惊恐不已。我知道他们正在外面讨论怎么处置我。我看着这破旧的大堂，弧形的穹顶，上面千疮百孔，射进来的光亮已经很微弱了。这漫长的一天即将走向死亡，就像我一样。我盯着那些鎏金的圣徒画像，圣母正抱着圣婴，一位修士高举着双臂，上面是奇怪的文字。这样的地方怎么会遍布罪犯？哈桑会怎么处置我？杀了我？他们三个一起把我杀掉？但他们做贼心虚，才会躲到这样偏僻的地方。一个工程学院的助教，一个恋爱中的人，怎么会变成一个匪徒？这样的变化，是监狱里发生的，还是在这个废弃的修道院？他的灵魂中，还有一点善意，能够让瓦尔黛复活吗？还是他只能带来更多的死亡？

对死亡的等待，并未妨碍我感到饥饿。我吃了一些现成的食物，有面包、奶酪、几片干肉，还有不少橘子。我喜欢橘子的气味。要死也得当个饱死鬼。真是讽刺，我这么费力地找到哈桑，最后却要命丧在他手中。他看着有点犹豫，不想杀我，但那两个壮汉杀心已决，他能压制他俩到什么时候呢？我只能等待着我的命运，我浑身绵软，连尝试逃跑的力气也没了。沙漠正蠢蠢欲动，要一口把我吞下。我仰面躺着，虽然我知道在这样的地方睡着是很危险的事情，但疲惫压过了肉体的痛苦。我闭上眼睛，进入漆黑得没有梦想的黑暗中。我知道他们随时会闯进来结果我，但这并不妨碍我陷入昏睡。

一阵吵闹声将我惊醒，我惊惧地醒来，是我自己的喊叫么？他们把我扔进墓穴了吗？我发现自己还躺在垫子上，在昏暗的房间里，身边是一堆食物残渣。吵闹声是从外面传来的，是那三个人中的一个发出的，难道他们自己打起来了？哈桑是我唯一的希望，正是他阻止他们杀我。如果他们把他杀了，那么我逃脱的一丁点机会就彻底没有了。我浑身哆嗦，不知道到底发生了什么。我是该去找他们，还是该找个地方躲起来？跟那三个人无关，是黑夜卡着我的脖子，把我拴在这里动弹不得。门猛地被打开了，哈桑端着一盏汽灯进来，喊道："跟我来，快点儿。"

他飞快地离开了房间，我只能爬起身，跟在他后面跑。我们进入昏暗的长廊，只有他拎的汽灯放出一点光芒。我们经过一个个废弃的仓库和房间，来到早上他们痛扁我的院子。阿达姆横躺在地上，身体不住地抽搐，流着黏稠的口水。身体每抽搐一下，胡须就跟着抖一下。另一个壮汉跪坐在他旁边。我惊讶地说："他被蝎子蜇了吗？"

壮汉点点头。阿达姆庞大的、刚刚差点把我弄死的身躯，就无力地躺在那儿。我又问："蝎子逃跑了吗？"

壮汉指指地上说："我追上它，把它弄死了，残骸都在那儿。"

哈桑烦我问这么多问题，有些紧张地对我说："你不是医学院的学生吗，快救救他。"

我没理睬他的叫嚷。我伸手取过他的汽灯，看着地上蝎子的残骸：颜色褐黄，尾巴比一般的蝎子长。我不禁喊出声来："这是黄蝎子，是最毒的一种蝎子。必须赶快处理。"

壮汉指指阿达姆撕烂的裤子，他的小腿裸露出来，腿中间有个小黑孔，周围一圈鲜红色。我对壮汉说，抓着他抽搐的身体，把他固定在地上。我解开鞋带，系到患者的腿上，咬伤处上边一点的位置。我在电影里看到过很多这样的场景，但我需要一把解剖刀，把黑色的毒刺取出来。我看着哈桑，用命令的语气说：

"我需要解蝎毒的血清，还需要一针钙剂，来减轻他的抽搐。还需要退烧药。"

他疑惑地看着我，一脸迷惑地问："这能救他吗？"

我不想解释那么多细节，只是点点头表示肯定。另一个壮汉说："我能去离这儿最近的有人烟的地方，我开车往返也就是三个小时。他能挺那么久吗？"

我说不准。阿达姆巨大的身躯在地上颤抖，不住地从嘴里吐出黄水儿。我说："我把他的腿扎住，能延缓毒液抵达身体其他地方。你走之后，我会用水湿润伤口。"

哈桑提醒说："你提醒他要带回来的所有东西，别落了什么。我们不想让他死在这沙漠里。"

他开始信任我了吗？哪怕一点点？这能延缓我的死期吗？

他还是在不停地抽搐，多次干呕，像是一块气味恶心的抹布。两到三个小时，将决定这个壮汉的命运。另一个壮汉飞快地跑了，我这才发现院子角落里停着一辆吉普车。我之前怎么没看到呢？他发动引擎，车轮在地上激起一阵沙土，哈桑赶快打开修道院的大门。等车走远了还握着门把手。他仔细关紧门，看我的眼神不像先前般冷酷，而是换成了迷茫无措。他只说了一句："你会留下来陪着他吗？"

我点点头。他转过身去，背朝着我坐下，不再看阿达姆一眼。我回到阿达姆那里，用肥皂和水帮他清理伤口。我每触碰他一次，他的身体就变得更加僵硬，还发出含糊又充满敌意的哼叫声。直到过了一段时间，只见他眼球不断颤动，涎水不止。我不知道毒液有没有传遍血管。我抓过他的手腕，帮他把脉。脉搏跳动依然很迅速，没有变弱。我观察他的眼球跳动，这是他生命体征的信号。哈桑看着前方，像是在重新策划他们的事情。我有些害怕，怕看到又一个人死去。哈桑突然转过来说：

"他明天早上能好吗？"

"要是他今晚不死，花点时间会好的。我们为什么不把他送到医院里去？"

"不行，我不想让别人说我们是懦夫。"

"你们到底想干什么？除了把我杀掉之外？是要搞个大盗窃，还是贩卖毒品？"

我再也按捺不住，也不再害怕，就这么鲁莽地发问。至少他们在这个大汉醒来之前，是不会杀我的。他耸耸肩膀，眼睛看向别处，说道："我们不是在拍电影。这事情非常重要，是我们必须做的。明天是非常重要的一天，超过任何一天。"

他向后退了一步，消失在废墟的黑暗中。地上的人身体仍在抽搐，我没有理会他。这是我的机会，现在什么事情都没法拦着我逃走。我冲到围墙较低的地方，爬上碎石堆。沙漠的黑影在我面前展开，幻影般的身躯一直绵延到天空的边际。风声在隆起的高地和洼地之间穿过，像我们的呼吸一样粗重。沙漠上面的天空中点缀着无数繁星，月亮爬过修道院的钟楼升了上来。我该冒险试试一直糟糕的运气，跳下围墙，把性命交给沙漠迷宫，还是原地不动等他们决定我的生死？我骑在围墙的顶端，正要一跃而下。就在这时，传来阿达姆的呻吟，他正用尽身体里最后一丝气力。我看看他，嘴里流出了更多的涎水和呕吐物，污染了整张脸。我走回去，把他脸上的污物擦去，把蘸湿的绷带搭在他的脸上、腿上，兴许能减轻咬伤处的肿胀。

黎明最初的一片光亮照来，吉普车卷着尘土归来。阿达姆的身体还在抵抗，体温在升高，两只瞳孔越发狭窄，但他还活着。也许蝎子少量的毒素暂时无法摧毁这样一具庞大的身躯。开车回来的壮汉把买来的药交给我，全套急救药物。看来那个药剂师人不坏，对他有求必应。我缓缓向阿达姆体内注射钙液，之后又注射退烧剂。我记起当初我们下乡诊治农民的日子。那些人的命都是极其贫贱，没人会在意他们；即使诊治中犯下致命的错误，也没人会处罚我们。而这一刻，情况完全不同了。这是我在这场赌博中，除了逃跑之外的另一把赌注。我只有救了他，才能拯救我自己，至少他们在动手杀我之前，会考虑一番。钙液的效果来得很快，他的肌肉开始放松，不再抽搐，流涎和呕吐的情况也停止了，呼吸开始变得有规律。天越来越亮，危机慢慢解除，似乎每个人都沉浸在虚假的安宁中。哈桑和另外一个壮汉一起把阿达姆抬到里面，这会儿我才知道，他的名字叫扎纳提。两人把他身体放在垫子上，在他脑袋底下垫了一个枕头。

我们只能等待，看接下来几个小时会发生什么。我看看哈桑，他正靠着墙坐着，不知道他是醒着还是睡着。我躺到角落里，很快就睡着了。我陷入了噩梦之中，唯一的安慰就是听着他们的鼾声。这个疯狂的夜晚，终于迎来了片刻的安静。当我醒来的时候，阳光已经从屋顶的孔洞里射进来。我发现跟我同处一屋的，只剩下阿达姆。他活了，正打着轻鼾。

我坐起来四处张望，感觉自己四肢都僵了。我看看阿达姆，觉得看护他是我的职责。可能我在他身旁，能稍稍阻止他的灵魂逃离他的身躯。我擦去他身边的污物，他看起来又像一个人了，而非一具僵直的躯体了。我闭上眼睛，当我再次睁开的时候，看见他两只圆眼珠儿迷惑地盯着我，呼吸已经很平静了。他看我还活着，坐在他身边，有些吃惊。他声音微弱地说："我好渴。"

我赶快起身，给他端来一杯水。我支起他的头，帮他喝水。他还是迷惑地看着我，用轻微的动作在胸前划了一个十字。他舌头在嘴唇间颤动，气喘吁吁地说："你怎么还活着？你本来早就该死掉了。"

刚刚到底是谁离死亡更近呢？我嘲讽地对他说："有主在呢，他随时决定我们的生死。"

他抬起头看看我，又看看腿上的鞋带和绷带，说道："是你救了我吗？是你帮我做的这一切？我身上的味道太恶心了，我都快被熏死了。你为什么对我这么好？我之前可是要杀掉你的。"

"我只是担心那些液体会引来更多的蝎子。"

他动动嘴唇，像是笑了笑。他想活动活动他被咬伤的腿，但不行。他看着我说："我的腿瘫痪了吗？"

"暂时是这样，等你的身体抗过毒素就好了。"

"再给我喝点水吧，我恐怕是要渴死了。"

我又帮他扶起头喝了水，他舔舔嘴唇，说道："你的天性是好的。但我不喜欢你们这些不懂报复的人。对于那些想要谋害你的人，必须以牙还牙，给他们下个圈套。"

"我不太懂怎么给人下圈套。"

他转转眼睛,看着墙上的画。他说:"这些人是和你一样的秉性,我们几个竟然和他们待在一起,真是奇怪。是我为他们选定这个破修道院的,我们当时像流浪狗一样在沙漠里游荡。我很小的时候,和我爸爸来过这个地方。我现在不是孩子了,修道院也只剩下废墟。这些壁画,本来是掩藏在油漆后面的。是我敲打墙壁,这些画才水落石出。"

我抬起头,再次看墙上的雕刻。阿达姆说的是对的。确实壁画并没有残缺,也没有脱落,只是大部分隐藏在一层薄薄的石灰之下。我纳闷,那些人为什么费了那么大工夫画画,又要把它们掩埋起来呢?露出来的地方被刮擦了,看来重新发掘的手段很原始,把壁画都破坏了。他缓了缓呼吸,说道:

"仔细看看这些画,这些圆润的、微笑的脸庞。这些人想忘记他们经历的一切折磨和痛苦,面露微笑,没有任何缘由的微笑。他们想证明,他们做一切事情都毫不费力,但其实他们都深陷困境。而你,为什么也会卷入到我们之中呢?"

"我不知道我最终找到的,和我想要见的完全不是一个人。我想见的,是一个陷入爱情的恋人,是一个工程学院的助教。我们镇上一个姑娘,同他陷入爱河。"

他停了停,好缓缓劲儿。他浑身无力,但还是想和我说话。他说:"这个人就是你要找的人。但他的心早已枯竭绝望,绝望是传染病。他出狱之后我见到他时,他像是个纯洁的小鸟,不知道向什么地方发泄他心中熊熊燃烧的愤怒能量。我只是帮他发现他想要的东西,把他心中的愤怒能量变成复仇,为自己也是为了别人复仇。我不知道,我其实是帮他找到了潜藏在他心中的野兽。你现在处在哈桑同样的位置,要么让他发掘你心中的兽性,要么你带他回你的城市。也许那个爱恋他的姑娘能改变他。"

我吃惊地看着他,似乎他根本没听,也不会相信我刚才的讲述。他仍然坚持要杀我,也许蝎毒都没有恶毒到如此境地。我想到这儿,说道:

"如果哈桑到时还没把我杀掉的话。"

"杀你的事情已经翻篇了。要杀的话昨天就该动手了。给我水喝。"

我站起身。门开了,扎纳提拿着一支巨大的步枪进来。我第一次看到这样的枪,子弹比普通步枪大好多,一枪就足够把我穿成两段。他正奇怪我俩竟然在一起热烈地聊天。他摇摇头说:"我就知道你会没事的,一只小小的蝎子要不了你这么大的人的命。"

他没有等回话,举起步枪对着我。我知道他们的主意根本没有改,他们还是要杀我。他看着阿达姆,阿达姆什么都没有说,难道他们现在要动手?我站起身,靠着墙,看着枪管,我的血将会溅满他同伴的脸。也许这样他会很爽。扎纳提晃晃枪管,示意让我走在他前面,而我的两条腿几乎迈不动步。

沙漠里的风在呼啸,带着湿气和恐惧。我走在长廊里,他拿枪顶着我的脊柱,出奇谨慎地推着我,同我俩巨大的体型差异不匹配的谨慎。我们走出大厅,走进院子。太阳已经将要从东方升起了。我看见哈桑站在院子里背对着我们,像是在欣赏日出。我想他会转过身,向我说明白他们为什么要这么对待我。扎纳提凶狠地将我向墓穴的方向推了一把,我昨天刚刚从那儿逃出来。他凶神恶煞地叫嚷："下去。"

我看到挂在那儿的软梯，洞穴伸手不见五指，看不到底。我失去了对一切事物的最后一点信心，哭喊着："不要……求你们了，杀了我对你们没什么益处。我对你们的事儿一无所知，我不可能告诉别人我压根就不知道的事情。"

他又狠命推了我一把，我摔倒在地上，他又朝我的肚子踢了一脚。我只能央求那个背对着我的人："哈桑，我求你了，我来到这儿只是为了拯救那个可怜的姑娘……也是为了拯救你，不为别的。"

他没有作声，也没有转身朝我。扎纳提吼道："你给我下去，装胆小只能浪费时间。"

软梯还是在原来我爬上来的地方，他又推了我一把，我差点儿掉到洞底。我满脸泪水地抓着绳索，把脚放到软梯台阶上。扎纳提用枪托打我的手指，逼着我又下了一级台阶。我竭力控制住自己的哭声，但是死亡离我越来越近。扎纳提站在那儿，遮住了阳光，将步枪朝向我。我闻到了坟墓里的腐臭味儿。我坐在一堆稻草上，面前是一群蚂蚁，正忙碌着搬运被碾碎的蝎子尸体。不知道什么时候，会再来一只蝎子？梯子还在原地，他们没有把它拉上去。我已经看不见扎纳提的影子，但我知道他们就在上面，监视着我。

最后，不知道过了多久，我听见一个命令的声音从上面传来："上来。"

我不敢相信我的耳朵。我赶紧爬起身，抓着绳子不断地往上爬。我看见哈桑面无表情的脸，像先前一样冷漠、中立。他静静地看着我往上爬，我再次看见了修道院的废墟，扎纳提依然拿着步枪站在那儿。我从洞穴中爬上来，趴在地上，手中紧紧抓着沙土。我不敢抬头，怕他们看见我的泪水，知道我是如此弱小和胆怯。我听见哈桑说：

"你还有最后的机会。我们不想被你告发，所以你得加入我们的行动。"

他只是想让我封口，还是想让我取代里面躺着的那个人？

"我不知道你到底想要什么，也不知道我怎么能帮你。我不过是个失败的医科学生。"

"你只能按我说的办，不要反对，也不要试图逃跑。我能在任何地方、任何时候把你弄死。"

我迷惑地看着他，不知道他的要求将会把我带向何方。我又看看黑洞洞的枪口，说：

"我真的不想卷进去。"

"当你开始找我的时候，就把自己卷进去了。这是你最后的选择，从现在开始，你什么都不许问。"

我把头转了一圈，看看墓穴、步枪和悬挂在那儿的软梯。除了投降、接受魔鬼的交易之外，没有逃离死亡的途径。我犹豫地说：

"那之后呢？你们就会放了我吗？"

"在那之后，你不会有胆同别人谈及你和我们干的事儿的。"

我点点头，只能同意。我不敢看他的眼睛，也许我这会儿不敢看任何人的眼睛。即便默许，也让我觉得是一种罪孽。不管是帮他们做什么坏事，我都算是他们的帮凶了，到时候会怎样呢？扎纳提放下枪，稍稍放松了警惕。我趴在沙上，爬到离墓穴尽量远的地方。我没法和他俩再待在一起，我疲惫地站起来，缓缓走到大厅里面。阿达姆还躺在那儿平静地呼吸，我躺到他旁边，他们想让我代替他做什么肮脏勾当呢？

我估计他俩之中会有一个人过来，跟我讲他们想让我做的事情。但时间缓慢地过去，他们都假装不理我。由于羞耻心，我也没法去询问详情。当大厅穹顶孔洞里照进来的光线消失的时候，他俩再次走进来，哈桑冷冰冰地看看躺在地上的人，看不出一丁点儿的同情。他指指我说：

"该出发了。"

我感到内心深处在颤抖。他转身往外走，我只能顺从地跟上。躺在地上的阿达姆用无力的声音问他："你们要把我丢在这儿吗？"

扎纳提安抚他说："我们会回来的。你自己小心蝎子吧。"

过了一会儿，我跟着他们来到了院子里。哈桑指指我，我连忙爬上吉普车的后座。车上又闷又热，一股沙土的味道。哈桑坐在前排，扎纳提打开了修道院大门。大门发出求救般的吱嘎声。扎纳提回来坐上驾驶座位。我想起还躺在那儿的阿达姆，他们真的还会回来吗？我还能回到我们的城市，回到那个还在等待我的僵立姑娘身边么？我还能再见到萨米娅吗？

车轰鸣着启动了，沙土在我们四周扬起，像幕布一样遮住了我的视线，仿佛我要转移到另一个时空。沙漠像迷宫一般延伸，到处是灰色的沙土、乱石和荆棘，只有狂风才能撼动它的庄严和静默。我缩在座椅上，眼角瞥见哈桑打开一个小黑包放在膝头，取出一把大手枪，看着就像我在电影上见到的一样。他把枪翻转几下，像是再次核查一番，又像是在心中确认即将倒在枪口下的目标。他取出一个黑色金属管,把它安装在枪口上。我惊叫一声,哈桑瞪了我一眼,刹那间我仿佛冻住了。我身体往后缩,一切都明白了,我们将要搞一次暗杀行动。我不知道是谁、在哪儿,但我将会参与其中。每扇车门都紧锁着,此时跳车无异于自杀。我心里更加羞愧,连跳车的勇气都没有。

远处出现一头骆驼的影子,安详地吃着干草,抬起圆弧形的脖子,瞅着我们的汽车呼啸而过,卷起一阵黄沙。它看见我们都是些陌生人,便用两只大眼睛责备地望着我们。哎,骆驼怎么能知道我此时的困境!

哈桑到底要杀谁呢?我怎么能指望这么一个变成杀人工具的人让瓦尔黛复活呢?我注视着那些风化的岩石,像一张张受惊吓的面孔,一只只高高扬起的手臂。高大的光秃秃的树木,看着像巨大的骨架。汽车离开了沙地,上了一条砂石路。我们经过干涸的谷地,河滩上尽是碎石和沉淀的盐碱。我不知道我们在地图上的确切位置。他俩不说一句话,我也不敢提什么问题。他俩成功地在我内心深处散播了恐惧。

我们继续按计划前进,面前出现一条弯弯曲曲的线路,像是铅笔画成的,将沙海分成两半。黄色的沙粒向两边散开了,沥青路恍惚间出现了。最后一丝光亮正在消散,沙漠披上了一层暗红。汽车和黑暗赛跑,但黑暗一刻比一刻深沉,里程碑也消失在路的尽头。我们在黑暗中跋涉,只有不断前行的汽车灯光能劈开它。我惦记着废弃修道院中剩下的那个人,他能动弹了吗?要是还有蝎子来攻击他,他能躲开吗?我想起车站中僵立的瓦尔黛,她能躲开野狗的进攻,能抵御肉体分解的痛苦吗？

沉默笼罩着我们。汽车在无尽的旷野中前行。哈桑一眼都没有看我，也没有打开电台，周围只有风的呼啸和车的声音。我们仿佛已经脱离大地，我们没有目标没有方向地前进，没准等我再次睁开眼睛时，我就会看见我到了我的城市，我所经历的一切都只是场残酷的噩梦。

车轮再次碾压到了沥青路上，我们来到了大路上，路灯明亮，车流如织。"开罗"两个大字写在路边的路牌上，下面是剩余公里数。不管如何，我们离大城市越来越近了。车速极快，我们像是在和时间赛跑。我们身边的车辆飞快散往各个方向。

借着连续不断的灯光，我看清了哈桑的脸，表情没有改变，依旧是那黑暗的绝望。我不知道一直走了多久，车速一直没有降下来。灯光塞满了城市地平线的边缘，看着就像尘土背后的暗淡星光。城市越来越近，逐渐变大、膨胀，就像一头骇人的怪兽。直到我们经过了收费站大门之后，车速才慢下来，我们算是进入了有人烟的区域。

我们把车停在路边，打开车的四面窗户，呼吸着夜间灼热的、还混着沙土味道的空气。哈桑取出一个小手机，只按了一个键，打开车门，溜了出去。我看着他，看他边打电话边做手势，但什么也听不到。

扎纳提转过来盯着我，既是监视也算是恐吓。哈桑回到车里，朝扎纳提点点头。扎纳提递给他一条黑色绷带，一副黑色手套。两人什么都没有给我，这一刻，我觉得两人把我都忘了。我小心谨慎地去转动门把手，发现车门都锁得死死的。车再次发动，旁边的车一辆辆被我们甩在后面。

三大金字塔被微弱的光照亮，一齐出现了，看上去柔和而威严。我还没来得及细看，车子掉了个头，金字塔转到了我们身后。汽车在一条坑坑洼洼的窄路上前行，边上是一条黑暗的沟渠。我突然想起来，之前曾经走过这条路。当时是白天，沟渠里停滞的死水，上面浮着一层厚厚的绿藻，散发着阵阵恶臭。我们在一排樟树后面前行，边上的围墙里面是各种果树和椰枣树。猛然间，我们已经到了一片别墅区，全是豪宅和鲜艳的私人花园，还有警觉的安保人员。不见的，只是一群群的乌鸦，但它们肯定躲在某个地方窥视我们。我突然认出了汽车现在的位置和前进的方向，仿佛从冬眠中醒来：

"这是曼苏里亚！"

哈桑终于转头看我，不无嘲讽地说："是的……我们要去会会你的朋友：吉卡拉·巴拉伊。"

第八章　吉卡拉·巴拉伊
　　　　　——女商人

　　哈桑……哈桑……为什么此时此刻，这个名字如此纠缠我？而这个晚上，这个时间，他是不会来的。难道就是因为那个乡村男孩和那个看着像从业人员的女孩来访过吗？还是说我身体隐秘的那一面渴望着他的光临，渴望着这条大蛇的到来，渴望它的噬咬？

　　菲佣过来问我："夫人，晚餐吃点儿什么？"

　　她苍白的脸上意味深长地一笑，我知道是什么意思。我说："吃什么都行。你最好早点睡，记住塞上耳塞。"

　　她依然微笑着，走开了。今晚，我只想静静坐在自己的房间，脱个精光，魅力四射，等待着扑向我的猎物。我记得妈妈总是用她的亚历山大腔调感叹："人啊，都是自己作践自己的，不是命运。"

　　那两个年轻人来访的时候，我并没告诉他们实话。实际上，我认识那个人，也就是哈桑·拉希迪，但也可以说对他一无所知。他既严苛，又温情；既熟稔，又狡诈。男人都一样，他也不例外。他们在入侵女人的内衣之前,总是把最好的一面展现出来。没关系,我只想更多了解那个僵立的乡村姑娘,也许正因为她,我无法完全占有哈桑的身体。

对哈桑的欲望还没到让我燃烧的程度。真正让我受不了的是阿克拉姆·巴德里。在把哈桑带来我家之前,是他把我的生活搅得天翻地覆,让我变成了现在镜子里的这个女人,每天会换一张面孔,没有人能看到她的原本面貌。不管过多久,我都不会忘记那天我见到他的时候。那一刻我真是神魂颠倒,跟他在一起时我只想无穷无尽地索取。我不知道欲望为何会和野性混合在一起,我只知道他颠覆了我的生活,唤醒了我的欲望,改变了我的命运,让我无所适从。

"脸比花美,命比纸薄,这就是悲惨。"过去每当我照镜子的时候,母亲就会在我耳边唠叨这句话。父亲啊,安拉抚恤你。你去世的真是太早了,你为什么不晚点走,好看看我在这世界是怎么过的呢?

闪电般的一道光亮闪现在亚历山大的海面上。这就是当我抬起头,阿克拉姆正凝视着我的眼神。第一眼我就知道他有多么俊俏,那种得天独厚的幸运男人,身材匀称,衣着华丽。他扶了扶太阳镜,掩饰他眼中的光芒,以及光芒背后潜藏的欲望。他从容而贪婪地审视着我。他人到中年,微微发福,圆脸庞,没留胡须,薄薄的嘴唇,显得有点儿孩子气。他显得自信而含蓄,仿佛站到哪里,哪里就是他的地盘。我隐约觉得他是个大人物,心生敬畏,赶忙堆笑,说:

"有什么能帮您的吗?"

他走近一些,带着汗味儿和某种贵重的香水味儿。

"我想让你陪我在店里逛逛，帮我挑几件礼品。"

他的声音清脆悦耳，让我只能服从命令。他坚持要我走在前面，我能感觉到他两眼直刺我的臀部。顾客总是有理的，他想怎么走就怎么走，他想看哪儿就看哪儿。我陪他逛完了所有的柜台，几乎所有昂贵的货品他都买了。有最贵款式的科莫领带、帕夏牌大钟表、高档皮带、镶钻胸针、巴黎产的香水，还有丝绸和羊绒围巾……最让我惊奇的是，他还仔细选了几件"维多利亚的秘密"牌内衣。看来，他比我更熟悉这个地方，那些售货小姐也更熟悉他，对他直白赤裸地撒娇，看来他是这儿的常客。那么他为什么还要我陪他呢？他为什么要一次买这么多昂贵的东西？我是谁啊，他没必要在我面前显摆啊？我稍稍退后一点，他取出一张万事达卡付账，我不敢长时间盯着看，怕他察觉我的慌乱。商场一个工作人员出来，帮他拎袋子，售货小姐们站在一边，艳羡地看着他的一举一动。我以为他会像刚才进来时那样趾高气扬地离开，但没想到他再次转向我，点点头，微笑着取出一张叠着的纸放在我面前，什么也没说，点点头向出口走去。我赶紧打开那张纸，是一张100埃磅的纸币，背面法老画像旁边写着一行字："今晚共进晚餐。"还有他的电话号码。我惊呼了一声，我知道其他售货员也都在看着我。我没有时间多想，赶紧追上去，那时他已经快到出口了。我高声喊道："先生……"他转身问我怎么了，我把纸钞递给他说：

"您把这个落下了。"

他没有伸手来接，而是取下太阳镜，看了我一会儿，然后笑了，不知是考验我，还是取笑我？他双手接过纸钞，递给旁边替他拎袋子的人，然后就走了。

没过一会儿，三个好事的售货员便扑了上来，打听那个出手阔绰的男人图我什么。他还能图什么呢？这不明摆着吗？我没跟她们说请我吃晚饭的事，她们把我拉到窗边，看他的豪车，一台锃亮的黑色奔驰，深色玻璃后面，什么也看不见。据她们说，他是最有名、最有势力的大商人，经营种类繁多，业务遍及埃及、迪拜和其他国家。他来亚历山大一般是为了查看清关手续进度的。一个女同事暗示说，他可是条大鲸鱼，很难钓。我从未想过钓谁，我太渺小，也没什么能耐，哪敢想这些。另一个女同事咬着牙低声说："你肯定被他看上了。"另一个女生不忘提醒我："你别和他玩，他可是女人专家，你可别试着钓他反而被他钓了。"她们说完笑着扬长而去，我继续去应付一些老顾客，但我还能闻到他的香水味，还能感觉到他灼人的目光。我身子发抖。我知道自己为什么把钱还给他。我害怕他，怕我自己，怕别人。那是无尽的害怕，直到夜晚到来，我仍能感到灼热，浑身不自在。

我步行回盖特·伊纳布[①]的家。在路上，我的两脚陷进污泥里，低矮逼仄的房子似乎也要陷进烂泥里。我妈妈和继父马赫鲁斯在家里等我。不仅是矮小的房屋压抑人，我的继父更是我压抑的来源。不管我走到哪儿，不管我干什么，他总是用贪婪的眼神盯着我的身体。通过卧室门上的洞，浴室门上的窄缝，他无时无刻不在偷窥我。在那种时候，他会两眼放光，嘴巴大张，哈喇子往下流。真是无尽的厌恶和恶心。我从商场下

---

① 盖特·伊纳布：阿拉伯语中是"葡萄园"的意思，亚历山大平民区之一。

班之后，没有勇气回家，而是去市中心的马哈塔·拉姆勒①广场闲逛，直到筋疲力尽才回家。家里不是我的房间，简直是我的棺材，每晚我的尸身都会放到里面，到早上我再还魂。我理应有个自己的地方，但是如何实现呢？结婚嫁人，从而获取独立的愿望显得如此遥远，我认识的那些男生也都生活在他们封闭的小世界里，他们能给我的，只能是些虚假的诺言。我不想做个小三，盗走趴在别的女人身上的男人。我感觉自己待在一个死胡同里瞎扑腾，走不出来。

三周过去了，当我觉得阿克拉姆不会回来的时候，他出现了。他走进商场，没有注意到我，也没往我这儿看，也没挑别的姑娘陪他。他就像是这商场的主人，轻车熟路，根本不需要人引领。我一直盯着他，看他在各个区域逛悠，我看见她们装作热情地在他面前啧啧赞叹。我不想让别人看出我在意他，我也不想自己自轻自贱地往上扑。他忙着看各类货品，贪婪地从里面挑最贵的。他是故意忽略我，还是从开始就没看见我？我站在那儿，下意识地，等着他。他终于看见我了，缓缓地走过来，一下子就填满了我周围的空白。他看上去有些累，像是从上午就开始忙各种交易。他只是扫了两眼我身前的货品，没有看我，什么也没有买，最后用低沉而果断的声音说：

"今晚我请你共进晚餐，你得来，我八点在阿扎密②的米拉餐厅等你。"

他还没等我回答，转身就走了，身后有个商场的人帮他拎

---

① 马哈塔·拉姆勒：亚历山大市中心繁华广场，阿拉伯语中"沙子落下的地方"的意思。
② 阿扎密：位于亚历山大市中心西边约20公里，是埃及著名中档旅游区。

东西。我呆呆地站在那儿,这样的事情第二次发生了,我依然不知所措。我渴望能有男人关注我,当然不是透过门缝偷窥我,或是流着哈喇子意淫我的那种男人。我看着镜子里的自己,头发向后梳着,脸上没有化妆,脖子上也没有佩戴首饰,工作服底下藏着的衣服也是廉价货。就这副模样,怎么去赴约呢?福吉娅走了过来,她是我同事中的闺蜜。她住在卡尔穆兹③,我们回家路上有一大段是一起走的。她悄悄地问:

"你要去赴约吗?"

我惊恐地看了她一眼。他当时说话有那么大声吗?我看看四周,所有人都在盯着我,想知道我会怎么做。我问她:"你是怎么知道的?"

她说:"他是特意过来和你搭话的,肯定是直接邀请你,不浪费时间,这很正常啊。他是个老道的商人,又不是情窦初开的少年郎。"

我看着她的脸,她像是要跟我介绍游戏规则似的。我说:

"你说得对,他不是个简单的恋人。我都没有合适的行头去赴这样一场约,没有衣服,也没有好的鞋子。"

她盯着我,想知道我是真傻还是装傻。她说:"这些都好解决啊。商场里到处都是这些东西,当然我的意思是……"

肯定的是,我不想廉价地出卖我的身体。所以我准备好了加入游戏,也清楚其中的风险。我曾听男人说,只有通过身体才能到达灵魂。我必须保卫自己的身体,直到最后一刻。我知道,我没有足够的智慧抵挡他的花招和勾引,但是,在亚历山大的胡同里,在贫穷的泥坑里摸爬滚打这么久,本姑娘早就不

---

① 卡尔穆兹:亚历山大市中心最古老的平民区之一。

是省油的灯了。

那家餐厅在阿扎密海滩上一家度假村里,我从没想到有一天我会来到这里。我穿了一件我之前从未想过能穿上的衣服,我和福吉娅绞尽脑汁,神不知鬼不觉地从商场里弄出来的。我在她家里梳妆打扮了一下,直接去了阿扎密。穿着这件偷来的衣服,我身体在发抖。尽管餐厅里一片昏暗,我仍感觉自己在这件偷来的衣服下面,一丝不挂。餐厅里男男女女,我大气不敢喘,生怕随时被赶出去。

阿克拉姆看到了我,高声迎接我,生怕别人听不见,结果侍者们都围了上来向我鞠躬。不知什么地方响起歌曲《日出多美好》。餐厅经理把我们带到靠窗的位置上,我们面前是阴沉而广袤的大海,翻滚的泡沫,就像压抑已久的欲望。我兴奋激动地发抖。大部分时间是他在说话,他没有向我提出什么具体的要求,甚至都没有试图牵我的手。和他坐在一起时我觉得无比安全,他坚持要送我回家,我便安心地坐到他汽车的副驾驶座上。

雨后的亚历山大城,就像是个魅力十足的女人,灯光照射下的湿润的地面,像是一块发光的席子。我不想让他送我去盖特·伊纳布的家,那太难为情了。我让他送我到卡尔穆兹,福吉娅的家。我在他车里磨蹭了一会儿,他立刻明白了我的意思。他开始在车里吻我,我稍稍做了些抵抗,但在他营造的浪漫氛围中,很快就沦为了俘虏。直到他俘获了我的双唇,试图将舌头送进我的嘴里,我才苏醒过来。我能尝到他一整晚都大口喝的葡萄酒的味道。我的身体着了火,但还是艰难地把他推开了。我躲进福吉娅家房子的入口,直到他离开后,才乘了一辆出租车回到盖特·伊纳布。这次我没有感觉到两脚陷入烂泥，也没有闻到我家周围弥漫的尿溺气味，也没有感觉到总是想抓我大腿的继父的手。我仔细关好房间的门，赤裸着身体睡在床上，还没回过神儿来。

我总会站在窗子旁边，看着黑暗慢慢蠕动在我家周围的街道。我知道只有在一切寂静，街上再也没有行人的时候，他才会来。他总是任我殷切地盼着，直到最后一刻才出现。我再一次淹没在自己的回忆中。

阿克拉姆没有给我任何承诺，而我除了双唇，什么都没有给他，虽然那个时候，我的整个身体都在燃烧。我不知道我能抵抗到什么时候，不知道什么时候他将会征服我。他好多天都没有理我，他一定是忙着他在开罗的业务，还有他从未谈及的妻子。我在杂志上看到过他俩的彩色照片，一场婚礼上，她站在他旁边，看着比我年纪要大，但没有我漂亮，却完全拥有他。他俩并肩站在众人面前，他大嘴笑着，而她看着另有心事，仿佛在检视在场的女人，是不是有人和她老公有一腿儿。我并不感到忌妒，这个女人和我分属不同的世界，只不过这个男人用一条脆弱的纽带暂时把我们两个联系在一起而已。我看着那张照片问我自己："会不会有一天，我也能在这个女人旁边找个自己的位置，或者更进一步，站在她丈夫的另一边？"

我等了好多天，他才再次回到亚历山大。这天，大海在餐厅窗户外咆哮，每次海浪撞击窗户，我都会一阵心慌。这些天我一直在等他，每次为了见他我都要偷一件衣服，实在让我筋疲力尽，但从未听他说过一句让人舒爽的夸赞。他总是握着我的手，盯着我的眼睛说："听着……我和你认真地说……我饿了……"

我强作笑颜说:"你应该在开罗就吃饱的,这家餐厅上菜总是慢。"

他毫不掩饰地说:"我饿了是因为你……我想吃的是你……"

我的脸立马红了,呼吸都不匀了。我说:"你可以对我做任何你想做的事情……在你之前,还没有人碰过我。我把我的身体留给我想要的男人。你娶我吧。"

"我当然想娶你,可是不行啊……做不到。你不知道我老婆和她家人势力有多大,我没法和他们对着干。他们会把我从地球上抹掉的。"

他的账户上有多少个零啊,继父逮个小孔就偷窥我,我还要退缩到什么时候啊?说不定有一天后背撞到墙,就再也无路可退了。

我低声说:"我不想逼你太紧,也不想让自己陷入泥潭……我们可以秘密结婚。"

他坚决地说:"即使那样也不行。我不能让自己陷进任何类似的坑里。"

事情看来纯粹是临时的约炮了。我愤懑地说:"你当我是什么啊?餐厅吃顿晚餐,你就想拿走我的身体吗?我的未来,我的生活,我的名声,你都不在乎吗?"

他看看四周,怕有人在偷听我们谈话。他说:"你可以永远离开亚历山大,你对这个糟糕的城市原本就没什么好留恋的。在开罗,没有人认识你,你会有自己的公寓,有你自己的生活。"

"去当你的性奴,是吗?"

我把手从他手底下抽走,我应该立刻站起来离开,我感到自己浑身都是汗。

他说:"我会给你好价钱的。我会给你在银行开个账户。谁知道呢,没准你还会开个自己的服装店,成为女商人,而不是一直在这里做售货员。在开罗城,可是有无数机会的。"

他就这样用冰冷而单调的语气,向我报价。所有的话都是提前准备好的,大大出乎我的预料。他的魅力就这样消失了,我的幻想就这样破灭了。我拿起包站起身,他惊讶地看着我。我说:"你自己一个人吃吧。"

我飞快地走了。我的鞋跟发出的尖叫声回荡着,连音乐声也压不住它。人们纷纷扭头看我。我走出餐厅门口,外面很冷,冻得我直哆嗦,终于有台出租车,拯救了我。

我不知道该怎么做,也不知道那无眠的一晚是怎么过去的。我的房间空空如也,只挂着一张黑白照片,那是我的父亲,利斯·巴拉伊的照片。一场海上飓风,把他永远从我的世界夺走了。他现在正用质问的眼神看着我,问我:"女儿啊,你对你自己做了什么啊?"我看着他胡子拉碴、饱经沧桑的面庞,说道:"爸爸,我被人羞辱了。我的贪婪,我渴望不惜任何代价摆脱贫穷,让阿克拉姆·巴德里钻了空子……"

第二天早上,我回到商场上班。我悄悄地把偷来的衣服放回原处。中午的时候我的电话响了,我听见阿克拉姆的声音。这部电话还是他送给我的,只接他一个人的电话。他怒气冲冲地嚷着:"你怎么敢就这么把我扔在餐厅里?里面那么多人认识我,你成心让我难堪吗?从来没有女人敢这么对我,你以为你是谁啊?"

他这么大动肝火,先发制人,让我着实吃惊。我一句话也没说,就把电话挂了。我听着电话那头的忙音,心里知道他爆发的真正原因是我拒绝了他的报价,他还没适应有人敢拒绝他的报价。我有些茫然,以为他会再打来,但没有,我也没敢拨回去。

三天之后,主管把我叫到他的办公室,他眼睛眯着,一脸厌恶地看着我,猛然问我说:"你到底从商场拿了多少件衣服?弄坏了多少件?你忘了自己是谁了吧?你以为你骗得了我?"

一定是有人告发了我,而告密这种行为我是一直学不来。我从他面前走开,找不到一句自我辩护的话。所有人都对我避之唯恐不及,连福吉娅也是。一位员工给我拿来一封信函,我不用打开就知道是什么内容。我呆呆地站在那儿,另一个女员工接替了我的位置。我艰难地走着,离开了商场。福吉娅连看都没看我一眼,难道是她告的密?

亚历山大已经容不下我了,充满敌意。所有的公司、商铺、部门,人们都盯着我不放。他们听着我说话,却装作不懂我在说什么;他们知道我是在找一份工作,但每个人都钉在原地无动于衷。每天开始,我都犹豫到底选择何种交通工具,公交车拥挤不堪,还有人趁机在我身后蹭来蹭去;班车摇摇欲坠,司机总是色眯眯地看我;电车慢腾腾,线缆里经常没电。我在电车破败的上层,注视着树上的鸟窝,里面趴着还没长出羽毛的小雏鸟儿,弱小又无助,就像我一样。等我终于回到家里时,两只脚都磨起水泡了,发出恶臭。我像僵硬的尸体一样瘫到床上，看见我爸爸利斯·巴拉伊的照片挂在那儿，寂静而无力地俯瞰我。老爸啊，风浪来得如此迅猛而狂暴，我就要被吞没了。

半夜里，我惊恐地醒来，感到胸口压着沉重的东西。是继父正爬到了我身上，口水流到我脸上，两手已经伸进了我的内衣。我惊恐地看着他，这个禽兽要在我身上做什么？没看见我精疲力竭就像只晕头的雏鸟儿吗？没闻到我的脚臭吗？门明明上锁了，他是怎么进来的？是因为我太疲惫了，所以放松警惕了吗？他黏糊糊的手指摸向我的敏感部位，我顿时石化了，曲起膝盖全力顶向他的裆部。他痛号一声，仰面倒在地上。我抓起被子裹住身体，转身背对着他。他像被揍的狗一样号叫，用各种污言秽语诅咒我和妈妈。当他离开我房间的时候，我发现自己竟然笑了，先是小声，接着越来越大声，笑得肚子都疼，笑得我捂着肚子在床上翻滚。

卡巴里①的海即将死亡了。它表面漂浮着一层厚厚的油污，海浪近乎窒息。利斯·巴拉伊的小艇也死了，变成一堆四分五裂的木片，浸透了盐渍；船桨断裂了，桅杆被抽出来之后像尸体一样扔在那儿。船的名字原本写在船舷上，现在只剩下一个字母"宰伊"，那是我名字的第一个字母。利斯老爸曾跟我说，在我出生的那天，他把我的名字写在了船头。"那些日子都是靠天吃饭，每出一趟海，总有一堆银鱼往渔网里跳。没有死亡的征兆。"

突然，我看见一只老鼠从小艇的残骸里跳出来，我牢牢地抓着船沿。一只海鸥在阴沉的天空翱翔，我默诵着《古兰经》

---

① 卡巴里：亚历山大临海的街区之一，出产一种同名的葡萄。

开端章，泪如泉涌。小艇依然在海面静默地浮着，大海平躺在我面前，像看着一个落水者一般冷冷地看着我。海面没有一丝风，我难以呼吸。我颤抖着从包里取出手机，一次、两次，第三次才拨对号码。铃声响了好长时间，我以为他不会接了。当他的声音传来，我直截了当地说："我同意了，我去开罗。"他也同样简短地说："我就知道你会来的。"

我躲在窗帘后面偷偷地盯着房子的门口。我一件一件地把衣服脱掉，就像一个专业的脱衣舞娘。周边的死寂让我害怕，我隐约听见附近沙漠里传来狗吠。我知道在这样的寂静的掩护下，他肯定会来的。

我走下长途大巴车的时候，没看到一个人等我。我手里只有他打电话告诉我的地址，阿克拉姆说乘出租车能到那里。我坐上出租车，没有后备厢，只能把我的箱子放在身边。我打开车窗，但呼吸不到新鲜空气，就像在亚历山大一样。这里看不见熟悉的面孔，房子外墙都泛着深黄色。大街上到处是尘土，时宽时窄，出租车就在这样的路上前行。司机不停地跟我搭话，不时调调后视镜，偷看我的大腿。这座城市简直就是大街小巷组成的丛林，稍不留神就会迷路。最后我停在一栋高楼前面，我给了司机一些钱，但他恶狠狠地瞪着我，我只好加倍。我怒气冲冲地朝他哼了一声，转身走了。

我能找到一个安宁的地方吗？也许阿克拉姆在等我，拿一枝哪怕很小的花。希望他不会提一些条件，强迫我接受。在这样一个陌生的城市，我无比需要一丝友好的慰藉。电梯把我带到四楼，跟纸上写的一样。这大楼好干净，电梯里都是香气，跟盖特·伊纳布有天壤之别。没有发霉的泥土味儿，没有尿骚味，公寓前是深色绿植。我不知道谁会迎接我，他只跟我说会有可靠的人来。

我在门边踟蹰了片刻，心想：难道他不能亲自来接我吗？我紧张地按了一下门铃，简直控制不住自己。我等了一会儿没有人应，只得又按了一下门铃。这次门开了，出来了一个女人，看样子肯定不是用人。她穿着一件挺暴露的睡衣，露着胸脯和大腿。她头发是棕色的，乱蓬蓬的，脸上还有粉底的残留，唇边围着一个红圈儿。她睡眼惺忪地打量了我一眼。难道我的地址错了？我尴尬地说："我是吉卡拉……吉卡拉·巴拉伊，是从……"

还没等我说完，她就打断我说："哦，就是你啊，是从亚历山大来的姑娘是吧。"

她就进屋了，也没请我进门，只是留着门半开着。看来地址没错，可是我完全被搞糊涂了。我跟着她进去，她一边打着呵欠，一边扭着屁股在前面走。面前有一面大镜子，我瞧见了我憔悴的样子，和我脏兮兮的包。那个女人径直穿过了大厅，窗帘遮住了一些光亮，我看不清里面的摆设。我就像被催眠后行走在梦里一样，跟着她走了好长一个走廊，像是走进了一个巨大的迷宫。里面的房间里有一张巨大的床，上面是一堆被褥。那个女人指指里面，说：

"这间是我的，里面那间是你的。你千万别搞错了，我不喜欢别人打搅我睡觉。"

我还没来得及说什么，她就趴到了床上。她的背和大腿都露在我面前。她迅速地进入了梦乡，一动不动，连被子也不盖，就这么裸着身子。这就是我和苏莱娅的第一次见面。

她到底是谁？为什么阿克拉姆让我住在她的公寓里？他会给我安排一间像这样的、独立的公寓，还是我上赶着来了之后，之前许诺的都已经蒸发了？我的房间空空如也，只有一张床，我坐在床上，疲惫、挫败、彷徨。我唯一知道的，便是我已经断绝了同我的城市的联系，断绝了同旧生活的联系。我现在正在进行一场赌博，我唯一的筹码便是我的身体，而且没有任何后路可退。

等天黑透了，我才起来。到现在我没弄清自己到底在哪里，只知道自己是在一个陌生城市陌生公寓一张陌生的床上。我摸着黑打开房间的门。那个女人没在自己的房间，我听见她的声音从客厅传来，说一句笑两句。我小心翼翼地往前走。我不想听她说话，也不想做那个昏暗房间里的囚徒。我想知道阿克拉姆到底想对我做什么？那个女人还是穿着那件睡衣，近乎裸体，头发披散着，看不清她的样子。她在椅子上不断扭动，说一小会儿就停下来笑一大会儿。我窘迫地站在那儿，她看了我一眼，指指椅子叫我坐到她对面，不管我是不是能听到她的谈话。她揪着腰间的头发玩弄了一会儿，又挪动双腿，脸上洋溢着享受的表情，整个身体都参与进来。最后，她以一声长笑结束了电话聊天。她的笑声放纵、迷人，我从没想过自己哪天也能笑成这样。她看着我，伸手扬起粘在脸上的头发，我这才看清她的模样。浅色口红，小巧的鼻子，两只大眼睛里满是疑问。她说："你叫什么名字来着？"

我告诉了她。她问我："你是要继续用这个名字，还是要换一个？"

我惊讶地问："为什么？"

她站起来说:"亲爱的,这里的人的名字都是假的,脸也都是假的。你饿了吗?"

她走向开放式厨房,和客厅之间只有一个小小的隔断。我确实饿了,但我更想了解她,以及为什么阿克拉姆会把我弄到这里。她在我面前摆了几个盘子,里面有几样吃的。她说:

"你多少吃点儿东西吧。晚上我们受邀去一个很大的派对。"

我没有伸手拿吃的,而是把所有的疑问都爆了出来。她一边听我说,一边摆弄微波炉的按钮,热一片面包吃。她动作慢条斯理,好像故意激我。她说:

"等你在派对上看见阿克拉姆,把这些问题抛给他吧……亲爱的,我不是义务教育老师。我是这房子的主人,你是我的客人,就这么简单。"

她说话听着很尖刻。我感到如此无力,强忍着眼眶里打转的眼泪说:

"他之前可不是这么跟我说的。他说会给我一间独立的公寓,我需要多少钱,他都会给我。"

她倒了一小杯红酒,推给我。我咬着嘴唇摇摇头,不管我怎么强忍,眼泪还是流下来了。她啜了一小口红酒,反驳我说:"哦……你别拿泪水做开头啊,永远不要相信男人的承诺,也不要把赌注压在一匹骏马上。这是你来的这个新世界的规律。"

我的眼泪完全失控:"我不想要这个世界,也不想要除了他之外的男人。我从亚历山大过来,只是为了他,我只想让一个男人拥有我,不管我们的关系是什么性质。"

她用一种惊讶又哀怜的语气说道:"仁慈的安拉啊……你还是处女吗?"

我不说话点点头。她说:"天啊,这个该死的阿克拉姆,为什么给我惹这样的事。听着,姑娘,你现在还在岸上,要是你现在想回亚历山大的话……我可以帮你。"

我茫然地看着她。她是真心为我好呢,还是只想把我推远?我低下头,不让她看见我的眼睛。我已经无路可回了。她盯着我看了半天,慢慢地说:"吃点儿东西吧,然后咱们准备今晚的派对。"

食物苦涩,红酒尖酸,我一下呛着了。她递给我纸巾,帮我擦眼泪。她看着我憋红的脸,一下笑出声了。她看着我的眼睛,一脸严肃地说:"不管是跟阿克拉姆还是别的什么人,记住,这不过是我们的职业。跟所有的职业一样,用脑子去做,不要用下半身去做。我并不是继承我妈做这一行的,而是自己选择的,因为它能带来我需要的和我喜欢的,那就是金钱和男人。没有任何其他职业能同时满足这两点。"

她的话刺人、直白。我看着镜子里我可怜的样子。来自另一个世界的女孩,毫无经验,要去面对一个全新的世界。我被她的话吓着了,自己正走上的这条路也让我恐惧。她看到了我惊惧的眼神,轻松地说:"你要自己保重,跟着你的本能走。说到底,这是女人的职业,不是男人的。"

试穿衣服的时候,我从没想过自己敢穿这样的天鹅绒长裙,酒红底色,就是刚才那种我一点不喜欢其味道的红酒,点缀着闪亮的珍珠和水钻。我害羞地拎着长裙,心里直打鼓。苏莱娅说:"你个土妞……这种派对就得穿成这样。"当我穿上长裙的时候，我更觉得害羞，像是几十只手在我身上磨蹭一样。长裙的领口开得太大，露出四方形的一大块肉，能看到我大半胸脯。另外它一侧的衩开得好高，只要我一动，就能露出大腿。苏莱娅挑了一件琥珀色的裙子，她修长的身段，棕偏红色的头发，鲜艳的口红，洋溢着十足的女人味儿。我胸不够大，没法撑起这件衣服，它不住地往下滑，我更觉得难堪。苏莱娅像个女皇一般走在我前面，连公寓门卫也站起来向她夸张地敬礼。我扭扭捏捏地走在她后面，害怕那个门卫看见我裸露的大腿。

司机来接我们。他一言不发，只是把目光紧紧锁定在我们身上。他为我们打开车门，一等我们落座，就发动汽车飞奔而去。我不知道要去什么地方，但注意到城市的灯光逐渐逝去，我们面前出现一条空旷又昏暗的路，我担忧地看看苏莱娅，自问：

"派对在哪儿啊？这已经出城了啊？"

她按了一下前方座椅靠背上的一个按钮，座椅盖子打开，露出一个有灯光的储物格，里面有一瓶红酒和几个高脚杯，看来她对汽车内饰也是了如指掌。我摇摇头，没有接她递给我的酒杯。我已经够头晕了。她悠然啜着红酒，说：

"你没注意你穿的是什么衣服？我们现在去拉提布·帕夏的乡村庄园，所谓的'农夫派对'，男人都不带老婆，女人都不穿内衣，什么事情都可能发生。"

她哈哈地大笑起来，跟往常一样，她只是点到为止。车里空调太冷了，我禁不住打了个寒战。汽车在高低不平的路面上行进，苏莱娅随着颠簸不住地咯咯发笑。周围有许多高大的雪松树,受惊的鸟儿在黑暗的天空中盘旋。我感觉随时都可能会呕吐出来。终于,我们看到了庄园的亮光。

庄园的四周围着石墙,上面缀着一圈彩灯,灯光里一群群小虫嗡嗡起舞。庄园前面停着一排排豪华轿车,司机们各自睡在各自的车里。一群凶悍的农夫抱着步枪,守在庄园门口。里面传来喧天的锣鼓声。我在跃跃欲试的警卫的目光中,战战兢兢地走进去,两手放在胸前遮住就要露出来的胸脯,又整了整裙子下摆好遮住我的腿。我犹犹豫豫地站在门口,看着他们凶巴巴的脸,很是害怕。苏莱娅摇摇晃晃地从车上走下来,搂着我肩膀说:

"别盯着他们看,不要挑逗他们。"

她说完又放声大笑,弄得我脸都红了。其中一个警卫把大门打开,两脚后跟敲着地面,敬了一个礼。苏莱娅拉着我走进去,我进入了一个新世界:宽大的花园,中间是白色的漂亮小楼,如同一颗明珠,在灯光的照耀下,格外光彩夺目。男男女女穿着奇装异服晃来荡去,有很多人穿着农夫的服装,但都是道具,就像我们穿的衣服一样。我惊奇地看着他们。苏莱娅拉住我说:

"在一切开始之前,得领你去见见大帕夏老爷。"

男男女女们又跳又笑,吵吵闹闹。女人们都穿着露胸装,脸上涂着厚厚的脂粉掩盖了她们的年龄。我肯定她们都没穿内衣。男人们身材魁梧,活力十足。我们从那些人中间穿过,有人上来就吻苏莱娅的嘴唇,有人用手指掐她的乳房,唯独没有人跟她握手。他们都是瞟一眼我的脸,接着盯上我裸露的胸部,目光放肆犀利,恨不得一下子把我剥个精光。没人问我名字,他们只是试探着抚摩我的屁股,我一推开之后,他们就失去了对我的兴趣。

苏莱娅继续拉着我走,我们穿过一条条赤裸的腿。苏莱娅同人们拥抱、亲吻,一起大笑,我环顾四周,找不到我要找的人。我只想要阿克拉姆,其他人都去死吧。花园一角是一座土炉,火苗在里面跳跃,几位农妇坐着烤馅饼,她们才是真实的农民,黑色衣服,面色苍白。旁边还站着几头牲畜,驴子的眼睛大而忧伤,黑水牛嘴里不停嚼着什么。它们跟我一样,对身边发生的一切茫然无知。

苏莱娅把我领到这场大杂烩的中心,一堆熊熊燃烧的篝火。一堆干柴在噼里啪啦地燃烧,不时有火星跳出来。篝火后面是一个身材庞大的男人,他坐在木椅上,倚着靠枕和坐垫,嘴里抽着水烟,不时喷出一阵烟雾,两只鼓凸的眼睛盯着喧闹派对中发生的一切。他身边懒散地坐着另一群女人,假扮的农妇。明亮的火光打在她们白花花的小腿上。苏莱娅走上前去,向那个男人深深鞠了一躬,双膝跪地,喃喃说道:"大帕夏老爷。"

帕夏停下抽烟,转身朝她,把手放在她头上,像是为她祈福。苏莱娅不敢靠近,也不敢去吻他。他用沙哑的嗓音说:

"今晚我不再是帕夏,我是村长,这场化装舞会的主人。"

周围的女人全都笑了,苏莱娅指着我说:"帕夏,哦不,村长,这是吉卡拉,一张新面孔,原汁原味的。希望您对这张面孔满意,为这张面孔祈福。"

帕夏转向我,两只鼓起的眼睛打量我,目光在我身体上上下下游走,之后挥挥手,让我靠近些。苏莱娅把我拉过去,让我在他面前双膝跪地。我看见他穿着羊毛大褂，肩上是黑色的斗篷。帕夏靠着一个女人怀里的枕头，女人的乳房悬在他的头顶。他从口袋里掏出手帕，交给我，嘴里说道：

"把脸上的妆擦去，我想看清你的样子。"

我不知道该怎么办，我感觉他的眼睛穿透了我的皮肤。苏莱娅抢过手帕，在我脸上飞快地擦拭起来，我只能顺从。帕夏又一次仔细看着我，他的视线从我的脸转到我的小胸脯。我抓着衣服前摆，竭力想遮住我的胸。这个姿势很像我在亚历山大的罗马博物馆看过的一个雕像。帕夏伸手摸摸我的脸颊和皮肤，好像是确认我的存在。他说：

"卸了妆还不错……至少你的嫩脸还没被摸过。"

女人当中没有一个人笑，都用茫然的目光看着我。我看看四周，希望有人能来救我。仿佛是梦，又像是幻影，我看见了阿克拉姆的脸，就在篝火的烟雾后面。

我气喘吁吁向他跑去，抱住他的脖颈。我终于能再次感受到他的体温。他张开双臂抱住我，像往常那样轻易地找到了我的嘴唇。他把我抱起来，带我离开了篝火，离开了那对凸出的眼睛。我用拳头捶着他的胸口，生气地嚷着："你为什么对我做这一切？我是为了你才来的，你为什么不来接我？你为什么打发我跟这样的从业女人住在一起？我可跟她不一样。"

我确实生他的气了，但是我还是继续吻他。他惊慌地看看四周，发现很多眼睛在看着我们，很是尴尬。我孩童般的热情让我自己都惊讶，我周围的女人们都是些从业人士，她们从不会这般轻易地流露自己的真情。他拉着我的胳膊，一直把我带到花园的角落，远离那些牲口和燃烧的炉火。他说：

"这都是暂时的,你来开罗太突然了,我都没时间安排,况且我还得保密。你稍微安静些,那么多人呢,别显得太过分了。聚会结束之后,咱们偷偷溜回自己的汽车,让我们一起到一个私密的地方,我们一起度过我们的第一个夜晚。"

我犹豫地说:"就在这儿,还是要回到苏莱娅的公寓?"

他不耐烦地说:"我跟你说了,我需要一些时间。"

我是不是失去了所有讨价还价的底牌?我要不要像上次一样,在众目睽睽之下扬长而去?他拉住我的胳膊说:

"来吧,让我们加入他们的队伍。我不想让他们说我们的闲话……这样的派对不是每天都有的。"

他向人群走去,我眼睁睁看着他们,憋闷地喘不上来气。越来越多的人进场,晚会变得越来越喧闹。男人和女人跳着隐秘的舞蹈,每个男人都不会和任何一个女人待太长时间,每个女人也不会只和一个男人嬉戏。人们交谈、饮酒、嬉戏、亲吻……花园中央短暂的吻,昏暗角落悠长而热烈的吻……在这一片勃发的春情中,我怎么独自留住我的意中人?

一支乐队进场了,他们敲锣打鼓,他们是流浪的吉卜赛人。他们的眼睛绑着黑色的布条,看不清周围的一切,像是瞎猫一般跌跌撞撞地前行,一边还不忘演奏。他们的进场引起场里一阵骚动,他们的演奏声盖过了其他的声音,苏莱娅第一个随着乐曲,把丝带围在腰间,围着篝火翩翩起舞。柴火噼里啪啦作响,火星像是被炽热的舞姿带动,一个劲儿地蹿出火堆。客人们围成一圈鼓掌,我也跟着他们鼓掌。苏莱娅散发的女人味儿让我惊叹,只见她随着体内隐藏的欲望舞动,在众人的注视中越加挥洒自如。阿克拉姆又一次不知去向,站在我旁边的反而是大帕夏先生。他站得笔直，像是一尊古老的雕像，身上是大袍、斗篷，手里拄着一根硕大的手杖。他没有鼓掌，没有看苏莱娅，而是用两只凸出的眼睛盯着我。我突然觉得害怕，我用眼睛四处搜寻阿克拉姆，但周围没看到他的人影儿。我感觉到帕夏用胳膊揽住了我的肩膀，用手把我拉向他，低声对我说：

"你真的……还是处女吗？"

篝火烧得更旺了。一定是苏莱娅多嘴告诉他的，我刚来这个派对，帕夏怎么什么都知道了。我尴尬地看着他，他的两眼在放光：

"这年头处女不多见啊，我很长时间都没见过处女了。就连我老婆，同我结婚时都不是处女了。"

他突然放声大笑起来，笑声盖过了音乐声，大家都转头看我们。苏莱娅边跳舞边看我，脸上露出意味深长的微笑，她看见了我肩上帕夏的胳膊。她走上前来，在他面前起舞。帕夏没有松开他的胳膊，也没有对她鼓掌。我看向四周，感觉自己就像一只巨大圈套里的小老鼠。帕夏搂我越来越紧，把我拉向花园的深处，拉向中央灯火通明的白色房子。他牵着我，就像拉着一个轻松俘获的猎物。他用蛇嘶一般的嗓音说：

"也许你还不够了解我……我对我喜欢的人，是相当慷慨的。"

我拼命从他手里挣脱，他惊讶地看着我。我转身就跑，也不知能逃向哪里。我唯一能辨明的就是花园的大门，我就从哪儿逃出去，爱咋咋地。我从还在跳舞的苏莱娅身边跑过，像只瞎眼的猫头鹰在来宾中间跌跌撞撞。空气很压抑，音乐很吵闹。我刚刚逃出大门，就感到一只有力的手把我抓住，我定神一看竟然是阿克拉姆。主啊，最后的最后，我终于找到可以依赖的人了。

我大声问他："你刚才去哪儿了？为什么丢下我？"

他说："我没走远，只是在打电话……你这么着急，要去哪儿呢？"

我抖了一下，意识到衣服胸部巨大的开口和我几乎全裸的身体。我带着哭腔指指里面说："但是你把我丢下了，丢给了那个人。"

他立刻就明白我在说谁。他紧绷着脸，没有生气也没有同情，只是冷冷地说：

"自从他知道你还是处女，简直喜疯了……他想成为第一个……"

我提高嗓门，冷冰冰地打断他："他想成为什么？你什么意见？你跟他说了你同意？"

我的嗓门很高，他紧张地东张西望，那些农民警卫冷漠地看着我们，像是不懂我们所说的语言。阿克拉姆抓着我的胳膊想把我带走，他推了我一把，让我背对着墙，他站着我面前，挡住我前方的世界，近乎哀求地说：

"吉卡拉，他是个厉害人物，掌控这里的所有人。我们名义上是生意人，实际上都是他手里的玩偶。他有权有势，就像是一颗闪着寒光的毒牙，我不能反抗，你也不能。他不只会给你金钱，还会为你打开这座城市的大门。"

我哭着说："我并不是你的妓女，不是让你随便卖给谁。我不想从你这儿得到任何东西，我只想回亚历山大。"

他说:"你总是选择那条错误的道路。"

他走开了,我以为他要回到那群人中间,谁想他靠着一台汽车,双臂环抱在胸前。苏莱娅来了,走到门边,谨慎地盯着我。三人都不说话。那个世界传来的音乐听着好遥远,那个世界也好遥远,我只能隐隐约约地看见它。我转身开始奔跑,把那些围墙、警卫和汽车都扔在脑后。我来到旷野上,无边无际的黑暗,包围着我渺小的身体,把它分成微粒抛撒各处。一股邪门的冷风吹了起来,穿过我的胸前,穿过裙子的高衩,吹进我的骨髓。我用手抱着胸口,放声高喊,声音消散在黑暗中,我从未这么孤独过。是什么把我带到这个荒凉的地方的?没有人,也没有汽车经过,没有人能向我伸出援手。我就站在那儿,终于意识到我哪里都不敢去。

我缓缓迈步,回到了晚会场地。我把双脚费力地从泥土里抽出来。他俩在那儿等我,两人脸上没有任何表情。他俩知道我不会走远。我站在他俩面前,双腿已经无力带我走远,我也没法拒绝我刚才还厌恶的一切。阿克拉姆的脸被黑暗笼罩,看不到表情。苏莱娅快步走上前来,张开双臂抱住我,扶着我再次走进里面,走进那个活色生香的陷阱。她说:

"我的心肝,我们去补补妆吧。"

她带着我回到喧闹的花园中央,走到那个白色的安静房子。没有人尾随我们,我们的脚在光滑的大理石地面上留下土印。泪水充满我的眼眶,身体在不停颤抖。我还是看了一眼这个地方,雕花的陶器、屋顶悬挂着吊灯、地上铺着柔软豪华的地毯、墙上挂着油画。棕色皮肤的用人穿着红色镶金边的袍子,向我们鞠躬,然后把我们引到楼上。苏莱娅让我走在前面，我闻到一股汗和香水混合的味道。我们一起走上大理石台阶，穿过长长的走廊，两侧是无数紧闭的房门。她明白我们要去哪儿，也知道谁是这地方真正的主人。几位亚裔的仆人出现了，向我们鞠躬，她引领我到了一间宽敞的卧室，大床上摆着洁白的被褥，床头雕刻着栩栩如生的狮子头，灯光暗了一下，旋即又亮了。苏莱娅把我领到屋里的卫生间。她进任何地方都是毫不迟疑，总是知道这些地方的小细节。我站在镜子前面，土气邋遢，头发乱糟糟的，脸上的脂粉花了，着装滑稽。尽管我站在如此洁净的一个地方，我依然属于盖特·伊纳布，那个充满烂泥和腐臭的地方。

苏莱娅帮我洗了脸，解开头发，让我坐在卧室的梳妆台前，脱下我奇怪的衣服，拿来一件挂在衣柜的白色长裙。长裙的款式罕见，下面一直延伸到双脚，上面盖住脖子，只露出两条胳膊。这是我穿过的最美最简洁的长裙了。她把我头发往后盘，帮我涂上鲜艳的口红，然后看着镜子里的我。我的身体不住地战颤抖，一丝投降的温暖渗透进来。我坐在床边，她跪在我的面前，说道：

"我妈妈跟我说，女人原本就不是为一个男人而生的。她的身体重要得多。她常跟我讲一个故事，其实就是她本人的想法。你可能不知道吧，她也干这行。她跟我说，先被创造出来的不是男人，而是女人，这才符合逻辑。之后是女人生育了男人，并嫁给他。所以女人和男人交合时，女人都会觉得负罪，因为她是在和儿子交媾。后来蛇出现在女人的生命中，她的负罪就减轻了，她心里恢复了一点平衡。你知道吗，每个女人都需要蛇……"

我没有让她讲完，没准她听错了那个故事。我无力开口说话，向现实屈服让我更接近死亡了。她在我身前站起来，走到门边，看着我说：

"听着，男人精虫上脑的时候，会做出很多承诺，千万不要相信他们。除了欲望，他们身上没有什么是真实的。所以，先把你应得的拿到，让他开好支票，然后才能碰你。人都这样，一旦得手，就不会掏钱买了。"

她走出去，关上了门，留给我一个任务，那就是靠我的身体进行讨价还价。在这样一个陌生的地方，穿着这样陌生的衣服，能有讨价还价的机会吗？我无神地看着旁边一座裸女的青铜雕塑，她的脸暗淡无光，像我一样，她的身体也像我的一样顺滑……周围突然静了下来，怎么回事？是吵闹的晚会结束了，还是说这间屋子隔绝了所有外来的声音？没关系，光会叫床是没用的，重要的是要个好价钱。

当房门打开，他进来的时候，我的身体还没有停止颤抖。他站住了，身材高大，捻弄着胡须，两片嘴唇分得很开，鼻孔很大，耳朵向前倾斜。他没有像我预料的那样扑上来，只是站在那儿端详着我的脸，确定我是心甘情愿将自己献给他。我坐在梳妆台前无力移动，他脱下披肩迈步向我走来，把手放在我的肩上，说道：

"这件衣服看着跟你很般配。但你把它脱下来，肯定会更美。"

这是我和他的第一个夜晚，没有必要再假装抵抗。他也直奔主题，每一次触碰都全情投入。交易是在各方同意后进行的，只是我无法帮他或者呼应他，所以他亲自动手扒光我的衣服，把我像儿童玩具一样抱到床上。他并没有停下来好好欣赏我身体的迷人之处，他唯一的关切，便是要弄破他从未见过的那层膜儿。他整个身体的重量都压在我身上，我喘不上气来。疼痛刺穿我的那一刻，我闭上了眼睛。我的身体就这样变成另一种存在，细胞全部发生变化，以前的吉卡拉死了。

过了一会，疼痛减轻了一些，但我没有任何快感。身下床在摇晃，我想起来闺蜜们经常跟我说的那种身体的沸腾，一种超越所有迷醉的震颤，一种所有肉体都渴望的巅峰。但什么都没有发生，即便是进入我身体的那点儿体液，也没有带给我丝毫温暖。我没有因为愉悦或是疼痛而喊叫，倒是他大声喊叫着。他用手指擦去我大腿间的血迹，举起染得鲜红的手，兴奋地喊道："就是它！"他把血染在脑门上，涂到我的脸颊上，证明他摧枯拉朽般征服了我的身体。他走到窗边，仿佛要找个人给他看看这样的标记。我擦擦脸，看着自己的手指，不敢相信这是我自己的血。

之后发生的情节有些类似。他趴在我身上呼哧呼哧地喘气，我有些心疼把手搭在他脖子上，擦去他额头上不断集聚的汗珠。他是在做戏取悦我，还是只是为了证明自己的雄性？我对他的感觉，从恶心变成了担心，这事儿我不知道这么忘情投入。我抚摸着他的背，用嘴去贴他的耳朵。我叫他悠着点儿，他抬起头，盯着我说："你爽吗？"我闭上眼睛，竭力不让自己的眼泪流下来，我点点头，算是回答了他。他满意地出了口气，说："看你还想再来一会儿。"他又开始在我身上忙碌，我转过头，只把身体让给他，但手还在抚摸着他的背，让他动作轻柔一点儿。

他终于完事了。他从我身上翻下来，喘着粗气，像是要断气一般。他又来问我："你爽吗？"我不知道他为什么执意这么问。我只想随便找点儿东西遮盖住自己的身体，但是他不同意，他说："就这样待着，我要仔细欣赏你的裸体。"我说："求你了别这样。"我拉过床单裹住自己，他不看我，只是看着床单上那一个红点儿，心满意足地说：

"没错儿，真是处女。我是你的第一个男人，把你变成女人……真是奇妙，你会一辈子记住我的。"

我站在床边，拿衣服遮住身体，感到黏稠的液体顺着大腿往下流。我说："我要走了。"

他已经发泄完了，知道自己没法再来一次了。他说："去卫生间好好洗洗。我叫司机把车给你备好。"

此时的他温柔、满足，享受着在我弱小身体上取得的伟大胜利。

我对着镜子，已经认不出我的脸，头发蓬乱，两眼乌青，嘴唇向外翻转，鼻子也扁了。谁把我变成这个样子？我遮住脸，希望关上灯光，在黑暗里把自己清洗干净。我迅速擦去两腿之间流出的黏液，穿上原来的衣服遮盖住自己，虚假的农妇装。我走了出来，他站着屋子远端一个小写字台边，说："你忘了向我提要求……苏莱娅没有提醒你吗？"

他手中挥舞着一张小卡片，那是一张我忘记索要的支票。我说："她提醒了，但我没好意思。"

他哑着嗓子哈哈大笑："她总是把单纯的事情弄得肮脏。我给你双倍价钱，算是奖励你的单纯。"

我犹豫了一下，接过了支票。他轻轻捧起我的脸，在脸颊上亲了一下,说:"要是你跟那个孩子在一起待腻了,就联系我。我随时可以把你从他那里夺走,但我不会这么做,我要你心甘情愿来找我。"

他躺到枕头上,闭上了双眼,脸上露出满意的微笑。我穿过寂静的长廊走了出去。司机在台阶尽头那儿等我,并没有对我放肆,也没表示丝毫恭敬,而是显出一种冷漠的中立。他先我一步上了车,示意我坐后排。车座冰凉潮湿,像是沾上了晚间的露水。天空呈现灰色,微弱的光亮向四周伸展,翠绿的田野上空是一层薄薄的黎明的气息,透明得像个没有开苞的处女。我知道这个看起来沉默冷峻的司机在盯着我,我不想让他看见我的泪水。汽车颠簸起伏,我出神地看着周围的一切。司机对路很熟,这条路是通往苏莱娅家里的,我还没给他指路他就知道怎么走。

电梯把我第二次带到苏莱娅的公寓。我已经是和第一次不一样的女人了,现在我可以一直摁着门铃,直到有人应声开门,不用再为打搅苏莱娅而抱歉了,谁让她这样对我呢?谁让她先去睡觉的,她应该等我,多长时间都得等,因为我没有别的地方可去。她总算把门打开了,还是穿得半裸,披头散发,像是刚刚经历一番云雨。她看了我半天,好像努力回忆我是谁。她看着我的脸和头发,伸手摸摸我的身体,说:"你回来了……我以为你今晚不回来呢。你还好吗?"

我叹口气说:"我还活着。"

她挥挥手,匆匆走回屋里,回床上睡觉,进屋时门都没有关上。客厅里乱作一团,到处都是酒瓶子、剩饭菜和靠垫枕头。难道苏莱娅跟人直接就在客厅里干?我走到我的房间,回头看看苏莱娅的裸体,却发现她的床上还有一个熟睡的裸体男人。我一下惊呆了,竟然是阿克拉姆!他赤裸的胳膊放在苏莱娅的胸脯上,下意识地揉压着。呆若木鸡,一动不动,我想什么呢,又在等什么呢?

我一阵恶心,几乎要吐在地毯上,吐在他们睡的床上。我跑向卫生间,把头埋进马桶,想把肚子里的所有东西都吐出来,但只吐出一些黄水儿。我的胃疼得厉害,身体不由自主地上下颤抖。我的身上湿乎乎、凉飕飕的,有我的汗水、有深夜的露水,还有骑我的那个男人留下的汗液……我禁不住打寒战,坐在陶瓷浴缸的边上,任凭淋浴的水从上浇下,我还是无法平静下来。我的身体仍然在颤抖,流水无法洗净我体内的肮脏。

我不知道这个夜晚是怎么结束的。我躺在潮乎乎的床上,身上的衣服也潮乎乎的。苏莱娅来把我摇醒,她胸部敞开,赤裸的身体上只穿着一件小睡袍。我在床上坐起身,把被子往身上拉。她好像昨天的事情都没发生过一般,坦然自若地看着我。我说:

"我看见他在你床上,赤身裸体。"

她很不屑地说:"你是说阿克拉姆吧……这有什么啊?你刚刚不也一丝不挂在另外一个男人床上吗?快点起来吧,一起去吃点儿东西。"

她离开了我房间,好像这事儿根本不值得讨论。

我愤怒地问自己:"为什么他要把我从亚历山大弄过来?只是为了把我献给一个老头子吗?他为什么要让我扮演这么耻辱的角色?他为什么不单独享用我呢?难道他真的不想对我尽

任何义务吗？"

我从床上起来，跟她一起出去。我看向她的床，只剩下揉搓的床单。她在我面前放了几个冷盘，还像刚才一样轻描淡写地说："别老封建了，那些古老的情怀早不存在了。我们都得经过帕夏老贼这一关。这个老贼依然垄断初夜权，所有人都对他俯首帖耳，为他的雄风欢呼。这就是游戏，身体换利益的游戏。身体属于谁，身体的女主人感受如何，并不重要。"

我努力让自己平静下来好吃点儿东西。没什么大不了的，我只需换个角度看问题。这个游戏中，各方是平等的，大家共赢，谁也不用指责别人。我努力说服自己，什么变化都没发生，别人也不知道我两腿间的疼痛。

我把支票放在苏莱娅面前，她仔细看了看，抿抿嘴说："强力的开端。我当时拿到的比这少多了。咱们一起下去给你买些合适的衣服。这也是一种投资吧。"

"好的衣服都是很贵的，我懂价格。我在这城市一无所有，处处需要钱，要是按我的心意去买，这些钱就不剩什么了。"

苏莱娅一边倒茶，一边说："我们不动这些钱。我会带你去合适的店铺，我们把账单寄给阿克拉姆就好了。"

苏莱娅真是个不同凡响的女人，清楚自己扮演的角色，只要价格合适，跟谁上床都一样。也许正因为如此，阿克拉姆才会把我安排在她这里。他想教会我，不要把所有赌注压在一个男人身上，特别是他身上。

我和苏莱娅在街上逛了没多久，但这短短的一段路程足以让我明白，我曾经以为自己可以只属于一个男人，是多么幼稚。但是，我会成为苏莱娅那样的人吗？

好几天之后我才见到阿克拉姆。他这段时间躲着我，以至于我心中残余的对他的怒气也消散了，转化成对他的思念。苏莱娅和某个男人约炮去了，要离开两天。门铃响了，我去开门，看见他站在我面前。他依然看着不羁而迷人，圆脸盘上闪着少年般的光彩，薄薄的嘴唇微微翻动，轻声说着几乎听不到的致歉的话。凸出的脑门，先他一步进了屋子，而且掩饰了他的内心。我想退到自己的房间，把他关在门外，但我却像钉子一样钉在他面前动不了。我挣脱了他的怀抱，愤愤地说："你那天那样对我……但回来之后我却看见你睡在她床上。"

他带着嘲讽说："这没什么，我还在我老婆床上睡呢……当然只是偶尔……我就是不想一个人睡。"

他找了张椅子坐下，我坐在他面前。现在到了谈判的时间，拖而不决对我没什么好处。他说：

"有些时候，一些事情开始就是错误的。我那天很生气，就拿苏莱娅的身体泄愤，她生来就是用于这样的时刻。所以，我们把一切都忘了吧，重新开始，这次不会再犯错了。我们一起去北部海岸，就我和你，一起玩三天，远离工作，远离我老婆。我们会达成谅解的。"

这个建议很诱人，对我来说更重要的是，如此一来，我将会忘记那个晚上被撕碎的很多东西，包括我的处女膜和我对阿克拉姆的信任。他迷人的笑容像是在我面前举起求和的白旗，而我一直默不作声地坐在他面前。虽然苏莱娅说过不要把所有赌注压到一个男人身上，但我想试试。我俩之间需要停火，坐下来好好谈谈，若能达成谅解，或许能让我稍稍觉得没吃多少亏。我问：

"什么时候?"

"今天,现在。司机在楼下等着呢。"

我的箱子很小,像是吉卜赛人的行囊。自从离开盖特·伊纳布,我便居无定所,任何地方对我来说都一样。我站起身来,似乎我这么快接受投降让他有些惊讶。他也站起来,想来抱我,但我伸手阻止了他,坚决地说:

"不能在这里……这是你和苏莱娅苟合的地方。"

我回到我的房间。游戏开始了,我应该一气玩到底。我坐在镜子前,平复自己的呼吸。我看着我的脸,感觉它又发生变化了。不变的只有我的箱子,我在里面放了一些新衣服,简短地对他说:"我准备好了。"

他让我走在前面。我们一起坐电梯下去,这次他没有再试图亲近我。

汽车在楼下门口等我们,司机靠着车子站着。他快步上前,从我手里拎过箱子。他抬起头,我看到他肤色偏褐色,五官协调,鼻梁高挺,但神情有些沮丧。他没有看我,只是把包放到后座上,为我扶着车门,直到我坐上去。阿克拉姆从另一侧上了车,说:

"哈桑,去北部海岸。"

司机迟疑了一下,好像这个命令有些突然。他咬了一下嘴唇,在车前愣了一下才关上车门。阿克拉姆没有注意到这一点,但我看到了。我心想,这一趟他不愿去,一定是讨厌我。我们四目相遇,我发现他的眼神没有责备,没有怨恨,只有忧伤。汽车开动了。

我们离开了城里拥挤的道路,走上了沙漠道路。阿克拉姆一直跟我说话，我漫不经心地听着。不管他说得多么好听，他对我的承诺一个也没有兑现，只是把我的身体卖给他的大老板，也不知道这笔交易给他带来了多少好处。他喋喋不休地谈着他的生意，我以前听得多了，已了无新意。我终于说出了那个困扰我很久的问题：

"那个叫帕夏的人到底有多重要？为什么你们都那么怕他，争着取悦他？"

他没有想到我会突然这么问，把脸转过去，看着窗外的沙漠，他是不是很不好意思拿我做交易？我以为他不会回答，但他还是吞吞吐吐地小声说：

"问得好。你懂的，我处境艰难，而且不想让别人看到这一点。不要说他控制着我们的生意，控制着我们的市场，不要说他动动手指就能捏死我们中的任何一个，他比这一切都要厉害。据说他是总统的私人朋友，和总统的儿子们合伙做生意。这些传言可能是真的，也可能是他拿来吓唬我们的，但不管怎么说，他到现在为止还是能拿住我们的。"

他停下不说了。他说这些，是为了恐吓我，还是为他抛弃我寻找理由？我看着前方司机的后脑勺，他看上去并没有听我们说话，只是像一个职业司机一样匀速地开着。我不知道这条路对他来说，是不是像对我一样沉重。我转头看着沙漠的景象，真想对着旁边的这个男人怒吼一通，但我不想让司机知道我受到的那些侮辱。

我假装睡觉，只有这样，我才能找回裂成碎片的自己。等我醒来的时候，汽车正在滨海柏油公路上奔驰，将我们带进海滩深处的度假村，白色的建筑像温顺的鸽子般躺在蓝色海滩的臂弯中。我以前坐小巴路过这里的时候，曾经那么黯然神伤地看着那些不属于我的建筑。当汽车停在那栋优雅的裹着白色石头的建筑前面时，我简直不敢相信，一个成真的美梦静静等待我的到来。我屏住呼吸从车上下来，穿过满是翠绿灌木的小花园。司机哈桑帮我拿着包，安静地走在后面。微冷纯净的海风拂过我的面庞，吹动我的长发，让我自信满满，高视阔步，因为我是这里的主人。大厅的装修非常奢华，还有专门摆放绿植的空地。我快步走上二楼，那里有好几间卧室，我选了其中有阳台正对着大海的一间。我站着静赏夕阳西下，仿佛海风穿透身体每个细胞。

楼下，阿克拉姆正和司机说话，微风送来了他们的只言片语。司机说：

"老板，您晚上不需要我了吧，那我就回开罗了。我安排一下孩子的事情，找个看孩子的人，马上就回来。别墅里一切都收拾妥当了，今晚您肯定不需要我了。"

阿克拉姆说：

"你也别东晃一天，西荡一天了。找个女人吧，对你好，对孩子也好。"

司机说："听天由命吧。"

阿克拉姆点点头，走进了房子里。看着司机走向汽车，我就放心了，这就是说，我可以独占这座房子了。阿克拉姆走到我身后，贴着我的背，双臂环抱着我，双手掌握了我的乳房。长途跋涉之后，我的身体无比疲惫，但在那么长时间的等待后，它又渴望有人将它从孤独中解救出来。此时此刻，不该互相责备，埋怨谁骗了谁。

淋浴的温水滑过我俩的身体。流水冲洗着我们,净化着我们,将我们重新联结在一起。他拿过一条毛巾,捧起我的脸,擦着我的头发。他裸体站在我面前。男人的身体是如此奇妙啊,它在黑暗的屋里暂时看着疲软,但充满希望,马上就可以激情勃发。他把我向他拉去,我的身体触碰到他有力的肌肉。他火热的气息充满我的嘴巴,我听到他舌尖儿和牙齿的嘶嘶声。他浑圆的肚子顶着我,让我的盆腔乖乖向他开放。他紧紧抓着我的屁股,我就用嘴咬他的胸毛。他粗暴而又轻柔地侵入我的身体,从一开始他就吃准了我,知道乳房是我的弱点,所以用双手尽情揉捏挑逗,待两个乳头高昂坚挺,我也摸到了让我欲仙欲死的边儿。

过了一会儿他消停了,睡了一会儿,我看见微弱的光线照在他的身上。不一会儿当他在我旁边伸懒腰时,那些微弱的光线也消失在他皮肤的褶皱里。这是我的第一次体验,第一次真正地体验如潮般满盈的快感。空气变得非常寒冷,风在高声呼啸,但我依然觉得温暖。他肚子贴着我的背,手臂环抱着我,手指紧紧捏着我的乳房。身体内的热度让我们无法深度入眠,还没等寒气开始潜入我们身体,我们便又起来,重复刚才的节奏,疯狂激战。黎明开始显现,海水溶解了黑暗,我们疲惫地坐在床上,看海面波浪间的点点亮光,似乎前浪过去,后浪跟着就汹涌而来。他说感到饿,结果我也饿了,虽然我们的身体已经吃饱了。我们便赤身裸体靠在一起甜蜜地坐着,就像美味的食物。我对他说:

"我想待在这个地方,永远不离开。我想一个人和你在一起,就像你许诺的一样,有一个属于我俩的私密地方。我不想要苏莱娅,不想回到她那里,不想再看到你在她床上。"

他嚼着一片薄薄的黄奶酪,大笑着说道:"苏莱娅只是个一时的错误,我对她一点都不习惯。只是她住的那栋楼上有一些我的熟人和朋友,所以我去她那里理由非常充分,我老婆也不会怀疑。"

我吃惊地问:"这就是说,我永远都不会有一个属于我自己的地方了吗?"

他马上回答:"谁说的?我会给你一个地方,但是在开罗城外,在某个郊区……我得隐藏好自己的行踪。现在的状况是暂时的,相信我。今晚春宵一刻之后,我再也离不开你了。"

我们小憩片刻,醒来之后更加兴奋。那真是浓情蜜意的一夜,我多想天永远不要亮。我没有选择,只能相信他。我对他的渴望让我无法抵抗,连续的快感高潮把我掏空了。我唯一能做的,便是紧紧掌握他的身体,让他臣服于快感,让我带着他,走向其他女人都不曾带他去过的高峰。我并没有很多经验,但我身体每一个细胞都充斥着野性和欲望,其他女人的躯体没法和我相提并论。快感,是我唯一的武器,也是终极的武器。

三天的假期刚过了半天,我们就静静地坐车回开罗。他在我的包里塞了一摞钱,都是印着法老面具和宣礼塔的票子①。我不知道他的意思是对我负责,还是只是一时爽快的嫖资。我没有拒绝,但我感到很难受,同时我满足的身体和鼓鼓的钱包告诉我,所有的抱怨,都可以往后推一推。

他的诺言迟迟无法兑现。我的身体既无法强迫他,也无法

---

① 埃及纸币通行的设计,正面多是清真寺,背面多是和古埃及法老有关的景象。

拒绝他。苏莱娅的家就像一张难以挣脱的蜘蛛网，里面各种蛇蝎来来往往，但我还是保全了自己，只把身体给了他。苏莱娅总跟我说那些她离不了的蛇蝎，我都不置可否。我们在开罗没有做那事，只有司机哈桑开车送我们到那个私人世界时，我们才会享受。在那里，我的饥渴得到满足，我的意志会支离破碎。每次我都想拒绝他，理由是他都不亲自来接我，但每当我看到汽车在楼下等我时，我的身体就会被欲望点燃。

这天，就像往常一样，我下楼看到哈桑把车停在门口等我。这次我没有坐在后座，而是坐在副驾驶座上。这趟旅程着实无聊，我只是想有人陪着我。他刚从亚历山大赶来，看着很累，但阿克拉姆指示他把我送到北部海岸去。我觉得对不住他，说道：

"对不起，因为我你才会这么累的。"

他把棕色的脸转过来，好像这是我们第一次面对面看着对方似的。他的眼神里没有责怪或是不满，只是简单地说：

"这是我的工作。"

我对自己感到羞愧。我俩都是从同一个人那里讨生活，但我俩的生活天差地别。大街像平常一样拥挤不堪，通往沙漠高速路的唯一通道被大车挤满了。我们停在那儿，进退两难。他的手机在这时候响了，他不好意思地看了我一眼，接通了电话。我以为是阿克拉姆打来的，问我们迟到的原因或者是我们到哪儿了。但我清楚地听到另一端传来一个女人的声音，她的声音愤怒高亢，颤抖激动。哈桑劝她平静些，但她还是大嚷大叫，他只得挂了电话，无奈地看着前方。路终于通了，他失魂落魄地开着车，我突然对他说：

"你想回去吗？"

他看着我，像是刚刚发现我坐在他旁边一样。他指着电话说：

"我大姨子，我不在开罗的时候，她帮我们照看小孩。她平常都很镇定，但孩子突然发烧，让她慌了手脚。"

我疑惑地问："你老婆在哪儿呢？"

他说："问题就在这儿。她几个月之前去世了，撇下一个儿子。"

我直直地盯着他，看着他握方向盘的手，下定决心说："我们必须得回去，带他去看医生吧，他一定很需要你。"

他窘迫地说："没时间了……我们会迟到的，老板会生我的气的。"

我说："要是我们不回去，以后你会后悔的。他爱生气就生气吧，我会跟他说原因在我。理由我们慢慢想。掉头，原路返回。"

我的语气很坚决，此刻的局面最需要的就是果断。他猛地掉转车头，进入双向道路之间的隔离带。回去的路途很通畅，我们俩一句话也没说，即便扎进拥堵点，我也没有看过手表，没有发出催促的眼神或暗示。汽车离开主路，进入狭窄的巷子，两边的房屋矮小又破烂，像是盖特·伊纳布再次出现在我眼前。我仿佛觉得在这疲惫的一天之后，我回到了我的家里，继父随时会流着口水走出来。

汽车继续前进，哈桑的手不曾离开车喇叭，不时地提醒挡路的行人和马车。我们面前出现了一条像蛇一般狭窄的胡同，或者说是两排相对的破烂房屋之间的一条窄缝儿。他说：

"车只能停在这儿了。你在这儿等我,我去去就来。"

我自己也很惊讶自己,坚决地说:"我跟你一起去。"

他吃了一惊,但我还是下了车,我也不知道为什么要这么做。突然间我感到自己回到了原来的世界,那时我还是个黄花闺女,我的脑袋里还充满梦想。我们没那么多时间浪费了,一前一后走进了狭小的胡同。一双双眼睛审视着我,紧盯着我奢华的衣服。我不再是那个衣着寒酸的姑娘了,虽然我的内心更加寒酸了。一个端着一盘煮蚕豆的小女孩对我说:"我的天啊,你真漂亮,小姐。"听到这话我竟没有那么紧张了。他快步走在前面,我跟在他身后小跑。

他家的房子像其他所有房子一样狭小。虽然他没有邀请,我还是紧跟着他冲了进去。我们上了几级台阶。房子的门打开了,我迟疑了一下,觉得自己是不是过界了,冒犯了他的隐私。我听见一个孩子微弱的声音:"爸爸……"我不知不觉走进了房子,卧室正对着我。那儿有个小孩,精巧的脸庞,勾着哈桑的脖子,小脸烧得通红,两眼紧闭,享受着只有在爸爸怀里才会感受到的安全。角落里走出来一个年纪稍长的女人,眼神比刚才的声音还要尖厉。她似乎闻到了我的香水味儿,直接转向我,捶着胸口,大声质问:"你带回来的这位贵妇是谁啊?"

哈桑拽过一条被子盖住孩子,严厉地说:"闭嘴,这是老板夫人。"

女人立马缩了回去,但还是用怀疑的眼神看着我。哈桑把孩子包好了,说:"我带孩子去看医生。"

我跟着他走了出去,再次穿过狭窄的街道。孩子睁开眼睛,恍惚地看了我一眼。我们好不容易来到车旁,他打开车门,准备把孩子放到后座上,我说:"我坐孩子旁边……别从座位上掉下来。"

  他还没来得及拦我,我便溜了进去坐在孩子旁边,把他的头枕在我的怀里,他睁开眼睛,奇怪地看着我。我用手指捋着他又湿又乱,还有些粗糙的头发,他温顺地闭着眼。我看着他的样子,和他爸爸真的很像,但更秀气。我问自己,我是否也能把自己的身体放心交给某个男人,全身心地和他过完一辈子。作为回报,他送我这样一个既弱小又强壮的孩子,我保护他不受雨打风吹,用我的爱把他培养成一个男子汉,唯一真正为我所拥有的男人?我感到一种思念和饥渴,似乎身体已经不是我的了。孩子滚烫的小脑袋在我的怀里,给我注入某种温暖。

  汽车没走多远,停在一间古老的清真寺前。哈桑抱着孩子快步走着。清真寺后面有一栋白色的新式建筑,旁边是附属的诊所。一个胖护士接待了我们,叫我们等一会儿。我高档的衣服和首饰,与这个地方的气氛格格不入,来来往往的女人用好奇的目光打量着我。我坐在哈桑旁边,孩子睡在他的臂弯里,人们会不会以为我们是个小家庭呢?我以后会不会也有一个这样的家庭,收入微薄,只能来这样的福利诊所?我会舒心而愉快地接受这样的命运吗?护士出来叫我们进去,哈桑站了起来,我也不由自主地跟着。不知道为什么,我突然发现自己有些依恋这样一个发着高烧的孩子了!我在房间的角落,担惊受怕地站着。医生看着很年轻,似乎没有看到我们,只是盯着孩子,脸上满是不悦的神色。他把孩子放到诊床上,给他测了脉搏、心跳和体温。他动作迅速,很快有了结论,不耐烦地对哈桑说：

"你们怎么这么晚才把孩子送来……得赶快降温。"

他指指旁边的护士，护士把孩子抱起来。医生说："抱他去洗冷浴，之后吃药才能起效。"

他又对哈桑说："你留在这儿，我跟你说怎么用药。孩子妈妈跟着去就行。"

我跟着护士出去了。她走得很快，进了旁边一间小浴室，里面有个铁盆，装着半盆水。她叫我把孩子衣服脱下来。孩子太小，身体很软，一点抵抗的力气都没有，看着怪可怜的。我看见护士拿来冰砖，放到盆里。我还没来得及表示异议，她就已经把小小的孩子抱了进去。孩子惊恐地喊着，努力要站起来，想抓住什么东西，但护士紧紧地摁住他，把他全身摁在冰水里，还往他的头上撒冰碴儿。这真是残酷无比的景象，但孩子身上的红色渐渐褪去，变得苍白，也不抵抗了。我僵硬地站在那儿，目瞪口呆。护士努力安慰我说：

"这是第一胎吧，没什么经验，你心真够大的。"

我惊恐地喊道："你看他在打哆嗦啊！"

护士无所谓地说："他会好的。"

我也跟着孩子打哆嗦，感到寒气在我身上游动。他的皮肤的颜色在变化，渐渐不再发出声响。护士舒了口气，抱起孩子，拿被子裹起来，交到我的怀里。我的孩子现在非常需要我。护士说："现在孩子身体可以接受药物作用了。"还没等我反应过来，她已经拆开一颗坐药，麻利地塞进孩子的肛门。我抱着孩子出去，看见哈桑站在外面，脸色憔悴，仿佛是他在降温一样。我和他一起出去，去买处方上写明的药物。我又一次

坐在后座上,看看孩子,皮肤颜色已经没那么苍白,身体也慢慢转暖,呼吸渐渐变得均匀。我安慰哈桑说:

"孩子很好,总算是好了。"

我们再次站到蛇一般的胡同前面,他含着泪接过孩子抱着,说:"谢谢你了,就在这等,我马上就回来。"

我说:"你留在家里照顾孩子吧。我能找到回北部海岸的路。"

他害怕地说:"这会让我丢掉饭碗的。"

我回答说:"别担心,我在这等你,我会护着你的。"

他感激地看着我,抱着孩子消失在狭窄的胡同。

夜里我们才赶到度假村。我没觉得路途很长,哈桑一直在跟我聊他的妻子的悲惨故事。当时癌细胞已经吞噬了她的大脑。她生下孩子不久就死了,连续的病痛折磨让她连一滴乳汁也没喂给孩子。她的离去真是惨痛,以至于哈桑都不考虑再娶了,哪怕一个女人可以帮他抚养孩子。他内心很愧疚,愧疚自己没能救孩子母亲的性命。我多想擦去他脸上的泪水,把他拥进怀里,如果我的拥抱可以缓解他的悲伤。

海面上波涛肆虐,我想阿克拉姆的怒火也该和这海浪差不多了。哈桑留在外面,这事儿对他来说有些难以应付,要想编个圆满的谎言并不容易。房间里传出来几个人的声音,附和阿克拉姆的笑声。我犹豫不决地站在那里,以为这是我们的私巢,除了我们没有人知道这个秘密。他跟我说过好多次,千万不能让她老婆和她的家人知道我们的事。我不知道该怎么办,不知要不要转身离开,像个魅影般消失?突然间,我觉得自己不需要再躲在阴影里,也没有什么可失去的。我径直来到众人面前,看到除了阿克拉姆之外,还有三个人。这儿一个女人也没有,我就是他们要等的女人。他们面前的小桌上摆满了酒瓶、酒杯,还有各色小吃。阿克拉姆抬起头,看着我说:

"你终于来啦,我们还以为车翻了,带着你们两个滚到火车轮子底下去了呢。"

那些人哈哈大笑起来。我没有笑。看来他没有我想的那么生气。我累了,不知道他究竟想要我做什么,我该到我房间里等他们离开,还是应该跟他们坐着,陪他们说笑?我一个字也没说,朝他们点头打个招呼,就从他们面前走开了。我躲在我的房间里,从窗户里看着哈桑坐在车里,正在打电话。也不知道他孩子怎么样了?我站在那儿看着他,而他却看不到我。阿克拉姆走进房间,他脸色难看,恶狠狠地盯着我。他并没有试图靠近我,而是咬牙切齿地说:

"你竟敢让我这样出丑!"

他的语气满满的威胁。我说:"苏莱娅生病了,我得照料她。再说你也没说有客人要来。"

"我想请谁来就请谁,不需要你同意。"

"我以为你会努力维护我们关系的私密性呢。"

"我确实是这么做的。但这些都是生意上的伙伴,我和他们推心置腹,你该像对待我一样对待他们。"

我不明白他的意思。这算是我们的关系进了一步呢,还是一种耻辱的倒退呢?

他斩钉截铁地说:"这账以后再算,马上把这破衣服换了,过来跟我们一起坐。"

他没等我回话,转身就走了。我坐在床沿上,手足无措。

他说话的语气让我害怕。我站起身去换衣服,我该穿什么衣服?他到底要让我做什么?是让我去端茶倒水,还是做比那更出格的?他请他们来熬夜聊天,还是和他们分享我的身体?我感到莫名的恐惧,他真的敢这么做吗?只此一次,还是以后经常这样?他们要策划什么?我突然听不到他们的朗朗笑声,他们开始用严肃的口气小声说话,他们是在讨论要分享我的事情吗?我靠近门边,把耳朵贴近门缝,想着我下一步就要从阳台上跳下去,我绝不允许他这么侮辱我。

我听清楚了,低声说话的是阿克拉姆,他不是在说我,好像是下一桩生意。我放心地舒了口气。我正要去换衣服的时候,听见他们说了一个熟悉的名字,拉提布·大帕夏先生。我停住了,难道他要讲述帕夏夺走我初夜的事吗?

他说道:"他几乎垄断了一切,只留一些残渣儿让我们互相争抢,仿佛我们是为他打工的学徒似的。我们要想扩大我们的业务,就必须摆脱他的控制。"

其中一人惊恐地说:"打住吧,阿克拉姆,你忘了你在说谁……他可是头'巨鲸'。"

阿克拉姆说:"我当然知道我在说谁……我没疯狂到要和他公开对抗。重要的是你们要和我站在一起。"

另一个人反对说:"这简直是疯了……他可是对一切明的暗的都了如指掌,整个国家都在他掌控之中。"

阿克拉姆坚持己见,说:"等他知道的时候,早就晚了。我不会把自己的手弄脏,你们也不用亲自动手。我们秘密雇一个职业杀手,就像那些大商人做事儿一样,迅速把他做掉。"

几个人一下陷入了沉默。我也有些害怕地退了回去。但我心中的某一面却被他们所说的抓住了，还有阿克拉姆那不肯轻易投降的劲头。无论如何，他这么做都相当于为我遭受的屈辱复仇。不过，他策划的时候把我考虑进去了吗？

我换了身衣服，既不妖艳也不俗套。我去陪他们，坐他们中间，要让他们知道，我只属于一个男人，我们之间的关系近似婚姻，虽然不是正式的。他们全部聚精会神地围着阿克拉姆讲话。我站了一会儿，听他们聊了一些不重要的事情，决定还是收敛一下我的怒气，坐到阿克拉姆身边去，躲进他的庇护之下。我吃了点儿东西，喝了一点儿，感觉稍稍放松了，一天下来的疲倦慢慢消融，阿克拉姆刚才对我说的那些气话也慢慢淡化了。那三个人借着酒劲儿，爽朗地笑着。我得承认，这三个人还是很优雅的，我对他们不再那么拘谨了，但警惕丝毫没有放松。

阿克拉姆站起来，播放了一张舞曲的光碟，大家都跟着节奏欢快地鼓起掌来。他跟着摇摆起来，向我伸手，邀我一起跳舞。在他们的注视下同他跳舞，让我更加兴奋。我绕着他转着圈儿，任由他把我拥在怀里，不时飞快地偷吻我的双唇。温柔的触碰和摩擦，让空气中充满敏感的悸动。

三人中的一个站起身来，同我们一起舞蹈。他还趁机轻触我的皮肤，我也没有和他计较。第二个人也站起来加入舞蹈，这时阿克拉姆坐了下去。我在他俩中间进退两难。我不想让他们两个没面子，不想让阿克拉姆再生我的气。他俩更加肆意妄为，不时拿手在我的身体上游走，还试图抓我的胸，抚摩我的屁股。我勉力周旋，望着阿克拉姆，不想他却在陶醉地鼓掌。除了我之外，所有人都在陶醉。他俩的身体围住我，欲望满盈。尽管我也被撩拨起来，但还是保持警惕，不想同其中任何一人发生纠葛。我向阿克拉姆投去求救的目光，但他视而不见。我把胸脯从第一个人手里挣脱出来，又把屁股从第二个人旁边挪开，试图躲到阿克拉姆身后，可他竟然鄙夷地看着我。我浑身一紧，往旁边退了一点儿。那两个人还在朝我招手，让我填补他们之间的空白。阿克拉姆朝我点头示意我过去，但我没动。我看那两个人很失落，也再次看到阿克拉姆眼中的愤怒。音乐突然停止了，房间里气氛变得很凝重。阿克拉姆突然说：

"你们知道我是怎么认识吉卡拉的吗？"

我感到喉头发干，赶紧咽了口唾沫。他想做什么，开个玩笑，还是报复？所有人都注视着我。他用不屑的语气说道：

"当时她还在亚历山大一家大商场做售货员。我第一眼看到她的时候，就被她的美貌震慑了。她简直是埋没在衣服堆中间的一颗珍珠。我就想办法同她套近乎，请她吃饭，但被她拒绝了。她是想让我明白，她可是匹烈马，不容易搞定的。"

所有人都感兴趣地看着我，交头接耳，有人说我依然美丽，也有人说我依然很烈。我垂下头，觉得很不安。阿克拉姆接着说：

"好不容易和她约了晚餐，我带她去了阿扎密海滩最豪华的餐馆。她穿了一件精美的长裙，我心想，她买这裙子肯定花了不少钱。但是那晚上，她拒绝我的引诱，我只是偷到了几个吻。人们真是说对了，矜持都是装出来的。"

大家都笑了。我责备地看着他，说："求你打住吧。"我知道他最终会讲到哪儿。为什么他要挑这么个时间跟人家谈我们的情史呢？他完全不顾我含蓄的提醒，我也无法制止他。他继续说：

"等第二次，她穿的衣服更华丽了。我越发惊讶，直到吃完饭我才发现了秘密，衣服的价签还没扯掉呢。原来她每次见我，都要去商场偷一件衣服穿。"

大家哄堂大笑。我红着脸，小声说："我没有偷，只是借罢了。"

没有人理会我的辩解。他们笑个不停，他接着说：

"我跟她提议同居，跟我来开罗，这样她就不用再当售货员了。可她不同意，反而要我娶她。你们想想，就因为我喜欢她，她就借机向我提条件。我也没指望说服她，她太倔了。我走了条简单的路，给商场经理打了个小小的电话，跟他说了那些时装长裙的秘密。分分钟，吉卡拉女士就发现自己已经在大街上了。"

众人狂笑起来。我哑口无言地注视着阿克拉姆，起身跑回了房间，只给他们一个背影。他们的笑声在房间里还能听到。我突然看到哈桑在车里等着，昏昏欲睡，为什么他没回家去照顾孩子呢，为什么没有回去守护妻子的坟墓呢？我就要走上阳台，朝他大喊，让他带我远走高飞。这时房间门开了，阿克拉姆走进来，他还怒不可遏，气呼呼说：

"你怎么了，小妞？今晚非要和我过不去是吗？"

我也提高了嗓门："你别想再欺负我了。你亲眼看到了吧，他俩对我动手动脚。"

他耸耸肩，说："太正常不过了，他们喜欢你，你该受宠若惊才是。他们跟我说想要和你上床，你又不是第一次了。"

我简直喘不过气来,我说:"你怎么能这么对我?"

他冲我挥动手指,威胁说:"你给我听着,小妞,别跟我演戏,我没时间也没精力跟你玩。我跟你说什么,你就做什么,别给我惹麻烦。"

我说:"你想让他俩哪个先上呢?或者你们三个一起来吗?你一起来,还是在旁边欣赏?这是免费的,还是说你从中能拿到好处?"

我闭上眼睛,感到脸上被他狠狠扇了一巴掌,我跟跄了一下,差点摔倒在地,好不容易才站稳。一切都完了。他站在那儿喘粗气,我转过脸去,不让他看见脸上的手印。

他说:"要是你不按我说的做,你就等着去沙漠过夜吧。"

他转身走了。我知道我们又回到了原点,什么都没有改变。已经没有时间去犹豫或是重新思考了。我在他们惊诧的目光中穿过客厅,快步走下楼梯。门口停着那辆黑色轿车,但我不再需要它了,也不再需要任何人。我在一栋栋别墅间的青草地上奔跑,大海阴暗而汹涌,狂风带着雨丝,冰冷地吹在我的脸上。我继续跑,直到出了围墙,到了柏油公路上。我想拦一辆车,不管它去哪里,只要能带我离开这个地方就好。已经没有回头的余地了,我靠着路边一块大石头,大声哭了起来。亚历山大在这条路的另一端,我该回到盖特·伊纳布,还是回到那个没有给我固定住处和安全的城市?在这片无边无际的黑暗中,我就是一个迷失的小点儿。

我突然听见一阵汽车的轰鸣,我擦去眼泪,看到从度假村里出来一辆车。车灯的亮光成为黑暗中唯一的光明。车停到我旁边,哈桑打开了车门。我声音颤抖地说:

"我不会跟你回去的。你走吧。"

他说:"我不是来带你回去的,我送你去你想去的地方。"

我说:"我不要你做什么,也不要这车的主人做什么。"

他说:"我一直在后面跟着你呢。你一个人在这荒郊野外,太危险了。上车吧,夫人,你想去哪儿我就送你到哪儿。"

他平静的声音,赢得了我的信任。我上了车,坐在他旁边,随着车子的启动开始低声哭泣。阿克拉姆把我打疼了,每个指印下面都火辣辣地疼。我生怕哈桑注意到,但这些指印恰好在对着他的这半脸上。哈桑既不看我,也不问我刚才发生了什么,只是一直盯着我们要一起勇闯的无边的黑暗。沙漠的宽广超过我的想象,层层累积的浓密黑暗,让缓慢蠕动的汽车灯光显得如此软弱。

两个小时的车程中,我们没有说一句话。我睡了一小会儿,等我醒来时,我看到黑暗似乎褪去了些许,灰色的沙漠、干裂尖角的岩石呈现在我面前。这个黎明就像当初我离开帕夏的庄园时的黎明一样,但是更加残酷。我看着哈桑的脸,他笑了笑,像是在祝贺我,利用幕间休息的时间,逃脱了黑暗,重返了光明。黎明总是会来的,阳光把周围一切都上了色。汽车缓慢向着开罗爬行,虽然我没有跟他说要去哪儿,虽然事实上开罗也没有我可以投奔的人。

我说:"我想跟着你。"

他没有明白我的意思。我又说:"我想看看你的孩子,我想看他好好的,就放心了。"

他立马回答:"孩子很好。我跟他姨通过电话了,他情况很稳定。"

我压制想哭的冲动，说："我想看看他，摸摸他的额头，确认他的烧退了。我不想感觉他是因为我而病的。"

哈桑惊讶地看了我一眼，顿了一会儿，说："他当然不是因你而病……我答应你这个小小的要求，我也正想去看看孩子。"

天色更亮了，周围的车辆明显变多了，我不再感觉那么荒凉，城里的房子看上去都笼罩着一层灰土。汽车再一次在狭窄的胡同中穿行，我的鼻子又从地面捡起了盖特·伊纳布的气息。我跟着他走进那条窄小的蛇一般的胡同，这次倒没有很多人围着我们指指点点。

那个可怜的孩子，正安静地睡着，房子里的灯亮着。哈桑难为情地说："孩子他姨肯定是给她家人做早饭去了。"

她不在我倒更放松。我摸摸他的前额，他睁开了两只大大的眼睛，还用上一次那种迷茫的眼神看着我，不知道是否认出了我。他能看到我脸上被打的掌印吗？他爸爸轻轻抱起他，怜爱地亲亲他，他趴在爸爸肩上，警惕地看着我，指指我，在爸爸耳边轻声说：

"这是妈妈吗？"

哈桑说："这是妈妈的一个朋友。"

哈桑把孩子放在床边，开始和孩子聊天。孩子时不时用困惑而又好奇的眼神看我一眼。天已经亮了，一切都很明了，我该走了，一个人走。

虽然哈桑坚持再次开车送我，但我还是拒绝了。我只让他把我送到胡同口，我自己等出租车。我不知道阿克拉姆会如何惩罚哈桑，但这只是迟早的问题。阿克拉姆原本兴致勃勃地等着我在沙漠中吃尽苦头，贱兮兮地回去找他，但哈桑让他的算盘落空了。我坐上出租车，想起孩子的两只大眼睛。我累坏了，没有力气思考任何问题。汽车把我带到苏莱娅住的楼里，我就像第一天来开罗一样茫然无助。

我走进房子的时候，苏莱娅竟然醒着，这真不符合她的风格。很明显她是半途醒来，坐在那儿等我。我坐在她面前，知道她要说什么。她也不需要问我发生了什么，直接用决定的语气说：

"阿克拉姆从北部海岸打来电话，他快气疯了。我不想知道什么细节，我比你更了解阿克拉姆，他卑鄙无赖又懦弱下流，但他让我把你赶走，我无法违抗。"

这就是他对我的一贯风格。我说："我收拾收拾衣服就走。"

"我不像他那么卑鄙。你可以在这儿待一阵子，好好核计一下。"

"我保证不会让你为难，我不会在这儿待太久的。"

我走进曾经收留我的那个房间，看着镜子里的自己，阿克拉姆的掌痕已经差不多消失了。我没时间耽搁了，站在热水下，努力洗去我所经历的一切，重新做一个美丽的女人，不受侮辱，也不轻浮。我挑选了最漂亮的衣服，走出房间，看见苏莱娅已经在沙发上安静睡了，脸上的妆都花了。

我离开了大楼后，先来到发廊，任凭理发师打理摆弄我的头发，又让他给我化了很浓的彩妆。我照照镜子，简直认不出自己，完全换了个人，戴着面具，掩盖住自己的肮脏和痛楚。

我坐上出租车，心里已经摩拳擦掌跃跃欲试。汽车在疯狂拥挤的大街上停停走走，直到开出了城市。我决定打出最后一张牌。一栋蓝色的玻璃建筑沿着沙漠边缘延伸，在太阳光下闪闪发亮，就像一个埋伏好的猛兽，正等待猎物步入诱人的陷阱。我之前从未来过这里，但我知道地址，也记得电视广告中播出的这里的画面。大楼里面阴冷，仿佛与世隔绝。这里的天空与别处不同，住着一个不同寻常的大神。一个警卫把我带到他的办公室外面。办公室主任打量着我，除了我还有很多人等着见这位大神，看上去都是些重量级人物，但是办公室主任示意我先进去。我走进一个房间，蓝得像天空，只是没有云彩。房间四壁挂满了巨幅油画，还有蓝色的书法线条。

大神坐在长条形的大写字台后面，就像所有古代的神灵一样，等待着别人觐见。我缓步走向他，他盯着我看，既没有站起身，也没有伸出手。他允许我进入他的办公室，站在他的对面，这就够了。也许我的到来，让他想起了对我身体取得的那场小小的胜仗。我站了一会儿，他才开口说：

"你已经厌倦了那个孩子了吗。"

我吞了口唾沫，说："我应该早点做出决断，帕夏。可能阿克拉姆确实还是个孩子，但他的心肠是杀手的心肠。"

他用惊讶又带着嘲讽的语气说："这个疯子，想要杀你吗？"

"他正策划杀您。我亲耳听到的，他要花钱雇杀手做掉您。"

他大声笑了起来，整个办公室都在颤抖。他从办公桌后站起来，把手搭在我的肩上，说："你肯定曾经很信任他，因为你现在还在发抖呢。感谢你的提醒，但我能保护我自己。我倒是希望你这次来，是为了别的事。"

我信誓旦旦地说:"我和他已经没有任何关系。我已经离开了苏莱娅的公寓,也不会再回去了。我想独立,不想再让别人为我花钱,我要为我自己花钱。"

他打量着我,说:"你令我刮目相看啊,你想清楚了怎么做吗?"

"我之前是个商场服装售货员,干得不错。"

"咱们理智务实一些,你会有个小买卖做,以后可能会做大,你未来也能出人头地。我会安排一间公寓,两把钥匙,我一把你一把,没有备用钥匙,所有的事情都要保密。我一句话,随时可以终结一切,听明白了吗?"

我在他的嘴唇上快速亲吻了一下。我在心里大声喊着:"您就下令吧。"

我没想到我们这么快就达成协议。他用手擦去嘴上的我的唇印,说:"这是你最后一次在公司见我了。按我说的办吧,不管什么情况,都不要和别人提我的名字。我不想在咱们的公寓外面遇到你,偶遇也不行。另外,以后不要强行亲我。"

我想再次亲吻他一下,但退却了,从那片蓝天下匆匆走了出来。我梦想着能够自由和独立。我要控制住身体的欲望,它留给我的只剩下屈辱感。帕夏没有违背他对我的承诺,他没有在画面里出现,苏莱娅也没有任何察觉。他只是简短吩咐了办公室主人几句,就用军令般的指示打发了我。

两天之后,我一个人去了纳斯尔城一处远离他人耳目的建筑,看门的在等我,他手里拿着钥匙和一份协议,等着我签字。房子里家具齐全,我立刻就住进去了。这么久以来,我第一次闭上眼睛,享受舒适和安宁。我没有去苏莱娅的公寓取我的衣服。这一路上我一直随身带着老爸利斯·巴拉伊的照片。现在，我把照片挂在大厅的墙上，让他一直陪着我。我高兴得赤身裸体地在房间里来来回回走着。

一周之后，我就变成了一家小服装店的老板。事情发生的就像上次一样简单直接。一个房产中介同我联系，拿来一把小钥匙和一份待签的协议。就连资金到来的方式都是那样简单，门卫拎来一个小包交给我，他也不知道里面是什么。这个店确实很小，但地段很好，我在门脸上写下："吉卡拉时装店"。我专程去了一趟土耳其，进了一屋子服装，当然也给我自己买了一整套。帕夏一个月之后才来找我，那时阿克拉姆已经被抓起来了。

我在整整三年之后才又一次见到阿克拉姆。我从没想去监狱探视他。我深信不疑，帕夏早就计划整他，而我只是直接促成这件事而已。但当我看到报纸大事版全是阿克拉姆的照片时，心里还是有点负罪感。照片底下印着多项罪名：进口变质食品，逃税，侵占土地，都是些对付商人的惯常指控，简直是为阿克拉姆量身定做。阿克拉姆好不容易洗脱一项罪名，又会有新的指控加入进来。我说的负罪感不是为他，而是为我的身体。我的身体依然在呼唤他！虽然他就是个小人，但是他唤醒了我的身体，让我身体每个细胞都不听我的使唤，渴望有人羞辱它们、玩弄它们，就像阿克拉姆那样。

帕夏到来的那天总是一周中最痛苦的一天。那一天，房间里总是笼罩着死亡的气息，从晚上到早晨。死亡从家具背后、从床单下面紧盯着我。当他趴在我身上劳作时，他的呼吸声让我害怕，仿佛他每喘一下都可能断了气。他完事疲软之后，躺在我旁边，我也紧贴着他的胸膛。他总是很惊讶我为何这么做，问我爽不爽，其实那种时候，我只注意仔细听他心跳了。他走了之后，饥饿和孤独便侵蚀着我的身体，但我不敢冒险找别的男人。我深信他无所不知，绝不会姑息迁就。

有时我问自己：苏莱娅去监狱看过阿克拉姆吗？他脸上那孩童般的光彩，早就消磨掉了吧。他知道我是他这一切遭遇背后的原因吗？我没有试图去探寻答案。起码暂时来看，时间在他身上已经停止了，而在我身上却没有。我的生意越来越大了，我不仅买下了隔壁铺子，还买下了后面的住宅，把店面横向纵向都扩大了一番。

我再也不是一个人忙碌，我雇了几个女店员。我不再只去土耳其进货，还去巴黎和米兰，有时一些大单子还要我往美国跑。在那只无形的手的推动下，前来购物的顾客络绎不绝，甚至价钱都是我说了算。

我从暗处走向前台，走出那些被出卖、被侮辱的黑暗日子。我成了一位成功的女商人，货源不断，直接送到店铺门口。其余的小店铺，只能等待我扔给他们一点残羹冷炙。很多工厂都专门为我裁剪仿制时装，然后贴上国外大牌的标签。这就是所谓的"大商务"，一场我和大家都参与其中的骗局。更重要的是，我应当从我的小公寓里走出去，走到他们中间，去曼苏利亚区，那个靠近金字塔的高档社区。

像我这样的社会名流，乔迁新居绝不应偷偷摸摸进行，必须办一场声势浩大的派对，宣告我成功跻身这个藏龙卧虎的地方。我的生命中已经没有一个是小人物，华灯初上，受邀的客人早早地陆续来到我家。帕夏本人没有来，尽管他是这些年唯一同我共寝的男人,但此刻我并不那么想念他。

我站在客厅里,这些时常出现在杂志封面上的面孔将我团团围住。此时此刻,荣耀和华贵,专属一个来自盖特·伊纳布的女孩。此时此刻,那堵将我和过去隔离开来的墙壁上出现一个小孔儿,我多希望阿克拉姆能钻进来,亲眼看看我光彩照人的时刻。我闭上眼睛,突然闻到一种并不陌生的香水,我睁眼一看,是面色苍白的苏莱娅慢慢向我走来。我并没有邀请她,她一定是在早间新闻上读到了这个消息。她用冰凉的嘴唇贴我的脸,亲得叭叭响,老远都能听到。她向后退了一步,竟然是阿克拉姆站到了我的面前!

他还是他,只是那张娃娃脸不见了,魅力也少了许多,取而代之的是皱纹,甚至白发。他盯着我看了好久,也许是在比较现在的我,和那个从亚历山大赶来、被他迷倒、自愿以身相许的女孩。我也激动得发抖,体内那股饥渴重新升腾,虽然我绝不想这种饥渴再次抚摸我,但我的膝盖仿佛消融了……

他抓住我的手,紧紧握住,仿佛重新拥有了我。我以为他想要拥抱我,但是他突然弯下腰,亲吻我的手,就像是针刺一般,让我想起他打我的那记耳光。

他说:"吉卡拉,你现在发达了,我没想到你能爬这么高,看这豪宅,看这聚会……"

我把手抽回来,压低声音说:"我可没请你。"

他扬起眉毛,阴阳怪气地说:"我以为你是为我出狱办的这次聚会。不管怎样,权当如此吧。现在我给你介绍另一个客人,和我一样,都是不请自来:哈桑·拉希迪。"

我立马想起了司机哈桑,他幼小的孩子,还有我们在瓦迪·纳特隆①附近沙漠的孤独旅程。我一下想起了他偏棕色的脸庞,高大的身材和宽阔的胸膛。我很惊讶的是,阿克拉姆坐牢期间,哈桑还跟他保持联系。我顺着他指的方向看过去,看见一个和司机哈桑长得很像的人,但不是他本人。这个哈桑更年轻,长得更帅气,有些瘦高却强壮,站得笔直,像一根坚硬折不断的树棍儿。他有点紧张,眼睛里闪着焦虑的光芒。他和我握手时,我能感到他的手指冰凉粗壮,凉得让我打了个寒战。

他们的到来让我的宴会平添波折,但我又不能把他们赶走。我勉强装出一丝笑容,跟他们说我还要去照顾其他客人。我站在通往花园的门边,想呼吸一口新鲜空气。他们三个就像一个黑帮,偷走了我办乔迁宴会的快乐。我是不是该联系帕夏,让他找个由头把阿克拉姆再关几年?

苏莱娅已经完全融入派对,和一个高官聊得正欢。那个高官的老婆是我这儿的常客,很明显,她又在"钓大鱼"。阿克拉姆也和几名官员聊天,肯定又在试图靠脸骗人。我没找到跟他们一起来的第三人,哈桑·拉希迪。我忙于和宾客们拥抱、行亲吻礼、互相寒暄。阿克拉姆开始山吃海喝,大快朵颐,仿佛要拼命补偿在监狱里的那些日子。我开始招呼客人们去用自助餐,国内最好的餐馆做的。阿克拉姆努力往前凑,想要单独和我在一起,但我不给他机会。要是他半夜前来找我,寂寞的我也许无力抗拒。他盯着我的一举一动,看得我很不自在,不知道他又在策划什么。我用眼睛搜寻那个突然消失的人,没影儿。我离开聚会厅,跑到内厅,也没有。他们会不会实施抢劫?那人是阿克拉姆在监狱的狱友吗?最后,我看见他呆呆地

---

① 瓦迪·纳特隆:埃及城市,位于开罗-亚历山大沙漠公路的中间位置。

站在一个内室走廊里,出神地盯着我爸爸的那张老照片,连我的脚步声都没察觉到。他竟敢闯进我的内室,让我很是生气。但是我还是站在那儿盯着他。过了一会儿,他转过身来,红着脸不好意思地说:

"对不起,我在找洗手间,被这幅照片一下吸引过来了。"

我说:"你如何说服我,你站在这儿,远离所有人,就是为了这幅照片?"

他像是故意忽略我的责怪和怀疑,用一种既不伤感也不激动的奇怪腔调说:"他真像我的父亲。年龄模样都像。唯一的区别就是照片里的人穿着渔民装,而我爸爸是纺织厂工人。"

我没接话,而是环视四周,想看看他究竟干了什么。他转向我,接着说:"我想他是您父亲吧,所以您才会自豪地把他的照片挂在这儿。天知道啊,我比你长得更像他。他还健在吗?"

我叹了口气,决定暂时把我的怒气放到一边。我说:"不,他死了,当时我很小。"

他立马说:"那时候你肯定和我一样,觉得整个世界都崩溃了。我爸爸是警察杀的,他当时想要保卫工厂。后来警察闯进我们家,砸烂了所有的家具,连一张照片都没给我们留。"

我的怒气一下消散了。我看着他充满忧伤的双眼,说:"我父亲是在卡巴里海的一场风暴中遇难的。那天他坚持要出海,因为当时家里一个钢镚儿都没有了。"

我停下不说了,我俩每人都带着自己的悲伤。我从未和任何人谈过我的父亲,谈起他的去世在我心中留下的创伤,谈起他的小船不再出海之后,我心中崩塌掉的那个世界。现在我俩站在这豪华宅邸里的走廊中,但我心中却在想念在卡巴里海边的那个小小的家。父亲去世之后,我们便被迫搬走了。我心中重新升起一丝疑虑,我便问他:

"你和阿克拉姆还有苏莱娅是什么关系?你真的是他朋友吗?"

"我只是和他一起来的,但我们不是朋友。老实说,我也不知道他为什么把我带到这儿来,好像要我似的。我是个工程师,一个共同的朋友把我介绍给阿克拉姆,说他需要一个工程师监管他的几个项目,或者准确点说,是重新收回那些项目。原本我今晚是要和他一起谈这个事情的,但他改变主意,把我叫上他的车。我以为他要把我带到一个安静的地方好好聊聊这个事情,没想到他把我带到这里来了。"

这确实是阿克拉姆的行事风格。他羞涩地笑笑,笑得很好看,接着说:

"如果你要我走,我马上就走。但请您满足我一个愿望。"

我吃惊地扬起眉毛。他要干什么?要亲我不成?

他指着照片说:"我想要一份这张照片的复制品,要是您允许的话,我会把它放到电脑里,把他的渔夫装换成工作服,这样我就能拥有一张我爸爸的照片了。"

尽管我不愿意,但他的话还是打动了我。我把脸转过去,不让他察觉我的情绪。我快速走进旁边的一个小房间,之前是我的工作室,打开抽屉,取出时装店的名片,上面有我的照片和电话。我看着名片,又拿出一支笔,加上了我的私人手机号。只有很少人知道我的手机号。我回到他身边,把名片递给他,说:

"你的要求真奇怪，但是我们可以安排。保持联系。"

在这个时候，我不知不觉成了和他很亲密的人。他不仅接过名片，还拿起我的手亲了一下，不是亲在手背，而是手心，就像是亲吻我身体的一个裸处。我内心微微一颤，希望他没有察觉出来。我抽回手，尴尬地说：

"我们该回到客人那儿了。我俩这么长时间不在，他们还不知道会说什么呢。"

我迅速走出房间，他走在我后面，我能听到他的脚步声。我很紧张，又很窘迫，又觉得刺激。我的身体很慌乱，脆弱的自信面具已经融化了。我看见阿克拉姆远远地注视着我，苏莱娅扬着眉毛，奇怪地看着哈桑跟在我身后。我试着融入宴会中，但目光还是会不由自主地转向哈桑。我看见他远离其他两人站着。我心想：等晚会结束了，别人都走了，如果他肯留下的话，我们可以坐下好好聊聊。我跟他聊老爸利斯·巴拉伊，他跟我讲他父亲，虽然我连他老爸名字都不知道。但事实证明我的想法无比愚蠢，晚会结束后他没有丝毫耽搁，只是远远地朝我点点头，便转身出门，消失在黑暗中。

过了整整一个星期，我才再次听到他的声音。我都已经忘了他的事儿了，或者说，我以为自己忘了。但我一听到他的声音，就想起了所有的事情。他问我照片的事，我不知为何浑身发抖，这简直不符合我的身份。照片我还没准备好，我没想到他是认真的。在我看来，老照片看上去都很像。他说：

"你把照片做好了给我送来吧，我请你吃晚饭，怎么样？"

我立马回绝了："不行。"我不能和任何男人出现在公共场合，我不能冒这个险。但他还是坚持不挂电话，等我改变主意。我也抓着电话不放，双方都能听到对方的呼吸。过了一会儿，我说："你等等。"便放下了电话，稍微走远了一些。大街上车来车往，从业妇女们正忙着应付顾客。我一个人在家，帕夏在国外出差。我回来抄起电话，犹犹豫豫地说：

"你知道来我家的路，是吧？"

到了晚上我们见面时，我还是没有给他准备好照片，而他压根没有提到这件事。他只吃了一点点我做的饭菜，我们也没有聊我们之前想聊的话题。一切都不明朗，像在云中。我俩动作慌乱，好像都在避免走出错误的一步。轻微的触碰是免不了的，气氛显得很紧张。

我既紧张又期待，当我感受到他的双唇用力吻着我的下唇时，泪水几乎要夺眶而出。他用双手揽住我的腰，两腿伸到我的两腿间，把我身体顶了起来，让我够不着地面。之后一切都加快了步伐，我的衣衫不知怎么就没了影儿，我赤身裸体，糊里糊涂上了顶层的卧室。

我的床铺还是新的，还从未有男人碰过。他很饥渴，控制不住自己，甚至还有些粗暴。我不知道他的身体怎么会那么强壮，他碾压着我的肉体，毫不犹豫地闯了进来，长驱直入一些我此前从未感觉到的地方。我大声喘息，狠咬他的肩头，指甲嵌进他的背里。而他却不出声，甚至连呼吸都不急促。各种喊叫呻吟的是我，我感到眼前黑暗中掠过一阵亮光。直到凌晨的时候，我的身体才平静下来。我累坏了，确实需要睡一会儿。他把沉重的胳膊放到我身上搂着我，我感到一丝暖意。我试着挪动身体，发现四肢全部都麻木了。

当我醒来的时候，太阳光已经从窗帘缝隙里射进来。他已经不见了，只剩下他在床单上留下的印迹，在枕头上压出的窝儿。我想起苏莱娅跟我讲的老故事，他就是那条大蛇。

我坚信像这样的夜晚不会再重复。他也没再和我联系，即便他联系，我也不敢回复他。帕夏很快就要回来了，封锁我的身体，我不敢拒绝他或者忤逆他。我只能这样赤裸全身坐在这儿等他。听到他走在楼梯上的脚步声，看到保镖簇拥在门口，他走进房门时，我便仰面躺倒在床上，对他说："欢迎帕夏老爷大驾光临。"我从来没有想过摆脱他，也看不到赎罪的希望。他的每一下触摸都是冰冷的，每一下亲吻只会在我身上留下口水。在每一声咕噜咕噜的呼吸中，我都觉得他将会死去。

当他打着呼噜睡去之后，我稍稍宽心了一些。我一直坐着，逗弄他的后背，盯着眼前空空如也的黑暗。我闭上眼睛，心想今夜本来是哈桑的，但他没有来，也不会再来。我突然听到轻微的嘈杂声，以为是我做梦了。我知道哈桑记得来我卧室的路，难道是他摸黑来了？我睁开眼睛，想确认自己刚才是做梦，没想到哈桑竟然就站在我面前！这条我期待它咬我的大蛇！他穿着黑衣蒙着面，但我一眼就能认出他。

他来这里干吗？要在帕夏旁边同我做爱吗？我正要冲他喊，但一声闷响先于我传了出来，一阵剧痛刺穿了我，哈桑，你对我做了什么？他手里正拿着一支手枪，那声闷响正是子弹发射的声音。帕夏也从枕头底下抽出一支手枪，我都不知道他怎么藏的。两人正要展开面对面的厮杀，我挣扎着起身，但不知道该往哪里去，为什么我眼前一片漆黑？利斯·巴拉伊你在哪里呀？你在哪里呀，老爸？

第九章　阿里
——即将毕业的医科生

　　我只是个沉默的哑巴目击者。双脚踏上了一条错误的道路，开始滑向地狱。当我发现自己陷入谋杀的漩涡中心时，我说不出话来，只能任由恐惧麻醉我的意志。不知道哈桑是否发现了我内心里阴暗的这些念头？

　　汽车在宁静的住宅区缓慢蠕动，我多希望司机会迷路找不到地方。但是这只是个非常无力的愿望。我看到了我认识的那栋房子，它不仅没有换地方，甚至也没有试图躲藏起来，只是沉默地立在那儿。房子周围没有光，但却是一个清晰的目标，任何人都不会搞错。

　　汽车停在房子对面，我屏住呼吸坐着，静待一切发生。他们两个静静地等待最后一个行人离开。周围只有几条流浪狗。它们看了我们几眼，便溜走了。扎纳提从汽车方向盘后面下来，慢慢走向别墅大门，他没有按门铃，而是用手敲大铁门。他手里拿着一张纸片，顺着门上的铁条塞进去。他虽然身材高大，但站在那里显得非常温顺，像个焦急等待问路的迷路人一样。不一会儿,铁条后面出来一个人,端着突击步枪。我上次来的时候,没有看见他。因为车窗关着,我也没听见他俩对话的内容。那个警卫警惕地看着扎纳提,在铁门的栅栏后面拿枪朝他比画两下,叫他走远。扎纳提一直站在那儿不动。最后那个警卫还是让步了,他知道这个人不会走,也不害怕他手中的武器。他接过那张纸片,转身后退几步。我听见哈桑紧张得喘不上气来。警卫又回来了,这次他把枪稍微往下放了一点,指着远处某个地方同扎纳提说话,但看上去扎纳提听不明白。他低下头,努力把头往铁条中间塞,装作想要听得更清楚一些,警卫只得走上前来一些……突然,扎纳提的手像闪电一般,隔着铁栅栏一把捏住警卫的脖子。警卫试图摆脱,举枪,但扎纳提一使劲,那个警卫便翻了白眼儿。我战战兢兢地看着眼皮底下发生的谋杀,大声喊:"不要啊。"

这简直是不可承受的噩梦。哈桑转过身,拿枪口顶着我的头,咬着牙说:"嘘,别坏了事儿。"

扎纳提一松手,警卫便软得像一团泥一般,毫无知觉地仰面倒下了,凸起的双眼无助地看着苍天。我吓得哭了起来,哈桑拿枪更加用力地顶着我的太阳穴。扎纳提爬上铁门,转眼间便翻到了院子里。他像熊一样骑在警卫的身上,上下翻找,最后把尸体挪到路边,起身打开了铁门。

我僵在那儿动弹不得。哈桑拿枪对着我的脸,说:"下车,快点。"

我全身都动不了。为什么这些人根本不觉得这种谋杀是多么可怕多么残酷?哈桑拿枪柄狠狠地打我,很疼,不过比缓慢勒死要好受一些。他说道:"别像娘们一样哭哭啼啼的,下车。"

我还抓着座位，不想下车。他怒气冲冲地下了车，打开后车门，一把拽住我。我央求他："求你了，别逼我……看见这样的事就已经够了……我来这儿不是为了这个目的。"

他说："你还没见到动真格的呢。要是你想带我回你那个该死的镇子，现在就下车，给我掩护。"

我惊恐地看着他。他是在诱惑我和他做交易，还是在耍我、把我拉下水？我抓着车座，心里一片迷茫。我的脸颊很疼，身体也没法动弹。扎纳提回到车里，一把拽着我，把我扔到地上，吼道："我们没时间了，婊子养的。"

他揪着我的脖子，把我从地上拉起来，推向大门口。我心惊胆战地看着他，他看着比手枪还要可怕。我气都喘不上来。我看到了那个警卫的双脚，身体其余的部分都被藏到灌木丛里去了。

扎纳提推着我，哈桑命令他说："把他交给我吧。你去把车停到对着大门的地方，别熄火。"

他为什么要让我掺和进来，明明有我没我都一样啊。他肯定看出了我有多没用，有多幼稚，但是他执意要把我变成他那个样子。我们穿过空空荡荡的花园，来到内门。他从口袋里取出好几把钥匙，不知道他是从哪儿搞来的。我往身后看看，扎纳提正坐在车里，正好堵住了大门。哈桑轻易地打开了内门，我又一次看到这个家，虽然是在黑暗中，但是我早已了解它的内部结构。我央求他说：

"求求你了。"

他从后面把我推了一把，低声却口气强硬地说："要是敢后退一步，扎纳提就把你弄死。"

我硬着头皮往前走，进了家。我现在彻底变成了他的从犯。房间某个角落里传来微弱的光，但是房子空空荡荡，就像是坟墓一般。我看着通往楼上的楼梯，恍惚觉得吉卡拉会随时从楼上下来，就像我第一次见到她那样。哈桑转过身来，他手中的匕首在黑暗中闪闪发亮。我害怕地往后退了一步，他在手中调转匕首，把刀柄朝着我，让我拿着。我的手根本抬不起来，手指僵硬无法抓东西，更别说握刀了。我哆哆嗦嗦地说：

"我不行……"

哈桑咬牙切齿地说："拿着刀，站在台阶底下。要是菲佣醒了，把住楼梯不让她上去。"

"我没法对她做什么啊。"

"阻止她上楼就够了。你站在这里别动……"

他蹑手蹑脚地上了楼。我茫然地站在那儿，匕首在我手里闪光，一具尸体躺在花园里，一个杀手正堵在门口，另一个杀手去了楼上。我就像一个没头苍蝇被缠在死亡的网中。我想起他说要跟我一起回去，难道我要带着一个杀手，回去拯救一个纯洁无辜的灵魂吗？这样有意义吗？如果警察来了，他们看到我惨兮兮的样子，会相信我吗？我想看看我的脸在刀面上的影子。在黑暗中，我还是看到我的脸同我几天前来这城市的时候，已经完全不一样了。这场恐怖的噩梦扭曲了我的面容。是那个死去一半的姑娘让我陷入这样的境地，还是我自己自作自受？愚蠢、疯狂、幼稚……

我听到什么声音，以为菲佣过来了。我应该举起刀，显得很凶恶。我环顾四周，什么人也没有。声音是从楼上传来的，一个女人的哭喊声,那是吉卡拉,哈桑到底找到她了。女人的一声惊叫,接下来是一声沉闷的空气爆破的声音,那是枪响。没过一会儿,又是另外一声枪响,很清晰,很刺耳,在空旷的房子中回荡。郊区一片寂静,人们肯定都听到了这声音,然后都起来了。我朝门口退去,那个壮汉肯定在那儿守着,但我也顾不上了。我必须得离开。

这时,我听见踉踉跄跄的脚步声。我抬起头,看见吉卡拉披头散发地靠着楼上的栏杆站着,眼睛无神地望着我,仿佛很奇怪我会在这儿。她赤身裸体,黑暗也挡不住她身体的光彩。我看到她挺拔的右侧乳房,而她用手压住左侧乳房,好像害怕它会爆炸。我想对她说声对不起,但我手里拿着刀,也是谋杀她的罪犯之一。我待在原地,听见她身后传来打斗的声音,东西撞碎的声音,还有几声沉闷的吼声,厮打声……就在这时,我听见第三声枪响,依旧很沉闷,肯定是从哈桑的枪里射出来的,但是向谁开的枪呢?还有另外一个人吗?

突然,吉卡拉顺着楼梯下来,向我走来,我害怕地往回退,害怕她指认我要谋害她。我记起她温柔的那一吻,我几乎要哭出来了,我想坐到她面前,乞求她的原谅。她突然踉跄了一下,两膝一软,倒了下去,头重重地磕在台阶的边缘,一路滚下来,直到最后一级台阶。我不顾一切向她跑过去,她两只凸起的眼睛直勾勾地盯着我,嘴巴吃惊地张开着。我看见她左侧的乳房下,有一个小小的孔洞,旁边是一圈火药烧伤的痕迹,血正往外涌。死亡的恐怖并没有减少她的美貌,我伸出颤抖的手,合上她的双眼。这是我唯一能帮她做的。

我看着楼上,打斗已经停止了,一切安静下来。我不知道这战斗是怎么结束的。哈桑还没有出现,难道他被最后一个对手打败了吗?我听见身边传来另外一个声音,我惊恐地看看周围,走廊旁的窗帘后,我看见菲佣正满脸惊恐地俯瞰我。她一定和我一样,是个沉默的见证者,不敢出声也不敢走动。我俩都惊恐地盯着对方,我俩正在经历同一场噩梦。她紧紧地贴着墙壁,仿佛她一挪开,墙壁就会立马倒下。

哈桑终于出现了,他快步走下台阶,毫不在意地跳过吉卡拉安静的尸体。他伸手从身后抓住我的衣服,把我从地上拉起来,推着我往前走。我想反抗,但马上瞥见他另一只手里的枪。我没有朝菲佣那边看,怕哈桑发现她。我顺从地走在他的前面,终于逃出这座被诅咒的房子。我最后看见的是那个警卫的双脚,不知道在这场屠杀中,我们留下了多少具尸体?

不用他推,我就会走向汽车,尽快离开这个地方。周围的房子都亮起了灯,刚才沉默的野狗开始狂吠,但没有一个人出来,每个人都是躲在窗户和墙壁后面观望。哈桑坐在前座,汽车连门都没关好就启动了。我们沿着荒凉的大路前行,曼苏里亚区就像是个有灯光的坟墓,巨大而死寂。没有人拦住我们的去路。我们沿着水渠的岸边行驶,一股腐臭水藻味道飘来,充满我的胸腔,刚好遮住了血腥气。汽车发出令人不安的噪音,像是在向世人宣告我们的罪行。我们终于开到了快速路上,金字塔一闪而过,深黄亮光映在哈桑脸上,我突然发现他面色惨白,牙齿紧咬着下唇,像是在强忍呻吟。我喘不上气来,但一个字也不敢说。我从未想过,他们这么容易就完成了杀戮,即使在最凶残的战争中,杀戮也不会这么冷血吧。扎纳提一脸忧虑地看了哈桑一眼:

"我听到还有一声枪响,没有装消音器……怎么回事?"

哈桑用奇怪的声音说:"那个老淫棍枕头底下藏着一把手枪,试图抵抗。"

扎纳提仔细看着他,似乎没把稳方向盘,汽车猛地晃荡了一下。他担忧地说:"哈桑,你在流血。"

"皮外伤,子弹擦着我的肩膀过去了。"

"你还能坚持到修道院那儿吗?"

哈桑没说话,把脸转过去,假装在看车外的路。他又转向扎纳提,我听见他果断地说:"我不跟你去修道院了,我要换个地方,送我去火车站。"

车又抖了一下,我抓紧座椅,蜷缩着不敢动。扎纳提提高嗓门说:"你不能这么干……这样会让我们所有人陷入危险。过一会儿到处都会天翻地覆,安全警察会像雪松树一样把住城市的各个入口和出口,我们必须像以前那样,找个地方躲躲,等风头过了再出来。那时候你想干什么都行……"

我屏住呼吸,不想让他们俩感觉到我在这儿。我不想让扎纳提把哈桑不跟他走与我联系起来,然后把火气都撒到我身上。哈桑说:

"这次我用我自己的方式安排躲藏的事儿。"

扎纳提勃然大怒,说:"你这是逼大家自杀啊。"

但是他没有停车,也没有减速。我们重新回到了城市里永不停息的车流中。所有的车辆都停在城市的入口前,路障竖了起来。一个军官,带着几个军警出现了,开始检查过往的车辆。我舒了口气,看来我们干的事情很快就要暴露了,我们很快就要被抓住了。我现在最需要的就是落到警察手里,我会把一切都招认了,连拿着刀在台阶下等菲佣的事也招了。但是警官只是盯着我们的脸看了一会儿,就放我们通行。扎纳提烦躁地说:"你们看到了吗?这个城市里现在到处都是这些该死的巡逻军警,等到消息传开了,这些军警会像恶狼一样准备扑杀我们。我们不能改变原计划,必须马上回到沙漠中去。"

哈桑说:"我们都是生脸儿,没人能从人群中认出我们。继续前进。"

扎纳提生气地说:"肯定有目击者的。案子里经常有目击证人看到一切,而没人注意到他们。"

我知道他说的是对的,确实有这么一个目击者。但他会有机会为发生的一切做证吗?

大街上仍旧拥堵不堪。在这样的车流中,人很容易迷失。尼罗河绵延入海,波光粼粼,深色的河水包含着生和死的秘密。我们从高架桥上下来,来到一条行人车辆混杂的街道。人们低着头走着,仿佛感受到了我要承受的罪责。终于,我们不知不觉到了车站广场,闻到了令人窒息的烤焦的食品味儿,废旧轮胎味儿和密集的汽车尾气。一群群小贩堵住了通向车站大门的道路,汽车艰难地蠕动。扎纳提停下车,喊道:

"我得跟你说,你这一步是个大错。我回去找阿达姆,我会把他带到一个你永远找不到的地方。"

两人对视一眼,哈桑看上去因为失去别人的信任而很生气。扎纳提坐在座位上,费劲地脱下自己的外套,交给哈桑,说:"你把它穿上,别让人看到你身上的血迹。别忘了我警告过你。"

我听见车锁响了一声,车门开了。我趁扎纳提还没改变主意,赶紧下了车。我离哈桑远远的,不想让他靠着我甚至碰我。他慢慢地走着,看上去不需要我帮扶。他把外套折了折,走在我前面,我紧跟着他。扎纳提一直皱着眉头看着我们,他期待着哈桑转身回到车里,但是哈桑没有。我听见汽车轮胎摩擦地面的声音,知道扎纳提的阴影终于消散了。

我长长舒了口气,但哈桑犹豫地停了下来,他是在思考自己这么做是否正确?他一手拿着外套,我看见他另外一只手是空着的。他是把枪丢在车上了,还是藏在衣服里了?他用脚试探着路往前走,仿佛在这一张张远行的陌生面孔之间,迈出最初的步子,向着一个陌生的世界。警察们像疲惫的马一样靠着墙睡着了。要是这会儿我撒腿跑,哈桑肯定追不上我。我可以找到车站警察,向他们供述一切,这样他肯定跑不掉。我迟疑地停住了,看着他慢慢远去的背影。我记起来他答应了我的要求,跟我来了,尽管他可能为此付出巨大代价。他突然转过身来,盯着我眼睛,像是要看穿我的想法。我羞涩地说:"没有票我们坐不了车。我这就去买票。"

他没有说话,疲惫不堪地坐到一把破破烂烂的木椅子上,双眼盯着我。我颤巍巍地把钱交到售票员手中,他漫不经心接过钱,给了我两张单程票。我把两张票攥着手里,抬头看了一眼车站的时钟,恍惚间看到的不是表盘,而是瓦尔黛的脸庞,我不能剥夺她重生的最后机会。我回到哈桑那里,没有往他身边坐,因为这半张椅子坐不下两个杀人犯。我虽然没有杀人,但至少是个从犯。车站的灯光照在他的脸上,令其更显苍白。我不知道他伤得有多深,不知道他流了多少血,但是他明显没了力气,也没有了那股凶悍劲儿和冷酷眼神。那个瓦尔黛深爱着的哈桑，可能就有点儿像现在这个样子。

火车还没有来。站台上高高摞着一捆捆报纸和杂志，报纸上有报道那场凶杀案吗？要是今天没登的话，明天肯定就会登，没准上面还会有我的照片。哈桑轻轻呻吟了一声，我赶紧问他说：

"你怎么样了？还流血吗？"

他说："我还扛得住。"

他不说话，脸紧绷着。车站里灯光昏暗，让人不由得有些伤感。我听见某个地方传来电话铃声，仿佛来自另一个世界。我四处张望，旁边并没有人。哈桑疑惑地看着我。我伸手从包里掏出手机，必定是萨米娅打来的。她难道还记得我？我在犹豫要不要接电话，我现在是杀人从犯，本不想以这种身份和她说话。但我很想听到她的声音。她那段时间很支持我，我很感激她。我接了电话，听到她在另一端嚷道：

"阿里，我终于听到了你的声音，你在哪儿？"

我离哈桑远了一点儿，但没有太远，免得引起他怀疑。我跟萨米娅说："发生了很多事情。我这会儿正在车站呢，就要回我的城市了。"

她听着有些激动："你找到他了吗？还是你一个人回去？"

"我都不敢相信我找到他了，但真的找到了，他现在和我在一起呢。"

她沉默了一会儿，嘲讽又苦涩地说："你总算实现了来这儿的愿望。但是这也意味着你将永远失去你爱的姑娘。"

"我不能贪恋一个死去一半的姑娘，我想让她再活过来，我所做的一切都是为了这。"

"我也想找到一个像你一样的人，能为我做点儿事情，给我的灵魂一些慰藉。朋友，似乎我们相遇得太迟了。"

她的声音有些发抖，像是在控制自己的哭泣。我说："你说得太夸张了，你是个不寻常的女孩，值得拥有一个比我更好的人。你给了我那么多，我也很享受你的陪伴。"

她没说话，像是在思考如何理智平和地对我说点什么。她说："你找到他了，这当然很好，但同时你肯定会失去那个女孩，她肯定不会认识你。你能挽救她的生命，我也努力挽回我的生命。我现在不太好，但我终究会得救的。我在最关键的时候醒了过来，我不遗憾自己流了那么多血，虽然流血几乎将我置于死亡的边缘，但是我的血管现在更干净了。我可以毫无留恋、毫无顾忌地开始新生活。"

我不清楚她在说什么。她的话听着含糊，还有些吓人。我担心地说："你胡说些什么啊，你是遇到什么事情了吗？你还好吧？"

"我还在和你说话，这就是说我还活着。事情总会发生，错误总会犯下，但我们仍然活着。"

"这样最好。对不起，我不辞而别，本来我是想向你道别的。"

"没必要道别了，朋友。道别之后，便是离别。答应我，等你弄完这一切，便回到这个城市，这次找的是我。我会等你的……到时候我们可以更加坦率地聊聊……"

"我答应你。"

迎面驶来一列非常古老的火车，仿佛刚从博物馆出来，看着和老式电影里的一模一样，不同之处是没有喷白烟。车站里一下子热闹了起来,我看到城市一些居民站在月台上,大包小包,脸上一如既往地带着深沉的耐心。搬运工们开始捆扎报纸杂志。有些人肩上扛着奇怪的箱子,吸引了我的注意。箱子是金属网做的,里面是一些外貌奇特的鸟儿,似乎都在昏睡。每当箱子摇晃,它们就会惊恐地抖动翅膀。我惊讶地看着它们,不知道它们是从哪时被抓来的,它们都是候鸟吗,倒霉地撞上了猎人的网?

人们推推搡搡,争着挤上火车。突然出现了一些警察,在站台上懒洋洋地走着,没有一个人冲我们看。我颤抖着,差点儿喊叫出来,自首认罪。哈桑还坐在那儿,眼睛不知道盯着什么东西。我只想让他赶快起身,躲到火车的阴影下。我紧紧地站在他旁边,怕他突然变卦,又跑回修道院里。

站台上的货物装载完毕,乘客们也都上车了,只剩我俩站在门边。穿绿衣服的列车员从远处迈着不规则的步子走过来,好像左腿有些瘸。他登上列车之前,奇怪地看了我们一眼。哈桑吃力地往前走,身形看着瘦小了一些,虽然我不知道他把枪藏在那儿,但现在我可以不带恐惧和他相处了。

我跟着他上了火车,一直走到过道尽头,来到两个单独的座位前坐下。我尽量不和他发生身体接触,以免相互间产生某种好感。我的颤抖稍微平静了一些,虽然火车原地未动,但我觉得像是已经离开了这座城市。我瞥见几个警察坐在站台上喝茶,至少现在我们已经超出了他们的抓捕范围。周围一片安静,乘客们像是都睡着了。鸟笼被摆到行李架上,汽笛每响一声,鸟儿们便惊悚地拍拍翅膀。列车员来了,我把两张票递给他,他说:"这趟路程很长,停站很多。所以我早点来检票,这样你们能多睡会儿。"

我跟他没话搭话："我们整晚都会在路上吗？"

列车员伸长脖子闻闻窗外飘进来的空气，说："不会的。这一夜所剩不多，我看空气湿度很高，明早肯定会起雾。愿安拉保佑，雾不要太大。"

哈桑一眼也没有看他。列车员跛着脚走了，我看到一大群警察聚集在站台上。就在这时，列车开动了。胸口的一块大石头总算落了地，我终于可以舒口气了。这个时候，我完全能体会逃犯的感受。车轮摩擦发出轧轧声，铁轨上的车厢抖动着，首尾互相撞击，仿佛行走在不平坦的路面。等到房屋和灯光消失的时候，也就是说火车走出市区的时候，列车的声音节奏才逐渐规律起来。哈桑依然沉默不语，坐在座位上一动不动。我听见他艰难的呼吸声，每一下都很吃力。

突然有一名乘客站起来，走在过道里东张西望，喊道："我坐错车了。"

哈桑的沉默让我不堪重负，我有一肚子疑问和担忧。我看着别处，低声对他说："我一辈子也没有见过那么残忍的凶杀。从今天起，我睡觉必定会做噩梦。"

又是一段时间的沉默，我以为他没在听我说话。最后，他终于开口了，说："这么说，你什么都看到了。"

我俩又陷入了互不理睬的状态。我们面前只剩下黑黢黢的车厢，列车已经驶入了黑暗，周围什么都看不到了。我们像是成了世界上仅存的两个人，没有人管我们。我们可以随便提问，不管答案多么苦涩。我终于问出了这个困扰了我很久的问题："你为什么要这么做？"

他不屑地说:"你是想问,我为什么从一个工程学院助教变成一个职业杀手?你想过没有,其实答案很简单很直接?"

我很振奋,他毕竟答复我了。而且这会儿,两个人谁都看不见对方的脸。我说:"那时候,你拥有很多东西,几乎完备了,体面的工作,爱你的姑娘,光明的前途。"

"但我缺少一样东西,那就是顺从。我应该低下头,感谢他们如此对我,更早以前如此对我父亲。我应该感谢他们用脚踩死了我父亲,用手毁了我的未来。我应该亲吻踩在我身上的臭脚,亲吻把我投入监狱大门的那些手。你尝过监狱的滋味吗?"

我摇摇头否认。他不看我,继续说:"我进的不是普通监狱,简直就是地狱。我被那些人一度逼到了自杀的边缘。我仅仅是参加游行、呼吁改革,他们就这么残忍地对我,把我从学校除名,把我关进强化看守所,给我加上各种各样的其他罪名,每天在监狱凌辱我。你期待我会怎么做?我会任由他们像弄死我爸一样弄死我吗?"

我知道他是有点儿理的。我记起穆阿提说过类似的话,但我还是表示反对:"但是你还是变成了一个杀手。一个人不可能这么容易就变成杀手。"

"这总比忍气吞声好,我不想沿着我父亲低声下气的那种轨道走下去。"

"但是你杀的,不是那些把你除名的人,也不是在监狱里欺负你的人。你杀的是吉卡拉·巴拉伊。你恨她恨到要杀掉她的那种程度吗?"

我们都陷入沉默。汽笛声高亢地响起,像是有什么突发情况。我们到达了某个不知名的小站，站名已模糊不清了。一个自助餐厅工作人员，端着一托盘的茶水，一遍遍地叫卖："热茶……甜嘞……"我们没有理他，他无奈地走开了。我听见哈桑慢条斯理地说：

"她是一个让我垂涎欲滴的女人。那时我刚刚出狱，饥渴难耐，而她给了我一个欲望满盈的肉体，我在她床上度过了最甜蜜的瞬间。但问题是，她是我们不得不跨越的障碍，我们必须杀掉她。"

"为什么呢？她当时非常迷恋你。这一点在她谈到你的话中明显能感觉到。你为什么要这样对她？"

我不知道他会不会坦诚地回答。他轻声叹了口气，不知道是因为肩伤而呻吟，还是因为我的问题太直接了。之前那个男人又站起来喊，这不是他要坐的火车，这趟车永远到不了他想去的车站。卖茶的递给他一杯茶，但他非要喊，如果能把列车调个方向，他宁可喝一杯毒药。黑暗略有缓解，遥远的柱子上传来丝丝微光，那是另一片土地。我看看他的侧脸，脑门上全是汗。他又开口说话，但话已经不太利索了，一会能连着说几句，一会只能蹦几个孤立的词儿。我不再问他问题，因为我知道他不再听我说话。他像是把身体留在了我这儿，魂儿回到了铁窗里面。他谈起那个改变他人生轨迹的时刻，有意无意填补一些我不知道的漏洞：

"哈姆扎警长，这个下流又无礼的大胡子，我讨厌他接近我……他一来我就浑身发毛……但是他跟我说话倒是很温柔……他总称呼我工程师……他走在我身边，从不推搡我……不知他要带我去哪里……不用说就知道是单人牢房……如果是你,你会如何处理一个囚犯捅了另一个囚犯?我受不了他讹诈、性侵我在监狱里刚刚认识的一个朋友。这个朋友个性软弱,温顺得像只小鸡,就像囚犯们给他取的绰号一样。我不想看他那么温顺,更不能眼睁睁看他被强奸,我只是轻轻捅了那个狱霸,让他长点记性……我当然没想弄死他……"

阿里,你看,我就是这么被改变的……监狱在我的心中种下了另一个哈桑……它让我用囚犯的方式去思考:杀人为了自己生存,为了不让别人粉碎自己。

哈姆扎这个老奸巨猾的家伙一眼就看穿了我……我……他跟杀人犯们混在一起太久了……他发现了我隐藏的天赋,那就是不怕暴力、不惧受伤、不惜用鲜血捍卫自己。我们一直走到离单人牢房很远的地方,一起走过泥地、草地和臭水塘,嗡嗡的蚊虫……那是一片没有人试图改良或填埋过的土地。真是绝好的一片天然隔离带,将下流的囚犯同遥远的模糊世界分开……尽管他和我们关在同一个监狱……我和哈姆扎警长亲自去找他……我们一起走到单人牢房大楼门口,整个建筑外面刷着蓝白相间的石灰,里面墙漆完整,不像我们牢房阴暗潮湿……我靠着墙站着,怕得要命,但竭力不表现出来。哈姆扎和一帮军警耳语,我闭上眼睛……一瞬间我想起了瓦尔黛,我的身体饱受凌辱,已经配不上她了。

我听见开门的声音,睁开眼睛,看到有人从里面走出来。这个我等的人,我从未见过。我把生命的钥匙交给了他…他没有穿我们那种粗糙囚衣,而是穿着名牌豪华运动服。他个头高大,却长着一张帅气的娃娃脸,好像很晚才断奶一样……一个狱卒服服帖帖跟在他身后。我看见他的时候,心里一阵悸动,像这样的大人物为什么要见我呢？他是不是性变态啊，可我取向正常啊。那还是单独囚禁我吧……那个人对着看守发号施令：'你，走开，快点走开……'我厌恶这些欺软怕硬的狱卒，在我们面前装狮子，在这些大人物面前装绵羊。那个人走上前来跟我握手，说：'我是阿克拉姆·巴德里'。"

我不禁惊呼一声。就是这个叫阿克拉姆的小白脸欺骗了我。他引诱我去跳探戈舞，套走了他想要的信息，知道我在羊堡哈桑家里过夜。一定是他告发了我，带领那些人到我栖身的地方，让他们把我做掉，掩盖他们的罪恶。天啊，周围怎么如此黑暗！哈桑没有明白我的惊呼，他已经打开了话匣子，谁也无法阻挡他滔滔不绝地说下去：

"这样开始很是奇怪，不是吗？两个陌生人，打破了监狱的法则……他和我走在一起，开门见山向我提议：'现在，有我在这儿护着你，没有人敢动你一根指头。'我觉得有点好笑，他自己都是个囚犯，说这话不是在蒙我吧……但后来我发现他说的完全是对的，没有人再敢靠近我，不管是囚犯还是看守。想想吧……就连那个被我破相的狱霸，都当着我的面被揍了个半死。

"第一次见面，他没有向我提什么要求。第二次见面时，他跟我说他请了个有名的律师，那个律师和国安局关系很好。他会重新审理我的案子，申请把我释放。第三次会面时，我直接问他想要我做什么。他立刻说：'我想报仇。报复所有背叛我的人。你报我的仇，我报你的仇。'他说的坦率而清晰，把所有勾结起来把他弄进监狱的人都告诉了我。

"很奇怪，我竟然觉得他的提议是合理的。他满肚子和我一样的怒火。他身边充斥着背叛,大伙儿勾结起来算计他。一个强人利用政治权力把他投进监狱,一个合作伙伴抢走了他的股份,还有一个卑鄙朋友抢走了他的娇妻。这些人不死,我们如何能够安心生活?我们谈了很久,谈他的生活,谈他为了复仇可以动用的能力。他失去了很多财富,但他还有一个巨额账户,还有从家人那儿继承的房产……没有人能夺走这些。他会把这些都交给我支配,全力将那三个人从他的世界抹掉,但要做得神不知鬼不觉,绝不能让他染上一点嫌疑,他可不想再次坐牢。

"我对他的愤怒和仇恨感同身受。我心中一直燃烧着复仇之火,只是不知道向哪里发泄。整死我父亲的暴徒,学校里的那个卑鄙的告密者,折磨我的安全部门的警察,和他们勾结起来把我除名的校方……阿克拉姆如此一来,没有留给我退缩或是犹豫的机会。我们同仇敌忾,他会帮我向我的所有仇家复仇,他的敌人就是我的敌人,一群腐败体制的分泌物。自从我父亲死后,我便对这个政权恨入骨髓。我首先要帮阿克拉姆除掉那三个人,练练手,然后再除掉剩下的腐败分子。

"阿卡拉姆在我之前出了狱。在他出狱之后两天,一个律师来见我。我第一感受到还有人在乎我,努力把我从这地狱里弄出来。但是过了整整一个月,我才最终出狱。我简直不敢相信自己竟然又回到了温暖的阳光下,回到夜晚的湿气中。

"阿克拉姆在等我,把复仇小队的安排都做好了。他给我找了好几个帮手,给我找好了每次行动之后的藏身之处。杀人,就是这么简单……为这个拥挤的世界除去发炎的阑尾,简直美妙至极……

"第一次清除行动,就打消了我心里所有的顾虑犹豫……阿克拉姆之前的那个合伙人,当我们把他叫醒,把家伙亮在他胸口的时候,他吓傻了,哭着求我们,甚至要亲吻我们的脚。我们把他拿绳子吊起来,他的身体不停地抽搐,做死亡前最后的挣扎。那一刻,我的身体里也蔓延着寒战,但杀人带来的恐惧,很快就被陶醉感和力量感淹没了,仿佛我的内心获得了额外的能量。我想吸血鬼吸完血的感觉也就是这样吧。那个合伙人实在卑鄙、该死,这样让他死对他而言已是很轻松的了。

"但是第二次行动,那个大人物帕夏,就是所谓的'巨鲸',就不是那么好解决的了。他很小心,出行的时候总是前呼后拥,警卫森严。很多人都盼着他死掉,但都被他先发制人。他没有弱点,没有漏洞,只有当他在吉卡拉床上的时候我们才有机会。他极力掩盖自己和吉卡拉交往的蛛丝马迹,每次去都只带一个保镖,而吉卡拉不让家里有长工,只保留一个菲佣。所以我在行动之前,必须一点一点地搜集信息,他什么时候来?什么时候走?她家里的布局?他们在哪个房间见面?我怎样能不出声地进去?

"要想知道这些,我就必须上她的床……有些滑稽哈,是阿克拉姆把我引荐给她的,然后他就走了,把剩下的所有事情交给我来完成。吉卡拉真是个迷人的女人,我从未见过比她更美的裸体。她的身体充满欲望和饥渴,而我的身体更加饥渴,所以她就束手就擒了。我觉得好像她一直在等我一样。有时候我甚至觉得,她可能早就有预感我会给她致命一击,同时她又很享受死在我手里。性高潮是女人最大的弱点,这个蠢货不仅把身体献给了我,还毫无保留吐露出了她所有秘密。她忘记了，是阿克拉姆把我介绍给她的，我编造的所有经不起推敲的理由，她竟然照单全收。难道说她就是想死在我手里？还是说，她相信只有死亡才能把她从帕夏那个木乃伊的胯下解救出来？"

哈桑停下不说了，大口地喘粗气。车轮声越来越响，火车在旷野上疾驰。我看见那个坐错车的人，他终于肯坐下了。尽管火车已经往相反的方向开了好多站，但他还没有下车的意思。我困惑地说：

"为什么你要逼我跟你们一起去呢。你知道我在那儿只可能把你的计划搞砸。你是想让我成为你的帮凶，好封住我的嘴吗？"

"我想让你看到一个真实的我……我想让你知道，你自己也不是像你表现的那样清白，只要轻轻一碰，一压迫，你心中被遮蔽的那一面便会醒来……那是你从未见过的我的另一面……我知道你不会搞砸计划的，因为你并没有彻底反对加入我们……你假装抵抗两下，但之后就照着我说的做了……不是这样吗？"

真是可恨……他看不出有一丝悔恨的样子。他是自愿跟我回来的，但我现在为有他这样的同伴感到羞愧。远处的一个村庄里发出一些亮光，但还不足以驱走黑暗。难道我一切努力奔波，就是这样的结果？如此一来，那我期望的事情可能要落空了。这样一个职业杀手，怎么能让瓦尔黛恢复生命？我又听见他迟疑地说：

"我觉得我走得太远了，比我之前想得远多了。所以我才跟你回来。要是时光能倒流，我先把她救活，然后她就能把我从杀戮的诅咒中拯救出来，熄灭我心中的复仇之火。"

他的声音飘忽虚弱。是悔罪的飘忽呢，还是流血的虚弱？我知道他没有拯救瓦尔黛的能力。我只盼着火车继续前进永不停歇，永远不要抵达我们的城市。他闭上眼睛陷入沉睡，车厢里一片沉寂，黑暗正在渐渐褪去。雾气笼罩着农田，黎明将要到来，微弱的晨光渗进车厢。乘客都还在沉睡，笼罩在他们脸上的黑暗逐渐消散，大多数人都是中年人，面色苍白，给人感觉列车是开往老年医院。我站起来活动活动僵硬的关节，我看见那些灰色的鸟儿也都醒了，瞪着圆溜溜的小眼儿。它们也想活动活动翅膀，但互相撞在一起，施展不开。鸟儿都是灰色的，一如周围灰色的世界。

我朝着那个坐错车的人走过去，他耷拉着脑袋坐在那儿。我拍拍他的肩膀，他抬起头来，眼睛里都是泪水。我说："你要去哪里啊，老乡？"

他低声说："我不记得了，孩子……我不记得了……"

我在长长的过道里转了转，有些人在说梦话，有些人在笑，有人在呻吟。在车厢的末尾，那个胖胖的列车员坐在一摞报纸上，取出一份，开始仔细读了起来，感觉到我走了过来，他抬起头说：

"你想想，我每天都盼着读到一则关于这列火车撞车的消息，但这事儿从来都没发生过。世界上到处都有火车撞车，为什么这样的事情不会发生在这列该死的车上呢？"

我惊奇地问："你怎么说这么不吉利的话呢……你为什么想让这火车撞车？"

"要么撞车死掉，要么放长假，都比目前的局面好……"

我拿起报纸，迅速浏览了头版，没有发现关于曼苏利亚杀人案的报道。我把报纸还给他，他又读了起来，不断发出惊叹。他身后是自助餐厅售货员，席地而坐，手托着腮睡得正香。火车车厢一个小隔断上放着一个圆托盘，上面全是凉了的茶杯。很明显，他没能从乘客那儿赚到什么钱。乘警站在旁边，一杯又一杯地喝着凉掉的茶。他看着瘦骨嶙峋，拿着一把木柄步枪，我敢肯定里面没有子弹。所以即便跟他报案了，也没什么用。

我又回到哈桑身边，他正闭着眼睛。我不知道他是睡着了，还是在暗中观察我。他胡子拉碴，头发波浪起伏，实在看不出他刚刚做过杀人的事。雾气从窗户渗进来，环绕着他的脸，抹掉了他忧虑、愤怒和仇恨的皱纹。城市的肮脏把他从一个爱人，变成一个杀手。不知道他有没有注意到雾气越来越浓，潮湿越来越厚，有没有闻到棉花、染料的气味，工人的汗味、城市的霉味儿混合在一起的味道？这种味道再一次充满我的肺，要是我伸手到窗外，一定能抓到这种味道的微粒，冰冷又黏稠。

雾气越来越浓了，农田消失在火车身后。我们开到了镇子的边界，我看不到它，但我能感受到它。它已经深深刻在我的记忆里。密密麻麻的红砖房子，这么多年都没有粉刷过。路上有好多孩子，在浓雾之中徒劳摸索着通往学校大门的路。火车就在一片白色天地中前行。我们的城市就这样迎接我们，中立冷漠，不带一丝表情。车轮变慢了，同铁轨的摩擦变轻了，车厢之间的撞击声也变弱了，列车整个像条大鱼，沿着看不见的铁轨缓缓向前游动。我身上的伤口已经愈合，这些天来经历的痛楚也在消失。我想起我的家,我的房间,我的小床,上面柔软的棉绒被褥。放在桌上的头骨,两只空空的眼窝塞了干枯的花瓣。它们都在等着我回来。

我又想起站台上的瓦尔黛,火车会经过她身边吧,但在这样的浓雾里,我们该看不到她,她也看不到我们吧?我们都在走向未知的结局,在路旁,所有人的脸都看不清。列车在雾气中发出最后的鸣叫,短促的一声,像是求救的呼喊。哈桑睁开眼睛,他的眼神不再像之前我看到的那样冷酷无情。他的眼睛很亮,像是含着不肯落下的泪水。他问我:

"我们到了吗?"

我骗他说:"我不知道,我什么都看不见。"

他肯定地说:"我们到了。"

他像我一样,也触到了这老城的脉搏,但他感觉到瓦尔黛了吗?火车越行越慢,完全扎进了苍白脆弱的浓雾中。车轮发出一声轻响,终于完全停了下来。我的心跟着猛跳起来。人们依然停在原地不动,车站里听不到平常的喧闹声。我们没看到搬运工冲上来,没听到乘客们互相推搡。哈桑茫然地看着窗外。有那么一瞬间,我以为所有人都成了死人。

我们突然都醒了,听到一阵沉重的脚步声,车厢地板一阵颤动。原来是站长朱马的庞大身躯出现在我们面前。他手里拿着一盏提灯,他把灯举高,好看清我们的脸。看到我在,哈桑也在,他一点都不惊讶,只是轻轻点点头,似乎说:"你们总算到了。"

我站了起来,哈桑也吃力地站起身来。我看到他衬衣上一片暗红,那是干掉的血迹。他扣紧外套,不让别人注意伤口。

我示意他走在前面。当我们走下列车的时候，雾气稍稍退散了。朱马叔叔带路，用提灯为我们照亮前面的方向。

小丑阿祖兹也来了，他很醒目，穿着宽大的彩色戏服，脸上涂着油彩，鼻子上粘着一个红球。他看着我们在他面前走过，只是忧郁地咧嘴笑着，没有说一句话，生怕打破这种安静。

剃头匠扎玛尼也在，他穿着白大褂，头发上抹了凡士林，油光锃亮。他只是盯着我们看，不说话的样子，看起来真是陌生。

密探马赫鲁斯也来了，看着很烦躁，不安地捋着胡子，不断用竹棍敲打着黄色制服。

最让我们惊讶的是，法医阿姆希尔也来了，他很拘谨，努力把身体站直。看样子他今天早上没喝。但凡喝一点，他的状态也应该更好。他看着我们，嘴里嘟囔着什么，像是某种古老的咒语，或者是对自己重复希波克拉底医生的誓言。

警长穿着一身制服过来了，我不知道他在这里干什么，也不知道他带来了什么。他把帽子夹在腋下，光着脑袋站在那儿。我的心揪成一团，知道可能出事了。

我不知道为什么大家都来了，不知是谁通知他们我们到达的时间。

朱马站长继续带路，雾气又散去了一些。

瓦尔黛的父亲穆哈拉姆坐在地上，他面前摆着一堆熄灭的柴火，和一个喝光的茶壶。他看见我们来了，便站起来，跟在我们后面，来到木伞下面。我看到瓦尔黛的背影就站在木伞下面。这真是个小小的奇迹啊，她还在那儿。她脸上遮着薄薄的面纱，一定是朱马大叔弄的，怕风吹雨淋把她弄坏了。她还穿着我那件破烂的白大褂，都快成布条了，还挂在她身上。白大褂下面露出她的花裙子，也已经破烂不堪了。

朱马打开围在瓦尔黛周围的铁栏杆，闪到一边，我也跟着站到旁边，让哈桑面对瓦尔黛。哈桑呆呆地看着她，努力把衣衫褴褛的爱人认出来。他看着我，看着朱马大叔，面色苍白如纸，身体不住地发抖。我害怕不知道他的血止住没有。他终于不再迟疑，迈步往前走去，来到她的面前，近得不能再近了。他用颤抖的手指慢慢地解开瓦尔黛脸上的面纱。我闭上眼睛不敢看，我怕看到被死亡蹂躏过的面容。我以为会听到哈桑的惊叫和痛苦，但是紧张的寂静依旧笼罩着。

我睁开眼，看到哈桑出神地盯着瓦尔黛。她的面容还是那样清晰，僵硬，像是戴着蜡制的面具。她两颊深陷，眼睛愈发凸出，眼珠仿佛要掉出眼眶。薄薄的双唇紧抿着，像是早已绝望于漫长的等待。哈桑壮着胆，又一次伸出手指，抚摩她柔顺的头发，拂去上面的尘土，除去上面残留的蛛丝和干死的小虫。但是，瓦尔黛依然没有感觉到他的存在或者触摸。难道是我错了？难道我这趟远行的努力，就这么付诸东流？

我看着朱马，他把手里的灯笼抬高，照亮她的脸庞，尽自己所能为她带来一丝生气。哈桑没有退缩，而是走得更近，呼吸几乎碰到她的脸。他伸手抚摩着她的脸颊、额头、鼻尖儿、耳垂、嘴唇、下巴、脖子，给她传送一点自己的体温，让她回忆起他的触碰。

长久以来，没有人敢这么接近她。哈桑再次用手掌抚摩着她的头发，在众人惊愕的目光中，他倾向她，把嘴唇贴上她的唇。我惊叫起来，哈桑一点都不在意死亡或冰冷，继续吻她，好让她感觉到他的双唇，他坚信即使瓦尔黛已经死去，仍然会感受到这个吻，她僵立在这里这么久，就是等这一吻。

不知从何处传来鸟儿的叫声，云朵已经飘远，我们又看到了一点蓝天。列车里的奇怪鸟儿也展翅挣脱了牢笼……突然间，我听到一声惊呼，我循声望去，原来是瓦尔黛，她的身体轻轻抖动，深吸了一口气。朱马满脸泪水，依然高举着提灯。

天空中透出蓝色的开口越来越大，突然划过几颗闪亮的流星，倏忽之间就消失不见，就像一个转瞬即醒的美梦。哈桑伸手环抱着她的腰，把她僵硬的身体拥进怀里，把他所有的温暖、思念、渴望和生命，都献给她。他抚着瓦尔黛的背，把生命的暖流输进她每一个细胞。一瞬间，她的身体颤动着，不再僵立着。她靠在哈桑的胸口，头搭在他的肩膀上。我清楚地看到她的脸，她的脸色已经没有那么蜡黄，她的皮肤正在吸收温度，眼球慢慢地退回眼窝。她垂下眼皮，被长久等待折磨的双眼又能闭上了。

火车接连发出几声长鸣，雾气完全散开。随着每一声汽笛，瓦尔黛的身体都会抖动一下。我感到瓦尔黛爸爸的大手用力握住了我的手，捏得很疼，要不是我扶着他，他根本就站立不住。其实我也想找个人靠着，不然我自己也可能倒下去。我只听他反反复复地念叨着："感谢主啊！我的主啊，您真的能起死回生啊！"

小丑阿祖兹走上前来，把彩色小球扔向空中又抓住，接着又加快了抛接的速度，在空中划出一道彩虹。乘客们纷纷靠着窗户，静悄悄地观察发生的一切。瓦尔黛就像个刚学步的婴儿一样，靠着哈桑的肩膀，两人一起向前走去。

我再也忍受不了这份沉寂,我大声喊道:"他已经不是他了!"

两个人都站住了。瓦尔黛睁开眼睛,不解地看着我。看上去她没认出我,或者说根本就不知道我的存在。我又大声喊道:

"他不是你爱的那个哈桑了,他是个杀人犯,不是普通的杀人犯,而是冷血的职业杀手。也许你就是下一个受害人!"

瓦尔黛更加迷茫地看着我,哈桑听着我的话,脸上露出不屑的神情。我带着哭腔,继续大嚷大叫:"我发誓我说的都是真的,他只会带来死亡,他触碰过的一切都会死掉!你不该在他的触碰下醒来,你不值得为这样的人重生!"

瓦尔黛害怕我的叫喊,害怕我这样的人。她躲进哈桑的怀里,哈桑用臂弯搂着她,一起走远了。哈桑还不忘回头看我一眼,脸上带着纯真无邪的笑容。小丑阿祖兹走在他们后面,继续玩弄着彩色小球。

蒙特利尔山下
2011 年 5 月 6 日